들풀의 구원

들풀의 구원

ALL MY WILD MOTHERS

들풀의 구원

부서진 땅에서도 왕성하게 자라난
희망에 관하여

빅토리아 베넷 지음
김명남 옮김

웅진 지식하우스

…어머니의 정원을 찾다가,
나의 정원을 발견했다…

—앨리스 워커Alice Walker,
『어머니의 정원을 찾아서』 중에서

***

"제가, 제가 땅을 조금 가질 수 있을까요?"
메리가 떨리는 목소리로 물었다.
메리는 간절한 나머지 그 말이 얼마나 이상하게 들릴지 깨닫지 못했고,
애초에 자신이 하려던 말이 아니라는 것도 알지 못했다.
크레이븐 씨는 꽤 놀란 듯했다.
"땅이라!" 크레이븐 씨가 되받았다. "그게 무슨 말이지?"
"꽃씨를 심으려고요… 그리고 잘 키워서… 그것들이 살아나는 걸 보려고요."
메리가 더듬더듬 대답했다.

—프랜시스 호지슨 버넷Frances Hodgson Burnett,
『비밀의 화원』 중에서

내게 삶이라는 선물을 준 어머니에게,
그것을 위해서 싸우는 법을 가르쳐주는 언니들에게,
그 속에서 살아가도록 도와주는 남편에게,
그것을 사랑하는 법을 보여주는 아들에게.

안전을 위한 일러두기

* 이 책은 자가 진단이나 치료를 위한 안내서가 아닙니다. 만약 임신부라면, 혹은 약을 복용하고 있거나 건강 문제가 있다면 식물을 채취해서 약용해서는 안 됩니다. 또한 전문가의 처방 없이 아이에게 약초를 섭취시켜서도 안 됩니다. 어떤 식물이든 약용하려면, 혹은 만성적인 건강 문제를 치료하는 데 쓰려면 반드시 자격 있는 약초학자와 먼저 의논하십시오. 이 책에 적힌 기법, 상품, 지침, 아이디어를 활용함으로써 발생한 대인 혹은 대물 피해와 부상에 대해서 저자와 출판사는 아무런 법적 책임을 지지 않습니다. 만약 야생에서 식물을 채집한다면, 당신이 채집하는 식물이 무엇인지 정확하게 알아야 함을 유념하십시오. 그리고 늘 야생을 존중하는 방식으로 채집해야 합니다.

용어 일러두기

* 이 책에 등장하는 식물의 우리말 일반명은 국립생물자원관이 관리하는 '국가생물종목록'과 국립수목원이 관리하는 '국가표준식물목록'을 기준으로 삼았습니다. 우리말 일반명이 없는 경우 학명을 기준으로 영어 일반명을 음차하여 썼습니다.

* 본문 상단에는 식물의 일반명(국문, 영문)과 다른 이름(영문), 학명의 순서대로 소개했습니다. 식물 라틴어 학명의 우리말 표기는 국립국어원 외래어표기법에 따랐습니다.

* 본문 중 각주는 모두 옮긴이 주입니다.

이 책을 읽기 전에

우리가 심는 잡초가 언젠가 야생의 약초원이 될 줄 몰랐던 것처럼, 내가 이 글을 쓰기 시작할 때는 이것이 책이 될 줄 몰랐습니다. 망가진 애도의 땅에서, 나는 그저 무엇이 자랄 수 있는지 보고 싶었습니다.

삶의 이상화된 정원에 들어맞지 않는 것, 이를테면 외로움과 상실과 그 모든 분투를 너무나 열심히 뽑아내는 바람에, 우리는 가끔 그것이 품은 아름다움을 못 보고 지나갑니다. 그런데 그것은 정말로 아름답지요.

그러니, 씨앗을 심어요. 당신의 희망이라는 선물을 받을 만한 가치가 있는 작은 것을 찾아보아요. 어떤 일이 있더라도 그것이 자라리라는 것을 믿어요. 비록 그것이 꽃 피우는 것을 당신이 볼 수는 없을지라도.

무엇이 될지 모르는 씨앗이라도

여기 더는 젊지 않은 중년의 여성이 있다. 그는 이제 막 시골에 새로 지어진 공공 주택 단지로 가족과 함께 이사를 왔다. 새집이지만, 기쁘기만 한 이사는 아니다.

그는 가난하다. 아프다. 슬프다. 대학을 졸업한 뒤로 남편과 함께 예술가로서 살아남아보려고 애썼으나, 일은 점점 힘들어지고 남은 것은 난방비를 대지 못할 정도의 가난뿐이다. 몇 번의 유산 끝에 간절히 원하던 아이를 낳았으나, 아이는 겨우 두 살 반에 제1형 당뇨병 진단을 받는다. 이 병은 평생 인슐린을 맞으며 섭식을 제어해야 하고 자칫하면 실명이나 다리 괴사나 심부전 등 치명적인 합병증을 겪을 수 있는 불치병이다. 게다가 이 아이를 함께 기다려준 큰언니는 아이가 태어나기 두 달전에 죽었다. 언니가 강에서 카약을 타다가 익사했다는 소식을 듣고, 임신 중이던 그는 행복의 꼭대기에서 슬픔의 밑바닥으로 떨어진다. 새집은 그가 가난과 병과 슬픔을 이겨내고자 선택한 새 출발지다. 공공 주택 단지에 입주할 자격이 된다는 것은 그의 곤궁이 객관적으로 심각하다는 뜻이지만, 어쨌거나 새집은 싸고, 그의 발목을 잡는 과거의 유령이 없는 장소다.

만약 당신이 이런 처지라면, 새집을 재생과 희망의 공간으로 꾸미기 위해서 무슨 일을 할까? 여전히 가난하고 아프고 슬픈 사람이 할 수 있는 일이 있을까? 그는 한 가지 방법을 떠올린다. "교란되고 망가진 땅에서도 새 생명이 자랄 수 있다는 믿음"을 품기 위해서, 새집에 정원을 만들기로 결심한다. 하지만 비싼 모종이나 씨앗을 살 돈은 없다. 그가 활용할 수 있는 땅은 예전에 석공장이 있던 터여서 돌투성이이고, 식물이 쉽게 자랄 만한 땅이 못 된다. 그래서 그는 야생의 정원을 만들기로 한다. 야생화와 잡초의 정원, 약초의 정원을 만들기로 한다.

그는 어린 아들과 함께 우선 흙부터 만든다. 음식물 찌꺼기로 퇴비를 만들고, 퇴비와 거름과 나뭇가지와 뗏장을 섞고 지렁이의 힘을 빌려서 토양을 만든다. 그렇게 초겨울부터 준비한 밭에, 들과 내에 지천으로 자라는 들풀을 발굴하여 옮겨 심는다. 남들이 뽑아내는 잡초를 소중하게 받아 키운다. 홍수로 물이 고이면 연못을 만들고, 비바람이 걱정되면 작은 관목을 심어서 산울타리를 만든다. 이 정원에는 쐐기풀, 질경이, 석잠풀, 미역취처럼 제각각 아름답고 쓸모도 있지만 사람들이 원하지 않기에 잡초라고 불리는 식물이 자란다. 콩, 호박, 케일, 아욱처럼 식탁을 풍성하게 해주는 채소가 자란다. 타임, 로즈메리, 레몬밤처럼 향신료가 되어주는 허브가 자란다. 칼렌듈라, 장미, 인동, 라벤더, 수선화처럼 특별하지 않지만 아름다운 야생화가 자란다. 새와 곤충이 찾아온다. 노랫소리와 물소리가 들린다. 회색 돌뿐이던 곳에 색깔이 번지고, 향기가 퍼진다. 잡초와 산울타리는 그들에게 열매와 잼, 수프와 피클, 술과 차를 제공해준다. 이것은 마법 같다.

정원의 마법 속에서 그는 천천히 자신을 치유한다. 큰언니를 충분히 애도하고, 여섯 남매의 막내로서 자신이 언니와 오빠 들에게 받았던 사랑을 되새긴다. 자신에게 사랑과 상처를 동시에 주었던 부모를 조금은 이해하게 된다. 특히 "아무 표시도 없는 봉투에 연중 야생화 씨앗을 모았다가 가을에 게릴라처럼 그 내용물을 정원 가장자리에 뿌려서" 의외성의 아름다움을 즐길 줄 알았던 어머니가 자신에게 야생의 위안을 가르친 사람이었음을 깨닫는다. 한편 아들이 자신보다 뛰어난 꼬마 정원사로 크는 것을 보며, 아이가 지병에도 불구하고 자유롭고 아름다운 인간이 될 수 있음을 믿게 된다. 비록 자신이 가난하고 부족한 어머니일지라도 아이에게는 충분히 비옥한 토양일 수 있음을 믿게 된다. "꽃을 피우는 구근이 하나 있다면 썩어버리는 구근도 하나 있는" 것이 자연의 이치이므로, 우리는 "그냥 심는 것 그리고 그것이 자라리라고 믿는 것"만으로 충분하다고 여기게 된다. 야생의 정원에서는 정말로 언제든 무언가는 자라기 때문이다. 우리가 이곳에서는 아무것도 자랄 리 없다고 지레 절망하고 슬퍼할 때에도. 이것이 들풀의 구원이다.

하지만 위와 같은 깔끔한 요약으로는 이 책의 매력을 다 설명할 수 없다. 저자는 서두에서 이 글을 쓰기 시작했을 때는 이것들이 모여서 책이 될 줄 몰랐다고 밝혔는데, 정말로 이 글은 독자를 의식하고 썼다기보다 먼저 자신을 위해서 썼다는 느낌을 준다. 아마도 저자에게는 삶을 기록하고 재해석하는 행위, 그러기 위해서 쓰는 행위 자체가 치유의 과정이었을 것이다. 일기장을 무작위로 펼쳐서 읽는 듯한 구성, 90종의 식물을 말려서 보관한 압화집 같은 90편의 짧은 글들이 고수하는 현재 시제는 이 책을 다 끝난 사건에 관한 회고록이 아니라 지금도 진행되는 삶에 관한 이야기로 느끼게 만든다. 이름 없는 시인의 첫 책이지만, 글쓰기가 때로 삶을 충분히 떠받칠 수 있다는 것을 아는 독자에게는 이 기록이 그저 남의 이야기 같지만은 않을 것이다.

책을 옮기면서 내내 생각했다. 인생에서 피할 수 없는 상실과 실망이 내게 닥쳤을 때, 나도 저자처럼 한계와 불확실함 속에서도 무언가를 끈기 있게 길러내는 행위로 스스로를 구할 수 있을까? 나는 아이도 정원도 없지만, 그래도 나 또한 세상에 확실히 자라나는 무언가를 보탤 수 있을까? 혹시 내가 번역하는 책이 그런 것이 되어줄 수 있을까? 척박한 곳에서도 작은 열매를 맺는 무엇, 남몰래 씨앗을 날리는 무엇, 그리하여 또 다른 곳에서 뿌리내리는 무엇, 죽은 것 같다가도 땅이 녹으면 살아날 수 있는 무엇, 들풀일 뿐이지만 누구에게는 약초로 쓰일지도 모르는 무엇, 살아 있는 무엇, 그것을 길러내는 마음으로 하루하루를 살 때 상실을 견디고 희망을 믿을 수 있는 무엇. 저자가 들풀에서 '그것'을 찾아냈듯이, 나도 독자 여러분도 각자의 그것을 찾을 수 있다면 좋겠다. 우리의 그것들이 각자를 살게 하는 데 그치지 않고, 저자의 정원처럼 주변까지 아름답게 한다면 더욱 좋겠다.

2024년 7월

김명남

차례

씨앗
1

──────

이것은
내가
꿈꾸던 정원이
아니다

씨앗 4

생명은
내내
굳세게
들이닥친다

씨앗 5

돌무지에서도
쉽게
자라나는
사랑

씨
앗
1

이것은 내가
꿈꾸던 정원이 아니다

엘더
Elder

엘더로 만든 요람에 아기를 두면 요정들이 훔쳐간다

다 태우고
남은 것

분홍바늘꽃

Rosebay willowherb
Passion fire, fireweed, bombweed, bloodvine

카메리온 앙구스티폴리움
Chamerion angustifolium

❖ 갇힌 에너지를 풀어내는 데 쓴다

분홍바늘꽃이 '봄위드bombweed(폭탄 잡초)'라고도 불리는 것은 제2차 세계대전 영국 대공습 때 폭격을 맞았던 지점에서 이 식물이 왕성하게 자랐기 때문이다. 분홍바늘꽃은 화재로 초토화된 땅에서 처음 자라는 개척종 중 하나다. 항경련, 항미생물, 항바이러스, 수렴 효과가 있어서 비뇨기와 위장 불편, 천식, 백일해, 화상, 궤양, 기타 피부 자극에 차나 세정제 형태로 쓰인다. 짓이긴 줄기를 감염된 상처나 종기에 발라 독을 뽑아내기도 한다.

분홍바늘꽃은 교란되고 불탄 땅에서 무성하게 자란다.

계단 밑의 여자는 내가 아니다. 그녀는 떠나야 한다. 사적인 고고학의 지층을 한 겹 한 겹 파헤치면서 나는 끈으로 묶은 연애편지, 부모가 되기 전에 입던 초록색 벨벳 스모킹 재킷, 결국 갖지 못한 미래의 아이들을 위해서 남겨둔 아기 옷 가방, 오래된 가죽 여행 가방에 가뜩 든 가족사진 그리고 600만 단어의 잉크로 얼룩진 34년 분량의 일기장을 발굴한다. 계속 파헤치자, 이 낯선 여자가 차츰 불어나서 바닥을 다 차지한다. 그녀의 삶들이 나를 질식시킨다. 그녀는 떠나야 한다.

오늘이 그날이다. 친구에게 도움을 청한다. 친구는 초콜릿 케이크, 골판지 상자, 튼튼한 쓰레기봉투를 갖고 온다. '야생의 여자들' 모임 멤버인 그녀와 나는 13년째 친구다. 그녀는 내게 도움이 필요할 때마다 야생의 지혜와 현실적 지원을 선뜻 안겨준다.

"어디서부터 시작할까?" 물건으로 뒤덮인 소파 팔걸이에 앉아서 친구가 묻는다. 나는 어디서부터 시작해야 좋을지 몰라서 두리번거린다. 친구가 자줏빛 깃털 목도리를 상자에서 끄집어내자 공중에 먼지가 흩날린다.

"이것부터 하자." 친구가 말한다.

"그건 시 낭독회용이야. 필요할지도 몰라." 내가 말한다.

"그렇겠지. 하지만 지금 당장 필요해?" 친구가 내 말을 끊고 묻는다.

"아니." 나는 말한다. 그것은 다른 삶의 유적이다. 솔직히 이제는 이 물건 중 무엇도 필요하지 않다. 사랑하는 사람을 붙들어둘 수도 없는 마당에, 물건은 뭣 하러 붙들고 있겠는가?

우리는 내 삶의 유물을 네 무더기로 나눈다. 간직할 것, 재활용할 것, 버릴 것, 태울 것. 내가 분류하는 동안 아들이 방구석에서 지켜본다. 네 살인 아이는 새로운 발견에 신나서, 점점 커져가는 무더기에서 장난감이며 잡동사니를 구해낸다. 아이에게 이 발굴은 보물을 찾아낼지도 모르는 흥미진진한 일이다. 내게 이 일은 살갗을 한 겹 한 겹 벗겨내어 생살을 드러내는 것처럼 느껴진다.

나는 일기장의 낱장을 뜯어내어, 눈먼 희망으로 스스로를 배신했던 기억들을 지운다. 코닥 필름 프레임을 가득 채운 네 자매가 나를 보며 웃고 있는 빛바랜 사진들을 찢는다. 지금 그들을 보는 나는 이후에 무슨 일이 생길지 알고 있다. 그들에게 정해진 운명의 경로를 바꿔놓을 만한 말을 해주고 싶지만, 나는 미래를 알되 그들이 내 말을 믿지 않을 저주에 걸린 카산드라다. 사진에서 생생히 살아 있는 큰언니는 죽었다. 나는 사진과 공책을 태울 것으로 분류한다.

우리는 분류를 마치고, 태울 것을 마당에 쌓아올린다.

"트랙터만큼 커!" 아들이 힘차게 말한다. 아이는 요즘 대부분의 물체를 트랙터 기준으로 가늠한다. 이 상황이 어리둥절한지 아이가 왜 우리 물건을 몽땅 불에 던져버리느냐고 묻는다. 나는 모든 것을 다 이고 지고 새집으로 이사갈 수는 없다고, 가끔은 버려야 한다고 말해준다.

"이것도?" 아이가 내가 어릴 때 아꼈던 외팔 외눈의 곰 인형을 마지못해 건네면서 묻는다. 작은 손으로 곰 인형의 앞발을 감싸 쥔, 내 어린 손의 판박이인 듯한 그 모습에 나는 망설인다. 과거가 나를 잡아당기면서 구해달라고 부탁한다. 아니. 듣지 않을 거야. 나는 아들의 손에서 곰 인형을 빼내어 발돋움으로 무더기 꼭대기에 얹는다. 곰 인형은 하나뿐인 눈을 동그랗게 뜬 채, 마치 질문을 던지는 듯이 그 짜부라진 머리통을 갸울인다.

"이것도." 나는 말한다.

친구가 아들을 집 안으로 데려간다. 친구는 이것이 나 혼자 해야 하는 일임을 안다. 나는 추억의 부싯깃에 성냥불을 붙이고, 그것이 타는 모습을 지켜본다. 열기에 얼굴이 따가워도 돌아서지 않는다. 나는 이 격렬한 종말의 목격자가 될 것이다.

아침에 아들이 일찍 깬다. 아이는 큰 불을 보고 싶어 한다. 남편은 자게 놔두고 우리는 마당으로 나간다. 계곡에는 아직 밤의 구름이 걸려 있고 동쪽 페나인산맥 위로 창백한 태양이 막 솟았다. 연기가 여태 감돌지만 불길은 간곳없다.

"다 없어졌어, 엄마. 다 없어졌어." 아들이 조금은 애석하고 조금은 감탄스러운 듯이 말한다. 구월 초의 산들바람이 유령들의 페이지를 불어 날려서 그 그림자만을 남긴다. 내 인생을 태운 곳에 남은 것은 시커멓고 둥근 자국뿐이다. 나는 축축한 땅에 무릎을 꿇고 재를 만져본다. 불꽃의 메아리를 느껴본다. 이 죽음의 시절에, 우리는 너무 많은 것을 잃었다. 이제는 나아갈 시간이다. 무엇이 다시 살아날 수 있는지 알아볼 시간이다.

나는 아들을 끌어안고 뺨에 입맞춘다. 아이는 제 미래를, 또한 과거를 앗아간 변화에 얼떨떨하다.

"자, 새집에 심을 씨앗이 뭐가 있나 찾아보자. 거기서 정원을 가꿀 수 있을 거야." 나는 말한다. 아이는 미소를 지으며 내 손을 잡는다. 우리는 함께 걸어 다니면서 칼렌듈라, 선옹초, 분홍바늘꽃을 손바닥에 모은다. 꽃들은 다시 필 것이다.

꿈은
허상이 되어

데이지

Common daisy
Day's eye, bairnwort, bruisewort, poor man's arnica

벨리스 페렌니스
Bellis perennis

✣ 요정들이 아이를 바꿔치기하지 못하게 막으려면
데이지 꽃을 엮어서 아이의 목에 걸어주라

데이지는 출산, 모성, 새로운 시작을 상징하고 북유럽 신화의 프레이야 여신을
뜻하는 성스러운 꽃이다. 춘분과도 연관되어 앞으로 더 밝은 나날이 올 것임을
알린다. 중세에는 전투에서 생긴 상처를 치료하는 데 쓰였고 오늘날 타박상, 관
절통, 기관지염, 염증에 흔히 처방될 뿐 아니라 출산을 거드는 데도 쓰인다. 사
포닌이 많이 함유되어 있어서 피부를 개선하는 화장수로도 이용된다.
교란된 불모지에서 살아남는 능력 덕분에, 데이지는 회복력을 상징한다.

내가 상상했던 우리 미래에 슬픔은 없었다. 꿈꿨던 그 삶에서, 남편
과 나는 호젓한 농가에서 산다. 문간에는 닭들이 있고, 레이번 스토브에
서 갓 빵이 부풀고, 아이들은 시골집 주변 꽃밭에서 맨발로 논다. 낮에
나는 희게 칠한 작업실에서 글을 쓰고 남편은 이젤 앞에서 그림 그리며,
밤에 우리는 친구들과 함께 음식과 대화를 나눈다.

현실은 그렇지 않다. "영원히 행복하게 살았습니다."가 될 줄 알았던 생활은 하루하루 가까스로 버티는 것이 됐다. 언니가 죽고 아들이 태어난 지 4년이 흘렀다. 그때 이래로 나는 나를 덮싸고 놔주지 않는 슬픔에 망가진 채 유령 엄마처럼 살아왔다. 바닥까지 지쳤고, 내가 되리라 생각했던 연인도 엄마도 여자도 되지 못하는 것이 지긋지긋하다.

상실로부터 건진 한 줌의 에너지마저도 끊임없는 빚의 압박에 소진된다. 세상은 우리에게 구제책으로 '긴축 생활을 하라'고 권하지만, 그것은 도움이 가장 절실한 사람에게서 안전망을 거둬버리는, 냉혹하고 잔인한 말이다. 정치인들이 국가의 허리띠를 졸라매자고 떠드는 동안 남편은 어떻게 해야 좋은 아버지가 되고 가족을 부양할 수 있을지 걱정한다. 우리를 먹여 살리지 못할까 봐 겁낸다. '진짜 직업'을 가져야겠다고 말한다. 나는 그에게 예술가도 진짜 직업이라고, 우리가 하는 일도 중요하다고, 늘 그랬듯이 우리는 살아남을 수 있을 거라고 말해준다. 하지만 우리의 문화는 우리 일을 가치 있게 여기지 않고, 우리 일은 점점 더 어려워진다. 갈수록 일거리가 적어지고 보수가 낮아지고 점점 더 멀리 이동해야 한다. 나중의 안정을 확보하려는 마음에, 남편은 아이의 어린 시절을 함께하는 것을 포기하고 갈수록 더 오래 집을 비운다. 내 어린 시절 우리 가족의 판박이다.

그동안 나는 아들을 돌보는 일로 하루하루를 난다. 아이의 미래가 겁나고, 아이에게 평생 의료 지원이 필요하다는 사실이 겁난다. 미국에는 돈이 없어서 인슐린을 구입하지 못하는 부모들이 있다는 뉴스를 보면, 영국에서도 국민 보건 서비스가 민영화되면 아들이 그런 일을 겪을까 봐 두렵다. 밤에 아이가 잘 때, 나는 돌봄 노동자 수당과 장애인 지원 신청서를 작성하며 우리가 겪는 최악의 나날을 여러 쪽에 걸쳐 적나라하게 묘사한다. 우리는 그저 도움을 얻고 싶을 뿐인데. 사회에 '식객'과 '부정 수급자'가 많아졌다고 성토하는 뉴스는 애써 무시한다.

우리는 대체로 그럭저럭 꾸려가지만, 가끔은 살림이 너무 빠듯해서 구멍이 나고 만다. 어느 달에는 공과금을 내지 못한다. 어느 달에는 남들의 친절에 기대야만 먹고살 수 있다. 집세가 밀린다. 기름값이 올라서 연료비를 낼 수가 없다. 밤에 나는 냄비 두 개로만 만들 수 있는 음식을 캠핑용 버너로 짓고, 장작으로 불을 땐다. 판석 깔린 바닥과 레이번 스토브가 있는, 철길 옆 예쁜 집은 춥고 습하다. 내가 주머니에 든 마지막 20파운드를 잃어버려서 장바구니에 담은 식료품을 살 수 없었던 날, 아들이 제 지갑에서 동전을 꺼내어 내게 건넨다.

"속상해하지 마, 엄마. 내가 도울게." 아이가 말한다. 나는 눈물을 참는다.

이것이 우리가 사는 미래다. 내가 상상한 미래는 이렇지 않았다. 하지만 따지고 보면, 어차피 상상대로 된 것은 아무것도 없다.

떠돌이
생활

큰갈퀴덩굴

Cleavers
Sticky-willows, clivers, goose-grass, Robin-run-the-hedge

갈리움 아파리네
Galium aparine

✢ 끈기를 북돋고 결속을 맺기 위해 쓴다

옛사람들은 뱀독 치료에 큰갈퀴덩굴을 썼다. 뿌리를 제외한 모든 부분을 먹을
수 있다. 수렴, 강장, 이뇨, 항염증 효과가 있어서 팅크tincture나 우린 물을 림프
계 정화와 면역력 증강에 쓰고, 화장수로 만들어 피부를 맑게 하고 노화의 흔
적을 줄이는 데도 쓴다.
큰갈퀴덩굴은 산울타리나 황무지에 많이 자란다.

집이 늘 바뀌면 어디를 집이라고 불러야 할까? 나는 평생 이곳에서
저곳으로 거쳐가기만 한 기분이었다. 10년 동안 한곳에서 살았는데도
그랬다. 한편 내 다섯 형제자매에게는 늘 바뀌는 풍경이 현실이었다.

두 오빠와 큰언니가 각각 여섯 살, 네 살, 두 살 가까이 됐을 때, 아버
지는 처음 이주를 감행했다. 공장을 설립하는 일을 맡아서 영국에서 쿠
알라룸푸르로 옮겨간 것이다. 그 후로 아버지는 여러 나라를 돌아다니
면서 기술자로 일했고, 아버지가 가는 곳마다 가족도 따라갔다. 가족이

말레이시아로 옮긴 직후에 둘째 언니가 태어났다. 그로부터 1년 뒤에는 호주로 갔다가 다시 뉴질랜드로 갔고 그곳에서 셋째 언니가 태어났다. 가족은 계속해서 멕시코와 캐나다로 옮겼다. 내가 태어난 1971년에 어머니는 여섯째 아이를 출산했고 가족은 일곱 번째 나라로 옮긴 참이었다. 우리는 내가 태어난 지 일주일 만에 짐을 싸서 스위스로 옮겼다.

내가 다섯 살 무렵 우리는 떠돌이 생활을 정리하고 정착했지만, 아버지는 머무르지 않았다. 아버지는 계속 전 세계를 다니면서 일했고, 우리는 남아서 아버지가 돌아오기를 기다렸다. 아버지가 없을 때 어머니는 부동산 중개 사무소 창문에서 적당한 매물을 고른 뒤 나를 데리고 빈집을 찾아가서 구경했다. 어머니와 나는 잡초가 우거진 마당을 돌아다니고 빈방을 기웃거리면서 다른 삶을 사는 우리의 모습을 상상했다. 그러다 보면 어느새 대문 옆 라일락의 달콤한 향이 풍겨왔고, 빈 난로에서 난롯불의 열기가 느껴졌다. 모든 집이 손 뻗으면 잡힐 듯한, 미래의 행복을 약속하는 '그 집'으로 보였지만, 이튿날 아침이면 흠이 발견됐고 익숙한 슬픔이 다시 어머니를 감쌌다. 브로슈어는 쓰레기통에 들어갔고 어머니의 마음은 찬장의 피클 병처럼 단단히 봉해졌다. 나는 이사 안 하느냐고 묻지 않을 눈치가 있었지만, 학교에서는 새집 이야기를 늘어놓고는 했다.

어머니가 찾고자 한 것이 무엇이었든, 그곳에서는 그것을 찾을 수 없었다.

그 후 나도 살면서 길을 잃었을 때, 같은 방법으로 현실에 닻을 내리려고 했다. 방이 많고 구조가 복잡한 집의 브로슈어를 뒤적이면서 내가 저 오리알 같은 연청색의 부엌에서 요리하고 불가에서 친구들과 와인을 마시는 모습을 상상했다. 그런 집에는 내가 헤쳐나가야 할 괴로움도 슬픔도 없었다. '언젠가는'. 나는 자신과 약속했다. 언젠가는. 아들이 젖을 빨고 세상이 잠든 순간에는 그 미래를 실현시킬 방법을 궁리하기도 했다. 왜냐하면 '그곳'에서는 반드시 우리가 행복해질 테니까. 심지어 집을 둘러볼 약속도 잡았는데, 집세를 못 내는 형편임에도 '당연히' 구매할 능력이 된다고 집주인을 안심시켰다. 계획은 비밀로 했다. 남편이 내게 왜, 어떻게를 묻거나 '그 계획의 문제는…' 하고 지적하기를 바라지 않아서였다. 나는 그런 집에서 사는 내 모습을 붙들고 싶었다. 그것이 내 삶이 될 수 있다고 믿고 싶었다. 그러다 보면 예전에 어머니와 내가 시골 빈집을 보러 돌아다니면서도 이사는 하지 않았던 그 시절의 사정을 조금은 이해하게 됐다.

이제 내가 그때의 어머니 나이가 되니 하루하루가 흘러가는 것이 느껴진다. 여름 자두를 맛보듯 하루하루를 음미하려고 해도, 가을이 너무 빨리 온다. 아들이 아기티를 벗는 것을 보면서, 앞으로 나아가기에 급급해 뒤로는 힐끗거리는 게 고작이었던 시기에 눈치채지 못하고 흘려보낸 작은 슬픔들을 깨닫는다. 애도에 너무 많은 것을 잃었다. 내가 늘 허덕허덕 뒤쫓기만 하는 듯 느껴질 때도 있다. 아이를 잡아 세우고, 시간을 되감아서 다시 시작하고 싶다.

나는 가질 수 없는 미래에 숨는 짓을 그만둬야 한다. 이 순간마저 사라지기 전에, 지금 이 순간을 살아야 한다. 우리에게는 마음을 치료할 곳이 필요하다. 하지만 그곳은 회칠한 벽에 장미가 흐드러진 주택도, 과수원과 완벽한 경치가 딸린 작은 농장도 아닐 것이다. 잡지에서 오려 붙인 그 가상의 미래들은 우리 것이 아니다. 그 대신 우리는 부모님 댁 근처에 새로 지어지는 공공 주택 단지에 입주를 신청한다. 그곳은 싸고 안전하며, 우리 능력으로 가질 수 있는 집 중 가장 집다운 곳이다. 우리는 신청서에 체크한다. 돌봄 노동자, 장애인, 고령의 부모, 저소득, 학령기 아동. 체크들이 점수로 번역되고, 우리는 이사한다.

우리에게 재건할 기회를 준 이 집에 고맙다. 이 집은 과거가 없다. 그 점이 마음에 든다. 나는 유령을 원하지 않는다. 유령이라면 이미 충분히 데리고 있고, 그들의 목소리가 너무 시끄럽다. 이 집은 침묵한다. 그래서 숨이 트인다. 폐산업용지에 들어선 단지의 집들은 모두 똑같이 생겼다. 벽은 모두 회색이고, 빈방은 모두 흰 목련색이고, 빈 풀밭이 마당으로 딸려 있다. 내가 기대했던 집과는 다르지만, 그래도 나는 이곳이 필요하다.

새집에서 지난 삶의 상자를 풀면서 보니, 뒷문 밖에서 아들이 땅파기 놀이를 하고 있다. 그 옆에는 우리 늙은 고양이 부가 자고 있다.

"뭘 짓고 있니?" 내가 부엌에서 아이에게 묻는다.

"새집. 엄마도 와서 봐." 아이가 드릉드릉 건축 소음을 내면서 대답한다. 나는 하던 일을 두고 가서 놀이에 낀다. 노란색 굴착기를 집어서 돌멩이를 가득 푼다.

"이건 어디에 둘까요, 보스?" 내가 굴착기 목소리를 흉내 내며 묻는다. 땅을 파는 동안, 언젠가 아이에게 내가 도로 관리반에서 일한 적 있고 아이 아빠를 만나기 전에 다른 남자와 결혼한 적 있다는 사실을 말하게 될지 궁금해진다. 우리는 아이들에게 세심하게 고른 이야기만을 물려준다. 물려주지 않는 이야기도 있는 것이다. 아이가 자라서 알게 되는 나는 어떤 여자일까?

아이가 땅을 파다 말고 나를 보는데, 그 눈에 눈물이 그렁그렁한다.

"왜 그러니, 아가?" 나는 굴착기를 내려놓고 아이 손을 잡으면서 묻는다.

"이럴 줄 몰랐어. 이사는 가게 가는 거랑 비슷한 걸 줄 알았어. 작고 더러운 집이 너무 보고 싶고, 마음이 슬퍼, 엄마. 계속 슬퍼." 다시는 무엇도 예전 같을 수 없다는 사실을 문득 깨닫고 벅찬 아이가 쏟아내듯이 말한다. 나는 아이를 껴안는다. 우리는 돌과 진흙투성이 땅에 앉아서 함께 운다. 아이의 뜨거운 눈물이 내 원피스에 스미고, 나는 아이의 머리를 쓰다듬으며 엄마들의 주문인 '괜찮아, 괜찮아'를 되뇐다.

이 변화는 아이뿐 아니라 내게도 중요하다. 아이가 태어난 뒤로 나는 존재한 적도 없던 행복한 과거의 연장선에 우리를 놓아두려고 안간힘 썼지만, 그것은 내가 꿈꿔온 시간과 어머니의 조용한 갈망이 융합된 기억일 뿐이었다. 네 살 아들과 마흔한 살의 나는 같은 상실감에 같이 운다. 마치 주먹으로 배를 때리는 듯한 깨달음이 우리 심장을 쳐서 눈물이 솟는다. "이럴 줄 몰랐어."

아이가 일어난다. 소매로 볼을 닦고, 다시 굴착기를 집는다.

"이제 괜찮을 것 같아, 엄마."

아이가 맞는다면 좋겠다.

사랑받지 못한
풀들

하우스릭

Common houseleek
Healing blade, homewort, imbroke, thunderplant

셈페르비붐 텍토룸
Sempervivum tectorum

⊹ 지붕 위에 하우스릭을 기르면 폭풍을 막아준다

옛사람들은 폭풍우, 화재, 마법으로부터 집을 보호하기 위해서 벽에 하우스
릭을 길렀다. 학명 '셈페르비붐'은 '늘 살아 있다'는 뜻이다. 어린 순과 잎은 먹
을 수 있고 오이와 맛이 비슷하다. 항염증 효과가 있어 약초학에서 화상, 덴
곳, 궤양, 대상포진, 결막염, 기타 피부 및 눈 질환에 찜질제로 널리 쓰인다.
하우스릭은 돌이 많은 땅, 벽, 지붕, 부서진 건물에서 잘 자란다.

그 단지는 농지 한가운데에 교외의 계획 주거지가 뚝 떨어진 것처럼
사방이 밭으로 둘러싸인 곳이다. 똑같이 생긴 집들이 공용 잔디밭을 면
하고 마치 막다른 골목처럼 둘러앉았다. 부지의 절반은 다른 곳에서 살
형편이 안 되는 사람들을 위한 공공 주택 용지다. 나머지 절반은 돈 들여
제 집을 짓는 꿈을 이룰 수 있는 사람들에게 할당됐다. 지역의 공동체 토
지 신탁이 설립한 이 단지는 이른바 '빅 소사이어티' 이데올로기의 성공
사례로 일컬어지고, 동네에 있는 지방 자치 단체 소유의 술집 바 위에는

데이비드 캐머런 총리 사진이 자랑스럽게 걸려 있다. 이곳은 갈망과 결핍이 묘하게 또한 불편하게 병치된 공간이다.

하지만 겉보기에 새것 같은 이곳에도 땅속에는 숨은 역사가 있다. 한때 이곳은 산업용 석공장으로서 150년 넘게 수많은 가정에 공급할 돌을 생산했다. 석공장은 2004년에 문 닫았고 그 자리에 낡은 건물, 슬러리가 고인 깊은 구덩이, 조각난 고철, 석면과 바위 등 잔해만이 남았다. 우리 집 밑에는 그런 것이 묻혀 있다.

이런 곳에서 아들과 나는 우리만의 마법 정원을 만들기로 결심한다.

나는 정원사가 아니다. 적어도 내가 생각하는 정원사의 모습에는 맞지 않는다. 나는 제때에 심지 않고, 심어야 할 곳에 심지 않는다. 무엇을 심어야 하고 무엇을 심지 말아야 하는지 모른다. 그저 호기심과 우연에 이끌려서 되는 대로 가꿀 뿐이지만, 내게는 여기 교란되고 망가진 땅에서도 새 생명이 자랄 수 있다는 믿음이 필요하다.

어머니의 잡지에서 봤던 이상적인 정원은 우리 역량을 벗어난다. 비타 색빌웨스트Vita Sackville-West와 버지니아 울프Virginia Woolf 그리고 바네사 벨Vanessa Bell의 블룸즈버리 그룹Bloomsbury Group이 가꾼 정원은 내 책장의 책들 속에만 있다. 나도 시싱허스트Sissinghurst, 몽크하우스Monk's House, 찰스턴Charleston의 정원을 사랑하지만, 여기는 그런 곳이 아니다. 여기는 야생의 정원일 테고 값싸게 가꿀 수 있는 정원이어야 하며, 돌투성이 척박한 토양에서도 잘 자라는 정원이어야 한다.

우리는 옛집에서 다양한 씨앗, 블랙커런트 관목 한 그루, 화분에 심은 가시칠엽수 한 그루를 가져왔다. 가시칠엽수는 내가 임신하고 또 아기를 잃을까 봐 겁내던 때에 '야생의 여자들'이 준 선물이었다. 친구들

은 내게 칠엽수를 심으면 아기가 그 나무처럼 튼튼하게 자랄 거라고 말
해줬다. 그날부터 나는 묘목을 보살폈고, 이사할 때마다 데리고 다니면
서 언젠가 우리 집이 생기면 그 땅에 심겠다고 별렀다. 그동안 나무는
자랐다. 이제 키가 60센티미터인 어린 나무는 큰 테라코타 화분에 안겨
서 새집 문밖에 놓여 있다.

　정원의 나머지를 꾸미기 위해서, 우리는 바로 우리 발밑에서 자라는
교란지 식물을 찾아본다. 영어로 '교란지에서도 잘 자란다'는 뜻인 단어
'루더럴ruderal'이 '돌투성이'를 뜻하는 라틴어 '루두스rudus'로부터 온 데
서 알 수 있듯이, 교란지 식물은 황량하기 그지없는 땅에도 잘 뿌리내리
는 개척종이다. 사물의 가장자리에서, 보도의 갈라진 틈에서, 그 밖에는
단정한 부지의 경계선에서 우리가 모르는 새에 저절로 자라는 잡초다.
아무도 이들을 가둘 수 없다.

　사전은 잡초를 '사람이 원치 않는 곳에서 자라는 야생 식물'로 정의
한다. 하지만 그 운명은 누가 정할까? 여느 야생화와는 달리, 우리 주변
에 흔한 잡초에는 인류가 어떤 때는 일부러 그것들을 재배하고 또 어떤
때는 내쫓으면서 개입한 상호 의존의 역사가 있다. 이 역사는 마법과 치
유, 음식과 전설, 식물학자의 표본실과 여자 주술사의 주문을 떠올리게
하는 식물들의 이름에 고스란히 담겨 있다. 한때 사람들은 이 끈질긴 식
물들이 우리를 먹이고 치료하고 입히고 채색해주는 것을 귀하게 여겼
고, 그래서 그 씨앗을 받아 거뒀다.

　카롤루스대제 치세에 설립되어, 기록으로 남은 최초의 약용 식물원으
로 불리는 스위스 장크트갈렌 수도원Abbey of St Gallen의 정원부터 1673년
에 런던 약사 협회가 설립하여 세계적으로 유명해진 첼시 약초원Chelsea

Physic Garden까지, 잡초와 야생화의 효력은 국가의 의사들과 교회의 의사들이 그 쓰임을 승인하는 의약의 일부였다. 그들은 그러면서도 승인된 경계의 바깥에서 약초학을 수행하는 사람은 마녀로 간주하여 고문하고 목매달고 화형시켰다. 서유럽에서 마녀사냥이 횡행한 시대에 20만 명 가까이 살해당했고, 그 대부분이 여자였다. 만약 사람들이 그 현명한 여자들을 박해하고 화형하고 익사시키는 대신 존중했다면 오늘날 의약은 과연 어떤 모습이었을까?

만물은 성쇠를 겪는 법. 약초원이 세상에 알려진 지식을 담으로 가두려고 한들 그것은 가둬지는 것이 아니었고, 결국에는 수도원들이 영락했다. 한때 귀하게 여겨졌던 식물들은 담을 넘어 퍼져나갔고 야생으로 돌아갔다. 그것들의 가치는 이미 잊히고 그 식물들은 이제 과거의 현명한 여자들처럼 근절하고 매도할 대상인 잡초가 됐다.

자연이 획일화된 오늘날 정원은 말쑥한 잔디밭이나 주차장, 인조 잔디가 됐다. 한때 약국을 품었던 풀밭은 산업형 농업과 토지 사유화에 잠식됐다. 지난 세기에 우리는 토착 야생화 풀밭의 97퍼센트를 공급과 수요를 위한 설비에 내줬다. 작은 잡초는 점점 더 먼 곳으로 옮겨가며, 아무도 차지하고 싶어 하지 않는 장소에 뿌리내린다.

나는 이 사랑받지 못하는 식물들이 얼마나 악착스럽게 버티는지, 그 씨앗이 길러내는 생명이 얼마나 굳센지 생각해본다. 그런데 잡초는 사람이 그것을 원하지 않을 때만 잡초다. 아들과 나는 옛 수도사처럼 그런 식물을 찾아내어 우리 정원을 약초원으로 가꿀 것이다. 언젠가 그들의 약이 우리를 낫게 할지도 모른다.

시어머니가 우리에게 누렇게 바랜 콜린스 출판사의 책 『영국과 북유럽의 야생화Wild Flowers of Britain and Northern Europe』를 건네줬다. 아들과 나는
그 책을 쥐고 어떤 식물을 찾을 수 있을지 보려고 건축 부지로 나간다. 우
리는 파편 틈에서 창질경이, 서양민들레, 큰개불알, 우단담배풀을 발견
한다. 나는 또 헌책방에서 니컬러스 컬페퍼Nicholas Culpeper의 『약초대백
과Complete Herbal』를 구하고, 아들에게 식물 알아보는 법을 가르치기 시
작한다. 우리가 들여다본다면 식물이 우리에게 자기 특징을 드러낸다
고 알려준다.

우리는 퍼머컬처* 농법과 지속가능한 원예의 원칙을 함께 공부한
다. 휘겔쿨투어Hügelkultur 밭을 조사하여, 삭정이나 음식물 쓰레기 퇴비
같은 흔한 유기물 재료로 지속 가능하고 영양분이 풍부하며 습기와 열
을 잘 품거니와 앞으로 10년은 거뜬히 기름진 부식토를 제공해줄 밭을
만들 수 있다는 것을 발견한다. 우리는 이 기법으로 채마밭을 만들기로
결정한다.

잡초를 공부할수록 뒷마당 생물 다양성의 중요성을 깨닫는다. 영국
왕립조류보호협회 홈페이지의 「2012년 자연 현황 보고서State of Nature
Report 2012」에 따르면, 영국에서는 이전 10년 동안 나비 종의 72퍼센트와
번식하는 조류 개체 4,400만 마리가 사라졌다. 아들은 이 상황을 걱정
한다. 나는 아이에게 우리가 바라는 변화를 우리가 직접 만들 수 있다고
말해준다. 우리는 양서류와 목마른 박쥐에게 서식지를 제공하기 위해
서 연못과 습지원을 계획도에 추가하고, 곤충과 고슴도치가 숨을 수 있

---

* permaculture. '영구적인permanent'과 '농업agriculture' 혹은 '문화culture'를 합한 용어로, 자연의
  원리에 따라 경관을 구성하여 지속가능한 식량 생산과 문화를 추구하는 방식을 뜻한다.

도록 나무토막 더미와 곤충 호텔과 삭정이 울타리를 만들기로 하고, 나비와 벌을 위해서 야생화와 풀을 기르기로 하고, 배고픈 새와 아이들을 위해서 베리류 관목을 심어 산딸기 밭을 만들기로 한다. 아들은 매일 이 경이로운 땅에 보물 지도를 그려서 우리 정원을 마법처럼 불러내고, 나는 오래된 정원 잡지를 찢어서 접시꽃과 라벤더를 아이의 꿈에 더한다.

우리의 이런 계획을 '야생의 여자들'에게 알리니, 그들이 나무의 치료약, 꽃의 지혜, 산울타리의 마법에 관한 책을 선물로 준다. 깊숙이 심긴 그들의 앎이 이제 내게 전해진다. 그들은 지난 몇 년을 함께하며 내게 가족이 되어주고 내 삶의 작은 씨앗을 묵묵히 키워준 친구들이다. 나는 그들의 아이가 자라는 것을 지켜봤고, 그들은 내가 아이를 잃고 또 낳는 일을 해내도록 도와줬다. 우리가 가꾸는 정원에 그들이 참여하는 것은 당연하다.

한 해가 사사분기로 접어들 무렵 우리의 상상 속 정원이 형태를 갖춰 간다. 하지만 우선 할 일이 있으니, 밑에 깔린 것부터 파내야 한다.

새벽 세시에
걸려온 전화

가시자두나무

Blackthorn
Dark-mother-of-the-woods, draighean, wishing thorn, spiny plum, sloe-berry

프루누스 스피노사
Prunus spinosa

❖ **가시자두 꽃을 집에 들이면 죽음이 따라온다**

가시자두는 사악한 마법, 전쟁, 부상, 죽음과 연관된다. 죽음의 노파와도 연관
되어 '어두운 비밀의 보호자'로 여겨지고, 삶과 죽음의 순환을 상징한다. 수렴,
이뇨 효과가 있고 비타민 C가 풍부하다. 꽃, 잎, 열매, 껍질 모두 화장수로 쓰이
고 우린 물은 피부 자극, 비뇨기 문제, 기관지 감염, 류머티즘, 불면증 치료에 쓰
인다. 익은 열매는 시럽, 술, 슬로진sloe gin을 만드는 데 많이 쓰인다.
가시자두나무는 영국의 자생종 산울타리 나무이고, 삼림과 관목림에서 널리
자란다.

"지금은 새벽 세시…"

나는 이 문장을 쓰고 또 쓰면서 잉크가 형체를 갖추는 것을 지켜보지
만, 아무리 그런들 이 상황은 맞지 않는다. 열두 시간. 한 인생이 달라지
는 데 걸리는 시간이 겨우 그뿐이다.

이전의 나는 이랬다. 나는 남편이 모는 차의 조수석에 앉아 있다. 우리는 천천히 집으로 가고 있다. 시월의 나무 사이로 이우는 빛이 반짝거린다. 우리는 결혼기념일을 축하하고 오는 길이다. 파랗던 하늘에 멍이 든 것처럼 구름이 낀다. 유리창에 비가 떨어진다. 우리는 노래를 부르고 있다. 무슨 노래? 지금 그게 중요한가?

시간을 앞으로 감아서 그날 늦은 오후, 우리는 불 앞에서 친한 친구와 함께 집에서 끓인 스튜를 먹고 있다. 밖은 어둡고, 방에는 덤플링과 석탄 연기와 로즈메리 향이 풍긴다. 이 순간 우리는 사랑에 빠진다. 삶과, 서로와, 내 뱃속에서 발을 차고 구르는 아기와. 우리는 여기 도달하기까지 오래 걸렸다. 우리는 믿음에 신중했으니, 또다시 미래를 아이쇼핑만 할 엄두가 나지 않았기 때문이다. '이번에는, 이번만은' 하고 바라는 것도 겁났다. 그런데 파란색 줄이 떴다. 우리는 숨죽여 기대했고, 이번 임신은 지속될지도 모른다는 가냘픈 희망을 품었다. 그리고 매 순간을 축하했다. 신경 세포 덩어리가 조금씩 커질 때마다, 생명이 조금씩 늘어날 때마다 축하했다. 어느 날은 아기에게 손톱이 자랐고, 어느 날은 아기가 6센티미터가 됐고, 어느 날은 아기가 우리 목소리를 알아들었다. 그렇게 일곱 달이 지났고, 요즘 우리는 믿기 시작했다. 계획을 세우기 시작했다.

전화벨이 울린다.

"받지 마. 중요한 일이면 다시 전화가 올 거야." 식사를 방해받기 싫어서 나는 말한다. 시월이 벌써 등을 보이고 있다. 겨울이 다가와서 서성이는 것처럼 약간의 그림자가 느껴진다. 그래도 오늘은 빛의 날이다.

이 순간은 우리가 벌써 그리워하는 순간, 순수한 기쁨의 순간이다. 우리는 이 순간을 영원히 잡아둘 수 있다고, 우리가 어떤 안정된 상태에 도달했다고 생각하지만, 세상의 모든 것처럼 이 순간도 지나갈 것이다.

전화벨이 세 번째 울리자 남편이 받는다. 남편의 목소리가 어쩐지 이상하다. 남편이 전화를 끊고 나를 보는데, 어떻게 말을 꺼낼지 고심하는 얼굴이다.

내 큰언니가 카누 사고를 당했다. 언니는 헬리콥터로 병원에 이송됐다. 의료진이 언니를 살리려고 애쓰는 중이다. 나는 포슬포슬한 감자를 한입 가득 물고 있는데, 그것을 삼키지 못해 게울 것만 같다. 익사라는 말은 아무도 꺼내지 않는다. 아무도 설명해주지 않는다. 병원에 가고 싶지만 남편이 기다리라고 말한다. 나는 남편의 손을 잡고 똑같은 기도를 외고 또 왼다.

"언니는 괜찮을 거야."
"언니는 괜찮을 거야."
"언니는 괜찮을 거야."

전화벨이 다시 울린다. 남편이 받는다. 잠시 침묵이 흐른다.
언니는 괜찮지 않다.
내 배에서 빠져나온 비명이 공간을 찢듯이 방을 가로질러 달려간다. 나는 앞뒤로 몸을 흔들면서 유일하게 할 수 있는 말을 반복한다.

"안 돼."

나를 위로하려는 손들이 다가온다. 울지 말라는 말이 들려온다. 아기를 생각해야지. 나는 아기를 생각해야 한다.

그게 다다. 언니는 없어졌고, 다시는 집에 오지 않을 것이다.

밤이 속절없이 흐른다. 나는 쉬어야 하지만 그럴 수 없다. 잠든 남편의 얼굴을 보니 화가 치민다. 어떻게 저렇게 평화롭지? 나는 일어나서 옆방으로 간다. 그리고 침대에 앉아서 글을 써본다.

지금은 새벽 세시, 언니가 죽었다…

나는 이 문장을 종이에 적었지만, 그런다고 해서 이 문장이 말이 되는 것은 아니다. 피곤이 엄습한다. 스르르 잠들었다가 금세 깼다. 깨어났을 때 한순간, 세상이 초기화되어 언니가 죽지 않았다. 그러나 이내 마음만 더 아파온다. 아기가 동요한다. 아기가 내 갈비뼈를 찬다. 이 육신을 빠져나가서 빛이 밝을 때까지 나를 팽개쳐두고 싶지만, 그럴 수 없다. 내 안에 품은 생명을 생각해야 하기 때문이다. 이 아기, 상실 속으로 태어날 아기, 한때는 삶이 지금과 달랐다는 사실을 영원히 모를 아기.

이 아기는 영원히 내 큰언니를 모를 것이다. 나를 도시로 데려가서 한밤중 달빛 아래에서 수영하게 해줬던 언니. 우리가 프랑스에서 노 저어 호수를 건널 때, 자신의 첫아기를 담요에 둘러 곁에 재워두고 〈리퍼 블루스〉를 노래하던 언니. '못된 놈들 때문에 낙담하는 건 네 손해'라고 알려주고, 희망과 애정과 렌틸콩으로 여러 번 내 삶을 일으켜줬던 언니. 머리카락 색깔이 벌꿀과 동화 속 주인공 같았던 언니. 맨발로 풀밭에서 춤추고, 불가에서 틴 휘슬을 불었던 언니. 내 결혼식에 지각해서는, 노래하는 세 조카를 거느리고 무지갯빛 리본을 두른 모습으로 미안하다며 슬쩍 끼어들었던 언니. 천장에 별을 그리고 현관에 야생화를 길렀던 언니. 부푼 내 배에 손바닥을 대고, 태어나지 않은 내 아이에게 조잘조잘 말 걸던 언니. 내가 사랑한 내 언니가 없어졌다. 이것은 말이 되지 않는다. 영원히 말이 되지 않을 것이다.

이해할 수 없는 거대한 상실에 직면하니 작은 사실에 매달리는 일이 갑자기 너무 중요해진다. 언니는 혼자였나? 물이 차가웠나? 언니의 카누가 왜 뒤집혔나? 정확히 어디서 언니가 물에 빠졌나? 죽음의 이유를 알 수 없는 상황에서는 그 방식이라도 반드시 알아야 할 것 같지만, 사실 그것은 전혀 중요하지 않다. 언니는 이미 죽었으니까. 매사에 꼭 늦던 언니가 죽음에는 일렀고, 언니의 죽음이 남긴 자리는 내가 알지 못하는 모습이다.

어둠 속에서 부푼 배를 만져본다. 무섭다. 나는 폭풍에 지레 꺾이지 않고 얼마나 휠 수 있을까? 내 몸이 고통에 떤다. 모든 곳이 아프고 욱신거리고 따갑다. 잠이 더 빨리 달아난다. 미래가 사라지고 과거도 사라진다. 이 새로운 세상에서, 어떻게 숨을 쉬어야 하는지 모르겠다.

문득 내 갈비뼈를 차는 발길이 이 고통의 안개 속에서도 생명은 계속된다는 사실을 알려준다. 나는 쉬고 먹고 품고 준비하고 강해지고 낳고 놓아줘야 한다. 어떻게 그걸 해낸다지? 말은 너무 작고, 상실은 너무 크다. 시인들과 신비주의자들은 삶이란 다 지나가는 것이고 한 생명이 끝나면 다른 생명이 태어나기를 기다린다고 말하지만, 지금 그 비유는 내게 전혀 위로가 되지 않는다.

결국 침대 밑 괴물은 진짜로 있는 것이었다. 그 괴물이 캄캄한 틈을 타 나와서 언니를 삼켰다. 그러면 나는 어쩌나?

기억의
상영관

금사슬나무

Laburnum
Anagyris, bean trefoil, golden chain

라부르눔 아나기로이데스
Laburnum anagyroides

❖ **꿈에서 금사슬나무를 보면 가슴 찢어지는 일이 생길 징조다**

금사슬나무는 한때 자단나무를 대신해 가구, 악기, 활을 만드는 데 많이 쓰였다. 예부터 저혈압과 천식 치료에 쓰였고, 이 식물에 포함된 시티신은 오늘날 금연 보조제와 항우울제에 쓰이는 성분이다. 하지만 현대의 약초학에서는 이 식물을 그다지 쓰지 않는다. 금사슬나무의 모든 부위는 섭취하면 치명적일 수 있고, 부적절한 섭취로 구토, 설사, 경련, 혼수와 사망에까지 이를 수 있다.
금사슬나무는 많은 나비와 나방 종의 유생에게 중요한 먹이다.

언니의 죽음이라는 갑작스런 파열이 과거를 찢어놓는다. 과거가 마치 싱크가 맞지 않는 영화처럼 상영되는데, 불쑥불쑥 어떤 장면들이 떠올라서 내게 증언을 요구하고 나를 시간 속으로 끌고 들어간다.
여기, 여섯 살의 내가 금사슬나무 밑에 앉아 있다. 나무는 노랗게 꽃을 피웠다. 나는 먹음직스럽게 달린 꼬투리 모양 씨앗을 따고 싶지만, 그것에 독이 있다는 사실을 안다.

"다른 건 맘대로 해도 좋지만 금사슬나무 씨앗만은 먹지 마라. 먹으면 죽는단다." 어머니가 알려준다. 아무튼 나는 여기서, 꽃은 예쁘고 씨앗은 치명적인 금사슬나무 밑에서 노는 게 좋다.

나는 노란 잎을 본다. 또 파란 하늘을 본다. 어디서 자두 향기가 풍겨 오지만, 그럴 리 없다. 그 열매가 열리는 시기와 이 꽃이 피는 시기가 맞지 않는다.

나는 내 손을 본다. 손은 구주물푸레나무 조각을 깎고 있다. 아니면 단풍나무인가? 어느 쪽이든 상관있나? 내 손은 아버지가 보여준 방법대로 나무 조각 끝을 뾰족하게 다듬는다.

"이렇게 하는 거야." 아버지가 말한다. 내 손은 아버지의 손보다 작다. 아버지의 손은 철 수세미처럼 거칠고, 손톱은 깨져 있다. 아니면 지금 내가 그러했으리라고 생각하는 것뿐일까?

나는 금사슬나무와 내 손을 본다. 아이답게 통통하고, 칼을 꽉 쥐느라 하얘진 손가락 마디 너머로 녹색 나무껍질이 동그랗게 말려서 까만 흙바닥에 떨어지는 것이 보인다.

나는 칼을 생각한다. 그러자 감자 껍질을 벗기는 어머니의 어깨 모양이 떠오르고, 소나무 원목 식탁 밑 파란색 카펫 타일로 감자 껍질이 떨어지는 것이 보인다.

나는 식탁을 생각한다. 그러자 밀랍과 마늘 냄새가 풍긴다. 또 어떤 냄새가 나지? 양고기 지방, 로즈메리 그리고 톡 쏘는 레몬 탄산수.

나는 레몬을 생각한다. 그러자 노란 사탕이 입안을 굴러다니는 맛, 진짜 달고 신 맛이 느껴진다.

나는 사탕을 생각한다. 그리고 노란색을, 그리고 아버지가 일하러 떠나는 모습을 생각한다.

"나 대신 엄마 잘 보살펴라." 아버지는 말한다. 나는 눈이 따끔해지지만 울지 말아야 한다. 이제 나도 다 컸으니까.

나는 레몬과 떠남을 생각한다. 손가락을 꼰 채* 창밖으로 지나가는 차를 헤아리며 아버지는 돌아오지 않을 거라고 생각하던 것을 생각한다.

나는 기다림을 생각한다. 말해진 것들과 결코 말해지지 않은 것들을 생각하고, 이 기억에 소리가 없다는 사실을 생각한다.

나는 침묵을 생각한다. 벨앤드하월 영사기로 봤던 〈미스터 마구〉 만화 영화를, 그 지직거리고 뚝뚝 끊어지는 화면을 생각한다. 등장인물들의 말이 내 머릿속에는 있지만 그들의 입에는 없다.

나는 말 없는 말을 생각한다. 내가 이 집과 정원을, 오빠와 언니 들을 가졌던 것을 생각한다. 그러자 영화가 끝난다.

"가지 마."

---

* 중지를 검지 위에 얹어서 손가락으로 십자가 모양을 만드는 동작은 행운을 비는 뜻인데, 누군가 몰래 이 동작을 하며 말할 때는 지금 하는 말이 거짓말이라는 뜻이기도 하다.

붙들 것과
보내야 할 것

봄맞이냉이

Hairy bittercress
Jumping Jesus, lamb's cress, touch-me-not

카르다미네 히르수타
Cardamine hirsuta

✢ **자궁 연축을 치료하는 데 쓴다**

봄맞이냉이는 사람들이 흔히 채집하는 식용 식물이다. 물냉이보다 덜 매워서
생으로 먹을 수 있고 익혀서 먹어도 된다. 비타민 A와 C, 칼슘, 인, 마그네슘이
풍부하다. 약한 이뇨 효과가 있어서 림프계 정화에 쓰인다. 열매는 손으로 건드
리면 탁 터지는데 씨앗들이 색종이 조각처럼 흩날린다.
봄맞이냉이는 교란지에서 왕성하게 자란다.

언니가 죽은 뒤 서른여섯 시간 동안 나는 시간이 어떻게 가는지도 모
르고 선잠에 들었다 깼다 한다. 침대에 누워 있으니 남편이 와서 내 손
을 쥐며 뭘 좀 먹고 마시자고 달랜다.
"기운 차려야 해." 남편이 말한다. 남편은 일하러 가야 할 때면 자기
대신 곁에서 나를 지켜줄 친구를 불러다 앉힌다. 나는 도무지 울음을 멈
출 수 없고, 애통함에 몸이 아플 때까지 흐느낀다. 움직일 수도 없다. 이
미 약해진 몸이 충격으로 부서져서 산산조각 나는 것 같다.

사흘째에 남편이 내게 일어나보라고 애원한다.

"애는 써봐야지." 남편이 말한다. 맞는 말이다. 나는 그의 손을 잡고 일어서보지만, 통증이 덮쳐서 도로 앉는다. 자궁이 짧고 강하게 수축하기 시작한다. 뭔가 잘못됐다. 임신 28주째에 이러면 안 된다.

"어떻게 좀 해봐!" 나는 껍데기같이 내 부푼 배를 부둥켜안으면서 외친다. 남편이 전화기로 달려간다. 그가 조산사에게 상황을 설명하는 소리가 벽 너머로 들린다. 충격. 언니. 익사. 잠시 조용하다가 남편이 돌아온다.

"당장 병원에 가야 해." 남편이 말한다. 겁먹은 얼굴이다.

"가방을 못 쌌어." 나는 출산 안내서의 체크 리스트에서 때가 되기 전에 반드시 출산용 가방을 싸두라는 항목을 읽었던 것을 떠올리며 대답한다.

"당장. 당장 가야 해." 남편은 반복해 말하면서 벌써 내 발에 신발을 살살 꿰고 있다. 나는 남편에게 몸을 기대고 그가 하는 대로 둔다.

조산소에 도착하니 조산사가 구급차를 부른다. 우리가 고속도로를 달리는 동안 생명을 살리려는 사이렌이 울부짖고 머리 위에서 파란불이 점멸한다. 남편이 들떠서 씩 웃는다. 그는 구급차에 처음 타본 터라 한순간 병원 놀이를 하는 소년이 됐다가 곧 우리가 왜 여기 있는지 떠올린다. 태어나기에 너무 이른 우리 아기. 나는 남편에게 손을 뻗는다. 남편은 내 손을 잡고 절대로 놓지 않는다.

이동용 침대에 실려서 병원에 들어가던 나는 문 옆에서 담배를 피우는 젊은 여자를 지나친다. 여자는 북슬북슬한 파란색 가운으로 몸을 반쯤 가렸는데, 임신부의 크고 둥근 배 위로 허리띠가 느슨하게 묶여 있다. 문을 들어서니 청바지를 낮게 걸치고 빨간색 축구 티셔츠를 입은 남자가 벽시계를 보면서 소리 없는 박자에 맞춰 발을 구르고 있다. 나는 두 사람을 스쳐 굴러가면서 머리 위로 지나가는 형광등 개수를 센다. 자동문이 양쪽으로 쓱 열렸다가 닫히는 소리가 들린다.

입원실이 아니다. 이곳은 수술실이다. 남편이 아직 내 손을 잡고 있다. 몸에 진정제가 퍼지니 시야가 마시멜로처럼 몽글몽글 찰랑찰랑해진다. 또다시 내게 울지 말라고 말하는 목소리가 들려온다. 더 많은 기계가 몸에 연결된다. 기계들이 침대를 둘러싸고 삐익삑 씨익씩 소리를 낸다. 할리우드 배우처럼 잘생긴 남자와 여자가 들어온다. 그들은 수술복을 입었다. 남자가 내게 내진을 해봐야 한다고 말한다. 나는 남편을 가까이 당긴다.

"이거 현실이야?" 나는 묻는다. 혹 이곳이 병원이 아닌 영화 촬영장인지, 내가 브라질 멜로드라마 속에 있는 게 아닌지 걱정된다. 이제는 무엇이 현실인지 잘 모르겠다.

시간이 스르륵 간다. 잘생긴 의사가 내게 브리스틀에 자리가 하나 있다고 말한다. 우리는 컴브리아에 산다. 왜 내가 브리스틀에서 자고 싶겠는가? 거의 500킬로미터 떨어진 곳인걸. 나는 의사가 응급 분만을 언급한 것임을 깨닫지 못한 채 그의 말을 이해하려고 애쓴다. 그는 헬리콥터가 대기하고 있다며, 입원용 짐을 싸오라고 전화로 부탁할 사람이 있느냐고 묻는다. 가족이 떠오르지만 그들도 충격으로 굳은 상태임을 떠올린다. 그들도 더 애썼다가는 부러질 것이다. 나는 의사에게 그 대신 친구에게 전화해달라고 말한다.

우리는 기다린다. 간호사가 자궁 수축을 늦추고 태아의 폐를 강화하는 약물을 정맥 주사로 놓는다. 가슴이 팽팽하게 부풀어서 아프고, 어디로도 갈 곳 없는 젖이 새어 나온다. 소리 내어 울고 싶지만 그러면 수축이 심해진다. 사람들이 내게 호흡에 집중하라고 말한다. 마시고, 둘 셋, 내쉬고, 둘 셋. 내가 몸 안의 작은 생명을 붙들려고 애쓰는 동안, 언니의 몸은 영안실에 누워 있다. 나는 아기를 붙들고 언니를 놔줘야 한다. 나는 무너지지 않으려고 애쓴다. 내가 그저 한 작은 인간일 뿐임을 떠올리지 않으려고 애쓴다. 아기에게는 내가 전부다.

기계들이 진정하기 시작한다. 통증 간 간격이 길어진다. 다른 의사가 들어온다. 의사는 당장 아기가 위험한 상황은 벗어났지만 내 혈압이 너무 높다고 말한다. 의료진은 브리스틀 신생아 집중 치료실로의 전원을 보류하고 나를 산과 병동으로 올려 보낸다.

온 주변에서 생명이 시작되고 있다. 소리 죽인 병동 소음을 뚫고 새소리처럼 날카로운, 신생아 울음소리가 울린다. 산모들의 파트너는 나이 지긋한 수간호사의 시선 아래 쭈뼛쭈뼛 서성거린다. 수간호사는 단단히 감시하다가 면회 시간이 끝나면 그 불청객들을 몰아낸다. 하지만 내 기록을 본 수간호사가 남편에게는 머물러도 좋다고 말한다.

야간 근무가 시작될 무렵, 남편은 등받이가 곧은 비닐 의자에 앉은 채 잠든다. 창밖 하늘에 작은 달이 떠 있다. 나는 내 안의 작은 존재가 띤 형상에 손을 얹는다. 그것에게는 내가 전부다. 빛이 저물어 밤이 오고 사위가 고요하다. 기억이 새벽의 날카로운 호출벨 소리처럼 돌아오려고 대기하고 있다.

내 가족의
나무

가시칠엽수

Horse chestnut
Conker, buckeye, bongay

아이스쿨루스 히포카스타눔
Aesculus hippocastanum

✥ 가시칠엽수로 깎은 마술봉이나 지팡이는 에너지를 모아준다

가시칠엽수는 수렴과 항염증 효과가 있다. 껍질과 열매 모두 정맥류나 정맥염, 치질 같은 혈관 질환 치료에 널리 쓰이고, 거기서 추출한 성분이 스포츠용 혹은 화장용 크림에도 쓰인다. 씨앗에는 사포닌이 풍부하기 때문에 하룻밤 물에 담가두면 안전한 세제가 만들어진다. 하지만 잎, 껍질, 열매는 독성이 강하므로 전문가의 지시 없이 함부로 섭취해서는 안 된다.
가시칠엽수는 도시에 흔한 나무이고, 대부분의 토양에 잘 적응한다.

단지 운영 위원회가 새집 앞 공동 녹지에 나무를 심을 사람을 보냈다. 아들은 더 잘 보려고 유리창에 코를 붙이고 내다본다. 아이는 그곳에서 무엇이 자랄지 궁금해서 들떴다.

"아주 큰 나무는 아니야." 아이가 말한다. 자작나무 묘목은 언뜻 약해서 바람을 견디지 못할 것처럼 보이지만, 개척종인 자작나무는 사실 헐벗은 땅에도 쉽게 터를 잡는다. 너른 뿌리가 멀리 뻗어서 나무에 필요한 양분을 찾아오고, 다시 잎이 흙에 양분을 돌려준다. 작은 나무는 이 비타협적인 땅에서도 살아남을지 모른다. 첫 겨울만 잘 난다면.

묘목은 물을 잘 흡수하고 잘 자라기 위해서 세포가 크고 껍질이 부드러운 상태다. 겨울이 오면 심재가 수축하고 겉은 딱딱해진다. 경화(내한성 강화)라고 불리는 이 과정은 작은 나무가 성숙하기 위해서 반드시 겪어야 하는 일이다. 매년 부드러운 심재를 둘러싸고 둥근 테가 새로 생긴다. 따뜻한 해에는 테가 넓고 빠르게 자라고, 나무가 스트레스를 많이 받은 해에는 거의 자라지 않는다. 격변에 해당하는 사건은 테에 상처를 남긴다. 이 나이테 정보를 읽는 학문인 연륜연대학으로 우리는 과거의 기후와 인류가 나무에 미친 영향을 엿볼 수 있는데, 지난 1,000년 이상을 돌아볼 수 있을뿐더러 앞으로 펼쳐질 이야기도 알 수 있다.

아들이 지켜보는 동안, 남자가 땅을 파다가 돌에 부딪힌다. 남자는 다시 파본다. 거듭 다시 파본다. 우리는 씩 웃는다. 돌이 아주 깊게 묻혀 있음을, 그것을 다 파내려면 한참 더 파야 한다는 것을 우리는 안다. 남자는 몇 번 더 시도하다가 자작나무를 보고, 꿈쩍하지 않는 땅을 다시 보고, 이만하면 구덩이가 충분히 깊다고 결정한다. 그의 일은 나무를 심는 것이지 나무가 잘 자라도록 보살피는 것이 아니다.

어릴 적 내 방 창밖에 가시칠엽수가 한 그루 있었다. 크고 우람하고 300살 가까이 된 나무는 키가 40미터에 달했다. 나는 언니들에게 물려받은 방, 꽃무늬 벽지에 반들반들한 마호가니 가구가 있는 그 방에서 계절에 따라 나무가 바뀌는 모습을 지켜봤다. 봄에는 끈적끈적한 새순이 펼쳐지는 것이 보였다. 한여름에는 가지란 가지마다 흰 꽃이 초처럼 켜졌다. 가을이면 나는 뾰족뾰족한 껍질을 비틀어 꺼낸 열매를 식초에 담가서 열매 부딪히기 싸움에 알맞도록 딱딱하게 만들었다. 겨울에는 너른 가지 밑에 쌓인 눈을 모아 굴려서 나뭇가지 코와 앞 못 보는 돌멩이 눈을 가진 눈사람을 만들었다. 그동안 우리 집은 계속 움직였다. 오빠와 언니 들이 왔다 갔고, 방과 구역이 바뀌었고, 벽에 붙은 망아지와 팝스타 포스터가 혁명과 펑크에 밀려났으며, 놀이 소리가 사라진 대신 쾅 문 닫는 소리와 야밤에 마룻바닥 삐걱대는 소리가 들렸다. 무엇도 가만히 있지 않았지만, 그 나무만은 계속 똑같은 모습으로 돌아왔다.

오빠와 언니 들은 제 유년기의 나무로 이보다 더 이국적인 나무를 꼽을 수 있다. 토론토의 흰 눈을 배경으로 새빨간 잎을 반짝이는 설탕단풍나무랄지. 둘째 언니가 태어난 쿠알라룸푸르 외곽의 위성도시에 이름을 빌려준 나무로서 더디게 자라는 상록수인 프탈링petaling나무랄지. 혹은 어머니가 다섯째 아이를 낳았던 뉴질랜드의 비공식 국화로서 노란 꽃을 자랑하는 코와이kōwhai나무랄지. 그런 나무들이 언니와 오빠 들의 삶을 지켜봤지만, 내 삶은 아니었다.

내가 기억하는 최초의 집에는 나무가 없고, 그곳에 관한 기억도 하나뿐이다. 나는 어린이용 높은 의자에 앉아 있다. 눈앞에 쟁반이 있고 그 위에 그릇이 있다. 어머니는 내 옆에 앉아 있다. 어머니는 울고 있다. 나는 어머니의 얼굴을 본다. 언니들의 얼굴을 본다. 긴 나무 식탁에 둘러앉은 그 얼굴들도 나를 본다. 그것들은 작고 말 없는 세 달덩이 같다. 한편 식탁 건너편에 서 있는 아버지의 얼굴은 일그러져 있고, 입안 가득 소음을 낸다. 주먹은 쥐여 있고, 그것으로 식탁을 때리자 접시들이 펄쩍 뛴다. 큰오빠도 서 있다. 두 사람의 얼굴이 아주 가깝다. 의자가 바닥을 긁더니 넘어져서 덜그럭거린다. 내 그릇에는 음식이 있다. 손가락으로 움켜보니 부드럽고 질척하다. 작은 달들은 아무 소리도 내지 않는다.

두 번째 집에는 매끄러운 대리석 바닥이 있고, 위로 위로 위로 올라가면 하늘이 보이는, 천창까지 닿는 계단이 있다. 그 시절의 기억, 슬픔과 침묵과 분노의 이야기를 나는 물려받아서 안다. 내 몸이 속삭이는 것은 고통이지만, 마음이 기억하는 것은 불꽃놀이로 밝아진 하늘, 머그에 담긴 뜨거운 수프, 색종이 같은 꽃이 붉은 열매로 영글던 벚나무다. 프랑켄슈타인의 괴물 탄생지 바로 옆에 있던 그 집은 우리의 야망이 담긴 임대 모델 하우스였다. 그곳은 부유함과 눈물의 장소였고, 우리는 그곳과 어울리지 않았다.

그때 그 삶의 나이테에 파열이 일어났다. 1975년에 우리 가족은 둘로 쪼개졌다. 부모님은 자식 중 셋을 남기고 나머지 셋은 떠나보냈다. 늘 있던 사람들이 없어졌는데도 아무도 막내에게 설명해줄 생각은 하지 못했고, 아이는 살피고 또 살폈지만 그 이유를 찾지 못했다. 나는 스물여덟 살이 되어서야 그때 무슨 일이 있었고 그들이 왜 떠났는지 알게 됐다.

"네가 이해하지 못할 일들이 있어." 언니가 길 끝 갓길에 차를 세우고 엔진을 끄면서 말했다. 비가 유리창을 두드려서 창밖의 밭 풍경이 흐려졌다. 언니는 정면을 보고 있었다. 나는 조수석에서 장난감과 등산 장비 틈에 발을 끼운 채 언니의 이야기를 들었다. 숨겨진 것과 부서진 것에 관한 이야기, 너무 깊게 묻힌 이야기. 그것은 들려줄 만한 이야기였지만, 어디까지나 언니의 이야기였다.

내 이야기는 달랐다. 내 이야기는 이렇다. 나는 그 집에서 태어나 사랑받았고 또 무서웠다. 철조망을 에워싸고 자란, 개울가의 구주물푸레나무처럼 비뚤어진 형상으로 자라면서도 내 상처를 보지 못했다. 어머니는 어울리지 않는 땅에 외롭게 고립되어 있으면서도 어떻게든 대처하려고 애썼다. 아버지는 성공을 좇아 집을 비우기 일쑤였고, 우리에게는 "너희 아버지가 돌아오기만 해봐." 하는 어머니의 막연한 경고가 어른거렸다. 큰오빠는 마약과 알코올 중독이 심해진 데다 진단받지 않은 정신적 문제까지 겹쳐서 폭력과 자살 위협 사이를 오갔다. 흡사 나무줄기에 스미는 줄기마름병처럼, 큰오빠의 병은 가족의 삶에 깊게 번졌다. 그중에서도 가장 심하게 영향받은 이는 나이 많은 언니와 오빠였지만, 그들은 그 손상을 숨기곤 했다. 결국 손상이 깊어지자 부모님은 결단했다. 가족이라는 나무가 위험했다. 부모님은 그 나무를 보전하기 위해서 병든 부위를 잘라내기로 결정했고, 줄기마름병에 걸린 나무처럼 병이 닿았던 부위도 함께 제거해야만 했다.

부모님은 큰언니와 작은오빠를 영국 기숙학교로 보냈다. 그들의 부재는 당시 부모님이 속한 세상에서는 설명하기 쉬운 것이었지만, 늘 자식을 곁에 두려고 고집하는 어머니가 있던 우리 가족 안에서는 이상한 일이었다. 지금 돌아보면 당시 부모님의 선택에 이의를 제기할 수도 있지만, 그것은 내가 현재라는 안락한 위치에서 그때를 바라보기 때문이다. 옳았든 틀렸든, 이면에 어떤 생각이 있었든, 그 선택은 큰언니와 내 삶에 중요한 나비 날갯짓으로 작용할 터였다. 그리고 그 결과는 시간과 함께 전개될 터였다.

큰오빠의 운명은 달랐다. 부모님은 비록 자신들이 아들을 고칠 수는 없어도 자연은 아들에게 깃든 악마를 치료해주리라고 여겼다. 그래서 오빠에게 티켓 한 장, 텐트 하나, 서튼 부부의 『야생으로의 탈출Escape to the Wilderness』을 주며 태평양 종단길 트레킹을 보냈다. 캐나다 국경에서 멕시코 국경까지 4,000킬로미터 남짓 이어진 그 길은 산맥, 사막, 숲, 눈밭을 지난다. 대부분의 등산객은 극단의 혹독한 추위와 더위를 피하기 위해서 그 길을 몇 부분으로 나눠서 걷는다. 오빠는 혼자서 단번에 완주할 예정이었다. 오빠는 열아홉 살이었다. 진정한 원정이 으레 그렇듯이, 오빠가 살아서 돌아올 수 있다는 보장은 전혀 없었다.

하지만 사실 곰팡이병 포자는 이미 손상된 지점으로만 침투한다. 부모님은 그보다 더 깊은 상처를 치료할 방법은 몰랐다. 그들의 결정은 병을 내부에 가두는 꼴이었으며, 결국에는 병이 퍼져서 모든 가지를 덮쌌다. 상황은 곧 달라질 터였고, 그 뒤에도 또 달라질 터였다.

길고 건조했던 1976년 여름, 가뭄 때문에 무당벌레가 사람을 물고 도시의 거리에서 폭동이 터지던 계절에, 우리 나머지 가족은 영국으로 돌아왔다. 어언 17년간 짐보따리를 들고 빌린 집을 전전하며 살아왔으니 이제 우리 집을 가질 때였다.

우리가 처음 간 곳은 옥스퍼드셔의 작고 붉은 벽돌집이었다. 그 집 정원에는 장미가 가득했지만 나무는 없었다. 그림자에는 여전히 슬픔이 깃들어 있을지라도 어머니는 잘해보려고 애썼다. 어머니는 꽃을 꺾었고, 일주일에 한 번 비스킷을 구웠다. 나는 스토브에서 막 나온 비스킷을 뜨거운 채로 먹었다. 토요일이면 우리는 10페니를 받아서 간식으로 먹을 핑크슈림프, 루바브앤드커스터드, 블랙잭, 셔벗 사탕을 종이봉투 가득 채웠다. 그곳은 나비, 여름, 빨간 고무장화, 설탕, 변화의 집이었다. 그래도 내 유년기의 집은 아니었다. 우리는 이듬해 봄에 다시 이사했다. 중간 문설주가 달린 창과 오래된 가시칠엽수가 있는 사암 집이었다.

늘 소란하고 정신없는 집이었기에, 어떤 목소리가 사라졌다는 사실을 모르고 넘어가기가 쉬웠다. 작은오빠는 기숙학교에서 돌아왔지만, 큰언니는 돌아오지 않았다. 언니는 열여섯 살에 가출했다. 나이 많은 남자의 꼬임에 넘어가서 '신성한 빛 선교회'에 입교한 뒤 모든 관계와 의절하고 사라진 것이다. 우리는 주말마다 녹색 낡은 푸조 자동차를 타고, 언니가 마지막으로 목격된 장소나 희미해지는 자취를 쫓아서 여기저기 돌아다녔다. 다른 언니들과 함께 집에 남아 있기에는 어렸던 나는 비닐 시트에 맨다리가 들러붙는 뒷좌석에 혼자 타고 있었고, 부모님은 모르는 사람들의 집 문을 두드리고 다녔다. 어떤 때는 막다른 길에 다다랐다. 종종 다짜고짜 문이 닫히기도 했다. 한번은 웬 여자가 어머니에게 "당신은 이제 그 애 엄마가 아니야."라고 말하는 것을 들었다. 나는 그게 무슨 말인지 이해할 수 없었지만, 어머니는 집으로 돌아가는 길 내내 울었고 아버지는 운전대를 꽉 쥐고 묵묵히 운전만 했다.

적어도 그때 언니는 우리에게 발견되기를 원하지 않았다. 하지만 이따금 백단향과 기도문의 아지랑이에 감싸여 집에 왔다. 나는 위시본*에 새끼손가락을 걸고 언니가 머물게 해달라고 빌었지만, 오래지 않아 집에서 큰소리가 터졌고 언니는 다시 떠났다. 그 후 닫힌 문 너머에서 고성이 오갔고, 슬픔이 찾아와 어머니를 삼키고 나를 겁먹게 했다.

큰오빠는 어땠는가 하면, 자신은 집으로 돌아오려고 애썼지만 세상에는 영영 고칠 수 없어서 망가진 채로 남는 것도 있는 법이다. 큰오빠

---

* wishbone. 조류의 가슴뼈 앞에 있는 와이 모양의 뼈로, 이 뼈를 두 사람이 잡아당겨서 누구의 소원이 이뤄지는지 점치는 풍습이 있다.

의 가둬진 상처가 벌어지기까지는 수년이 걸렸고, 그것이 낫기 시작하기까지는 그로부터 수년이 더 걸렸다.

그러니까, 내 유년기의 집은 오래된 도축용 바퀴, 야생화, 풀밭을 쏘다니는 흰 닭이 있던 사암 집이었다. 내 방 앞에서 가시칠엽수가 자라던 집이었다. 나는 그 나무가 여러 계절을 겪으며 변화하는 모습을 지켜봤다. 나무는 겨울에도 가뭄에도 자랐으며, 모든 시간을 제 나이테에 새겼다. 수확을 새기고 상처도 새겼다. 열여섯 살에 집을 떠날 때 나는 그 나무를 떠나보내야 해서 슬펐다.

지금 내 아들의 창밖에도 나무가 자란다. 재생의 상징인 자작나무다. 아이도 나처럼 제 나무의 계절이 흐르는 모습을 지켜볼 테고, 나무의 모든 변화를 제 기억으로 간직할 것이다. 나무는 아이의 삶 가운데 몇 해를 목격할까? 몇 번의 추위를 견딜까?

나는 아이가 묘목을 끌어안고 입맞추면서 '안녕' 하고 다정하게 반기는 모습을 본다. 아이를 비바람으로부터 보호하고 그 부드러운 심장을 지켜주고픈 마음이야 가없지만, 아이는 벌써 다섯 살이고 제 삶의 겨울을 겪어봤다. 아이가 기상 변화를 아예 모르도록 계속 막아낼 방법은 없다. 하지만 나무처럼 모든 시간과 계절이 우리 삶에 나이테를 새긴다는 사실을 아이에게 보여줄 수는 있다. 그 시간을 살아남으려면 우리가 조금은 단단해질 필요가 있단다. 하지만 계속 지켜보렴. 그러면 봄이 늘 돌아온다는 사실도 알게 될 테니까.

언니의
장례식

로즈메리
Rosemary
Polar plant, compass-weed, incensier

로스마리누스 오피키날리스
Rosmarinus officinalis

✣ **요정들이 아기를 훔쳐가는 것을 막으려면**
요람 위에 로즈메리 가지를 매달아두라

옛사람들은 긴병을 앓은 사람의 회복을 돕고 집에서 부정적인 에너지를 몰아
내기 위해서 로즈메리와 두송 열매를 함께 묶은 리킹 번들*을 태웠다. 로즈메
리를 베개 밑에 두고 자면 꿈을 기억하고 악몽을 쫓는다는 말도 있다. 소독과
수렴 효과가 있어서 우린 물은 발모를 돕는 두피 컨디셔너로 쓰고, 마사지 오
일에 첨가하여 혈액 순환을 돕고 근육통을 더는 데 쓴다. 다른 식물과 함께 기
르면 좋은 동반 식물로서 모기, 무당벌레, 당근파리를 쫓는다.
로즈메리는 건조하고 영양분이 부족하며, 돌과 모래가 많은 사질 토양에서 번
성한다.

---

* reeking bundle. '냄새를 풍기는 뭉치'라는 뜻으로, 신성하고 향기로운 나무와 초본을 묶
어서 태우는 이것을 흔히 '스머지 스틱'이라고도 부른다.

언니의 장례식 날은 그림엽서 같은 안개가 끼어 있고 새파란 날이다. 시월의 밝은 해가 얼굴에 따뜻하다. 가을의 자작나무 잎이 폭죽처럼 붉게 노래한다. 검은 강가를 배경으로 피카소 그림의 소 같은 흰 소가 힝힝 콧김을 뿜는다. 내 안에서 아기가 돌아누우며 작은 발가락으로 내 갈비뼈를 파고들고, 팔을 죽 뻗어 기지개를 켜면서 내 배에 주먹 자국을 남긴다. 고래 등의 혹처럼 생긴 그 형상을 나는 어루만진다. 언니가 죽은 지 열하루째, 작별 인사를 할 때다.

마지막으로 언니를 보려는 조문객이 까만 까마귀 떼처럼 모인다. 그들은 부자연스러운 공감의 미소를 띠고 한 명씩 줄에서 나와서 악수를 청한다. 임신에 충격이 겹쳐서 걸을 수 없는 나는 빨간 휠체어에 앉아 있다. 밑에 있는 나를 아무도 보지 않는다. 나는 어른들의 눈에 띄지 않는 아이가 된 것 같다. 고치처럼 나를 감싼 몸은 부었고 늘어났고 연해졌다. 우리는 엄숙한 표정으로 애도를 맞이한다. 흐트러지지 않은 모습을 보이는 것이 우리 임무다.

"예전에 집에서 빨래 담을 때 쓰던 버들광주리처럼 생겼어." 나는 언니가 누운 친환경 관을 가리키며 속삭인다. 우리는 들키지 않기를 바라는 학생들처럼 입을 가리고 키득거린다.

"예의를 지켜!" 아버지가 나무라자, 어머니가 자신의 날개 속에 숨기려는 것처럼 우리에게 팔을 두른다.

"괜히 역정 내지 마요." 어머니는 아버지가 자신의 입술을 읽을 수 있도록 또박또박 말한다. 아버지는 자세를 바로 하고 앞을 본다.

운구 담당자는 우리에게 바퀴 달린 카트로 관을 나르라고 조언했지만, 아버지가 거절했다. "채신없게." 아버지의 말이다. 아버지는 완강하다. 때가 되자 큰언니의 두 아들이 제 어머니를 어깨에 멘다. 둘째는 겨우 열여섯 살이고 첫째는 스물한 살이다. 그들은 부담에 다리가 후들거리지만 해내기로 작정한 터라 끝까지 해낸다. 죽음은 우리 생각보다 훨씬 더 무겁다.

언니는 곧잘 자기가 죽어도 아무도 모를 거라고 말하곤 했다. 그것은 틀린 말이었다. 길 양옆에 선 차가 집들을 지나 언덕 위까지 뻗어 있다. 작은 마을 교회에 다 들어가지 못할 만큼 조문객이 많다. 교회 묘지까지 넘쳐난 사람들이 무덤 사이에 알록달록한 피크닉용 담요를 깔고 옹기종기 앉아 있다. 이 광경은 끔찍한 죽음에는 적절하지 않아도 언니에게는 완벽하게 어울린다. 이들은 언니를 만나서 인생이 바뀐 사람들이다. 어려서 언니의 안내로 처음 자연과 교감을 맺었던 사람들이 자기 아이를 데리고 왔다. 오래된 친구들도 있다. 언니가 사이비 종교에 빠지기 전부터 알았다가 언니가 용케 세상으로 돌아온 뒤에 다시 만난 이들이다. 언니가 머물 곳을 제공하며 가족으로 받아들였던 낯모를 노숙인들도 있다. 경찰관, 교사, 정치인, 활동가, 히피, 펑크족도 있다. 다들 언니 때문에 여기에 왔다. 언니는 어른이 된 뒤로 평생 지구를 보호하고 대변하며, 소외되고 가난한 이들과 연대하는 활동을 해왔다.《컨트리 리빙 Country Living》잡지는 언니를 '시골의 투사'라고 소개했고, 지금 지역 신문들은 '진정한 영웅'의 죽음을 보도한다. 하지만 우리에게 언니는 자매이고 어머니이며 아내다.

"그 애는 내 딸이었어요." 기자의 전화에 어머니가 한 말은 이것뿐이다.

어두운 실내로 들어가자 얼굴들이 고개를 돌려 우리를 응시한다. 이 장례식은 어쩌면 이렇게도 불편한 결혼식을 닮았는지. 줄지어 선 손님들이 유령 신부를 기다린다. 언니는 남편과 두 아들을 거느린 채 중앙 통로를 나아가고, 언니의 10대 딸은 달콤한 프리지어 다발을 들고 뒤따른다. 우리는 이 끈적끈적한 애도를 천천히 헤치고 걸어서 자리로 간다.

목사가 예식을 개시한다. 친절한 그녀는 이 예식 역시 친근하게 만들려고 노력하지만, 사실 이런 것은 우리가 예상했던 장례식이 아니다. 이 종교적 예식은 아버지의 선택이다. 아버지의 애도 방식이기는 해도, 이 언어는 우리를 애도로부터 소외시키는 데다가 언니라는 사람을 반영하지도 않는다. 목사가 하나님의 선하심과 죄의 무게를 설교할 때, 나는 비명을 지르고 싶다. 자비로운 신이 어떻게 언니가 물에 빠져 죽도록 놔둔다는 말인가? 신에게 언니의 죄를 판단할 권리가 어디 있다고?

어머니는 우리를 무신론자로 키웠다. 신앙을 원하지 않아서가 아니라 그저 자신이 볼 수 없는 것은 도저히 믿을 수 없어서였다. 어머니에게 죽음은 곧 끝이다. 아버지가 자신은 딸과 이야기할 수 있다고 말하자 어머니는 운다. 어머니가 눈을 감으면 딸이 공포에 질린 얼굴로 물과 추위와 싸우는 모습이 보일 뿐이다. 아버지가 평화를 찾는 곳에서 어머니는 딸의 갈비뼈가 으스러지는 것을 느끼고 숨쉴 수 없게 된다.

"그 애는 왜 나한테는 말을 안 걸지?" 어머니는 딸이 끝에 가서는 아버지를 선택하려고 한다는 사실에 당혹해한다.

오르간이 〈아침이 밝았네 Morning Has Broken〉를 씨익씨익 연주하고, 이든*의 저무는 빛 위로 찬송가가 더듬더듬 울려 퍼진다. 이 장면이 나를

---

* Eden. 영국 잉글랜드 북서부에 있는 컴브리아주의 자치구다. 『구약 성서』의 '에덴' 동산과 철자가 같다.

과거로 데려간다. 아직 어린 나는 깔끄러운 모직 러그에 누워서 늦여름 햇볕을 쬐며 캣 스티븐스Cat Stevens의 노래를 듣고 있다. 아버지의 파이프에서 나온 푸르고 달콤한 연기가 티끌 사이로 피어오르면서 공기에 시더우드와 바닐라 향을 남긴다. 모든 것이 슬로 모션으로 움직인다. 연기가 아침 햇살을 감싸고 오른다. 나는 그 장면이 전부 다시 펼쳐지는 것을 본다. 엘피 음반이 사각거리다가 튀는 소리, 음반을 뒤집을 때 정전기가 튀는 소리도 들린다.

오르간 연주자가 연주를 멈춘다. 기억이 끝난다. 스테인드글라스 창으로 한 줄기 햇살이 비쳐들자 언니 머리 위에서 먼지 천사들이 춤춘다. 내가 추모사를 할 차례다. 남편이 휠체어를 제단까지 밀어주고 내가 낭독대까지 네 계단을 오르도록 도와준다. 나는 쓰러지지 않으려고 낭독대 모서리를 꽉 붙든다. 줄지은 얼굴들이 나와 눈을 마주치며 내가 이 상실을 조금이라도 납득시켜주기를 기다린다.

나는 큰언니 이야기를 한다. 언니는 자신의 힘든 경험을 타인에게 이로운 것으로 바꿔내는 사람이었고, 다음 세대를 위해서 지구를 보호하려고 애쓴 사람이었다고 말한다. 언니는 자신이 사랑한 야생의 장소를 지키고자 싸웠고, 그 과정에서 많은 젊은이에게 영감을 줬다고 말한다. 사실 이 사람들도 다 아는 이야기다. 언니가 그런 방식으로 이들의 세상과 만났으니까.

사실 내가 정말로 말하고 싶은 것은 어릴 때 언니가 만들어준 장난감 목마다. 언니가 부러진 빗자루에 가죽 조각을 꿰어 붙여서 목마의 얼굴을 만들었다는 것, 단추로 눈을 만들고 자투리 모직 천으로 갈기를 만들었다는 것을 말하고 싶다. 내가 숱하게 이사를 다니면서도 그것을 가지고 다녔다는 것, 목마의 얼굴이 닳아 꾀죄죄해지고 단추가 몽땅 사라져도 간직했다는 것을 말하고 싶다. 언니는 백단향과 선향을 풍겼다는 것을, 우리의 밤 수영과 달그림자와 새벽에 훔친 우유의 맛을 말하고 싶다. 언니가 가꿨던 정원을, 식물들의 이름과 언니의 손톱에 낀 흙과 언니가 자기 방 벽에 그려둔 별을 말하고 싶다.

나는 이런 것들을 너무 말하고 싶지만, 시간이 끝나간다. 조용한 교회에 드뷔시의 〈아마빛 머리의 소녀〉가 울린다. 소리가 너무 작다. 훨씬 더 크면 좋을 텐데. 우리가 이 조용한 공간에서 각자 흐느낄 권리를 누릴 수 있을 만큼 크면 좋을 텐데. 우리는 그 대신 두려움을 소맷자락에 묻어 잠재우고, 통곡하고 싶은 마음을 부끄럽게 여긴다.

그렇게 식이 끝난다. 우리는 시월의 쨍한 햇빛 속으로 내쫓긴다. 언니는 화장될 테지만, 아버지는 언니가 비록 이 축성된 대지에 묻히지 않더라도 떠나기 전에 매장 기도를 올려달라고 목사에게 부탁해뒀다.

"우리 주 예수 그리스도께서 그대를 부활케 하시어 영생을 누리게 하실 것을 믿고 소망하며, 우리는 주님의 손에 우리 신자인…" 목사가 읊는다. 우리는 그 모습을 보면서 기다린다. 기독교 예식의 이 마지막 단계는 우리가 아버지에게 주는 선물이다. 아버지는 선물을 받았다는 사실조차 영영 알아차리지 못하겠지만 말이다.

우리는 언니에게 최후의 여행을 시켜주기 위해서 세탁용 버들광주리 관을 장의차에 싣는다. 언니는 화장장과 이날의 두 번째 예식을 향하여 북쪽으로 100킬로미터를 가야 한다. 삶을 마치는 것도 힘든 일이다. 장의차가 떠나자, 언니의 옛친구가 내게 다가온다.

"너 잘하더라." 그가 내게 말한다.

"뭘요?" 나는 무슨 말인지 몰라서 묻는다.

"장례식 말이야." 그가 대답한다. 나는 어떻게 대답해야 할지 모르겠다. 장례식을 '잘한다'는 게 정확히 뭔지도 모르겠다. 어쨌든 뭍에 밀려온 고래처럼 오도 가도 못하는 상황이니 일단 고맙다고 중얼거리고 그의 이름을 떠올려보려고 애쓴다.

화장장은 넓고 춥다. 여기에는 긴 나무의자 대신 플라스틱 의자가 있다. 조문객이 아까보다 더 많고, 찬송가 대신 아일랜드 포크와 레게 음악이 울리고, 일어나서 시를 낭독하는 사람들이 있다. 나는 맨 앞줄에서 남편의 손을 잡고 그 광경을 지켜본다. 커튼이 닫히면서 언니의 관이 사라지고 전동 도르래 소리가 삐걱삐걱 회당에 울려 퍼질 때, 나는 마침내 스스로에게 울음을 허락한다. 뜨겁고 성난 눈물이다. 아직도 나는 어떻게 언니가 죽을 수 있는지 이해할 수 없다. 둥글게 부푼 배를 어루만지면서, 여기 숨은 생명이 마치 폭풍우에 맞서는 부표인 양 힘껏 매달린다.

"울지 마라. 엄마가 울면 아기가 1년 하고도 하루를 울게 된다지 않니." 아버지가 내 어깨 너머로 속삭인다.

"제발 울지 마. 아니면 또 입원하게 될 거야." 남편이 애원한다.

"이제 아기를 생각해야지." 어머니가 말한다.

나는 굴복하여 흐느낌을 다스린다. 사실은 이곳으로부터 내빼어 옷을 찢고 가슴을 치면서 이 시퍼런 슬픔이 소진될 때까지 울고 싶지만, 오늘은 그날이 아니다. 오늘은 그만 울어야 한다. 오늘은 계속 살아야 한다. 오래 기다린 이 아이가 자라고 태어날 수 있도록, 하나의 사랑과 두 배의 상실로.

그녀의 온실에서
배운 것

디기탈리스

Foxglove
Witches' gloves, dead men's bells, bloody fingers, fairy thimble

디기탈리스 푸르푸레아
Digitalis purpurea

✤ 디기탈리스를 심으면 집을 보호할 수 있다

디기탈리스는 민간의학에서 예부터 심장 질환 치료제로 쓰였다. 디기탈리스
에 든 디기톡신이라는 성분은 1775년부터 주류 의학계에서도 심부전증 치료
제로 쓰였고, 오늘날 심장약에도 널리 쓰인다. 섭취하면 죽을 수도 있을 만큼
독성이 강하기 때문에, 반드시 자격 있는 약초학자의 지시하에 써야 한다.
디기탈리스는 부서진 벽, 도롯가, 교란지에서 잘 자란다.

언니는 내 유년기에 늘 유령처럼 슥 나타났다가 사라지곤 했지만, 내
게 언니는 언제까지나 음악과 춤과 여름꽃의 세상에 속한 사람이다. 시
간의 티슈에 싸인 오래된 기억이 있다. 내가 아홉 살이던 1980년 6월, 너
무 더워서 모든 것이 여름의 은은한 콧노래 속 열기로 감싸인 듯한 날이
었다. 언니는 잔디밭에서 빙글빙글 돌고 있다. 팔을 벌리고 눈을 감은
채, 열린 창으로 흘러나오는 라디오 속 케이트 부시의 〈바부시카〉를 따
라 부른다. 긴 금발은 풀어서 홀치기염색 치마 위로 늘어뜨리고 맨발의

발가락 사이로 데이지가 쏙 튀어나온다.

이 무렵 언니는 '신성한 빛 선교회'를 나왔고, 런던 남부의 한 사립 남학교에서 정원사로 일했다. 하지만 여전히 내게 언니는 내가 아는 세상의 밖에 있으며, 가끔 백단향과 꽃의 기운에 감싸여 나타나는 색다른 영혼이었다. 그 중독적 궤도에 속하기를 갈망했던 나는, 그래서 언니가 함께 지내자고 제안했을 때 언니한테 보내달라고 어머니에게 사정사정했다. 조금 놀랍게도 어머니는 승낙했다. 나는 점심 도시락과 빅토리아역에 도착할 때까지는 절대 내리지 말라는 당부를 받고 밴버리에서 버스에 탔다. 혼자 집을 떠나는 것이 처음인지라 내내 유리창에 얼굴을 붙이고 새로운 모든 것에 마음을 활짝 열었다.

언니의 단칸 다락방은 좁은 계단통 꼭대기에 있었다. 천장 처마 속에는 비둘기 집이 있었다. 우리가 언니의 싱글 침대에서 서로 머리를 반대 방향으로 두고 자는 동안, 위에서 비둘기들이 부스럭거리고 구구거렸다. 천장에는 금색 해와 은색 별과 웃음 띤 초승달이 그려져 있었다. 벽에는 낡은 인도면 침대보가 걸려 있었고 그 실에서 선향과 탄 토스트와 발리컵* 냄새가 그윽하게 풍겼다. 마법 같았다.

꼬박 일주일 동안 나는 언니의 세상에 속했다. 언니는 매일 아침 나를 일터에 데려갔고, 숙인 머리를 맞댄 채 어린나무를 어떻게 보살피고 다듬어서 키우는지 보여줬다. 언니가 가꾸는 온실에는 렁워트bloody butcher, 금어초calf's snout, 석송woolf's-foot 등등 마법 재료 같은 이름의 식물들이 있었다. 언니는 내게 어떤 식물이 치명적인지, 어떤 식물이 치유하

---

* barleycup. 가루를 타서 마시는 곡물 음료로, 커피 대용품으로 여겨진다.

는지, 어떤 식물을 절대 꺾어서는 안 되는지 알려줬다. 그런 것을 언니는 원래부터 아는 듯했고, 나는 배우고 싶어서 열심히 들었다.

해가 지면, 언니는 도시의 뿌연 오렌지색 밤 속에 숨은 세상을 보여 줬다. 우리가 밤샘 파티에 늦게까지 앉아 있을 때, 짙은 연기 속에서 언니는 저항을 말했고 장발 남자들은 구원과 자살과 시간의 파괴력을 노래했다. 우리는 밤에 몰래 학교 수영장에 들어가 아무도 없는 넓은 물에서 알몸으로 수영했고, 그다음에 애딩턴힐스 공원 꼭대기에 올라가서 별 없는 하늘 아래 깜빡이는 밤의 불빛을 구경하며 훌라후프스 과자와 단 키아오라 오렌지 주스로 만찬을 즐겼다. 그러다가 새벽이 오면 일찍 깨어난 거리를 걸어서 돌아갔다. 언니의 손에 내 작고 졸린 손을 끼워 넣고, 배달차에서 훔친 우유를 마시면서 밥 말리의 노래를 불렀다. 그러다 보면 도시가 깨어났다.

그 일주일 동안에 나는 말로 설명할 수 없을 정도의 애정을 느꼈다. 하지만 언니가 나를 버스에 태워서 집에 보내던 날, 나는 차가 출발해도 뒤돌아보지 않았다. 그러면 언니 마음이 아프리라는 것을 알면서도, 손 흔드는 언니를 짐짓 못 본 척했다. 언니가 나를 떠나보내고 있었고, 내가 언니를 갈구한다는 사실에 왠지 몰라도 아팠다.

지금 기억나는 것은 버스가 출발할 때 봤던 언니의 얼굴 그리고 내 맨다리에 골난 수치심처럼 깔끄럽게 닿았던 노란색과 갈색의 좌석이다. 그 노여움은 후에도 시시로 우리 관계에 나타났고, 정확히 뭔진 몰라도 하여간 내가 잘못을 저질렀다는 죄책감이 그 감정에 불을 지폈다. 내 서른여섯 살 생일을 맞아 약속한 점심 식사 자리에 언니가 나타나지 않았을 때, 나는 하여간 내가 뭔가 잘못했다는 기분에 휩싸이지 않으려고 애썼다. 언니는 원래 자주 늦고 늘 시간에 쫓긴다는 것을 알면서도, 임신한 나는 언니의 부주의에 버려진 기분이었다. 나는 기다리지 않았다. 화나서 카페를 떠났고, 우리는 그 후 다시 말을 나누지 않았다.

화쯤이야 나중에 언제든 내면 되지 않겠는가.

두 주 후, 언니는 익사할 터였다. 세상은 하나의 비명으로 압축되어, 내 입은 "안 돼, 안 돼, 안 돼." 하고 언니에게 살아남으라는 명령을 반복할 터였다. 언니의 죽음을 알리는 전화가 왔을 때, 나는 내가 언니를 살리지 못했다는 것에 화가 났다. 그 마음에는 나를 부끄럽게 만드는 또다른 감정이 깔려 있었으니, 내가 화난 이유는 사실 언니가 자신을 살리지 못했고, 익사함으로써 내 행복의 기회를 앗아갔기 때문이었다.

나는
깨어난다

잔쑥

Mugwort
Cronewort, felon weed, mugweed

아르테미시아 불가리스
Artemisia vulgaris

✣ **잔쑥 차는 현세와 다른 차원의 세계 사이의 소통을 돕는다**

잔쑥은 마녀, 달, 여성 주술사의 마법과 연관된다. 잔쑥을 섭취하거나 연기를 마시면 꿈을 깊고 또렷하게 꿀 수 있다. 약한 환각 효과가 있고, 예부터 '여자의 약초'로 여겨져서 생리와 출산 촉진에 쓰였다. 면역 기능을 전반적으로 강화해 주고, 위와 췌장과 간 건강을 돕는 효과가 탁월하다. 체내외의 다양한 통증, 벌레 물린 곳, 화상, 피부 자극, 감기, 기침, 인후통 치료에 쓰인다.

잔쑥은 황무지, 자갈 채굴장, 채석장, 길가, 산울타리 담, 기타 거친 땅에서 잘 자란다.

나는 이전의 내가 아니다. 앞으로 무엇이 될지도 모른다. 나는 내륙에 있다. 이곳은 안개와 공터의 공간이고, 절벽가를 넘어섰지만 지평선에 이르려면 아직 먼 곳이다.

삶은 그 끝에 도달하는 길을 아주 다양하게 제공한다. 우리는 그 길을 안다고 상상하기를 좋아하지만 사실은 대체로 모른다. 대체로 길을 잃는다. 우리가 가고 있다고 생각했던 지점을 넘어서고 나서야 비로소 걸어온 길이 보일 뿐이다. 그리고 그때, 어쩌면 우리는 다시 시작할지도 모른다.

언니가 익사한 날로부터 78일 뒤, 내 아들이 태어난다. 아이의 이름은 이런 뜻이다. "나는 깨어난다."

엘더나무의
수호신

서양딱총나무(엘더)

Elder
Pipe tree, bore tree

삼부쿠스 니그라
Sambucus nigra

✣ **엘더로 만든 요람에 아기를 두면 요정들이 훔쳐간다**

엘더는 오래전부터 마법적으로나 약으로서 영험한 나무로 여겨졌다. 옛사람들은 이 나무를 '엘더 마더' 혹은 '대지의 어머니'의 현신으로 생각하여 화장용 장작으로 썼고 악령으로부터 망자를 보호하고자 무덤가에 심었으며, 슬픔과 애도에 연관하여 떠올렸다. 엘더에는 재생과 치유 효과가 있고, 타닌, 칼륨, 엽산, 플라보노이드, 비타민 A와 C가 풍부하다. 뿌리, 껍질, 잎, 꽃, 열매가 식중독, 사마귀, 치통, 염증부터 열, 인후통, 상처, 피부 문제, 두통, 독감까지 다양한 질환의 치료제로 쓰인다. 꽃과 열매는 술, 수프, 코디얼, 푸딩, 처트니의 재료로 쓰인다. 잎과 꽃을 우린 물은 벌레 퇴치 효과가 있어서 장미나무에 뿌리면 흰곰팡이나 진딧물이 꾀는 것을 막아준다. 다량 혹은 생것을 섭취하면 유독할 수 있다. 엘더는 황무지, 침식된 강둑, 백악 구덩이에서 많이 자란다.

지난주에 사슬톱을 든 남자가 와서 동네의 엘더를 죄 베버렸다. 내가 열매를 따려고 점찍어둔 나무, 그러니까 우리 집 근처 도롯가에 자라던 나무도 베버렸다. 엘더는 여신 홀다가 아끼고 엘더 마더가 수호하는 나무로, 사람들을 보호하고 장수하게 해준다고 한다. 엘더를 베면 사흘 안에 죽음이 찾아온다는 속설이 있고, 엘더가 제 속에 마녀를 숨겨준다는 이야기도 있다. 이제 남은 것은 상처 난 그루터기뿐. 그래도 엘더는 꾀가 많은 나무이고, 더구나 그 남자가 모든 엘더를 다 찾아내지는 못했다.

우리는 단지와 개울 사이의 뒷길을 훑어보기로 한다. 아들이 탐조용 쌍안경으로 정찰하며 앞장서서 달려간다.

"하나 찾았다!" 아이가 외치면서 내게 손짓한다. 까맣게 무르익은 열매가 한가득 열린 엘더다. 우리는 함께 조심스레 가지를 구부리고, 묵직한 열매 자루를 따서 밑에 받친 바구니에 살그머니 떨어뜨린다.

"엄마, 새가 먹을 건 남겨둬. 곧 새들이 배고파질 거야." 아이가 이른다. 엘더 열매는 겨울이 다가오는 시기에 새에게 중요한 먹이이므로, 높이 열린 것은 새의 몫으로 남겨둬야 한다.

바구니가 꽉 차자 우리는 끈끈하게 보라색으로 물든 손으로 그것을 집으로 나른다. 수도꼭지를 틀어서 수확물을 헹구자 잉크 같은 물이 소용돌이를 그리면서 수챗구멍으로 빨려 들어간다.

"하나 먹어봐도 돼?" 아들이 체로 손을 뻗으면서 묻는다.

"먼저 익혀야 해. 안 그러면 배가 아플걸." 나는 말한다. 엘더 열매는 약용할 수 있어서 귀한 열매이지만 사람은 생으로 먹으면 좋지 않다. 우리는 가장 큰 냄비에 열매를 담고 물과 저민 레몬과 생강과 시나몬 스틱과 정향을 넣는다. 진한 혼합물이 끓는 동안 부엌은 시트러스와 향신료 냄새로 가득 찬다. 이것은 어두운 시절에 우리를 안전하게 지켜줄 엘더 마더다.

즙이 다 우러나자, 나는 냄비에서 재료가 담긴 주머니를 건져 볼에서 식힌 뒤에 소젖 짜듯이 비틀어서 단물을 마저 뽑는다.

"다음 단계는 내가 해도 돼?" 아들이 묻는다. 나는 찬장에서 꿀을 꺼내어 아이에게 건네고, 아이는 그것을 냄비에 붓는다. 꿀은 잠시 엉기다가 열기에 사르르 녹는다. 함께 혼합물을 젓는 동안 나는 냄비에 대고 소원을 속삭인다. 소원은 늘 같다. "아이가 머물게 해주세요."

지금은 우리가 천천히 치유되는 나날이다. 스토브 위에서 냄비가 보글거린다. 와인처럼 짙고 끈적하고 달콤한 묘약이 거의 다 만들어졌다. 시럽이 완성되자 우리는 그것을 유리병에 나눠 담고 꼭 막아서 보관한다. 다가오는 겨울 동안 우리는 이 시럽으로 건강을 지킬 것이다. 마법과 치료약의 경계선은 때로 아주 흐리다.

씨앗
2

애도와 모성,
그 가혹한 순환 속에서

개양귀비
Field poppy

개양귀비는 고통으로부터의
휴식과 위안을 준다

레이디스맨틀
Lady's mantle

출산에 관한 두려움을 극복할 수 있다

변화는
이끼의 시간으로 온다

실송라

Methuselah's beard lichen
Woman's long hair, old man's beard, tree's dandruff, lungs of the earth

우스네아 롱기시마
Usnea longissima

✛ **속도를 늦춰야 한다는 것을 떠올리고자 지니고 다닌다**

실송라는 재생, 성장, 힘과 연관된다. 항생, 소독, 항균 효과로 잘 알려져 있어서 상처, 괴저, 폐렴, 진균 감염, 기관지염, 독감, 호흡기 감염, 결핵을 치료하는 데 쓰인다. 직물 염색, 화장품, 데오도란트, 발화제로도 쓰일 수 있다. 면역 자극제이기도 한 실송라는 먹을 수 있고 비타민 C 함량이 높다. 하지만 간 독성 가능성이 있기 때문에 대체로 외용제로 쓰이고, 임신부는 어떤 형태로든 쓰면 안된다.

실송라는 공기 오염에 대단히 민감한 식물로, 공기가 깨끗한 곳에서 더 잘 자란다.

새롭게 교란된 땅에서 사는 것은 좀 특이한 일이다. 여기에는 느리게 자라는 서식지가 없다. 적어도 처음에는 없다. 우리가 새집에 이사해 왔을 때 마당에는 얇은 표층에 심긴 호밀풀만이 자라고 있었다. 산업용지의 잔해에서 최근에 파내어진 바위들은 헐벗었다. 콘크리트 기반은 놓인 지 얼마 되지 않는다. 집 벽도 이제 막 회색으로 칠해졌다. 자라지 말아야 할 곳에서 자라는 것은 아무것도 없다. 이 황량한 세상에, 아들은 이끼를 더하고 싶어 한다.

이끼는 마법 같은 성질이 있다. 이끼는 도깨비와 요정, 그 밖에 비밀스러운 것들이 사는 곳에서 자란다. 그곳에 햇빛이 가 닿으면, 이끼는 관능적인 몸을 부풀리고 뻗어서 서서히 모난 돌을 덮어 돌담을 부드럽게 만든다. 그것은 돌과 포자가 함께 아주 느리게 추는 춤이다. 이끼는 연약해 보이지만 사실 회복력이 뛰어나고 강인하다. 시간이 충분하다면 이끼는 화강암을 흙으로 바꿔놓을 수도 있다. 언젠가 내가 가톨릭교회의 가부장주의에 도전했을 때, 한 수녀는 내게 변화란 '우리의 시간이 아니라 하느님의 시간으로' 온다고 말했다. 이끼도 마찬가지다. 이끼는 4억 5,000만 년 넘게 불, 가뭄, 얼음, 혹서를 견디면서 천천히 세상을 비껴왔다. 자발적으로 생장을 멈춰서 더 나은 기후가 올 때까지 기다릴 줄 아는 능력 덕분에 이끼는 죽음의 목전에 다다르다가도 첫 비에 되살아난다. 불탄 땅에 맨 먼저 옮겨오는 생명 중 하나로서, 황량하기 그지없는 바위 표면도 생물 다양성이 넘치는 세상으로 바꿔놓는다. 딱딱한 돌에서도, 푹신한 숲 바닥에서도 자라며 모든 곳을 고대 생명계의 메아리로 바꿔놓는다.

이끼는 또 생명을 구한다. 식물학자 아이작 베일리 밸푸어Isaac Bayley Balfour와 군의관 찰스 워커 캐스카트Charles Walker Cathcart가 물이끼로 부상자의 출혈을 막고 상처를 세정할 수 있다는 사실을 발견했을 때, 그들은 이 보잘것없는 선태식물이 얼마나 많은 목숨을 구할지 미처 내다보지 못했을 것이다. 1918년에는 영국 병원들은 물이끼 붕대를 매달 1,000만

개 넘게 썼다. 독특한 세포 구조 덕분에 물 저장력이 뛰어나고, 산성 무균 환경을 유지하는 능력이 있는 물이끼는 최전방의 병사 수천 명을 패혈증으로부터 구했다. 그것은 대단한 성과였기에, 영국은 전국의 지역 사회를 독려하여 '이끼 모집 운동'에 자발적으로 나서게 했다. 시민들은 최전방으로 보낼 이끼를 수집하려고 자루를 들고 밖으로 나갔다.

우리 의도는 그보다는 덜 고상하다. 아들과 나는 이끼 그림이라는 게 있다는 이야기를 어디선가 읽고, 우리도 한번 해보기로 한다. 이끼 페인트용 레시피는 퍼머컬처 잡지에서 찾았고, 이제 혼합물을 만들 종균 이끼를 찾아서 사냥에 나선 참이다. 포복형 이끼는 6개월 만에 면적이 두 배로 는다. 직립형 이끼는 그보다 생장이 느려서 바위에 완전히 고착하려면 2년이 걸리지만, 부드럽고 촘촘한 쿠션처럼 자라기 때문에 우리가 조각하기 더 쉽다. 이렇게 이끼 각각의 장점이 있고 생장 조건도 다르다.

우리는 채집용 주머니를 꺼낸다. 집 주변을 살핀 지 10분 만에 우리는 선태식물 열세 종을 발견한다. 이슬을 머금은 꽃이끼*, 붉은 횃불을 치켜든 지붕빨간이끼, 반짝이는 미니어처 숲이나 섬세한 양치류의 잎, 푹신한 잔디 베개처럼 생긴 이끼도 있다. 각각의 서식지는 느리게 자라는 세상이고, 수많은 미생물과 무척추동물이 우리 눈을 피해 바삐 살아가는 집이다.

그들을 너무 교란시키지 않도록 조심하면서, 우리는 각각의 작은 조각만을 돌에서 살며시 떼어낸다. 집에 와서는 흐르는 물에 이끼를 씻어

---

* 엄밀히 꽃이끼는 지의류라 선태식물(이끼)이 아니지만 이런 이끼 그림과 이끼 정원 가꾸기에 흔히 쓰인다.

서 흙을 털고 블렌더에 담은 뒤, 플레인 요거트 두 컵과 설탕 반 티스푼과 물 두 컵을 더한다. 아들이 버튼을 누른다. 혼합물이 위잉위잉 섞이고 갈려서 진득한 곤죽이 된다.

즉석에서 결과를 내는 페인트와는 반대로, 이끼 그림은 참선의 인내를 발휘한다. 이끼 그림이 자라는 데 필요한 것은 오로지 시간과 알맞은 날씨다. 여러 사진에서 이끼가 정교하고 구불구불한 글씨를 이룬 모습을 본 터라 나는 우리 집 벽에 시 한 편이 통째 자라는 모습, 그래서 우리 집이 시를 기다리는 백지가 된 모습을 상상한다. 하지만 외벽에 식물을 기르는 것이 금지된 데다가 이끼 글씨가 저절로 생겨났다고 주장해봐야 먹히지 않을 것 같다. 우리는 그 대신 작게 시작하기로 하고 돌멩이를 몇 개 고른다. 나는 떨리는 손을 의식하면서 조심스럽게 그 위에 단어를 쓴다. 아들은 그런 두려움일랑 없이 공룡과 데이지와 소를 척척 그린다.

이튿날 아들은 자신의 창조물을 확인해본다.

"다 어디 갔어요?" 아무 흔적도 찾지 못한 아이가 묻는다. 아이는 작업 소득을 당장 보고 싶어 하지만, 이끼가 느리게 자란다는 점이야말로 이끼 그림의 핵심이다. 우리는 이것이 과연 살아남을지 모르는 채 매일 눈에 보이지 않는 두루마리를 돌봐야 한다. 시간이 흐르면, 마치 유령이 다른 세상에서 보내온 메시지처럼 우리가 그린 단어가 나타날 것이다. 하지만 지금 우리가 할 일은 물러서서 기다리는 것뿐이다.

작은 마을에서
산다는 것

붉은장구채

Red campion
Adam's flannel, kettle-smocks, granfer-griggles, wake-robins, fadder-dies

실레네 디오이카
Silene dioica

✣ 외로움을 떨치는 주문에 꽃과 씨앗을 쓴다

붉은장구채는 요정, 천둥, 뱀과 연관된다. 옛사람들은 씨앗을 빻아서 뱀에 물린 곳을 치료하는 데 이 식물을 썼다. 뿌리는 끓여서 수프로 먹을 수 있다. 꽃은 호박벌과 나비에게 중요한 꿀 공급원이다. 학명 '실레네'는 그리스 신화에서 숲의 주정뱅이로 묘사되는 실레노스 신의 이름을 딴 것이다. 속설에서는 이 꽃이 요정의 꿀 창고를 보호해준다고 하며, 해서 사람이 이것을 꺾으면 불운이 닥친다고 한다.

붉은장구채는 가장자리에서 자라는 식물이라고 일컬으며, 길가나 도롯가에서 왕성하게 자란다.

우리가 새집에 자리 잡자 아들은 친구를 사귀고 싶어서 안달한다. 친구는 애초에 우리가 이 집을 신청한 이유 중 하나다. 우리는 아들을 홈스쿨링 하기로 결정했는데, 이 단지에는 안전하게 놀 곳이 있고 아들 또래의 아이들도 있다.

"엄마, 친구는 어떻게 사귀어요? 나는 아직 걔들을 모르는데?" 아들이 묻는다. 나는 친구 사귀기를 어려워하는 사람이다. 늘 분위기를 잘못 읽을까 봐 겁내고, 어머니의 경고가 귀에 생생하다. 하지만 내 아이는 그렇게 느끼지 않으면 좋겠다.

"그냥 인사하고 네 이름을 말해주면 돼." 나는 대답한다. 이 정도면 좋은 출발점이리라. 아이는 내 말을 마음에 새겨서, 누구를 만날 때마다 꼬박꼬박 자신을 소개한다. 그러면 반응해주는 사람도, 어리둥절해하는 사람도 있다. 어떤 반응이든 아들은 상대에게 미소를 던지고 제 갈 길을 간다.

어느 날 아들이 마을 게시판에서 추수 축제를 알리는 포스터를 본다. 아이는 거기에 참석하고 싶어 한다.

"가면 안 돼, 엄마? 응, 응?" 세상의 모든 일에 끼고 싶어 안달인 아이가 한 발씩 폴짝거리면서 애원한다. 내게는 괴로운 상황이다. 낯선 사람의 초대에 대한 내 평소 반응은 불안과 회피다. 이 성향이 어느 정도가 타고난 기질이고 어느 정도가 학습된 성질인지는 모르겠다. 나는 작은 마을에서 자랐지만 우리 가족은 마을 공동체와는 전혀 관계 맺지 않고 살았다. 우리는 우리끼리 사는 데 익숙했고 우리가 국외자인 곳에서 사는 데 익숙했다.

영국에서도 다르지 않았다. 이사해온 우리를 맞는 마을 주민들의 반응은 호기심, 두려움 그리고 소문을 전하는 모스 부호라도 치듯 커튼을 확 젖히고 닫는 행동 같은 것들이었다. 외부인이네, 히피네, 여기 사람이 아니야. 곧 우리 가족은 늘 그랬듯이 우리끼리 지내는 편이 더 낫다는 것을 깨달았다.

처음에는 우리도 섞이려고 노력했다. 하지만 그곳은 1970년대 영국 시골이었다. 우리는 달랐고, 그래서 위험한 사람들이었다. 아버지는 자주 해외를 다녔다. 어머니는 핫팬츠와 손수 지은 카프탄을 입고 헛간에 화실을 차렸으며 우리를 교회에 데려가지 않았다. 공동체에 기여하려는 시도는 어머니가 마을 공예품 전시회에 누드 전시도 추가해서 분위기를 띄우면 어떻겠느냐고 제안한 순간에 끝나버렸다.

큰언니와 큰오빠는 집에 있다 없다 했다. 큰언니는 무지개색 치마를 입고 잔디밭에서 기도문을 노래했고, 큰오빠는 카우보이 부츠를 신고 나팔바지를 입고 손에는 담배를 든 채 자주 취해 있었다. 작은오빠는 부르주아적인 집에서 살지 않겠다고 선언한 뒤로 헛간에서 살았다. 또 적갈색 머리카락을 길게 길렀고 혁명을 논했으며 체 게바라 깃발 밑에서 잤다. 하지만 매일 아침 작은오빠의 식사를 쟁반에 담아서 헛간까지 가져다주는 것은 어머니였다.

나머지 두 언니는 집에 있었다. 각각 열두 살과 열한 살이었던 두 언니 중 손위 언니는 금발에 온화한 성격이었고 집에서 빵을 구웠으며, 상냥한 아이라고 불렸다. 그 아래 언니는 불꽃과 진흙의 아이였고 집 밖에 있을 때 가장 즐거워했으며, 현실적이면서도 야성적이었다. 14개월 간격으로 태어난 두 사람은 싸잡아 '여자애들'이라고만 불렸고, 서로 그렇게 다르면서도 아주 친했다. 나는 둘 다 사랑했다.

이제 모두 어른이 된 우리는 아버지가 가족이 아니라 공장을 꾸렸다고 농담하고는 한다. 예전부터 우리는 각자의 가치로서 존재했다. 이름이 아니라 꼬리표로서 존재했다. 예술적인 아이, 믿음직스러운 아이, 재능 있는 아이, 상냥한 아이, 현실적인 아이 그리고 나. 막내. 이야기를 하는 아이.

우리는 여섯, 반 다스의 여섯이었다. 우리는 뭐든지 정확히 여섯 등분으로 나눠 가졌다. 음식이 있으면, 그것을 모두 같은 양으로 나눠 먹었다. 선물이 있으면, 모두 같은 값의 물건이어야 했다. 모두 똑같이 나눌 만한 양이 안 되면, 모두 똑같이 아무것도 받지 못했다. 어머니는 공평함에 있어서는 인정사정없었다. 그것이 누군가에게 상처가 되더라도 그랬다.

사람에 대해서도 마찬가지였다. 우리는 누구도 진정한 소속감을 느끼지 못하는 가족이었지만 그런 우리가 타인에게는 안전한 항구이자 쉴 곳이 되고는 했다. 우리 집은 길 잃고 외로운 자가 쉬어가는 기항지였다.

"누구나 친구가 필요해." 어머니는 말했다. 하지만 외부인에 대한 어머니의 감정 이입에는 이면이 있었다. 제 할머니와 살고 말을 이상하게 하며, 나를 헛간에 묶었던 남자아이. 나는 그 애를 초대하여 함께 놀아야 했다. 친절한 행동이 옳다는 것은 알지만 그 애의 놀이는 나를 아프게 했고, 나는 그 애와 친구가 되고 싶지 않았다. 새삼 그때를 돌아보면 슬프면서도 자랑스럽다. 어머니가 내게 친절을 가르친 것이 자랑스럽고, 어머니가 나를 고약한 일로부터 보호해주지 않아서 슬프다.

25년이 흐른 지금, 나는 다시 작은 마을에서 산다. 나로서는 마을과 거리를 두고 사는 편이 행복하겠지만 아들은 생각이 다르다. 아들이 다시 포스터를 보며 채소와 과일 그림을 가리킨다.

"정원에 관한 행사야, 엄마! 엄마 정원 좋아하잖아." 아이는 자신이 점수를 따고 있다는 것을 의식하면서 말한다.

"그러게." 나는 어물쩍 대답하고 아들이 잊기를 바란다. 하지만 아들은 잊지 않는다. 아이가 놀기로 약속한 친구와 만났을 때 그 이야기가 다시 나오는데, 그 아이의 엄마가 내게 "자기는 애를 학교에 안 보내니까, 그런 데 참석하는 게 좋을지도 몰라요."라고 말한다. 나는 수긍한다. 우리가 마을에 더 잘 받아들여지도록 하는 것과 추수 축제가 무슨 상관인가 싶기는 해도, 아이는 가고 싶어 하고 나는 아이가 기뻐하기를 바라니까 축제에 가보기로 한다. 우리는 이사 온 지 6주 만에 처음으로 마을 행사에 참가한다.

우리가 도착하니 행사장이 꽉 차 있다. 모두 서로 아는 듯하다. 아들이 흥분해서 무대를 가리키기에 보니, 저마다 채소나 과일로 차려입은 꼬마들이 두 줄로 책상다리를 하고 앉아서 꼼지락대고 있다. 그 옆에 긴 가대식 탁자가 있고 그 위에 사각 팬에 구운 케이크, 건파스타, 비스킷, 수프 캔이 차려져 있다. 아들이 당황한 얼굴로 나를 본다.

"엄마, 우리 음식 가져왔어?" 아이가 묻는다. 나는 가방 밑바닥에서 보푸라기를 묻히고 있는, 반쯤 먹다 만 젤리 봉지를 떠올린다. 하지만 그걸 내놓은들 충분하지 않을 것 같다. 우리가 벌써 사회적 무례를 저지른 것만 같다.

"미안, 얘야. 안 가져왔어. 그래도 이번에는 괜찮을 거야." 나는 괜찮지 않을 거라고 의심하면서도 아들에게 말한다.

남은 자리는 행사장 맨 앞, 채소와 과일 꼬마들을 마주보는 좌석뿐이다. 우리는 코트와 가방을 사람들에게 부딪히고 부스럭거리며 미안하다고 말하면서 빈자리로 간다. 우리가 앉자마자 목사가 일어선다. 행사장의 사람들도 일어선다. 모두가 노래를 부르기 시작한다. 나는 당황하여 남편을 본다. 나는 이 찬송가를 모른다. 너무 거북한 나머지 자리에서 일어날 수조차 없다. 반면에 남편은 재미있는지 웃고 있다. 남편에게는 이 상황이 그저 우스운 것이다. 남편은 작은 마을에서 살아본 적이 없다. 그래서 남들이 우리를 어떻게 생각하든 중요하지 않다고 여기고, 그게 아니더라도 괜히 신경 쓰지 않는다. 하지만 나는 다르다. 나는 우리를 보는 눈을 의식한다. 머릿속이 먹먹해진다. 목과 얼굴이 빨갛게 달아오른다. 내가 여기서 뭘 하고 있지? 이곳을 탈출하고 싶다. 하지만 아들은 참여하기를 바라고, 나는 아들이 소속되지 않았다는 느낌을 받기를 바라지 않는다. 아들이 내 소매를 당긴다.

"엄마, 정원에 관한 행사 아니었어?" 아들이 찬송가에 어리둥절해져서 묻는다. 교회도 학교도 다니지 않는 아들은 마을 행사 의례와 비슷한 자리를 경험한 적이 없나.

"따라 부르지 않아도 돼, 아가. 듣기만 해도 괜찮아." 나는 아들의 손을 잡고 말해준다. 나는 겨우 일어선다. 이 순간이 너무 길지는 않기를 바라면서, 10부터 거꾸로 헤아리며 호흡을 가다듬는다.

찬송가가 끝나고 모두 자리에 앉는다. 목사는 계속 선 채 파워포인트 프레젠테이션을 보여주면서 세상의 굶주림을 이야기한다. 굶주리는 아이들 사진과 종잇장 같은 보트에 탄 난민들 사진을 보여주며, 우리에게 여러분의 삶에는 감사할 것이 정말 많다고 일러준다. 맞는 말이다.

"여러분은 어떤 선물을 감사히 여겨야 하지요?" 목사가 아이들에게 묻는다. 아들이 손을 번쩍 들고 목사의 눈에 띄려고 한껏 몸을 뻗는다.

"나 자신요!" 아들이 이렇게 외치고 씩 웃는다. 답을 맞혔다는 것을 알기 때문이다. 나도 웃는다. 그것은 내가 아이에게 매일 아침과 밤마다 들려주는 말이고, 또한 진실이다. 내 손안에서 행여 깨질세라, 아이의 작은 생명. 이것은 정말로 얼마나 소중한 선물인지.

태어나지 못한
아이

돌소리쟁이

Broad-leaved dock
Butter-dock, cushy-cows, kettle-dock, smair-dock

루멕스 옵투시폴리우스
Rumex obtusifolius

❖ **씨앗을 지니고 다니면 아이를 잉태하는 데 도움이 된다**

돌소리쟁이는 민간요법에서 서양쐐기풀에 쏘인 곳을 낫게 하는 치료제로 쓰인다. 이 식물의 에너지는 좌절, 짜증, 화를 해소하고 과거의 문제, 불안, 묵은 고통에 얽힌 감정의 잔재를 없애는 데 도움이 된다고 한다. 항히스타민 효과가 뛰어나서 벌레 물린 곳, 쏘인 곳, 피부 자극, 물집, 각종 두드러기에 습포제로 쓰인다. 잎으로 만든 찜질포는 타박상을 다스리는 데 쓰고, 씨앗으로 만든 팅크는 기침과 감기 치료에 쓴다. 식물 전체를 먹을 수 있고 비타민 A, B, C와 철이 풍부하다. 어린잎은 익혀서 혹은 생으로 샐러드에 쓰고, 포도 잎 대용으로도 쓴다. 씨앗은 말려서 후추 대용으로 쓰고, 갈아서 소스나 그레이비에 점성을 높이는 재료로도 쓸 수 있다. 줄기는 루바브rhubarb 대용으로 조리할 수 있고, 말려서 노끈처럼 광주리를 짤 수도 있다.

돌소리쟁이는 교란지나 황무지에서 왕성하게 자란다.

아들이 태어나고 석 달 뒤 나는 아기를 둔 부모 모임에 처음 나간다. 스스로 가고 싶었던 것은 아니지만 방문 간호사가 내게 '베이비 블루스'

에 걸릴 위험이 있다고 말하면서 권했다.

내 못생긴 슬픔은 분홍색으로 물든 모성의 세계와는 어울리지 않는다. 죽음에 대해 듣고 싶어 하는 사람은 아무도 없다. 이토록 죽음이 탄생에 가까운 일인데도 말이다. 나는 임신 후기에 아기 옷을 사러 다니지도, 분만을 수월하게 해주는 산전 호흡법 강좌를 듣지도, 다른 예비 엄마와 전화번호를 교환하지도 않았다. 그들이 해산을 준비하며 '보금자리'를 꾸밀 때, 나는 그냥 방에서 울었다. 그리고 때가 오자 우리집 석탄불 옆에서 아기를 낳았다. 일월 하늘에서 눈이 내리는 날이었다. 이제 눈은 사라졌고 숲에서 수선화가 솟았으며, 아들은 생후 석 달이 됐다. 내가 세상으로 돌아갈 때다.

내가 딱딱한 플라스틱 의자에서 편히 앉을 방법을 찾는 동안 아들이 새끼 고양이처럼 허공으로 손을 뻗어서 내 가슴을 찾는다. 여기서는 아이에게 젖을 먹여도 될 것 같지만 확실히는 모르겠다. 헐렁한 상의 속으로 아이를 집어넣으면서 보니 앞섶에 아이가 젖을 토한 자국이 있다. 그 자국이 눈에 띄는지도, 내가 집에서 머리를 빗고 나왔는지도 모르겠다. 나는 아이를 바투 안고 그 따뜻한 묵직함을 몸으로 느낀다. 산산이 부서진 세상에서 나를 현실에 묶어두는 것은 아이의 사랑이다.

나는 방 안의 다른 엄마들을 본다. 모두 느긋한 태도로 편하게 아이를 안고 있다. 이 엄마들은 행복하다. 이 엄마들은 잘 대처한다. 이 엄마들은 깨끗하다. 이 엄마들은 알록달록한 무지개색 아기 띠로 아기를 안고 있거나 작고 야무진 유아차에 아기를 태우고 둥개둥개 어르면서 서로 대화한다. 나는 방 안의 언어를 읽으려고 애쓴다. 어떻게 말을 꺼내지? 그들에게는 쉬운 일 같지만, 나는 할 말을 떠올릴 때마다 말이 모래처럼 목구멍에 가라앉는다. 내 세상을 그들에게 어떻게 말하지?

클립보드를 든 여자가 다가와서 내게 찻잔을 건넨다. 손이 델 듯 찻잔이 뜨겁지만 내려둘 곳이 없다. 나는 젖 먹는 아들로부터 찻잔을 멀찍이 안정적으로 들고 있으려고 애쓴다.

"하나뿐인가요?" 여자가 묻는다. 나는 뭐라고 대답해야 할지 몰라서 가만히 있는다.

"괜찮아요. 나이가 많은 초보 엄마도 많이 옵니다." 여자가 나를 안심시키려는 듯이 웃으면서 말한다.

그동안 나는 그 말을 자주 들었다. 서른여섯 살에 출산한 나는 의학 용어로 말하자면 '고령 산모'다. 내가 의사에게 집에서 아기를 낳고 싶다고 말했을 때, 의사는 내 기록지를 보고 너무 위험하다고 말했다. "아무래도 전에 그런 일도 있었으니까요…" 의사는 내 선택이 아기의 목숨을 위태롭게 만들 것이라는 뜻을 넌지시 담아 말했다. 어머니에게 들었는데, 어머니가 나를 가졌을 때는 의사가 대뜸 임신 중지를 권했다고 한다. "산모의 나이에는 별의별 문제가 다 있을 수 있습니다." 의사의 말이었다. 그때 어머니는 서른아홉 살이었다. 어머니는 의사에게 아기가 어떤 모습으로 태어나더라도 사랑하겠다고 말한 뒤에 자리를 떴다.

여자가 딴 데로 간다. 나는 일어난다. 아기를 튜닉 속에 안고, 기저귀 가방을 어깨에 메고, 빈손에 뜨거운 차를 들고, 다과용 탁자로 간다. 포근한 분홍색 스웨터와 딱 붙는 연청색 청바지를 입은 여자가 선 채로 다른 엄마와 수다를 떨고 있다. 여자가 접시에서 분홍색 웨이퍼 과자를 집어서, 트리케라톱스로 연신 여자의 허벅지를 쑤시는 아들의 주의를 끈다. 여자 옆의 유아차에는 아기가 누워 있다. 나는 아기에게 웃어 보인다. 분홍색 고무젖꼭지를 빠는 아기가 눈도 깜박이지 않고 나와 눈길을 맞춘다.

"하나뿐이에요?" 여자가 내 어깨 너머로 보면서 묻는다. 내가 다른 아이는 딴 곳에 두고 온지도 모른다고 생각하는 듯하다. 아직도 나는 어떻게 대답할지 모르겠다. 우리는 죽은 자와 함께 살아가는 사람을 어떻게 설명해야 하나? 누가 내게 형제가 몇이냐고 물으면, 나는 대답을 찾지 못해서 더듬거린다. 오빠 둘, 언니 둘이요. 이건 거짓말이다. 오빠 둘, 언니 셋이요. 그런데 한 언니는 죽었어요. 이건 사실이지만, 뒤따르는 어색한 침묵은 어떡하나? 아이가 몇이냐는 질문도 마찬가지다. 산 아이요, 아니면 태어나지 못한 아이도요?

불현듯 나는 4년 전으로 돌아간다. 첫 아기가 죽은 날 밤에 나는 세 가지 꿈을 꿨다. 첫 번째 꿈에서, 금발의 소년이 나와 함께 물가에 서 있었다. 소년은 내 손을 잡고 지금은 때가 아니라고 말했다. 두 번째 꿈에서, 영화 속 사냥개처럼 눈이 시뻘겋고 이빨에서 피를 뚝뚝 흘리는 검은 개가 나왔다. 개는 우리 집 밖을 서성거리면서 문을 찾았다. 나는 꽃바구니를 뒤집어서 그 속에 아기를 숨기고 사냥개가 떠나기를 숨죽여 기도했다. 세 번째 꿈에서, 나는 거북 등딱지를 깎아서 사발 모양의 배를 만든 뒤에 작은 새끼 거북 여섯 마리를 태워서 물에 띄워 보냈다. 아침에 깬 나는 아기가 죽었다는 것을 알았다. 그래도 아무에게도 말하지 않았다. 내가 틀리기를 바라서였다. 하지만 나는 틀리지 않았다.

나는 침대에 누워 있고, 간호사가 내 배에 차가운 젤을 바른다. 우리는 화면을 본다. 잠깐의 정적. 화면을 본 순간과 말이 나오는 순간 사이에 짧은 숨 한 번만큼의 망설임이 있다. 간호사가 젤을 닦아내며 우리에게 아래층으로 가라고 이른다. 이유는 말해주지 않는다.

"괜찮을 거야." 남편이 말한다. 나는 아무 말도 하지 않는다.

아래층에서 같은 절차가 반복된다. 남편과 나는 손을 맞잡고 태아의 심장 박동을 기다린다. 박동이 나타나지 않는다. 간호사가 화면을 돌린다. 이 화면은 우리가 봐서는 안 되는 것이다. 간호사가 나를 쳐다보지 않은 채 내가 이미 아는 사실을 말해준다. 우리 아기가 죽었다고 한다.

애통함이 거미처럼 목구멍을 기어올라서 입 밖으로 나온다. 그것을 삼키고 싶지만 그러지 못하여 나는 흐느낀다. 남편이 이끄는 대로 대기실을 통과해서 건너편 화장실로 가는 동안, 불운을 바라지 않는 임신부들은 우리에게서 시선을 돌린다. 나는 얼룩덜룩한 회색 포마이카 바닥에 울음을 토해낸다. 남편이 내 손을 잡고 발치에 앉는다. 흘러나온 눈물이 둘 사이에 호수를 이룬다. 나는 거친 송이 타월을 뽑아서 그것으로 고통을 흡수하려고 시도한다.

우리가 깜박거리는 화면과 잠잠한 박동이 있는 방으로 돌아가자, 간호사가 미소를 지어 보인다. 그러고는 꽃무늬 박스에서 휴지를 뽑아 건넨다. 휴지는 희고 부드럽다. 간호사는 임신 초기 유산은 아주 흔하다며, 임신 네 건 중 한 건이 산달까지 지속되지 못한다고 알려준다. 그 말을 들으니 내가 이렇게 괴로워하는 것이 부끄럽다. 나는 또 터지려는 울음을 억지로 참는다.

우리가 이제 뭘 하면 되는지는 아무도 말해주지 않는다. 그래서 우리는 차를 몰고 집으로 간다. 둘 다 말이 없다. 나는 습관적으로 배를 만지면서 나비 날갯짓 같은 생명의 기척이 느껴지기를 기다리지만, 모든 것이 그저 고요하다.

남편이 일터로 돌아간 뒤에 나는 의사에게 전화를 건다. 의사는 내게 노폐물 제거 시술을 예약해주겠다고 말한다. 나는 무슨 말인지 알아듣지 못한다. 미처 사람이 되지 못한 내 아기는 죽어서 다만 노폐물로 여겨지는 모양인데 내게는 그렇지 않다. 나는 의사에게 준비가 되지 않았다고 말한다.

"그러면 알아서 하세요." 의사는 이렇게 말하고 전화를 끊는다.

6주 뒤 어느 조용한 오후에 나는 죽은 것을 낳는다. 쪼그라든 태반과 태어나지 못한 작디작은 아이를 휴지로 싸서, 들고 갈 수 있도록 상자에 담는다. 병원에 도착해서 당직 의사에게 급조한 관을 내민다.

"노폐물이네요." 의사가 이렇게 말하고 상자를 통째 의료 폐기물 쓰레기통에 던진다.

그들이 나를 마취시키고 내 안에 남은 것을 긁어낸다. 하지만 나는 이미 안에 있던 것을 봤다. 그것은 검고 썩었으니, 그토록 어두운 것이 담겨 있던 곳에서는 어떤 생명도 자랄 수 없으리라.

한 해 두 해가 눈물로 흘러간다. 우리는 계속 노력한다. 나는 산부인과 진료실에 앉아 있다. 의사는 달라도 매번 질문은 같다.

"자녀가 몇 명 있습니까?" 의사는 기록지를 찾아보지도 않고 묻는다.

"없습니다." 나는 대답한다. 의료계는 내 죽은 아기들을 아이로 쳐주지 않는다.

의사가 내게 진료 의자에 누우라고 말한다. 의사가 가까이 오니 소나무와 시트러스 향이 풍긴다. 화장실에서 풍기는 종류가 아니라 비싼 병에 담겨서 공항에서 팔리는, 숲의 정수 같은 향이다. 나는 의사의 얼굴을 보지 않는다.

"모두 정상 같습니다." 의사가 말한다. 하지만 나는 진실을 안다. 나는 아이를 품기에는 부족해.

"하나뿐이에요?" 분홍색 옷의 여자가 다시 묻는다. 이번에는 더 천천히, 내 아들을 가리키면서, 내가 자기 말을 알아듣지 못했다고 여기는 듯한 미소를 띠고.

불현듯 나는 현실로 돌아온다.

방은 소음으로 가득하다. 모든 입이 말하고 말하고 또 말하고 있다. 내가 왜 여기 있는지 모르겠다. 열이 올라서 피부가 따끔거린다. 이곳을 벗어나야 한다.

"네." 나는 대답한다. 산을 내려놓고, 방을 나간다.

반복되는 꿈

우단담배풀

Great mullein
Hecate's torch, Devil's tobacco, hag's taper, candlewick plant

베르바스쿰 탑수스
Verbascum thapsus

❖ **우단담배풀과 라벤더를 베개 밑에 넣어두면 악몽을 물리칠 수 있다**

우단담배풀은 마녀와 죽음의 마법과 관계된다. 옛사람들은 이 식물이 영혼의 출현을 부추기고, 저승에 있는 사람과의 소통을 돕는다고 여겼다. 그래서 우단담배풀은 트라우마나 인생을 바꿔놓는 사건을 겪은 사람에게 이로우며, 그런 경험을 받아들이는 것을 돕는다고 한다. 거담, 소독, 약한 진정 효과가 있어서 차나 연고 형태로 가래를 줄이고 기침을 달래며, 이완을 돕는 데 쓴다. 화상, 타박상, 경미한 상처를 치료하는 데도 쓴다. 목화가 등장하기 전에는 등불 심지로도 쓰였는데, 그래서 '캔들윅 플랜트candlewick plant(초심지 식물)'라는 별명을 얻었다.

우단담배풀은 도롯가와 황무지에 왕성하게 자란다.

언니가 죽고 나서 1년 동안, 나는 같은 꿈을 반복해서 꾼다. 우리는 차로 어딘가 함께 가고 있다. 하지만 언니는 자신이 죽었다는 것을 알지 못한다. 내가 운전하는 동안 언니는 말하는데, 입이 움직여도 목소리는 들리지 않는다. 언니의 목소리가 사라졌다. 언니는 내게 집에 데려다달라고 애원한다. 차는 앞으로 달릴 뿐이고, 우리는 벗어날 수 없다. 상황을 바꾸지 못하는 채, 우리는 그저 계속 달린다.

그러다가 나는 깬다. 한순간 세상은 온전하여 언니가 여전히 살아 있지만, 이내 모래를 덮는 물처럼 기억이 밀려들어 언니가 다시 죽는다. 매일 아침, 그렇게 밀려온 언니의 죽음으로 하루가 시작된다. 손바닥은 손톱이 파고든 자리가 뻘겋고, 베개는 눈물에 젖어 축축하다. 내게 남는 것은 도무지 이해할 수 없는 사실 하나, 언니가 어느 날 나갔고 다시는 돌아오지 않는다는 사실뿐이다. 나는 언니가 죽는 순간을 반복 재생하면서 속도를 늦춰보려고 하고, 그러다가 언니가 마지막 숨을 쉬기 직전에 멈춰보려고 한다. 언니가 존재에서 비존재로 건너가는 그 시점으로 거듭 돌아가서 언니를 살려놓으려고 애쓰는 것이다. 이 지점에 머무르는 것은 아픈 일이지만, 언니가 떠나는 것은 더 아프다.

아들이 젖을 뺄 때, 나는 언니가 죽는 순간에 벌어진 일들을 모아서 꿰맞춰본다. 믿을 수 없는 진실에 직면하여 내가 찾아보는 것은 사실들이다. 온라인 게시판을 보니, 전문가와 아마추어 들이 조종자가 구식 카누에 발이 끼어서 옴쭉달싹 못 할 위험이 얼마인지, 언니처럼 능숙했던 조종자가 겨우 2등급 급류에서 사망할 확률이 얼마인지 토론하고 있다. 기사를 보니, '시골이라 휴대전화 연결이 나빴던 탓에' 구조가 지체됐다는 말이 있다. 또 다른 기사에는 언니가 힘차게 밀려드는 물살을 입으로 고스란히 맞으면서 15분 넘게 꼼짝 못 했다는 말이 있다. 나는 찬물에 빠진 사람의 생존 확률을 찾아본다. 4분 후에는 소생 가능성이 40퍼센트이고 15분 후에는 거의 0에 가깝다고 한다.

사망 진단서에 기재된 첫 번째 사인은 급성 심장 기능 상실이고, 두 번째 사인은 익사와 저체온증이다. 하지만 이런 사실은 언니가 왜 죽었는지 알려줄 뿐, 언니가 죽을 때 어떤 기분이었는지 알려주지는 않는다. 나는 물의 물리학을 조사해본다. 물의 밀도는 대기의 약 770배라는 것, 그것은 물과 공기의 무게가 합해진 결과라는 것을 알게 된다. 검시 보고서에는 언니가 익사한 순간에 물이 2톤의 압력으로 폐를 눌렀을 것이라는 결론이 적혀 있다. 하지만 이런 사실도 당시 언니의 기분을 알려주지는 않는다. 언니는 자신이 죽는다는 것을 알았을까? 꼼짝 못 하게 됐다는 것을 깨달았을까? 부러진 나뭇가지처럼 강물에 이리저리 내동댕이쳐지며 바위에 머리를 부딪칠 때, 이미 의식을 잃은 상태였을까? 아니면 물이 폐로 밀려들고 끝내 심장이 멎을 때, 의식이 있는 상태로 그 과정을 다 겪었을까?

나는 사실을 찾아본다. 언니가 혼자 있지 않아도 되도록.

"언니는 죽었다."

"나는 다시는 언니를 보지 못할 것이다."

모성과
애도 사이에서

두메꿀풀

Selfheal
Heal-all, heart-of-the-earth, woundwort

프루넬라 불가리스

Prunella vulgaris

✢ **상처받은 사람에게 희망을 주고 치유를 돕는 데 쓴다**

예부터 두메꿀풀은 인후통을 가라앉히고 열을 낮추고 염증을 줄이며, 치료 속
도를 높이고 상처의 출혈을 저지하는 데 쓰였다. 비타민 A, B, C, K, 플라보노이
드, 루틴이 풍부하고 항균, 항산화, 수렴, 이뇨, 지혈 효과가 있다. 잎과 어린순
은 생으로 샐러드에 쓰거나 수프와 스튜에 넣거나 식용 허브로 쓸 수 있다.
두메꿀풀은 풀밭, 벌목지, 거친 땅, 잔디밭에서 자란다.

모성은 달콤한 젖과 감미로운 꿈으로 이뤄진다. 하지만 애도는 숲에
서 사는 음침한 노파다. 그는 다정함을 불러들이지도, 사랑을 요구하지
도 않는다. 그는 진흙탕에서 사는 야생의 사나운 존재이고, 결코 그곳을
떠나지 않는다. 그가 나를 할퀸 상처는 분홍색으로 벗겨진 채 영영 아물
지 않는다.

나는 해야 하는 일을 한다. 조각난 자신을 꿰맞추고, 무너지려는 중
심에 실용적 기능이라는 핀을 박아서 그것을 떠받친다. 빨래를 하고, 이

야기를 읽어주고, 젖을 먹이고, 기저귀를 갈고, 목욕을 시키고, 보살핀다. 나는 가끔 울지만 무슨 수를 쓰든 살아서 버텨야 한다. 비가 오는 날에는 빛이 들어올 수 있도록 창문을 닦는다.

애도하는 사람을 품는 일은 어렵다. 우리는 보드랍지 않다. 나긋하지도, 온화하게 여리지도 않다. 우리는 황홀해하지 않는다. 나는 아기를 안을 때는 스스로 온전해진다고 느끼지만 남편이 나를 만지면 그만 움츠러든다. 애도하는 몸은 마치 타인의 육신을 빌려서 사는 듯해서 내게도 낯설다. 도처에 날카로운 모서리가 도사리고 나를 움켜쥐려는 손이 있는 듯 느껴지고, 세상이 험하고 거친 듯 보인다.

"당신 정말 왜 그래?" 남편이 묻는다. 나는 이 말을 나에 대한 공격으로 듣고, 그래서 더 움츠러든다.

나는 화난다. 슬프다. 사랑에 사로잡혔고, 분노가 충만하다. 지친다. 배신감이 든다. 아이를 잃을까 봐, 내가 한눈판 사이에 누가 아이를 훔쳐갈까 봐 겁난다. 모성애와 사나운 슬픔 사이를 비틀비틀 오가고, 마음은 이 날카롭고 낯선 풍경에 찢겨서 너덜너덜하다.

"그냥 피곤해서 그래." 나는 대답한다. 폭풍처럼 나를 휩쓸어서 뼈를 부러뜨리는 듯한 슬픔을 묘사하기에는 턱없이 부족한 말이지만, 이것밖에 할 수 있는 말이 없다.

그렇지만 한편으로 애도의 노파는 나를 보호해준다. 내가 밤에 아이에게 자장가를 불러줄 때 그는 괴물이 나타나지 않는지 어둠 속에서 지켜본다. 날카로운 이빨을 드러내어 으르렁거리면서 우리를 지켜준다. 그는 죽음이 있는 곳에는 생명 또한 있어야 함을 알기 때문이다.

아기를 품에 안고 그 부드러운 몸을 피부로 느낄 때 나는 희망을 발견한다. 내 망가지고 모난 자아가 아이를 괴롭히는 일은 없도록 하겠다고 다짐한다. 비록 나는 악으로 억척으로 버티더라도 아이는 오직 사랑만을 알 것이다.

애도의 노파가 내 세상 가장자리를 어슬렁거리면서 괴물을 쫓아내는 동안 또 다른 목소리가 울린다.

"나를 잡아줘. 나를 계속 붙잡아줘." 목소리는 누군가 듣기를 바라면서, 누군가 이 경계를 뚫고 들어올 만큼 용감하기를 바라면서 말한다.

나는 누군가 나를 붙잡아주기를 바라지는 않는다. 다만 내가 붙잡을 누군가가 필요하다. 남편이 내게로 들어오는 길을 찾아냈으면 좋겠다. 남편이 이처럼 사랑스럽지 않은 여자를 사랑할 수 있었으면 좋겠다. 나도 그 여자를 사랑할 길을 찾았으면 좋겠다.

돌과
흙의 위로

개양귀비

Field poppy
Flanders poppy, blind buff, head waak, thunderclap

파파베르 로이아스
Papaver rhoeas

✤ 개양귀비는 고통으로부터의 휴식과 위안을 준다

개양귀비는 전장의 병사들이 죽은 곳에서 자란다는 속설이 있다. 오늘날 특히 제1차 세계대전에서 스러진 병사들을 기리는 꽃이라 일컫는 개양귀비는 영원한 잠을 상징하여, 고대 그리스인과 로마인은 죽은 자에게 이 꽃을 바쳤다. 심중의 화를 풀어내는 주문에 쓰이며, 약한 항경련 효과와 진정 효과가 있어서 통증 완화에 좋다. 꽃과 씨앗은 시럽이나 우린 물의 형태로 기침이나 코감기 등 호흡기 질환을 완화하는 데 쓰이고, 두통, 신경통, 대상포진을 다스리는 데도 쓰인다.

개양귀비는 교란지에서 잘 자란다.

우리는 매일 뗏장을 자르고 뒤집고 옮긴다. 마당 곳곳에 큰 거북 같은 흙무더기가 생겨난다. 나는 산업용지의 유해를 파 내려가서 흙에 섞인 돌과 녹슨 금속을 골라낸다. 우리 정원의 기반이 차츰 형태를 갖춰간다. 그런데 비가 오자, 다져진 땅에서 물이 빠질 길이 없어 마당이 침수

되고 만다. 아들과 새 친구들은 이 질척한 웅덩이에서 논다. 고무장화에 흙탕물이 들어가도 깔깔 웃고 논다. 아들은 새 놀이에 신났다. 나는 배워야 할 것 목록에 배수를 추가한다.

이 정원은 우리의 교실이 될 것이다. 이웃들이 왜 우리 아들은 학교에 가지 않느냐고 물으면, 나는 그 대신 집에서 공부하는 중이라고 대답한다. 우리는 함께 퍼머컬처, 약용식물학, 지속 가능 농법을 조사한다. 아침이면 건축 부지로 나가서 무엇을 발견할 수 있는지 찾아본다. 우리가 변형시킬 수 있는 것, 이미 변형된 것을 잔해 틈에서 찾아본다. 햇빛에 빛나는 까맣고 매끄러운 화강암을 캐낸다. 우리는 그것을 부엌에서 쓸 접시나 도마로 바꿀 것이다. 나는 폐품으로 얻은 끼익하는 손수레에 큼직한 사암, 석회암, 강자갈을 가득 싣는다. 이것으로 채마밭 테두리를 두를 것이다. 고생물학자를 자칭하는 아들은 석탄이 함유된 사암 부스러기 가운데 비다나리의 자루, 완족류, 복족류가 새겨진 조각을 찾아낸다. 아이는 우리 집 뒷문 옆에 마련한 제 지질학 전시장에 보태기 위해서 그 발견물을 작은 초록색 손수레에 싣는다. 그러는 동안 내내 각종 이름과 사실을 읊는데, 어린 뇌에 어떻게 그렇게 많은 지식이 담겨 있을까 싶다.

우리는 함께 뗏장의 풀을 벗겨내어 그것을 흙무더기 위에 덮는다. 얕은 표토를 갈아서 돌을 골라내고, 100년 동안 산업용으로 쓰인 탓에 단단해진 기반암을 조금씩 떼어낸다. 들판을 돌아다니면서 썩은 나뭇가지와 어둠의 냄새를 풍기는 낙엽이라는 특이한 수확물을 모은다. 건축 부지에서 거친 모래와 모난 자갈을 모아 오느라 손이 더러워지고, 손등이 생채기투성이다. 우리는 매일 손수레 가득 모은 돌로 밭과 못의 테두리를 두르고, 납작한 화강암 조각을 구해서 징검돌길을 놓는다. 징검돌과 징검돌 사이에는 가지치기를 해 땅에 떨어진 레일란디측백^{leylandii}의 부스러기를 주워다가 다져 넣는다. 숲 냄새를 풍기는 나무, 아들로 하여금 절로 크리스마스 노래를 부르게 하는 나무다. 밭을 만들려고 파낸 자리에 비가 고여서 진창이 되자, 아들은 찰박찰박 흙탕물 춤을 춘다. 이웃들이 담을 넘겨본다. 불평하는 사람도 있고, 여기서 나타날 뭔가의 가능성을 봐주는 사람도 있을 테다. 모든 것이 모여서 때를 기다리며 형태를 갖춰간다.

나의 나날은 다시 단순해진다. 나는 머물기에 더 나은 곳을 찾는 일을 그만둔다. 바탕에 깔린 애도의 소음 위로, 돌과 흙의 침묵이 나를 달랜다. 우리의 하루하루는 이런 일과로 채워지고, 이 속에서 우리는 자란다. 온몸이 욱신거리고 손이 갈라져도 우리는 계속 해나간다. 그리고 마침내 나는 밤에 잠이 든다.

망가진 것도
아름답도록

방가지똥

Sow thistle
Milkweed, swine thistle, turn sole, hare's colewort, soft thistle

송쿠스 올레라케우스
Sonchus oleraceus

✣ **우울한 기운을 몰아내려면 집에 방가지똥을 걸어두라**

방가지똥은 서양민들레와 비슷한 치유 효과가 있다. 냉각과 수렴 효과가 있어서 예부터 생리 불순을 다스리고 산모의 젖을 돌게 하며, 콩팥과 간 질환을 치료하는 데 쓰였다. 줄기를 꺾으면 나오는 유액은 화장수로 혹은 볕에 탄 피부를 진정시키는 용도로 쓸 수 있다. 그리스 신화의 영웅 테세우스는 미노타우로스를 죽이러 가기 전에 이 식물을 먹고 힘을 냈다고 한다. 식물 전체를 먹을 수 있고 비타민 C, 칼슘, 철이 풍부하다. 어린뿌리는 껍질을 벗겨서 구워 먹고 잎은 쪄서 나물로 먹는다. 하지만 오래 자란 식물은 쓴맛이 난다.

방가지똥은 쓰레기장, 황무지, 도롯가에 왕성하게 자란다.

이 황량한 곳을 기름진 땅으로 바꾸려면 먼저 토양을 만들어야 한다. 우리는 건축 부지에서 나무 팰릿 네 개와 긴 파란색 비닐 끈을 찾아서 그것으로 뚝딱 퇴비 상자를 만든다. 그리고 기다린다. 통통한 분홍색 지렁이들이 쓰레기를 우리에게 필요한 물질로 바꿔내는 것을 지켜보면서.

오래지 않아 단지 운영 위원회에서 편지가 날아든다. 편지 상단 구석에 내용의 시급성을 쉽게 알리려는 의도로 신호등이 그려져 있는데, 이 신호등에는 노란불이 켜져 있다. 그들은 우리에게 이레의 말미를 줄 테니 정원에서 쓰레기를 치우라고, 그렇게 하지 않으면 퇴거 통지를 받게 될 거라고 말한다. 나는 그들의 말을 이해하려고 애써본다. 우리 정원에는 돌, 진흙 그리고 퇴비 상자를 만드는 데 쓰인 나무 팰릿 폐품이 있다. 이중에서 내가 생각하기에 쓰레기로 분류할 수 있는 것은 팰릿뿐이다.

나는 우리가 무슨 조항을 깨뜨렸는지 알아보려고 스무 쪽짜리 세입자 편람을 다시 읽어본다. 거기에는 우리가 야외 공간을 '쓰레기 없이' 관리해야 한다고 적혀 있다. 이 단지는 사회적 사업이기 때문에 지주들은 '친환경 인증을 받고 재활용을 장려하는 것'을 목표로 삼는다고도 적혀 있다. 나는 사전을 꺼낸다.

쓰레기 [명사]
쓸모없어서 내다 버리는 물건; 찌꺼기; 폐기물; 버림치.

재활용 [명사]
낡거나 못 쓰게 된 물건 따위를 가공하여 다시 씀:
원래의 형태나 성질을 그대로 둔 채 용도를 바꾸어서 씀.

우리는 퇴거 위험을 감수할 수 없다. 우리는 달리 갈 곳이 없다. 이 집은 우리의 새로운 시작이자 마지막 기회다. 우리는 이곳을 우리 집으로 만들려고 애쓰고 있다. 집세가 싸서만은 아니다. 이 집은 우리에게 다시 일어날 기회를 주는 곳, 우리가 스스로 안전하게 치유하고 뿌리를 기를 수 있는 곳이다. 벽에 붙여둔 아들의 그림에는 웃고 있는 작대기 인간 세 명과 무지개와 파란색 문이 그려져 있다.

"우리 새집이야." 아들은 이렇게 말한다. 그 집은 빛이 가득하다.

나는 답장을 쓴다. 퍼머컬처와 약용식물학의 원리, 뒷마당 생물 다양성의 이점을 설명하는 내용이다. 우리의 내년 계획을 소개하고, 휘겔쿨투어 밭의 구조도를 첨부한다. 그들이 이곳을 아들의 눈으로 볼 수 있도록, 아들이 그리는 마법의 정원이 어떤 모습인지도 밝힌다. 우리를 이곳으로 이끈 애도와 질병에 관해서도 말한다. 가끔은 망가진 것이 다시 아름다워질 수도 있다고, 나는 그들에게 말한다.

출산이라는
사건

레이디스맨틀

Lady's mantle
Bear's foot, dewcup, woman's-best-friend, nine-monks, fair-with-tears

알케밀라 불가리스
Alchemilla vulgaris

✥ **주머니에 지니고 다니면 출산의 두려움을 극복할 수 있다**

레이디스맨틀의 학명 '알케밀라'는 알케미alchemy, 즉 '연금술'에서 왔다. 이 식
물의 에너지는 고통스러운 경험이 더 나은 것으로 바뀌도록 돕는다고 한다. 북
유럽 신화의 프레이야 여신과 연관되어, 예부터 여성의 생식계를 튼튼하게 하
거나 나이 든 여성의 생식력을 북돋는 강장제로 쓰였다. 자궁 강화와 수축 촉
진에 쓰이고, 외용 세정제 형태로 분만 중 회음부 파열을 줄이고 산후 회복을
돕는 데도 쓰인다. 호르몬 균형을 돕고 생리 전 증후군을 줄이며 발한이나 불
안이나 기분 변화 같은 폐경기 불편을 덜어준다. 어린잎을 찧어서 만든 습포제
는 밭일로 손상된 손에 바르면 좋고, 피부에 바르면 가슴 탄력을 높여주고 눈
에 띄는 노화 증상을 줄여준다.
레이디스맨틀은 방치된 풀밭, 도롯가, 강둑에서 잘 자란다.

아름다운 몸. 고통이 자리하는 몸. 죽는 몸과 낳는 몸. 나는 내 몸을
아름답고 강한 것으로 보도록 배우는 대신, 뭐라고 이름 붙일 수 없는

수치심의 피부를 길러내어 그것으로 자궁을 덮었다. 그런데 아들이 세상에 나오는 순간, 더는 내 안의 어두운 피를 외면할 도리가 없었다. 격렬한 슬픔과 하나로 매인 그것은 쓰임을 다한 자궁으로부터 터져 나와서 나를 쩍 갈랐다. 그 상처로부터 나의 낳는 몸이 태어났으니, 그 더럽고 악취 나는 몸을 스스로 보는 것도 남에게 보이는 것도 차마 견디기 어려웠다.

하지만 여기, 내 세포로부터 만들어진 작은 기적의 존재가 있다. 처음 아이를 안았을 때 아이의 몸은 우리 둘 사이에서 박동하며 피를 보내는 탯줄로 여전히 내 몸에 이어져 있었고, 나는 더럭 겁이 날 만큼 격렬한 사랑을 느꼈다. 나는 아이에게 반드시 지켜주겠다고 약속했다. 하지만 나 자신에게는 같은 약속을 할 수 없었다.

남편이 태어난 지 고작 몇 분 된 아이를 내게서 받아갈 때 내가 사라지는 것처럼 느껴졌다. 조산사가 내 찢긴 몸을 도로 꿰매어 잇는 동안 난로의 석탄불이 꺼져가는 어두침침한 방에서 나는 빛을 놓치지 않으려고 애썼다. 그 순간 나는 내 안에서 자라나는 공허함을 물리치려고 노래를 불렀다. 그것은 나 혼자만 아는 끔찍하고 외로운 고통이었다.

이런 감정은 언급해서는 안 되는 것으로 여겨지곤 한다. 출산은 이제 안전하고 위생적인 일이기에 장밋빛 광휘로만 묘사된다. 하지만 현실은 그렇지 않다. 출산은 피투성이 사건이고, 당신을 부술 수 있는 사건이다. 제 속으로 깊이 들어가서 아기를 삶으로 데리고 나올 힘을 짜내야 하는 여자가 어떻게 바뀌지 않고 그 일을 해내겠는가?

한번은 내 출생 이야기가 궁금해서 어머니에게 물었다. 내가 태어날 때 아버지가 곁에 있었느냐고. 어머니는 어리둥절히 나를 봤다.

"네 아빠는 그 누가 태어날 때도 없었어. 내가 왜 네 아빠에게 그런 모습을 보이고 싶었겠니?" 어머니는 그런 사람도 있다는 사실에 충격을 받은 듯 말했다. 어머니에게 출산은 가려진 세상에서만 존재하는 '다른' 일이었다. 그저 여자들만이 이해하고 견디는 일이었다. 어머니에게는 곁에 있어줄 엄마도 여자 형제도 여자 친구도 없었기에, 오직 산과 의사나 조산사의 도움만으로 혼자 여섯 자식을 낳았다. 그런 어머니가 첫 손주의 출산을 지켜봐달라는 당시 스물여섯 살로 혼자였던 큰언니의 부탁을 수락했다. 어머니는 분만이 끝나자 손자를 안아보기를 거부한 채 격렬한 슬픔으로 빠져들었으며, 그 슬픔은 우리 모두에게 흘러넘쳤다. 당시 나는 어머니의 반응을 이해할 수 없었지만, 지금은 알 것 같다. 딸들의 성적인 몸은 어머니가 들여다보고 싶지 않은 컴컴한 거울이었다.

어머니는 내게 몸이 어떻게 작동하는지 가르쳐줬다. 난자와 정자와 수정란을 가르쳐줬다. 어머니가 말해주지 않은 것을 나는 언니들의 성장을 보면서 배웠고, 책장 뒤에 숨겨져 있지만 아무도 공공연히 제 것이라고 말하지 않았던 포르노 책을 보면서 배웠고, 놀이터에서 놀던 중 남자애들이 내게 억지로 키스하고 내 타이츠에 손을 집어넣으려고 한 일을 겪으면서 배웠다.

하필 친한 친구의 열한 번째 생일에 내가 초경을 했을 때, 어머니는 하얗고 뚱뚱한 생리대 꾸러미를 주면서 앞으로는 한 달에 한 번 그것을 써야 한다고 말했다. 나는 생리대를 속옷에 쑤셔넣고 데이지 꽃무늬 원피스를 끌어내리며, 아무도 그것을 못 보기를 기도했다. 몇 달 뒤 학교 여자애들과 어느 친구 집에서 자기로 한 날에 피가 새기 시작했다. 생리대가 흠뻑 젖었는데 여분이 없었다. 나는 화장실 문을 걸어 잠그고 두루마리 화장지를 바지에 쑤셔넣었다. 그다음에는 어찌할지 모르겠고 누구에게 알리기도 너무 부끄러워서, 다 쓴 생리대를 화분 뒤에 숨겼다. 그때 누가 그것을 발견했을지 여전히 궁금하다. 그리고 그 누군가에게 열한 살의 내 행동을 사과하는 말을 조용히 속삭이곤 한다. 지금도.

 초경을 한 지 2년 뒤, 나는 침대 가장자리에 앉아 있다. 닫힌 커튼으로 버터크림색 햇살이 새어 들고, 십이월의 하루가 막 동트려는 참이다. 나는 손바닥을 위아래로 뒤집으면서 두 손목에 불그스름하게 멍이 들고 한쪽 손등에는 길게 까진 상처가 난 것을 알아차린다. 흰 바지는 구겨진 채 발밑에 놓여 있다. 바지에 분홍색 물이 들었다. 나는 맨발가락으로 바지를 침대 밑에 밀어넣는다. 어머니가 보지 말았으면 좋겠다.
 "무슨 일 있니, 얘야?" 어머니가 아침 찻잔을 가져다주면서 내 옆에 앉는다. 나는 계속 바닥을 보며 잠옷 소매를 당겨서 손목을 감춘다. 어머니가 이 상황을 더 낫게끔 만들어준다면 좋겠지만, 어떻게 그럴지는 모르겠다. 내게는 내 몸이 설명해야 하는 것을 말할 언어가 없기 때문이다. 목에서 소리가 걸린다.

 …여자아이는 저 위 지붕창에서 일렁이는 별을 본다. 아득한 별들은 검은 물에 갇힌 은색 물고기 같다. 목에서 느껴지는 베르무트의 맛, 피의 맛, 역겨운 솔향 살균제 맛에 헛구역질이 난다. 아이의 머리맡, 반들거리는 회색 바닥 위에 동그랗게 말린 모조 다이아몬드 목걸이가 놓여 있다. 아이가 어머니의 서랍에서 훔쳐온 싸구려 인조 보석 목걸이다. 멀리서 음악 소리가 들리는데, 꼭

깃털 베개를 통과한 소리처럼 아득하다. 아이는 몸을 일으켜서 이곳을 떠나야 한다는 것을 안다. 아이가 떨리는 다리로 일어나서 걸어 나간다. 팔에는 룬 문자 같은 흉터가 감겨 있고 검게 눈화장을 한 남자아이를 뒤로하고, 문간에서 지나가는 아이를 보고 웃는 사람들을 뒤로하고, 집 안의 소음과 시뿌연 연기를 뒤로하고. 한겨울의 밤 속으로, 눈의 침묵 속으로. 환하게 반짝이는 그 빛, 어둠 속에서 반짝 반짝 반짝거리는 빛…

어머니는 손수건을 움켜쥔 채 벽만 본다. 너무 슬퍼 보인다.

"널 보내지 말았어야 하는 건데." 어머니가 주먹으로 자신의 허벅지를 치면서 말한다. 어머니는 아파하고 있다. 보면 알 수 있다. 나는 어머니를 더 아프게 하고 싶지 않아서, 털어놓기가 더 쉬운 또 다른 진실을 말한다.

"엄마 목걸이를 잃어버렸어요. 죄송해요." 나는 이렇게 말하고는 울기 싫은데도 울기 시작한다.

내가 울음을 그치자, 어머니가 주머니에서 꺼낸 흰 면 손수건 귀퉁이를 손가락에 감고 거기에 침을 발라서 내 눈물 자국을 닦아낸다. 나는 찡그린다.

"난 다섯 살이 아니에요!" 나는 짐짓 불평하지만 어머니의 사랑이 담긴 이 사소한 행동이 오늘만은 괜찮게 느껴진다.

어머니의 얼굴에 그림자가 스친다.

"남자가 너한테 사랑한다고 말할 때는 네게서 이것저것 기대하기 마련이란다." 어머니는 이렇게 말하고 잠시 멈췄다가 이어서 할 말을 찾으려는 것처럼 찌푸린다. 이어지는 말은 결국 나오지 않는다. 나는 어머니의 말뜻을 잘 모르겠지만 아무튼 기억해둔다. 아무도 섹스 이야기를 하지 않는 세상에서 내가 받은 유일한 조언이다. 어머니가 일어나서 방을 나간다. 도중에 문 앞에서 잠시 멈춘다.

"목걸이는 걱정하지 마라." 어머니가 말한다.

우리는 다시는 그 일을 입에 올리지 않는다.

어머니는 내게 몸이 어떻게 작동하는지 가르쳐줬지만, 내 몸을 내 것으로 만드는 법이나 예찬하는 법이나 욕망을 말하는 법은 가르쳐주지 않았다. 어머니 자신에게 그런 언어가 없는데 어떻게 그것을 가르치겠는가? 세월이 흘러서 마침내 우리가 팔에 룬 문자를 새긴 남자아이와 반짝이는 별과 고통의 이야기를 나눌 때, 어머니가 내게 자기 이야기를 들려준다. 어느 날 밤 젊은 남자들이 걸어서 귀가하던 어머니를 공원으로 쫓아 들어왔던 일, 이튿날 어머니가 살던 집으로 경찰들이 찾아왔던 일.

"그쪽이 그렸나?" 경찰들은 어머니가 벽에 붙여둔 누드 목탄화를 보고 빈정거렸다.

"인물 사생화 수업에서 그린 거예요. 나는 예술 학교에 다녀요." 어머니는 자신의 작품을 자랑스러워하며 설명했다.

"변태 같네." 경찰들은 이렇게 말하고 웃었다. 어머니는 그들이 왜 그렇게 말하는지 이해할 수 없었지만 좌우간 그들이 왠지 자신을 비난한다는 것은 알 수 있었다. 공원의 남자아이들도 고통도 어머니를 향한 자신들의 시선도 다 어머니 탓으로 여긴다는 것을. 어머니는 열여섯 살이었다.

어머니는 그 일을 삼키고 살아남았다. 하지만 그때 얻은 교훈은 오래

갔다. 내가 어머니에게 보호를 구했을 때 어머니는 자신이 아는 유일한 방식으로 대응했다. 모든 여자가 다치기 마련인 세상에서 살아남는 법을 가르쳐준 것이었다. 어머니가 내게 줄 수 있는 것은 그게 다였다. 그것과 그녀 자신의 수치심뿐이었다.

출산할 때 나는 훌륭하고 강했다. 또한 무섭고 혼란스러웠다. 나쁜 피, 숨은 피, 검은 피, 흘린 피, 피의 마법, 피의 달. 여자의 피는 힘에서 태어나고, 고통에서 태어난다. 『시편』 139편에는 이런 문장이 있다. "주는 어머니 태 속에 나를 빚어주셨으니, 내가 이처럼 신기하고 놀랍게 만들어졌음에 주를 찬양합니다." 우리는 타인에게 빌린 수치심의 겉옷으로 우리 몸을 가려야 한다고 배우면서 자란다. 하지만 사실 우리는 우리 어머니의 피로부터 태어난 존재이고, 아름답게 또한 강하게 태어난 존재다.

물에 빠진
여자

크리핑싱크포일

Creeping cinquefoil
Five-finger grass, witches' weed, bloodroot, crampweed

포텐틸라 렙탄스
Potentilla reptans

✣ **양지꽃을 우린 물로 매일 아홉 번씩 이마와 손을 씻으면**
흑마법과 저주를 씻어낼 수 있다

크리핑싱크포일은 만능 마법 약초로, 중세에 이른바 '마녀의 연고' 재료였고 그 밖에도 축복, 보호, 섬세, 사랑, 번영에 관한 주문에 쓰였다. 이 식물은 또 기억력, 말솜씨, 자신감을 북돋는다고 일컫는다. 수백 년 전부터 열과 감염 치료에 쓰였으며, 항경련, 수렴, 항염증, 소독 효과가 있다. 타닌, 철, 마그네슘, 칼슘이 풍부한 잎을 우린 물은 인후통, 치통, 구내염, 잇몸염, 일광 화상, 대상포진, 복통, 생리통 치료에 쓴다. 뿌리는 관절염과 타박상을 다스리는 습포제로 쓴다. 지혈 효과가 있는 껍질은 코피를 멎게 하는 데 쓴다. 또 뿌리를 말린 후 갈아서 커피나 밀가루 대용으로 쓸 수 있고, 굽거나 삶거나 생으로 먹을 수도 있는데 맛은 파스닙이나 고구마와 비슷하다.

크리핑싱크포일은 황무지와 도롯가에 퍼져 자란다.

가끔은 새 생명이 솟는 자리가 가장 격렬하게 갈라지는 법이다. 쉰세 살의 어머니는 자신이 과거에 어떤 여자였는지 기억하려고 애쓰는 중이었다. 열세 살의 나는 내가 미래에 될 여자를 발견하려고 애쓰는 중이었다. 내가 내 몸의 생산력을 맞닥뜨리는 시기에 어머니는 자신의 그것을 떠나보냈다. 생명의 시절이자 슬픔의 시절이었으며, 어떤 것은 부서지고 어떤 것은 자랐다.

성공이라는 삶의 지대에 도달하고자 오랫동안 고군분투해온 아버지는 그곳이 눈물 가득한 땅이라는 사실에 실망한다. 부서진 것은 고쳐야 하므로, 아버지는 오스트레일리아 동해안의 케언스에서 멜버른까지 가는 여행 계획을 짠다. 그것은 3,000킬로미터가 넘는 여정이라 가이드북에서는 뭔가 잘못될 수도 있다고 경고한다. 가이드북은 "자연에 대비해야 한다."고 말하지만 아버지는 서두른다. 아버지는 앞 유리창이 두 쪽으로 나뉜 1958년산 하늘색 폭스바겐 캠핑용 밴을 빌리고, 그레이트배리어리프 산호초의 정보를 상자에 꾸린 뒤 기나긴 아스팔트 도로에 오른다.

계획은 뜻대로 되지 않는다. 나는 열세 살이다. 여기 있고 싶지 않다. 어머니도 마찬가지다. 밴은 작고 불편하며 에어컨도 없다. 가야 할 길은 뜨겁고 무한히 뻗어 있다. 어머니는 애써 원만하게 굴려는 노력마저 포기하여, "제기랄!" 하고 외치기 시작한다. 아주 자주. 나는 밴 뒷좌석에서 소니 워크맨의 볼륨을 엄청 키우고 프린스의 〈퍼플 레인〉으로 부모님의 고함소리를 덮는다. 부모님은 800킬로미터 전부터는 아예 입을 닫았다. 이제 하루하루가 침묵 속에 흘러갈 뿐이다. 어머니는 옆 유리창만 보고 아버지는 우리에게 경치 좀 보라고 말한다. 나는 헐렁한 검은 옷 속에 들어앉아서 분노의 시를 쓴다.

우리는 긴 은색 해변 옆에서 캠핑을 한다. 새벽에 아버지가 우리를 깨운다. 벌써 옷을 입은 아버지는 우리에게 산책하자고 말한다. 아버지가 앞장서서 걷는다. 이 여행은 아름다운 자연으로 어머니의 우울증과 내 반항기를 몰아내려는 치유책이지만, 현실은 다들 화나고 날이 서 있다.

바다가 은색과 금색으로 반짝거린다. 한 시간이 두 시간이 되고 두 시간이 세 시간이 된다. 우리는 계속 걷는다. 다리가 볕에 너무 타서 급기야 뻣뻣해진다. 나는 울기 시작한다. 어머니가 주저앉고는 더 이상 걷기를 거부한다. 아버지는 좀 더 가다가 뒤돌아서 온다.

"이쪽으로." 아버지가 우리가 방금 온 방향을 가리키면서 말한다. 우리는 이 길로 걸어왔고 이제 이 길로 돌아갈 것이다. 어머니는 말없이 내 옆에서 걷는다. 나는 모래에 찍히는 아버지의 발자국만 보면서 우리가 온 발자국을 되밟는다.

캠핑장에 돌아와 보니 피부에 물집이 잡히고 입술이 갈라지고 팔다리가 굽혀지지 않는다. 캠핑장 이웃들이 걱정하면서 화상에 바를 분홍색 칼라민 로션, 토마토, 버터, 식초를 준다. 어머니는 그것을 자르고 바르고 뿌리며 다 시도해본다. 뻗은 자세로 뻣뻣해진 내 성난 몸 위로 열기가 피어오른다. 마음은 소리 없고 메마른 눈물로 부글거리고, 몸은 분노로 끓어오른다.

그날 우리는 더는 말을 나누지 않는다. 아버지는 묵묵히 지도를 들여다본다. 어머니는 접이식 의자에 앉아서 훌쩍이는데 나 때문에 우는 것은 아니다. 나는 말없이 두 사람을 지켜본다. 내일 우리는 다시 길을 달릴 것이다. 나는 터키색 바다에서 원색의 물고기와 헤엄치고, 어른거리는 열기 속에서 은화처럼 반짝이는 유칼립투스 나뭇잎을 볼 것이다. 밤에는 바다돌물떼새의 높게 내지르는 울음을 들을 것이고, 아침에는 학교에서 들려오는 아이들의 노랫소리 같은 웃음물총새의 웃음소리를 들을 것이다. 이 모든 경이와 아름다움에도 불구하고 내가 나중에 주로 기억할 것은 화상 그리고 어둠 속에서 조용히 훌쩍이던 어머니의 울음소리다.

마침내 멜버른에 도착했을 때 물집은 다 마르고 피부가 벗겨지기 시작한다. 우리는 더 이상 이야기를 나누지 않는다. 우리는 먼지투성이고 지쳤고 비참하다. 내가 원하는 것은 오로지 목욕하는 것, 푹신한 침대에서 자는 것, 혼자 있는 것이다. 아버지의 회사는 우리를 위해서 호텔 스위트룸을 예약해뒀다. 내가 혼자 쓸 방도 있는데, 방에는 마사지 기능이 있는 퀸 사이즈 침대, 자쿠지 욕조, 포근한 가운, 옥상 수영장으로 나가는 전용 출입문이 있다.

나는 가방을 던지고 욕실로 가서 문을 닫는다. 대리석 세면대에 여러 개의 작은 비누와 샴푸 통이 단정하게 줄지어 있다. 그중 하나를 고르고 나머지는 집에 가져가려고 가방에 담는다. 흐르는 물소리 너머로 고성이 들린다. 나는 무시하고 옷을 벗는다. 거품과 온기에 몸을 담글 준비가 됐다.

그때 누가 잠긴 문을 요란하게 두드린다.

"옷 입어라. 나가야 한다!" 아버지가 외친다. 나는 희고 부드러운 가운으로 몸을 싸고 거실로 나간다. 어머니가 모래색 소파 끝에 걸터앉아 있다. 어머니는 또 울고 있다.

"네 엄마가 여기 묵고 싶지 않단다." 아버지가 말한다. 나는 목욕하는 것을 체념하고 내 방으로 돌아가서 옷을 입는다.

포터가 온다. 그가 호텔에 다른 스위트룸이 없다고 설명한다.

"일반 가족실만 남아 있습니다." 포터가 말한다.

"그걸로 할게요." 어머니가 말한다. 포터는 놀란 듯하지만 우리 가방을 황동 트롤리에 싣는 것을 도와준다. 나는 바닥을 보며, 화난 아버지와 울기만 하는 미친 어머니와 함께 있는 이곳만 아니라면 어디든 좋으니 딴 곳에 있고 싶다고 생각한다.

새 방에는 더블베드가 있고 일인용 간이침대가 창가에 붙어 있다. 침구는 오렌지색이고 카펫은 갈색이며, 티크 합판 서랍장이 있고 그 옆에 바지 전용 다림판이 세워져 있다. 나는 욕실로 직행하여 다시 물을 받으면서 침묵 뒤에 쾅 문 닫히는 소리를 듣는다. 어머니가 꺽꺽 우는 소리가 벽을 뚫고 들린다. 나는 거품에 몸을 담그고 눈을 감는다. 적어도 비누는 챙겼다.

하지만 말다툼에서 벗어날 길은 없다. 넷째 날에도 어머니는 외출을 거부한다. 아버지는 왜 자기 계획이 통하지 않는지 이해할 수 없어서, 혹은 왜 어머니가 계속 우울한지 이해할 수 없어서 우리 둘 다에게 참을성을 잃는다.

어머니는 더는 여기 있고 싶지 않다. 더는 어디에도 있고 싶지 않다. 어머니가 갈색 금속 창틀을 움켜쥐고 창을 확 연다. 저 밑에서 도시의 빛과 소음이 고동치고 있다.

"당신은 내가 뛰어내려도 신경도 안 쓰겠지!" 어머니가 소리친다. 나는 어머니의 다리를 붙든다.

"제발 내려와, 엄마. 다 괜찮을 거야." 나는 이렇게 말하며 팔을 뻗어서 어머니의 손을 잡는다. 어머니의 팽팽했던 몸이 느슨해지고, 어머니가 창을 내려와서 침대에 엎어진다. 나는 그 곁에 가만히 앉아서 어머니의 머리카락을 쓰다듬는다.

"괜찮아, 괜찮아." 나는 엄마들의 주문을 속삭인다.

그 일이 있은 후, 아버지가 일 때문에 며칠 떠나게 된다.

"엄마 잘 보살펴라." 아버지가 말한다. 나는 룸서비스를 주문한다. 우리는 치즈버거와 감자칩으로 저녁을 먹으면서 컬러텔레비전으로 드라마 〈네이버스〉를 본다.

다음날, 어머니가 신문에서 광고를 본다. '팝 아트, 1955~1970년, 빅토리아국립미술관'. 어머니는 옷을 입고 머리를 빗고 보라색 구두를 신는다.

"가자. 외출할 거야." 어머니는 핸드백을 집으면서 말한다. 몇 주 만에 처음으로 어머니가 웃는다.

전시장에 들어서자 어머니는 점점 더 들뜬다. 어머니는 밝은 색깔 속에서 내 손을 잡고 끌고 다니면서 앤디 워홀Andy Warhol, 리처드 해밀턴Richard Hamilton, 데이비드 호크니David Hockney, 로버트 라우션버그Robert Rauschenberg를 가리켜 보이고 미술사를 간략하게 알려준다. 로이 릭턴스타인Roy Lichtenstein에 다다랐을 때, 어머니가 조용해진다. 점묘법으로 그려진, 파란색 머리카락의 여자가 눈물을 흘리면서 말풍선으로 외친다. "상관없어! 브래드에게 살려달라고 전화하느니 물에 빠져 죽겠어!" 여자는 자신을 삼킬 듯 위협하는 물살 밖으로 한 손을 내밀고 있다. 미술관을 나설 때 어머니가 내게 〈물에 빠진 여자Drowning Girl〉의 포스터를 사준다.

집에 돌아오고 두 주 뒤, 어머니는 2년짜리 순수 미술 학위 과정에 등록한다. 어머니가 예술 학교를 떠난 지 36년 만이다. 어머니가 마지막으로 자신을 위해서 그림을 그린 것도 오래전 일이다. 어머니는 새 화첩을 사고, 유화 물감을 갖추고, 수업을 들으러 간다. 어머니의 첫 작품은 내 초상화다. 나는 빨간색 긴치마와 같은 색 스웨터를 입고 소매를 끌어내려서 팔을 감추고 있다. 머리카락은 짧다. 내 뒤로 보이는, 내 방의 빨간색 문에는 그 포스터가 붙어 있다. 나는 꼼짝하지 않고 앉아 있고 어머니는 말없이 그림을 그린다. 어머니는 182센티미터의 화폭을 빨간색과 파란색으로 채우고 작은 점을 무수히 찍는다. 도움을 청하기를 거부하고 영원히 물에 빠져가는, 이름 모를 소녀를 그린다.

상실의
실용적 측면

녹양박하 (스피어민트)

Spearmint
Lamb mint, mackerel mint, Mary's herb, sage of Bethlehem

멘타 스피카타
Mentha spicata

✣ 민트 차를 마시면 당신의 말에 힘이 부여된다

민트는 하데스 신과 연관되며 고대부터 지하 세계에 관련된 의식에 널리 쓰였다. 고대 그리스인은 힘을 얻기 위해서 팔에 민트를 문질렀다. 마법적으로는 흑마법과 불운을 막는 데 쓰였고, 용기를 북돋우고 어려움을 극복하도록 돕는 주문에도 쓰였다. 항진균, 거담, 항균 효과가 있어서 발과 입의 냄새와 감염을 치료하고, 소화 불량과 급경련통을 누그러뜨리고, 두통을 완화하고, 울혈을 제거하고, 기침을 달래는 데 쓴다. 주성분인 멘톨은 근육과 관절 염증 치료에도, 벌레 퇴치제로도 좋다.

스피어민트는 도롯가의 도랑, 건물 기반 가장자리, 갈라진 콘크리트 틈에서 잘 자란다.

"왜 낫게 할 수 없어?" 아들이 묻는다. 우리 고양이가 아프다. 수의사는 고양이를 놔주는 것이 고양이에게 좋을 것이라고 말한다. 아들도 우리가 모든 것을 고칠 수는 없다는 사실을 안다. 하지만 아이는 이유를 알고 싶어 한다.

"살아 있는 건 모두 언젠가 죽어야 해. 그건 어쩔 수 없어." 나는 아이에게 알려주기에는 가혹한 진실이라는 점을 의식하면서 대답한다. 느닷없이 반복적으로 닥친 상실에는 실용적인 측면이 있다. 희망적 사고의 감상성을 벗겨내고, 죽음을 가리는 완곡어법과 가장을 도려낸다는 점이다.

그래도, 내 손 밑에서 고양이의 호흡이 느려지자, 예전에 우리가 지키지 못한 아기를 대신해줬던 고양이를 위하는 눈물이 나는 것을 막을 수 없다. 이번에는 상실과 외로움 때문에 눈물이 난다. 삶의 가차없는 명령이니 참아보려고 해도, 내가 미처 억누르기 전에 눈물이 빠져나온다.

"우는 건 좋은 일이야." 작은 어른인 아들이 내 손을 잡고 말한다.

우리는 정원에 구덩이를 파고, 고양이의 뻣뻣해진 몸을 묻는다. 그리고 그 위에 떨이 매대에서 구해온, 보라색 작은 라일락나무를 심는다. 비록 최상의 상태는 아닌 나무라도 어쩌면 꿋꿋이 살아남을지도 모른다.

"부한테 꽃도 있어야 해." 아들이 칼렌듈라 꽃씨 한 줌을 땅에 뿌리면서 말한다. 마리골드marigold와 메리버드merrybud, 애도의 꽃이라고도 불리는 꽃. 학명 '칼렌듈라Calendula', 라틴어로 '작은 시계'를 뜻하는 이 꽃은 초여름에 피기 시작하여 첫서리가 내리면 죽는다. 그 사이에는 작은 꽃송이가 쉼 없이 피고 져서, 우리에게 생의 연약함을 일깨운다. 하지만 칼렌듈라는 우리를 지켜주기도 한다. 아들이 신생아였을 때, 나는 칼렌듈라로 아이의 여린 피부를 보호해줄 연고를 만들었다. 올여름에는 이 꽃잎을 따서 바늘에 찔린 상처를 치료해주려고 한다. 삶과 죽음. 이 작은 시계는 우리에게 째깍째깍 가는 시간을 일깨우지만, 한편으로는 빛을 안겨준다.

비가 내려서 씨앗들에 물을 준다. 우리는 집으로 들어가서 담요의 성 안에서 논다. 밤이 오고 달이 뜬다. 우리는 하늘을 가리키면서 먼 별에 소원을 빈 뒤 잠자리에 든다.

우리의 하루하루는 이렇게 흘러간다. 우리는 가끔 울고, 가끔 작별한다.

생명을
불러오는 풀

서양쐐기풀

Common nettle
Stinging nettle, nettle leaf, burn hazel, sting weed

우르티카 디오이카
Urtica dioica

✣ **부정적인 생각과 흑마법으로부터 보호받고 싶다면 서양쐐기풀을 이용하라**

서양쐐기풀은 모성 그리고 변형과 연관된다. 이 식물의 에너지는 비록 힘들고 모진 상황도 무언가를 풍요롭게 길러내는 자리로 바꿔놓을 힘이 우리에게 있다는 사실을 성기시킨드. 회복 중인 사람, 내면의 힘을 찾으려는 사람에게 좋다. 예부터 민간요법에서 상처 치료에 쓰였으며, 항산화, 항염증, 해독, 이뇨, 응혈 효과가 있다. 칼슘, 철, 비타민 A와 C, 칼륨, 규산, 단백질이 풍부하고, 요산을 잘 분해시키기 때문에 통풍 치료에 쓰인다. 몸을 건강하게 해줄 뿐 아니라 관절통과 염증을 다스리고 습진을 완화하며, 코피를 멈추고 간과 콩팥을 해독하는 데 유용하다. 또한 혈당 제어 효과가 있을 수 있다는 가능성을 보여준 과학 연구도 있다. 잎과 씨앗을 먹을 수 있고, 섬유로 밧줄을 만들 수 있다. 질경이와 함께 쓰면 훌륭한 건초열 치료제가 된다. 식물 전체가 식용 가능할뿐더러 나비, 무당벌레, 씨앗을 먹는 새들에게 영양이 풍부한 먹이이자 쉴 곳이 되어준다. 서양쐐기풀은 돌이나 잔해가 흩어진 교란지에서 잘 자라고, 토양의 양분을 증진시키는 데도 쓰인다.

정원을 가꾸게 해달라는 요청은 마침내 받아들여졌지만, 단서가 따른다. 남들 눈에 띄는 곳에 빨래를 내걸어서도, 우리 집 경계 밖에 헛간을 만들어서도 안 되고, 이곳을 떠날 때는 심은 것을 모두 제거하여 원상태로 돌려놔야 한다.

아들이 맨 먼저 심고 싶어 하는 것은 서양쐐기풀이다. 그것은 아이에게 수프와 배에서 쓸 밧줄을 준다. 목화가 등장하기 전에 옛사람들은 서양쐐기풀을 자아서 직물을 얻었으며, 차와 맥주와 레닛*과 염료도 얻었다. 염증과 통증을 완화하는 데도 좋다. 더 조사해보니, 서양쐐기풀은 쐐기풀나비와 공작나비를 비롯해 40여 종의 곤충에게 중요한 서식지이자, 참새와 멋쟁이새와 고슴도치와 땃쥐와 개구리와 두꺼비에게 먹이가 되어준다. 그런데 요즘 사람들은 이 식물을 잡초라고 부른다.

"새들도 나만큼 쐐기풀을 좋아한다니." 아들이 말한다. 나이에 비해 현명한 정원사인 아이는 정원 계획도에 서양쐐기풀 자리를 추가한다. 그러고는 모종삽과 양동이를 들고 수색에 나서서, 집 뒤쪽 도롯가에 우거진 서양쐐기풀 군락을 발견한다.

"엄마, 여기. 얘들이 좋아." 아들이 나를 부른다.

"조심! 만지지 마!" 나는 아이가 서양쐐기풀을 덥석 잡을까 봐 걱정되어 외친다. 아이는 쏘일까 봐 꺅 소리를 지르며 물러난다.

"괜찮아. 조심하면 다치지 않아." 나는 아이를 안심시키고 정원용 장갑을 낀 뒤 콘크리트와 흙 속으로 깊이 뻗은, 질긴 흰색 뿌리를 살살 뽑는다. 우리는 그것을 조심스레 옮겨서 우리 집 담에 붙여 심는다. 남들

---

* rennet. 우유를 응고시켜서 치즈로 만드는 데 쓰는 효소다.

이 뽑는 것을 우리는 심는다.

"오늘 수프 만들 수 있어, 엄마?" 아들이 묻는다.

"오늘은 안 돼. 이 쐐기풀은 너무 많이 자랐어. 보이지?" 나는 정교한 꽃차례처럼 생긴 씨를 가리키면서 말한다.

"하지만 쐐기풀 수프는 맛있는데." 아이는 기다려야 한다는 사실에 실망한다.

"봄이 되면 쐐기풀을 먹을 수 있어. 하지만 지금은 새들의 먹이야. 그러면 괜찮지 않니?" 나는 말한다. 아이가 웃는 얼굴로 새 작물을 본다.

"쐐기풀아, 넌 이제 우리 정원에서 사는 거야. 우리한테 수프를 달라고 데려온 거지만, 먼저 새들에게 먹이를 주지 않을래? 새들은 배가 고파. 나는 수프를 좋아하지만, 나눠 먹는 건 괜찮아." 아이가 설명한다.

나는 웃는다. 아이에게 이 잡초는 발견해야 할 귀한 보물이다. 정확한 이유는 모를 테지만, 아이는 서양쐐기풀이 정원에 새 생명을 불러오리라는 것을 안다. 비록 처음에는 우리를 쏠지라도.

들풀처럼
뿌리내리다

불란서국화

Oxeye daisy
Poor-land flower, dog daisy, maudlinwort, moon-penny, poverty weed

레우칸테뭄 불가레
Leucanthemum vulgare

❖ **뿌리를 베개 밑에 넣어두고 신발을 침실 문 앞에 놔두면
꿈에서 미래의 연인을 볼 수 있다**

불란서국화는 그리스 신화의 아르테미스 여신과 연관된다. 카밀레와 비슷한 이 식물은 예부터 폐경기 증상이나 야간 땀을 비롯한 '여성의 불편'을 치료하는 데 쓰였다. 외용 습포제나 세정제 형태로 상처, 화상, 타박상, 결막염, 튼 손 치료에 쓴다. 항경련, 강장, 이뇨 효과가 있어서 식욕을 돋우고, 간과 쓸개 이상을 치료하고, 부종을 줄이고, 만성 기침과 감기와 열을 누그러뜨리고, 인후통을 달래는 데 쓴다. 개화하지 않은 꽃봉오리를 따서 케이퍼처럼 피클로 절일 수도 있다.

불란서국화는 교란지에서 번성한다.

새 식물을 살 형편이 안 되기 때문에, 아들과 나는 단지를 돌아다니면서 옮겨 심을 잡초를 찾아본다. 아이가 잔해 틈에서 자란 불란서국화를 포착하고 나를 부른다. 우리는 바위에 붙은 뿌리를 떼어내고 그것을 집으로 가져와서 심는다. 이 꽃을 다스리는 여신 아르테미스처럼 밝고 선명한 불란서국화는 여자를 위한 잡초로 불리며, 야생적이고 강인하다. 이 꽃은 폐허에서 자라고, 뛰어난 회복력으로 살아남는다.

"아름다운 꽃아, 우리 정원에 온 걸 환영해." 아들이 허리를 숙여서 꽃의 희고 노란 얼굴에 입맞추면서 속삭인다. 가난의 꽃, 흔한 잡초, 우리 정원의 난민. 이 꽃의 여정은 어디서 시작됐을까? 이 꽃은 어떻게 씨앗에서 돌로 갔다가 이리로 왔을까?

사람들이 내게 어디 출신이냐고 물으면 나는 정말 뭐라고 대답해야 할지 모르겠다. 남편의 집안은 고향 소도시에서 그대로 살고 있지만, 우리 집은? 우리는 설령 한곳에 있더라도 늘 움직였다. 현재의 삶이 우리에게 맞지 않는다는 듯이, 늘 다음 삶을 찾아보고 시험 삼아 걸쳐봤다. 어떤 면에서는 그 어느 삶도 우리에게 맞지 않았다.

우리 가족에게 삶은 바람에 날리는 씨앗이었다. 우리에게 뿌리가 있거나 정해진 길이 있다는 감각은 없었다. 하지만 당연히 뿌리는 있었다. 아버지는 철과 석탄 광상의 고장인 컴벌랜드에서 자랐다. 하지만 광산이 문을 닫자, 아버지의 가족은 남쪽으로 550킬로미터 떨어진 템스강 하구로 이주했다. 만약 그때 그들이 이주하지 않았다면 내 인생의 이야기도 시작되지 않았을 것이다.

처음에 그들은 틸버리항 근처의 빈민가에서 살았다. 대공습이 시작된 날은 아버지의 열 살 생일이었다. 독일 폭격기는 전략적으로 중요한 지점을 목표로 삼았는데 항만도 그중 하나였다. 빈민가는 폭격당했다. 아버지는 살았지만 이튿날 아침까지 1,600명이 다치고 448명이 죽을 터였다. 역사책에서는 그날을 '검은 토요일'이라고 부른다.

폭격에도 살아남은 것들은 뒤이은 철거 작업 때 불도저에 싹 밀려났다. 아버지의 가족은 새 공영 주택 단지로 옮겼다. 살면서 처음으로 그들에게 마당이 생겼고, 그들만 쓰는 옥외 변소가 생겼다. 내 할아버지는 잔디밭을 갈아서 감자를 심었고 철망 닭장을 지어서 닭을 키웠으며, 토끼를 사냥했다. 그러면 내 할머니가 그것으로 스튜를 끓였다. 할아버지는 마흔다섯 살에 그때까지 저금한 돈으로 평생의 유일한 소유물인 밴텀 오토바이를 샀다. 하지만 쉰네 살이 되던 해, 배에 시멘트 자루를 싣다가 떨어지는 그것에 맞아서 죽었다. 할아버지가 뇌내출혈로 사망하기까지는 일주일이 걸렸다. "내 무덤에는 콜리플라워를 심어라. 그건 먹을 수라도 있으니까." 할아버지는 말했다.

아버지는 옛날이야기 하는 것을 좋아하지 않는다. 그래도 어떤 씨앗은 대대로 전해지는 법이다. 내가 어릴 때, 아버지는 내게 호손 열매와 잎을 따 먹으면 허기를 다스릴 수 있다는 것을 알려줬다. "'빵과 치즈' 나무지." 아버지는 그렇게 불렀다. 나는 요즘도 호손 잎과 열매를 따고, 아들과 함께 산책할 때 그 방법을 알려준다.

이 과거의 뿌리가 어떻게 내 토양을 집으로 삼았을까? 1945년, 아버지의 열다섯 살 생일 이레 전에 유럽의 전쟁이 끝났다. 사람들은 그해를 '0년'이라고 불렀다. 사라진 것의 잔해로부터 미래를 재창조할 기회의 시기였다. 아버지는 열세 살에 공부를 그만두고 항구에서 일해왔지만, 거기에 계속 남고 싶지는 않았다. 정치인들이 힘의 경계선을 새로 그리기 시작한 무렵에, 아버지는 단짝 친구와 함께 가난한 과거로부터 벗어날 길을 그리기 시작했다. 두 사람은 퇴근 후 야간 학교에서 기계 기사 자격을 공부했다. 아버지는 집안 최초로 블루칼라를 벗어나는 사람이 될 예정이었다.

당시 어머니는 아버지가 수업을 듣던 곳 맞은편의 예술 학교에서 패션 일러스트레이션을 공부하고 있었다. 어머니도 집안 최초로 대학에 진학한 사람이었다. 어머니의 집안은 말들과 이야기하고, 진한 민들레 와인을 담그고, 내 혀가 잃어버린 언어를 쓰는 사람들이었다. 무두장이의 가죽처럼 풍화된 올리브색인 내 피부는 어머니의 피부를 꼭 닮았다. 그들은 만들고 고치는 사람, 골라내고 분류하는 사람, 수레를 끌고 다니면서 "폐품 수거합니다."를 외치는 사람이었다. 하지만 어머니에게는 재능이 있었고, 어머니의 어머니에게는 딸이 다른 삶을 살도록 뒷받침하겠다는 야망이 있었다.

어머니는 원래 아버지의 친구와 데이트했고, 아버지에게는 다른 여자친구가 있었다. 네 사람은 금요일마다 기차로 시내에 나가 스트랜드기의 라이시엄에서 춤추곤 했다 어머니는 지터버그를 췄고 아버지는 서서 구경만 했다. 하지만 멋진 사랑 이야기가 으레 그렇듯이 운명의 장난이 끼어들었다. 어느 날 밤 아버지가 밴텀 오토바이를 타고 코너를 너무 빨리 돌다가 벽에 박았다. 단짝 친구 덕에 목숨은 건졌지만 아버지는 오래 입원해야 했다. 아버지의 여자친구는 병원 냄새를 싫어했고, 그래서 어머니에게 대신 문병을 가달라고 부탁했다. 어머니는 승낙했다. 어머니는 다리에 퍼지는 괴저와 싸우며 누워 있는 아버지에게 자기 집 근처의 백악 갱을 산책한 이야기를 들려줬고, 산업용지였던 황무지를 점령하고 피어난 야생화를 그림으로 그려서 보여줬다. 아버지는 답례로 어머니에게 연애시를 써서 건넸고, 세상의 모든 경이를 보여주겠노라고 약속했다. 6개월 뒤에 아버지는 안쪽 허벅지에 남은 반짝이는 흉터와 더불어 단짝 친구 애인의 마음을 얻었다. 1948년이었고, 어머니는 열여섯 살이었다. 1년 뒤에 두 사람은 약혼하고 알프스로 자전거 여행을 떠났다.

상상할 수 없는 것이 휩쓸고 지나간 자리에서는 모든 것이 가능해진다. 자전거로 산을 누비면서 두 사람은 장차 캐나다 로키산맥에 산장을 짓고 살자는 계획을 세웠다. 그곳에서 어머니는 그림을 그리고 아버지는 시를 쓰며 함께 정원을 가꾸고 꽃 속에서 늙어가자고 했다.

어머니는 런던의 《보그》 잡지사에서 일자리를 구했고, 둘의 꿈을 위해서 저축하기 시작했다. 아버지는 1년 뒤에 좋은 성적으로 기사 시험을 통과하고 징집됐는데, 갓 취득한 자격증 덕분에 장교로 지원할 수 있었다. 장교 훈련소의 다른 생도들은 이튼과 고든스턴 출신이었다. 그곳은 아버지가 몰랐던 특권과 계급의 세계였다. 아버지는 거기에 적응하는 법을 익혔고 우등으로 졸업했다. 그러고 나서 곧 18개월간 수에즈운하에 파견됐는데, 그곳에서도 연애시를 써서 고국의 어머니에게 보냈다.

두 사람은 아버지가 사흘 휴가를 얻어서 나온 동안에 동네 감리 교회에서 결혼했다. 1952년이었다. 어머니의 어머니는 그 결혼에 찬성하지 않았고, '미래를 망치는 짓'이라고 어머니에게 말했다. 모녀는 그 대화를 마지막으로 오래 말을 나누지 않았다. 결혼식 일주일 뒤에 어머니의 가족은 뉴질랜드로 가는 폼 티켓*을 구했고, 이주해서 영영 돌아오지

---

* Pom ticket. 전후 뉴질랜드와 오스트레일리아는 영국으로부터 오는 이주민을 늘리기 위해서 비싼 이주 수속 비용을 보조하는 정책을 펼쳤다. 그에 따라 이른바 폼 티켓을 구하는 사람은 단돈 10파운드로도 이주할 수 있었다. 'pom'은 뉴질랜드와 오스트레일리아에서 영국인을 부르던 멸칭이다.

않았다. 어머니는 겨우 스무 살에 외로이 결혼 생활을 시작했다.

어머니는 가난을 피해서 도망친 것이 아니라 남이 벌써 써버린 시간으로 이뤄진, 중고품 삶에서 도망친 것이었다. 어머니의 어머니는 원래 가수가 되고 싶어 했으나 열여덟 살에 임신했다. 미혼이었던 할머니는 목수의 아내가 되어 안전을 누리는 편을 선택했고, 반짝이는 꿈은 딸에게 물려줬다. 할머니는 비록 자신은 스타가 되지 못했어도 딸은 될 수 있다고 믿었다. 그래서 세 살 딸의 뻣뻣한 머리카락을 셜리 템플의 그것처럼 곱슬곱슬 말고 손톱을 칠해서 동네의 노동자 클럽 무대에 딸을 내보냈다. 어머니는 훗날 나이가 더 들어서는 춤추기를 아주 좋아하게 됐지만, 어릴 때는 안짱다리에다가 수줍음이 많았다. 그 수줍음은 수치심으로 번져서 평생 어머니를 놔주지 않을 터였으나, 아버지와 함께 있을 때 어머니는 자신이 아름답고 자유롭다고 느꼈다.

오랜 뒤에 내가 어머니에게 아버지를 선택한 이유를 물었을 때, 어머니는 아버지가 자신들의 미래를 미리 정해두지 않았기 때문이라고 대답했다. 하지만 물론 아버지는 정해뒀다. 병역을 마칠 무렵에 아버지는 콧수염을 길렀고 목소리를 바꿨으며, 과거와 시인의 펜을 뒤로했다. 줄곧 가난했던 아버지는 이제 성공을 노렸다. 군대에서의 시간은 아버지에게 부유함이 줄 수 있는 것이 뭔지를 보여줬고, 다른 삶으로 가는 문을 열어줬다. 아버지는 남은 평생을 빈털터리로 굶주리며 살고 싶지는 않다고 어머니에게 말했다. 자신들의 꿈을 뒷받침할 더 나은 방법을 찾을 수 있다고 말했다. 장교 경력 덕분에 아버지는 캐나다의 압출 가공 회사에서 관리직 수습 기사로 일할 수 있게 됐다. "잠시만 다니는 거야." 아버지는 어머니에게 이렇게 말했지만 결국 은퇴할 때까지 그 회사에 다녔다.

선택과 우연은 우리에게 현재의 삶이라는 특권을 안겨줬지만, 그래도 그것들이 우리의 뿌리까지 뽑아버리지는 못했다. 아버지는 이 세상에서 제힘으로 제 자리를 확보하고서도 늘 자신이 가짜임이 들통나기 전에 한발 앞서가려고 애썼다. 그러느라고 자신의 어떤 일부분을 뒤로해야 했을까? 더구나 아버지가 자신의 발목을 잡는 모든 것과의 관계를 기어코 끊어내고 과거를 바꾸려고 애써도, 아버지의 마음속 어딘가에는 늘 굶주린 소년이 있었다. 모음을 잘못 발음하던 소년, 브리지로드의 장식품 가게 진열창을 들여다보면서 머나먼 해변에서 온 거대한 조가비에 경탄하던 소년이. 그리고 그 곁에는 야생화를 그리던 소녀가 있었다. 숲속 오두막을 꿈꾸면서 그곳에서는 자신이 자유로워지리라고 믿었던 소녀가.

이 이야기는 얼마만큼 진실일까? 기억은 본디 못 미더운 화자이고, 이 사랑 이야기는 대부분 전해 들은 내용이다. 내 부모는 그렇게 자신들의 과거를 떠나서 내 과거로 들어왔다. 그 땅에서 나는 불란서국화처럼 자라났으며, 그곳을 집으로 여겼다.

어머니의
야생 정원

서양백리향(야생타임)

Wild thyme
Mother-of-thyme, creeping thyme, elfin thyme

티무스 세르필룸
Thymus serpyllum

✥ **낡은 것을 뒤로하고 새롭게 시작하기 위해서 타임을 태운다**

타임은 수백 년 전부터 약초로도, 마법의 재료로도 쓰였다. 고대 그리스인은 정
화 의례에, 로마인은 독을 물리치는 데, 이집트인은 방부 처리에 썼다. 부적으
로 지니면 전투에 나가는 사람에게 용기를 북돋위준다고 한다. 중세에는 집 안
여기저기에 널어둬서 흑사병을 막는, 이른바 '뿌려두는 식물'로 쓰였다. 항균,
거담, 항진균 효과가 있어서 오늘날 소화제로 흔히 쓰인다. 또한 인후통과 기침
과 감기를 달래주고 구내염을 누그러뜨리고 구취를 줄여주며, 가벼운 화상이
나 상처를 낫게 해준다. 동반 식물로도 훌륭하여, 배추속 식물과 함께 심으면
양배추꽃파리나 딱정벌레나 진딧물이 꾀는 것을 막아준다.
가뭄을 잘 견디며, 양분이 부족한 토양에서도 번성한다.

어머니가 정원을 가꾸는 것은 조용한 반항의 행동이었다. 다른 사람
들이 자연을 길들이려고 애쓸 때, 어머니는 자연을 격려했다. 어머니는
가방에 작은 휴대용 칼을 갖고 다니다가 눈에 띄는 잡초가 있으면 파내

어와서 집 화단에 심었다. 아무 표시도 없는 봉투에 연중 야생화 씨앗을 모았다가, 가을에 게릴라처럼 그 내용물을 정원 가장자리에 뿌렸다. 어머니는 자라난 꽃을 보고 깜짝 놀라기를 바랐다. 낡은 화분에 심은 양파를 라벤더 밭 속에 뒀고, 줄기 끝에 보라색 꽃이 피는 병꽃풀과 흰점나도나물이 길에 늘어지게 놔뒀다. 배나무 밑 길게 자란 풀숲 속에는 녹슨 철제 의자를 뒀는데, 의자는 파란색 페인트가 얇게 벗겨져서 거기에 앉을 수는 없었지만 그곳에 완벽하게 어울려 보였다. 금 간 빅토리아 시대 요강은 로즈메리와 세이지를 품었고, 원래의 용도를 다한 지 오래인 버들광주리에서는 숲제라늄이 넘쳐흘렀다. 어머니의 다른 모든 행동처럼 정원 가꾸기는 어머니가 별달리 애쓰지 않고도 해내는 일인 양 보였다. 내 세상을 뒤덮은 감각을 불러내기만 하면 되는 일이었다.

내가 자란 집은 마을에서 가장 오래된 집 중 하나로, 원래 도축장이었다. 16세기에 지어지고 3,600평의 벌판으로 둘러싸인 그 집은 라일락 나무가 없는데도 '라일락 집'이라고 불렸다. 어머니는 이 이름이 감상적이라고 여겨서, 원래 기원을 따 '섐블스*'라는 이름을 새로 붙였다. 헛간 서까래에 걸린 오래된 도축용 바퀴도 내버려뒀다. 피투성이 과거를 환기시키는 그 물건을 어머니는 굳이 치우지 않았다. 우리 집의 무질서를 못마땅하게 여기는 사람들에게 그 이름은 현대에 더 자주 쓰이는 의미, 즉 '난장판'을 뜻하는 것으로 보였다.

그곳의 풍경은 규칙을 깨는 사람들에게 영향을 받았지만, 그렇다고 해서 우연히 만들어진 것은 아니었다. 어머니는 자연을 끊임없이 매만

＊ shambles. 도살장, 유혈 장소, 난장판이라는 뜻이 있는 단어다.

집으로써 자신이 생각하는 아름다움의 이상에 맞도록 만들어냈다. 윌리엄 로빈슨William Robinson*처럼, 어머니는 "모든 식물은 스스로 그곳에 심긴 것처럼 보여야 한다"고 믿었다. 인상주의 회화에 영향을 받아서, 어머니는 빛과 색으로 이뤄진 야생의 미학을 추구했다. 그것은 모네Claude Monet와 보나르Pierre Bonnard의 정원에 대한 오마주였다. 너무 많은 것이 구속된 세상에서 그곳은 어머니의 '자르댕 소바주jardin sauvage', 즉 야생의 정원이었다. 그리고 내게는 그곳이 집이었다. 마법과 미스터리의 정원에서, 나는 꿈꾸는 무엇이든 될 수 있었다. 아마 어머니도 그렇게 느꼈을 것이다.

흙에는 우리가 찾아낼 보물이 있었다. 소과 동물의 오래된 허벅지 뼈가 세월에 탈색되어 공룡이 되어 있기도 했고 내가 철 수세미와 기름으로 닦아서 판 비토리아 시대의 양털 가위도 있었으며, 친구와 내가 동전처럼 교환한 푸른색 버드나무 무늬 사금파리도 있었다. 발견물 중 제일 귀한 것은 부츠, 옥소, 레모네이드 같은 글씨가 정교하게 새겨진 뿌연 유리병이었다. 친숙하면서도 낯선 병들은 우리의 집기가 됐다. 우리는 작은 마녀처럼 장미 꽃잎과 서양쐐기풀과 라벤더로 묘약을 만든 뒤 어머니에게 몇 페니에 강매했고, 매번 어머니가 묘약의 냄새를 맡아보고 치유되는 모습을 초조하게 지켜봤다. 어머니는 퀴퀴한 냄새를 풍기는, 물과 점액일 뿐인 묘약을 늘 '사랑스럽다'고 선언했다. 우리는 또 남의 눈을 피해서 금사슬나무, 서양주목, 말털이슬, 쑥국화를 짓이긴 독약

---

* 아일랜드 출신의 정원사이자 기자로, 야생을 살리는 자연주의 조경을 주창했다.

도 만들었다. 물론 그것을 마시지는 않았고, 적을 겁주는 데만 썼다.

어머니는 내가 낯선 사람을 마주쳐서 위험해질까 봐 내 맘대로 다닐 수 있는 곳을 정해뒀다. 나는 정원 밖으로 나가서는 안 됐지만 정원 안에서는 자유였다. 덥고 긴 여름날을 나는 단짝 친구와 뒤뜰에서 놀면서 보냈다. 놀다 보면 씨앗과 꽃가루 때문에 피부에 발진이 났고, 다리는 온통 긁히고 갈색으로 익었다. 우리는 사과나무의 거친 껍질을 타고 올랐고, 별 아래에서 야영을 했고, 끈적해진 턱에 검댕을 묻혀가면서 모닥불에 빵을 구워 먹었다. 금사슬나무 밑에 은신처를 만들었고, 배고프면 담이 둘러진 채마밭에서 자라는 완두콩과 홍당무를 따 먹었으며, 루바브 가지를 분질러서 백설탕에 찍어 먹거나 달콤하고 끈적끈적한 자두를 만끽했다. 겨울이 오면 낡은 다리미판과 부서진 나무 스키로 아버지가 뚝딱 만들어준 썰매를 벌판 꼭대기로 끌고 가서 항해에 나섰다. 경사를 무척 빠르게 달려 내려가면서, 뺨을 때리는 차가운 밤바람에 괴성을 질러댔다. 10대가 되고서는 유년기의 놀이 대신 진입로에 주차되어 있던 이동식 주택에 달큰한 술과 금색 필터 담배를 가지고 몰래 들어가서 우리가 어떤 미래를 살까 하는 이야기를 새벽까지 나눴다. 우리는 그 시절에 자매처럼 가까웠고 지금도 친구로 지낸다.

그 친구와 내가 열네 살이었을 때 우리는 풀밭에 누워 있다가 하늘에 영롱한 보라색, 에메랄드색, 장미색, 금색 파문이 폭발하는 것을 봤다. 갑자기 우리 세상을 뚫고 들어온 낯선 아름다움에 우리는 숨죽였다. 우리가 보는 것이 마법인지 세상의 끝인지 알 수 없었다. 그것이 희미해지자 나는 집 꼭대기 층 구석의 책상에서 일하고 있던 아버지에게 달려 들어갔다.

"하늘에, 하늘에 불이 났어요! 보세요!" 나는 미지에의 흥분으로 숨을 헐떡이면서 말했다.

"오로라야." 아버지는 일감에서 고개도 들지 않고 말했다. 꼭 바늘로 풍선을 터뜨리는 것 같은 무심함이었다. 나는 계단을 도로 내려가서 밤의 어둠으로 나갔다. 하늘은 다시 시시해져 있었다. 우리가 본 경이의 흔적은 어디에도 없었다.

그 후로 나는 북극광이 흔한 것인가 보다 하고 생각하게 됐다. 하지만 시간이 아무리 흘러도 그것을 다시 볼 수 없었고, 그러자 친구와 나는 우리가 정말로 뭘 보기는 했는지 의심하게 됐다. 나는 아직까지도 그것을 다시 보지 못했다. 그 일화는 이제 전설이 되어, 나는 아들에게 하늘에서 오로라의 빛이 춤추는 것을 보며 세상이 끝난다고 생각했던 그 순간을 들려주곤 한다.

"우리가 그걸 다시 볼 수 있을까, 엄마?" 아들이 묻는다.

"운이 아주 좋다면 언젠가." 나는 아들에게 대답하며, 열네 살의 내가 경이의 베일을 걷고 친구와 풀밭에서 그것을 볼 수 있었던 사실에 조용히 감사의 말을 속삭인다.

그 정원은 어머니의 걸작이자 내 세상이었다. 하지만 삶은 앞으로 나아갔고, 우리는 그 집을 팔았다. 집을 산 통근자 커플은 어머니의 녹슨 의자와 야생화에 '시골풍 매력'이 있다고 말했지만, 그곳으로 이사한 뒤에 꽃을 다 베고 조경을 새로 하면서 이름도 '멀베리 하우스'로 바꿨다. 완벽하지 않은 것이 매력인 수제 유리가 납틀에서 달그락거리던 창문은 그것을 흉내 내어 만든 삼중 유약칠 유리로 바뀌었다. 우리 가족을 먹여줬던 채마밭은 파내어지고, 그 자리에 모조 튜더식 들보와 새 석재를 일부러 오래된 것처럼 가공한 돌로 말끔하게 지은 새 집이 섰다. 옛 도축장에서 어린이의 안식처로 변신했던, 삐걱거리는 헛간은 생애 마지막으로 다시 한번 호화 별장으로 변신했고, 400년 넘게 서까래에 걸려 있었던 도축용 바퀴는 마침내 끌어내려졌다. 어머니는 자신이 가꾼 정원을 다시 보려고 그곳에 딱 한 번 더 찾아갔다가 울었다. 이제 어머니는 그곳에서 자신을 찾을 수 없을 것이었다.

거울에 비친
얼굴들

둥근빗살괴불주머니

Common fumitory
Hedge fumitory, earth smoke, wax dolls, fumaria

푸마리아 오피키날리스
Fumaria officinalis

⚜ **둥근빗살괴불주머니를 지니고 다니면 악령으로부터 보호받는다**

둥근빗살괴불주머니는 육체적으로나 영적으로 깨끗하게 정화하는 데 쓰인다. 이 식물에서 얻을 수 있는 노란색 염료는 화장품이나 화장수에 쓴다. 땅 위에서 자라는 부분은 모두 약으로 쓴다. 항경련, 설사, 항염증, 간장약, 자극제, 약한 이뇨 효과가 있어서 괴혈병, 피부 질환, 잇몸 출혈, 결막염 치료에 쓰고, 간과 콩팥을 정화하는 강장제로도 쓴다.
둥근빗살괴불주머니는 건조한 교란지 토양에서 잘 자란다.

세월은 언니의 시간을 앗아간다. 하지만 내가 가끔 일상적이고 익숙한 행동을 하다가 잠깐 언니 안으로 들어갈 때가 있다. 그 순간에 언니의 삶이 내 삶에 접붙여지고, 내 몸은 한때 언니가 차지했던 공간을 에워싼 존재로 바뀐다. 아들을 내 피의 피와 내 세포의 세포로서 품었던 것처럼 나는 언니를 품는다. 죽은 사람도 계속해서 살아갈 수 있다는 말이 혹시 이런 뜻일까?

언니가 살 수 없는 세월을 내가 살 때, 언니는 내 안에서 산다. 그래서 내가 거울을 보면, 그 속에서 나를 마주 보는 것은 언니다. 언니의 얼굴, 어머니의 얼굴, 내 얼굴. 이 모든 얼굴이 내 피부에 새겨져 있다.

이미 알고 있는
지혜

느릅터리풀

Meadowsweet
Dolloff, meadsweet, Queen-of-the-meadow, bridewort

필리펜둘라 울마리아
Filipendula ulmaria

✢ 집 안에서 말린 느릅터리풀을 태우면 부정적인 긴장을 없앨 수 있다

느릅터리풀은 예부터 와인, 맥주, 식초, 잼에 향미제로 쓰였다. 주된 유효 성분
은 살리실산인데, 훗날 이 성분이 합성되어 약으로 만들어진 것이 바로 아스피
린이다. 방향, 수렴, 이뇨 효과가 있고 열, 독감, 류머티즘, 관절염, 위궤양, 가슴
쓰림, 소화 이상, 요로 감염, 두통 치료에 쓴다.
느릅터리풀은 도랑, 습한 초원, 강둑처럼 축축한 서식지를 선호한다.

여름 내내 비가 왔다. 한 해가 삼월에서 우중충한 회색 가을로 곧장
건너간 듯하다. 예전에 나는 이 시기를 사랑했다. 사그라지는 빛을 나무
가 밀어내는 모습, 냉기를 맞아 선명해진 색깔들. 이 시기는 친구들의
생일과 새 필통의 시기*, 미지의 가능성의 시기다. 짧아지는 낮은 끝이
아니라 기대였다. 어언 20여 년 전에 남편과 결혼할 때, 나는 가을 나뭇

---

* 영국은 구월에 새 학기가 시작된다.

가지로 만든 부케를 들었다. 이제 시월은 너무 길고, 우리 기념일은 잊혔다. 나는 숨죽이고서 시간이 죽음의 이정표를 통과하기만을 기다린다.

올해가 비의 해인 것이 그래서 반갑다. 덕분에 색깔들이 칙칙하고 나뭇잎이 축축하다. 이 날씨는 내게 행복할 것을 기대하지 않는다. 칙칙한 나뭇잎이 길가에서 썩어가자, 아들과 나는 흠뻑 젖은 유럽너도밤나무와 단풍나무와 참나무와 구주물푸레나무의 잎을 한 줌씩 집어다가 어두운 겨울에 부엽토가 되라고 땅에 덮어둔다. 이 필연적 존재를 이웃들은 갈퀴로 긁거나 송풍기로 날려서 치우지만, 우리는 이것이 우리 땅에 정착하기를 바란다. 시간이 흐르면 이 버려진 존재가 우리 흙을 살찌워 줄 것이다.

밤비가 유난히 오래 내리고 난 아침, 아들은 채마밭 예정지 중 한 곳에 빗물이 고인 것을 보고 흥분한다. 땅이 너무 단단해서 물이 빠지지 못한 것이다.

"정원에 연못이 생겼어, 엄마. 오리랑 물고기랑 개구리를 기를 수 있겠다!" 아이가 장난감 상자에서 작은 나무배를 꺼내면서 말한다. 내가 볼 때는 다 큰 오리나 물고기가 살 만한 곳은 못 되지만, 침수된 땅을 활용해서 습지 정원을 만드는 것은 좋은 생각 같다. 우리는 이곳에서 무엇이 살 수 있을지 찾아보고, 작은 습지가 우리 꽃과 과일의 수분을 맡아줄 나비와 벌과 실잠자리를 끌어들인다는 사실을 발견한다. 습지는 또 두꺼비와 개구리와 영원蠑螈의 서식지가 되어주고, 고슴도치와 박쥐와 새가 물 마시는 곳이 되어준다. 채 빠지지 못한 빗물에서 이 모든 이득이 생겨난다.

우리는 어머니의 정원 아래쪽을 흐르는 개울에서 꽃창포, 물박하, 분홍바늘꽃을 수집해온다. '야생의 여자들'의 한 친구가 자기 정원에 자라는 느릅터리풀을 가져다준다.

"이 꽃은 여기를 좋아할 거야." 친구가 아들에게 말한다. 평생 잡초를 수집해온 친구는 내게 그 꽃으로 염증을 가라앉히고 고통스러운 변화를 견디도록 돕는 차를 만드는 법을 알려준다. 나중에 찾아보니 느릅터리풀에는 아스피린의 원료인 살리실산이 함유되어 있다고 한다. 우리는 가끔 오래 헤맨 뒤에야 이미 알던 것으로 돌아가는 길을 찾는 듯하다. 한때 숨겨졌던 지혜가 이제 여기서 뿌리내린다.

핼러윈의
선물

렁워트

Lungwort
Wolf's lung, Jerusalem sage, bloody butcher, Our Lady's tears

풀모나리아 오피키날리스
Pulmonaria officinalis

✢ 렁워트 팅크를 마시면 비탄에서 풀려난다

렁워트가 결핵 같은 폐질환 치료에 주로 쓰인 것은 이 식물의 생김새가 폐 조직을 닮았기 때문이었다. 이것은 식물의 시각적, 물리적 속성이 그 식물이 가진 치유력과 연관되어 있다는 믿음, 즉 '특징 이론'의 좋은 사례. 약한 수렴, 항염증, 소독, 응혈 효과가 있고 비타민 C, 철, 규산, 알란토인이 풍부하여 아이오딘의 대용으로 쓰였으며, 기침, 백일해, 기관지염, 약한 폐렴 치료에 흔히 쓰였을 뿐더러 설사와 치질 치료에도 쓰였다. 폐와 심장 차크라와 연관되어, 정체된 상황을 바꾸고 갇힌 감정을 풀어내는 데 쓴다.

렁워트는 축축한 땅에서 잘 자라는데, 특히 석회암 지대에서 자주 보인다.

내일은 만성절이다. 설탕과 과자의 날, 산 자와 죽은 자 사이에 드리운 베일이 가장 얇아지는 날이다. 지금까지 우리는 이날을 외면했지만, 이제 제법 큰 아들은 축제에 끼고 싶어 한다. 아들이 자는 동안, 나는 밤새 집 안에 거미줄을 걸고, 까만 종이를 오려서 빗자루를 만들고, 재활용한 마분지와 접착 비닐로 아이가 걸칠 박쥐 날개 의상을 만든다.

아이는 일찍 깨어, 해가 채 뜨기도 전에 내 손을 당긴다.

"엄마, 서둘러. 곧 할머니랑 할아버지가 올 거야." 아이가 급한 듯 말한다. 부모님은 열두 시간은 더 지나야 올 테지만, 나는 아이의 기쁨에 기꺼이 몸을 맡긴다. 벌써 마법이 작동하기 시작했다.

네 집 건너에 사는 여자아이가 놀러왔을 때, 아들이 친구에게 자기 날개를 보여준다.

"난 마녀가 될 건데." 여자아이가 아들에게 말한다.

"우리 엄마가 마녀야." 아들은 사실을 말한다는 듯이 말한다. 아들은 내가 열매와 허브를 거둬서 묘약을 만드는 것을 보는 데 익숙하다.

"너희 엄마는 마녀가 아니야." 여자아이가 딱 잘라 반박한다. 아들은 어쩔 줄 몰라서 다시 말해본다.

"마녀 맞아. 우리 엄마는 '엄마 마법'을 부릴 줄 안다고. 나도 마법 부릴 줄 알아. 내가 자려고 누워서 머릿속으로 진짜 진짜 열심히 생각하면 장난감이 살아 움직이게 만들 수 있어." 아들은 자신이 사실로 믿는 바를 여자아이에게 말한다. 나는 슬며시 웃는다. 아직 비밀이 들키지 않아서 기쁘다. 사실은 아들이 자는 동안 내가 장난감을 요리조리 옮겨서, 다음날 아침에 아들이 스스로 그것을 살아 움직이게 만들었다고 믿게끔 한다. 여윳돈이 있을 때는 베개 밑에 작은 간식을 넣어둬서 나중에 아들이 발견하도록 만들기도 한다. 아들은 그것을 '엄마 마법'이라고 부르고, 아들이 놀랄 때면 나는 한껏 흐뭇해진다.

아이들의 대화는 다른 주제로 넘어가고 나는 내 볼일을 본다. 여자아이가 간 뒤, 아들이 등받이 없는 의자를 부엌 조리대로 끌고 와서 파이를 굽는 데 쓸 사과를 깎는 것을 돕는다.

"엄마, 사람들은 왜 마녀를 무서워해요?" 아들이 묻는다. 나는 어떻게 대답할지 정해야 한다. 물론 아이가 마법을 간직하기를 바라지만, 그렇다고 거짓을 믿게 놔둘 수는 없다. 마녀, 부적응자, 야생의 여자, 쭈그렁 노파. 이들은 남들과 다른 데다가 순종하지 않는 사람들이었고, 그래서 고문과 화형을 당했다. 이 땅에서 여자로 산다는 것은 그 유산을 뼛속에 품고 사는 것이다. 그리 오래전도 아닌 과거에 국가와 교회는 우리 같은 사람들을 집단적으로 고문하고 학살하는 짓을 용인했다. 내가 만약 다른 시대에 태어났다면 그 운명이 내 몫일 수도 있었다. 나는 심호흡을 한다.

"있잖아, 그 사람들은 치유자나 조산사일 때가 많았단다. 그들은 식물과 자연과 마법을 잘 알았지. 하지만 몇몇 사람들은 그들을 나쁜 사람들이라고 생각했고, 그래서 어떤 남자들에게 마녀를 찾아내는 일을 맡겼어. 그 남자들은 자신들이 볼 때 마녀 같은 사람을 찾아내서 많이 죽였단다. 대부분 여자였지. 사람들은 가끔 자신이 통제할 수 없는 것, 자신과 다른 것, 자신이 이해하지 못하는 것을 무서워한단다. 요즘에도 사람들이 마녀를 무서워하는 건 그 때문인 것 같아. 이해하지 못하기 때문에. 네 생각은 어때?" 나는 말한다.

아들은 잠시 생각해보고, 사과를 한 조각 먹고, 의자에서 내려간다.

"난 달라도 괜찮은 것 같아." 아들이 말한다. "이제 우리 밖에 나가면 안 돼요?"

산책 중에 우리는 플라타너스에서 떨어진 잔가지와 적갈색 낙엽을 주워온다. 아들은 그것을 창턱에 신중하게 진열한다. 우리는 팔각회향과 오래 구워서 쪼글쪼글해진 오렌지 슬라이스를 나뭇가지에 묶어서 밤하늘을 상징하는 장식을 만든다. 아들은 빨간색 반짝이 끈과 크리스마스 때 쓰고 남은 크리스마스 크래커*를 찾아내어 창턱 장식에 추가한다. 나는 아이에게 금색 원뿔형 초를 한 쌍 줬다가, 예전에 언니가 솜과 초로 만들어진 크리스마스 통나무 장식에서 벨벳 커튼으로 옮겨붙은 불을 끄려고 필사적으로 애쓰던 모습이 떠오르는 바람에 마음을 바꾼다. 내 마음에서 작게 웃음이 터져 나와서 공중으로 둥실 떠간다. 그 대신 나는 작은 야간등 두 개를 찾아와서 망자에게 집으로 오는 길을 알려주라고 창문에 둔다.

"이게 나을 것 같아." 나는 말한다.

장식을 마친 뒤, 우리는 생강 쿠키와 당밀 케이크를 만들 재료를 섞고 설탕을 넣어서 소다빵과 사과파이와 함께 굽는다. 부엌에 계피, 정향, 너트맥 nutmeg과 열기의 향이 난다. 우리는 호박 속을 파낸다. 파낸 속은 수프를 만들기 위해서 신선한 로즈메리와 타임으로 양념하고 양파와 당근과 함께 오븐에 굽는다. 아들이 가장 큰 호박 껍질을 골라서 그 위에 비뚠 눈과 뻐드렁니 입을 그린다. 아들은 그것을 직접 조각하고 싶어 한다. 나는 아이에게 자신감을 길러주는 방법을 일러주던 어느 기사를 떠올린다. 은은히 빛나는 정원에 앉은 여자가 이렇게 말하는 내용이었다. "아이가 어려서부터 직접 칼을 다루도록 허락하세요. 사고는 배움의 기회랍니다." 하지만 나는 사고가 진짜 일어난다는 것을 알고, 어떤

---

* 크리스마스 크래커는 큰 사탕처럼 생긴 선물 포장 겸 장식물로, 양날개를 잡아당기면 퐁 터지면서 속에 든 작은 선물이 나온다.

사고는 치명적이라는 것도 안다. 나는 칼을 내주지 않는다.

저녁이 온다. 아들은 박쥐 날개 옷을 입고 집집마다 다니면서 "과자를 안 주면 장난칠 거예요!"라고 말할 준비를 갖춘다.

"아빠 보여주게 사진 찍어줘." 아들이 말한다. 아이는 기우뚱한 눈이 촛불로 이글이글 빛나는 호박을 자랑스럽게 안고 함박웃음을 짓는다. 일 때문에 떠나 있는 남편이 우리의 작은 세상을 단편이나마 엿보도록 나는 사진을 휴대전화로 전송한다.

우리가 걸어서 집집이 도는 동안 찬비가 굵게 내리지만, 아들은 신경 쓰지 않는다. 아이는 호박들이 불을 밝히고 공기에 양초 냄새가 감도는 밤중에 밖에 나와 있다는 사실에 흥분했다.

"즐거운 핼러윈! 과자 드실래요?" 아이는 별 모양 생강 쿠키와 끈끈한 당밀 케이크가 담긴 접시를 내밀면서 말한다. 아이는 핼러윈을 과자 먹는 날로 알고 있고 그 과자를 나누고 싶어 한다. 대가를 바라지 않고 내민 선물이기에, 사람들이 답례로 막대사탕이나 작은 장난감이나 동전 꾸러미를 건네자 아이는 감격한다.

"정말 고맙습니다!" 아이는 선물을 받을 때마다 놀라면서 말한다. 아이의 마음에 사람들의 친절이 씨앗처럼 심긴다.

집에 온 뒤 아이는 정원용 저금통 단지에 동전을 넣는다.

"사람들은 정말 친절해." 아이가 말한다. 내가 아이에게 물려주는 이 세상의 진실은 가끔 가혹하게 느껴지지만, 이런 작은 일이 아이로 하여금 세상의 좋은 면도 보게 할 것이다.

우리는 빨간색 천과 금색 초로 식탁을 장식하고 뜨거운 수프와 소다 빵을 차리고는 부모님이 오기를 기다린다. 아들에게 오늘은 설탕과 색깔, 향신료가 든 비스킷, 선물의 날이다. 아이는 이것을 자신이 가장 사랑하는 사람들과 나누고 싶어 한다. 오늘은 원래 유령의 날이겠지만 아이의 즐거움이 이 저녁을 생명으로 채운다.

나중에 아들이 꿈나라로 간 뒤 나는 살그머니 방을 나와 어둠 속에서 초를 켠다. 이제 비가 억수로 내린다. 성냥을 그으니 불똥이 바지직 튄다. 과연 언니가 이 불빛을 볼지, 이 불빛이 언니를 집으로 이끌지 잘은 모르겠다. 그래도 혹시 모르니까 켜둔다. 나는 어둠 속에서 작은 불꽃 옆에 혼자 앉아 있는다. 문득 이웃집 창에 웬 얼굴이 나타나서 유리 너머로 밖을 본다. 나는 당황해서 숨을 뱉는다. 그러고는 눈을 감고 언니의 이름을 부른다. 마법이 언니를 돌려보내주지 못한다는 것은 안다. 하지만 어쩌면 베일이 가장 얇아진 순간, 언니의 목소리를 다시 들을 수는 있을지도 모른다.

고요히
월동하는 시간

컴프리

Comfrey
Grow-together, knitbone, slippery root, bruisewort

심피툼 오피키날레
Symphytum officinale

✣ **컴프리를 혀 밑에 물고 있으면 혼란스러운 생각을 가라앉히고**
　현재에 머무는 데 도움이 된다

컴프리는 치유, 보호, 인내를 뒷받침하는 마법에 쓰인다. 부러진 뼈를 도로 붙여주는 능력이 있기 때문에 '니트본knitbone(뼈 붙임)'이라는 별명으로 자주 불린다. 칼슘, 비타민 B12, 철, 규산, 칼슘, 칼륨, 인, 이눌린, 알칼로이드, 타닌, 아미노산, 알란토인이 풍부하다. 모유에도 들어 있는 물질인 알란토인은 트라우마를 겪은 몸에서 세포 재생산과 재생을 촉진한다. 삔 곳, 근육 결림, 부기, 골절에 외용제로 쓸 수 있고, 관절염이나 류머티즘을 앓는 관절에도 쓸 수 있다. 잎으로 만든 습포제는 감염된 곳을 뽑아내는 데 쓴다. 혹은 세정제 형태로 주름살을 줄이는 데 쓰거나 볕에 탄 곳, 습진, 두피 건조, 여드름, 굳은살 등등 피부 자극을 다스리는 데 쓴다.

컴프리는 도랑, 도롯가, 황무지에서 잘 자라며, 훌륭한 퇴비 식물이다.

날이 어둑해지는 나날, 우리는 다음해와 돌아올 빛을 위해서 꽃을 심는다. 나는 아들에게 아무 표시가 없는 갈색 종이봉투를 건넨다. 그 속에 수선화, 블루벨bluebell, 설강화, 무스카리, 튤립, 크로커스crocus가 담겨 있다. 아이가 메마른 갈색 구근을 들여다본다.

"별로 맛있어 보이지 않아." 아이가 콧등을 찡그리면서 말한다.

"먹는 게 아니거든. 이건 구근이야. 내년에 꽃이 될 거란다." 나는 이렇게 말하고, 구근을 한 줌 집어서 공중에 던진다. 구근이 땅에 떨어지자 아이가 깔깔 웃고, 자기도 작은 손으로 그것을 한 줌 집어서 공중으로 던져 올린다.

"이제 구근이 떨어진 곳의 땅을 파는 거야. 너무 깊게 심으면 꽃이 못 올라와. 너무 얕게 심으면 구근이 얼 수 있어." 나는 이렇게 알려준 뒤에 무릎을 꿇고 땅에 작대기를 쑤셔넣는다. 첫 시도인데 대번에 딱딱한 것이 걸린다. 나는 콘크리트와 이판암 조각을 손가락으로 파내고, 옆에서 기다리는 튤립 구근이 담길 만큼 구멍을 넓힌다.

"이렇게 넣는 거야. 통통한 바닥부터 들어가게." 나는 구근을 쏙 집어 넣어 보이면서 말한다.

"통통한 엉덩이부터 들어가라." 아들이 이렇게 말하면서 똑같이 구근을 넣는다.

"흙 담요를 덮어주는 걸 잊으면 안 돼. 그래야 눈이 오더라도 구근이 따뜻하게 지낼 수 있거든." 나는 흙을 채워 넣으면서 말한다.

우리는 구근이 모두 땅에 숨을 때까지 던지고 파고 묻기를 반복한다. 이 행동에는 마법 같은 면이 있어서, 우리는 둘 다 기분이 좋아진다.

"잘 자, 구근들아. 내년에 꽃이 되어야 하니까 지금은 자둬." 아들이 말한다. 손은 진흙이 묻어 끈적하고 손가락은 곱은 채로 우리는 집에 들어간다. 금세 저녁이 깔리고 해가 넘어간다. 우리는 코코아와 차를 끓여서 소파에 올라앉아 책을 읽는다. 아이는 착한 거인이 나오는 책을 고른다. 나는 친환경 거름의 원리를 공부한다. 아이가 알록달록한 책장을 넘기면서, 읽지는 못 해도 외우고 있는 글을 소리 내어 읊는다. 그 모습에 나는 깨닫는다. 우리 둘은 지금 월동하는 땅속에서 조용히 자라고 있다는 것을.

씨
앗
3

삶이 우리를
진흙탕으로 이끌 때

보리지
Borage

어둡고 힘든 시기에
희망을 부르기 위해서 쓴다

도그로즈
Dog rose

기쁨과 고난이 둘 다 필요하다는 것을 가르쳐준다

인생이라는 춤을
추는 법

기는미나리아재비

Creeping buttercup
St Anthony's turnips, Meg-many-feet, crazy cup

라눙쿨루스 레펜스
Ranunculus repens

✥ **달이 이지러질 때 기는 미나리아재비를 목에 걸면 제정신을 회복할 수 있다**

기는미나리아재비는 진통제로서, 예부터 쓰린 곳, 동통, 류머티즘 통증 치료에
쓰였다. 야생마늘과 섞어서 각다귀를 물리치는 퇴치제로도 쓰였는데, 단 사람
에 따라서 피부에 자극이 되는 경우도 있다. 이 식물을 소의 젖통에 바르면 젖
생산이 늘고 젖이 더 농후해진다는 말도 있다. 익히거나 건조시키지 않는 한
모든 부위에 독성이 있다.

기는미나리아재비는 습한 풀밭, 초원, 숲, 황무지에서 잘 자란다.

동네 학교에서 플라멩코 기타리스트를 초청하여 음악회를 연다고
해서, 나는 아들과 함께 참석해도 되느냐고 학교에 묻는다. 아들은 음악
을 사랑하고 우리는 시골에 살기 때문에 음악가가 실제 연주하는 모습
을 볼 기회가 드물다. 아들이 학교에 다니지 않는데도 학교 측은 우리가
행사에 참석해도 좋다고 허락한다.

마을 회관에 도착하니 벌써 학생들이 가지런히 앉아 있고 한 줄에 교

사가 두 명씩 붙어 있다. 아들이 같은 단지에서 사는 친구들을 알아본다. 우리가 뒤쪽의 우리 자리를 찾아가는 동안, 아들은 웃으며 손을 흔들어서 친구들에게 인사한다.

기타리스트는 한 곡 한 곡 열정적으로 연주한다. 음악이 이내 아들을 자리에서 일으켜 춤추게 만든다. 아들은 상상의 캐스터네츠를 높이 치켜들고 딱딱 부딪는다. 한 여자아이가 고개를 돌려서 아들이 발을 구르고 빙글빙글 춤추는 모습을 본다. 여자아이의 눈길을 느낀 아들이 웃으면서 그 애에게 손을 내민다.

"너도 춰도 돼, 출래?" 아들이 말한다. 여자아이가 씩 웃으며 일어나서는 기타 소리에 맞춰서 몸을 꿈틀거리고 발을 콩콩 구른다. 아름답고 재미난 장면에 나는 웃고 만다.

"자리에 앉아!" 교사가 소리친다. 여자아이는 당장 앉는다. 손을 무릎에 얹고 얼굴은 정면을 향하고 눈을 내리깐다. 아들도 춤을 멈춘다.

"내가 잘못했어, 엄마?" 아들이 묻는다.

"아니, 애야. 물론 잘못하지 않았어." 나는 말한다. 교사가 웃음기 없는 얼굴로 나를 본다.

"아이들이 춤추는 건 안 됩니다. 통제가 불가능해져요." 교사가 말한다. 나는 통제가 좀 어려워진들 뭐가 나쁜가 싶고, 교사에게 다가가서 그렇게 말한다.

아들이 입을 꾹 닫고 얼굴에 흐른 눈물을 닦는다. 아이는 울지 않으려고 애쓰고 있다.

"엄마, 가자. 지금 가자." 아들이 내 윗도리를 당기면서 속삭인다. 나는 코트를 입는 아이를 묵묵히 거든다.

밖으로 나가자마자 아이가 달려간다. 왠지 모르겠지만 자신의 춤이 깨뜨렸다고 하는 규칙, 눈에 보이지 않는 그 규칙에 화가 나서다. 아이는 말을 할 수 있을 만큼 차분해진 뒤에 내게 돌아온다.

"음악을 들으니까 내 안에서 부글부글 거품이 났어. 그래서 춤을 춰야 했어. 아니면 내가 뻥 터졌을 거야! 내가 그렇게 잘못했어?" 아이가 묻는다.

"춤춘 건 전혀 잘못이 아냐. 너는 아름답게 춤을 춘단다." 나는 이렇게 말하고는 아이의 손을 잡고 함께 잔디밭에서 춤춘다. 나는 아들이 자기 자신이라는 이유로, 음악을 사랑한다는 이유로, 좀 소란스럽게 했다는 이유로, 혹은 크게 노래 불렀다는 이유로 야단맞기를 바라지 않는다. 그렇지 않아도 이미 아들의 삶은 많은 부분 엄격하게 통제된다. 무엇을 먹을지, 언제 먹을지, 어떻게 약을 투여할지, 확인할 것을 다 확인했는지. 어린아이인 아들의 일상에 이보다 더 강경한 규율은 필요 없다.

나라고 해서 늘 아들을 올바르게 대하는 것은 아니다. 어떤 날은 나도 피곤하고, 수면 부족으로 예민하다. 해적으로 차려입고 동네를 뛰어다니거나 아이의 최신 탐구에 열렬히 맞장구쳐주려면 부족한 에너지를 박박 긁어모아야 한다. 하루 중 그런 시간대를 어머니는 '비소의 시간'이라고 부르곤 했다. 그럴 때 나는 간신히 눈을 뜨고 몸을 움직일 수 있을 뿐이다.

가끔 아들은 어른의 세계에 따르는 일을 놔버리지 못하는 내게 실망한다. 아이는 내가 자기처럼 놀기를 바라고 자신의 놀이에 나를 끌어들이려고 열심히 돕는다. 내가 그렇게 할 때, 즉 고삐를 좀 느슨하게 쥐어도 세상이 무너지지는 않는다는 사실을 상기할 때, 나는 크나큰 기쁨을 발견하고 이 작은 인간에게 경외감을 느낀다. 아이에게는 무엇을 배워야 하는지를 일러주는 교사가 필요 없다. 아이는 스스로 그것을 찾아가고 있다. 자신의 호기심이 이끄는 대로 아이는 세상이 어떻게 만들어졌는지, 우주에 무엇이 있는지, 땅속에 무엇이 묻혀 있는지, 식물이 어떻게 자라는지, 자기 몸이 어떻게 작동하는지, 언어란 무엇인지, 믿음이란 무엇인지 알고 싶어 한다. 생명이 어떻게 시작되고 끝나는지 알고 싶어 한다. 아이의 일상은 끊임없는 탐구와 발견의 연속이다. 내 역할은 최대한 답해주는 것 그리고 가끔은 답을 몰라도 괜찮다고 알려주는 것이다.

이와 동시에 나는 아들을 돌보는 사람이다. 아들이 태아였을 때는 내가 아이의 피이자 뼈였다. 나는 내 세포를 덜어서 아이의 몸을 만들고 내 자궁을 안식처로 내줬다. 아들이 아기였을 때는 내 젖이 아이에게 성장의 양식이 되어줬다. 그러던 중 아들이 제1형 당뇨병을 진단받았을 때, 나는 아이의 생존을 돕기 위해서 아이의 몸을 처음부터 다시 배워야 했다. 그로부터 3년이 흐른 지금도 나는 가끔 실수한다. 저혈당 경고 증상을 알아차리지 못해서, 아이의 눈이 풀리고 몸이 늘어지며 떨리기 시작한 뒤에야 억지로 포도당을 먹인다. 혈당이 치솟는 것도 한 박자 늦게 알아차려서, 당으로 포화된 피 때문에 작은 주먹으로 나를 때리며 몸부림치는 아이를 끌어안는다. 매일 내일은 더 잘하겠다고 다짐하며 하루를 마감한다.

나는 아이에게 숫자를 가르칠 수 있다. 그렇게 해서 아이가 자신이 먹고 마시는 음식에 탄수화물이 얼마나 들었는지 직접 계산하도록 도울 수 있다. 아이에게 자신의 피를 확인하는 법, 인슐린을 주입하는 법, 혈당이 너무 낮거나 높을 때 대처하는 법을 가르칠 수 있다. 이런 것들과 그 이상을 다 가르칠 수 있지만, 그래도 나는 아이의 교사만은 아니다. 보호자만도 아니다. 나는 아이를 둘러싼 공간을 키워내고 아이가 자라기에 알맞은 토양을 일구기 위해서 존재하는 사람이다. 나는 아이가 두려움이나 부끄러움을 느끼지 않기를 바란다. 아이가 제 몸을 사랑하고 제 몸에 자신감을 갖기를 바란다. 내 걱정하는 목소리에 귀를 닫은 채 들판을 달리고, 바위를 오르고, 자전거를 쌩쌩 몰기를 바란다. 자신의 꿈을 좇고, 자신이 자신으로서 이 세상에서 살아갈 수 있다고 믿고, 자신의 존재를 사과하지 않기를 바란다. 음악이 자리에서 일으켜 세울 때 통제력을 잃는 것을 걱정하지 않고 춤추기를 바란다.

당뇨병을 논할 때 늘 등장하는 정복의 어휘가 있다. 사람들은 "그것을 통제해야 한다."고 말한다. 하지만 우리는 자신의 일부와 싸울 수 없다. 이것은 전투가 아니고, 우리가 하는 것은 전쟁이 아니다. 통제가 아니다. 우리는 춤을 배우는 중이고, 당뇨병은 그저 까다로운 파트너일 뿐이다. 우리는 스텝과 루틴을 배워야 하고 그다음에는 매일 빠지지 않고 출석하여 춤춰야 한다. 눈을 감은 채로 파트너에게 반응하면서, 선제적으로 움직이면서 상승효과를 내야 한다. 한순간도 중단할 수 없는 일이지만 그래도 우리는 이 춤에서 뭔가 배울 수 있다.

우리는 함께 이 과정을 발견해가는 중이다. 아들의 희망은 내 슬픔에 빛이 되어주고 내 용기는 아들의 비틀거리는 발을 지탱해준다. 헛디디고 미끄러지고 성공하기도, 실패하기도 하면서 우리는 우리 인생의 이야기를 춤추는 법을 배우고 있다.

살려야
한다

피버퓨

Feverfew
Bachelor's button, devil daisy, nosebleed, vetter-voo

타나케툼 파르테니움
Tanacetum parthenium

✢ **질병이 집에 들어오는 것을 막으려면 집 주변에 피버퓨를 심으라**

중세 유럽 사람들은 흑사병을 막기 위해서 정원에 피버퓨를 많이 심었다. 잎은 쓴맛이 나지만 알코올이나 물에 우려서 편두통, 두통, 염증, 어지럼증, 이명, 생리 및 폐경 관련 증상을 완화하는 데 쓸 수 있다.
피버퓨는 영양이 부실한 흙에서도 왕성하게 자란다.

아버지에게 인생은 의지로 정복해야 하는 것이었다. 모든 성공은 곧 우리가 기울인 노력의 결과였다. 이런 사고방식에서 실패는 곧 잘못이다. 내가 더 열심히 해야 '했는데'. 내가 더 잘해야 '했는데'. 내가 다르게 선택해야 '했는데'. 하지만 세상에는 우리의 통제를 벗어나는 일이기 마련이다. 그래도, 아들이 아팠을 때 나는 대뜸 나 자신을 비난했다.

"가자, 괜찮을 거야." 나는 제발 집에 있게 해달라고 애원하며 매달리는 아들에게 말한다. 두 살 아들은 엄마의 입맞춤으로 모든 것이 더 나아진다고 믿지만 나는 그것이 사실이 아님을 안다.

지난 6개월 동안 나는 의사들에게 아들이 어딘가 아픈 것 같다고 말하려고 애썼다. 의사들은 늘 아동기에 잘 걸리는 바이러스 탓이다, 치아 발육기라서 그렇다, '미운 두 살'이라서 그렇다고 대답한다. 문제는 아들이 나아지지 않는다는 것이다. 아이는 좀처럼 안 좋은 상태를 벗어나지 못한다. 나는 아이의 옷에서 라벨이란 라벨을 죄 잘라내느라 몇 시간을 쓴다. 아이가 라벨이 살에 닿는 느낌을 싫어하기 때문이다. 나는 붐비는 장소에서 비명을 지르는 아이를 들어 옮긴다. 아이가 시끄러운 소리를 들으면 귀가 아프다고 하기 때문이다. 나는 외출을 그만둔다. 차에 태우려고 할 때마다 아이의 몸이 두려움으로 뻣뻣해지기 때문이다. 나는 공포 어린 눈으로 몸부림치는 아이의 주먹을 감싸쥔다. 아이에게 자폐증이 있나 하는 생각도 든다.

그러던 중 눈에 들어오는 징후가 있다. 아이가 도무지 떨치지 못하는 감기. 낫는 데 너무 오래 걸리는 상처. 입던 옷이 안 맞아서 개켜 넣는데, 아이가 자라서가 아니라 살이 너무 빠져서 옷이 헐렁해진 탓이다. 사람들은 '젖살이 빠진 것'이라고 말하지만, 목욕시킬 때 보면 창백한 피부 밑으로 갈비뼈가 툭 도드라졌다. 나는 하루에 네 번, 다섯 번, 여섯 번씩 이불과 기저귀와 옷을 갈아준다. 아이가 땀을 흘려 그것들이 계속 젖기 때문이다. 아이는 갈증, 허기, 피로를 느낀다. 노상 먹고 싶어 하지만 포만감은 느끼지 못한다. 눈가에 보라색 멍 같은 테두리가 진다. 미소가 사라진다. 나른해한다. 점점 더 많이 잔다. 나는 아이의 불규칙한 호흡 소리를 들으면서 살갗에 맺힌 땀을 닦아준다.

이 상태가 5개월간 이어진다. 나는 의사와 간호사에게 작년까지만 해도 한 번도 아프지 않았던 아이가 왜 이러는지 묻는다. 그들은 "나이 많은 엄마들은 사서 걱정할 때가 많다."고 말하면서 나를 돌려보낸다. 대체 의학 치료사에게 물으니 그들은 아이의 영혼을 해독하고 약초를 처방받아야 한다고 말한다. 부모님에게 물으니 그들은 무화과 시럽을 준다. 그러는 동안 나는 아이가 내 손을 빠져나가는 것을 속수무책 지켜본다. 아이가 나를 무서운 바다의 구명선인 듯 꽉 붙들고 있는 것을 보면 그저 기가 막힌다. 나는 아이를 위해 싸워야 한다. 싸워서 그들이 내 말을 듣게 만들어야 한다. 아이를 살려야 한다.

진료실에 전화하니 접수원이 우리를 급하지 않은 환자로 분류하고 내게 진정하라고 말한다. 가장 빨리 잡을 수 있는 진료 시간은 오후 다섯시 삼십분이라고 말한다. 우리는 늦은 오후까지 기다려야 한다. 아들이 울음을 멈추고 비명을 지르기 시작한다. 제 배를 가리키면서 거기가 아프다고 말한다. 나는 남편이 귀가하기를 기다린다. 무섭다.

"또 오셨습니까?" 의사가 진료실에 들어서는 나를 보고 한숨 쉬면서 말한다. 하루 일과가 끝나가는 시각이다. 그는 피곤하고 집에 가고 싶다. 그에게 나는 걱정이 지나친 나이 많은 엄마일 뿐이다. 나는 아들을 무릎에 앉히고 자리에 앉는다. 그러고는 남편의 손을 잡은 채 예의 증상을 줄줄이 다시 말한다. 지난 2주 동안 아이가 변비였던 것, 숨에서 배맛 사탕 같은 묘한 냄새가 난다는 것도 추가한다. 아이가 숨을 쉰다기보다 헐떡거린다는 것, 말짱하게 깨어 있지 못한다는 것, 못 걷는다는 것, 아파서 비명 지른다는 것을 설명한다. 아이는 내 손을 잡고 무릎에 얌전히 앉아 있다.

의사가 체온계를 꺼내서 아이의 체온을 재고 가슴을 청진한다. 그러고는 내게 미소 짓는다.

"전혀 걱정하실 것 없는 게 확실합니다, 베넷 부인." 의사가 말한다.

"부인 아니에요." 나는 반사적으로 대꾸한다.*

"정말로 걱정 그만하세요, 베넷 부인. 그냥 바이러스고, 어쩌면 폐가 좀 감염됐을지도 모릅니다. 정 걱정된다면 유아용 파라세타몰을 해열제로 쓰세요." 의사는 이렇게 말하면서 처방전을 건넨다. 남편과 나는 마주본다. 우리는 집을 나서기 전에 아이의 체온을 쟀다. 정상이었다.

"체온이 높은 게 확실한가요?" 내가 묻는다. 의사가 다시 한숨을 쉬고 제 손목시계를 본다.

"이 나이 애들은 별의별 감염을 다 겪습니다. 아드님은 며칠만 지나면 쌩쌩해질 겁니다." 의사가 말한다. 이번에는 나도 물러서지 않고 다시 반박한다.

"부탁인데 체온을 다시 재봐 주시겠어요? 열이 있는 것 같진 않아서예요. 제 생각에는 당뇨인지도 모르겠어요." 나는 말한다. 그동안 내가 온라인으로 조사한 바에 따르면 아이의 증상은 당뇨의 경고 징후에 들어맞는다. 나는 속으로는 떨고 있지만 겉으로는 침착하고 단호하게 말하려고 애쓴다.

의사가 아들의 체온을 다시 잰다. 잠깐의 침묵. 의사가 아들의 소변을 받아오라면서 용기를 내민다. 우리가 소변을 받아오자 의사가 거기

---

* 저자는 남편을 따라 성을 바꾼 것이 아니기 때문에 '미시즈Mrs. 베넷'이 아닌, 혼인 여부에 무관하게 쓰이는 '미즈Ms. 베넷'이라고 불러달라는 뜻이다.

에 길쭉한 종이를 담근다. 종이가 진한 보라색으로 바뀐다. 의사가 아들의 작은 손가락을 잡고 바늘로 찌른다. 아이는 놀라서 손을 빼지만 울지는 않는다. 의사는 말이 없다. 그가 결과를 확인한 뒤에 고개를 들어서 우리를 보는데, 그 안색이 변해 있다.

"아드님은 당뇨병성 케톤산증입니다. 지금 당장 큰 병원으로 가야 합니다. 내가 미리 소아과 병동에 전화해서 환자가 간다고 말해두겠습니다. 아이를 직접 데려가시는 게 더 빠를 겁니다." 의사가 우리의 눈길을 피하면서 말한다.

"엄마, 나 배고파. 이제 집 가?" 아이가 내 팔을 잡아당기면서 말한다.

"그 전에 아이에게 뭘 좀 먹여도 되나요?" 내가 묻는다. 어떻게 된 상황인지 아직은 잘 모르겠다.

"안 됩니다. 곧장 병원으로 가셔야 합니다." 의사는 이렇게 대답하고 일어나서 문을 열어준다.

큰 병원에 갔더니 간호사들이 질문과 기계를 대동하고 기다리다가 우리를 맞는다. 그제야 나는 우리가 집에 돌아갈 수 없으리라는 것을 깨닫는다. 나는 남편에게 집에 가서 입원용 짐을 싸오라고 말한다.

"맘마, 엄마. 이제 맘마 먹어?" 아들이 묻는다. 아들의 차트에는 '구강 섭취 금지'라고 적혀 있다. 아이는 아직 젖을 먹는데, 간호사가 모유도 먹이면 안 된다고 하니 나는 이 위안조차 아이에게 줄 수 없다. 간호사가 아이의 손과 팔에 뻑뻑한 크림을 바른다. 아이는 크림이란 아픈 곳을 낫게 하는 것이라고 알고 있고, 그래서 제 손이 문제인가 보다 하고 생각한다. 이 정도는 아이도 이해한다.

"손 아파, 엄마." 아이가 반창고를 붙인 손을 들어서 보여주며 말한다.

의료진이 우리를 다른 방으로 데려간다. 그곳에는 플라스틱관에 든 형형색색의 플라스틱 물고기들이 위아래로 까딱까딱 움직이는 장난감이 있다. 아들이 물고기를 가리키면서 웃는다. 간호사들이 아이에게 정맥 주사를 놓으려고 혈관을 찾는다. 아이는 시급히 인슐린과 수액을 맞아야 하는데, 탈수가 심한 터라 혈관이 쪼그라들어 있다. 간호사가 바늘로 아이의 여기저기를 쑤시는 동안 나는 무서워서 눈이 휘둥그레진 아이를 붙잡고 있어야 한다.

"엄마, 왜 이 사람들이 나 아프게 해, 엄마, 왜?" 아이가 흐느낀다. 언제나 내가 자신을 보호해주리라고 믿는 아이는 왜 낯선 사람이 자신을 아프게 만드는 것을 내가 내버려두는지 이해하지 못한다.

"금방 끝날 거야, 아가. 간호사 선생님이 널 도와주시는 거니까, 움직이지 말고 있어야 해." 나는 말한다. 아이는 바늘에 몸이 찔릴 때마다 용감해지려고 애쓴다. 나도 똑같이 애쓴다.

"나 무슨 일이야, 엄마? 엄마, 집 가자, 응?" 아이가 운다. 아이가 한 시간 내내 운 뒤에야 간호사들이 아이의 발가락 사이에 주삿바늘을 꽂는 데 성공한다.

아이가 첫 인슐린을 투여받은 지 두 시간 뒤, 남편이 병실에 들어온다. 지난 몇 달 동안 아이는 아빠가 가까이 오면 비명을 지르곤 했다. 그러던 아이가 아빠를 올려다보더니 안아달라고 두 팔을 벌린다. 환자 인식용 팔찌가 채워진 아이의 손목에 불거진 뼈가 눈에 띈다.

"아빠, 사랑." 아이가 울어서 쉰 목소리로 속삭인다. 남편은 몸을 숙여서 아이를 꽉 안는다. 우리 둘 다 운다. 우리 아들이 돌아왔다.

밤새 기계가 삑삑거리면서 아이의 생명 징후를 알린다. 간호사가 들어와서 피를 뽑고, 수액과 인슐린을 조정하고, 검사하고 검사하고 또 검사한다. 내 귀에 들리지 않을 거라고 생각했는지 간호사들이 아이의 상태를 논의하는 소리가 들려온다.

"저 환자, 살아 있는 게 다행이지. 한 시간만 더 늦었어도…" 간호사들이 말한다. 나는 고개를 돌리고 운다. 얕고 불규칙한 아이의 호흡을 귀담아들으면서 아이에게 의지로 이겨내라고 부탁한다. 최악의 상황은 아님에도 불구하고, 아무튼 나는 아이를 보호하지 못했다. 이번에는 입맞춤으로 상황을 더 낫게 만들지 못해서 미안하다고 아이에게 말한다.

아들은 두 살 반이고, 제1형 인슐린 의존성 당뇨병을 앓고 있다. 평생 가고 생명을 위협하며 치료법이 없는 병이다. 우리의 삶이 하루를 시작했을 때와는 사뭇 달라졌다. 병원 창밖에 펼쳐진 도시의 오렌지색 하늘을 보며 나는 오래전에 죽은 별들에게 소원을 빈다.

"제발 아이가 괜찮아지게 해주세요."

영원히
자유로울 수 없는 병

선갈퀴

Sweet woodruff
Wild baby's breath, master-of-the-woods, herb Walter, ladies-in-the-hay

갈리움 오도라툼
Galium odoratum

✣ **선갈퀴를 가죽 주머니에 담아 지니고 다니면 해를 막을 수 있다**

선갈퀴는 보호, 돈, 생식력, 풍요와 연관된다. 교회에서 또는 비기독교도의 봄 축제에서 바닥에 뿌려두는 식물로 흔히 쓰였다. 항응고제인 쿠마린을 함유하고 있어서 피떡, 전반적인 소화 및 심장 질환, 불안증, 간염, 정맥류, 불면증을 치료하는 데 쓰였다. 안식향과 베이스 노트가 비슷해서 포푸리나 향낭에 더하면 좋다.

선갈퀴는 반음지와 가려진 공간에서 잘 자란다.

아들이 눈을 뜨고 미소 짓는다. 이내 기억이 떠올랐는지 얼굴에 공포가 떠오른다. 아이가 손으로 제 가슴을 더듬어서 거기 붙은 모니터용 패드들을 놀라운 힘으로 떼어낸다. 그다음에는 제 발가락에 물린 클립에서 빨간색 빛이 반짝거리는 것을 알아차리고, 제 발에 반창고가 붙은 것을 본다. 아이가 울음 섞인 목소리로 또 외치기 시작한다.

"뭐야, 엄마? 나 이거 뭐야? 집 가자, 엄마, 집 가자." 아이가 운다. 기계들이 삑삑 응급 신호를 낸다. 간호사가 달려온다. 패드가 떨어져서 모니터 연결이 끊어진 것이 간호사의 눈에 띈다. 놀랍게도 간호사는 당장 그것을 도로 붙이려고 안달하지 않는다.

"그러면 잠시만 떼고 있을까?" 간호사가 웃는 얼굴로 아이에게 이렇게 말하면서 아이의 팔을 부드럽게 잡고 맥박을 확인한다. 이 순간부터 아이는 간호사들을 사랑하게 된다.

의사들은 아니다. 담당 의사가 도착하자, 아들은 간밤에 본 얼굴임을 알아본다.

"나쁜 사람이 내 방에서 뭐 하는 거야, 엄마?" 아들이 작은 소리로 묻는다.

"의사 선생님이란다, 얘야. 널 도우려고 오신 거야." 나는 말해준다. 차트를 끼운 클립보드를 든 의사 두 명이 더 온다. 세 남자가 아들을 굽어보고, 아들은 병원 침대에서 그들을 올려다본다. 의사들이 췌장, 베타세포, 자가 면역 반응에 관해서 말하기 시작한다. 하지만 나는 그 말이 귀에 들어오지 않는다. 아이가 울면서 나를 잡아당기고 있기 때문이다.

"가자, 엄마. 그냥 가자." 아들이 애원한다. 나는 아이에게 만약 누가 아이의 몸에 아이가 싫어하는 일을 하려고 들면, 혹은 아이를 무섭게 만들면, 그때는 그냥 그 자리를 떠나서 도움을 구하라고 가르쳤다. 지금 아이는 배운 대로 하는 것뿐이다.

담당 의사가 참을성을 잃는다. 그는 회진을 돌아야 한다. 그가 내게 자리를 비우지 말고 자신들이 하는 말을 들으라고 이르지만, 나는 아들의 고통을 내 몸에 사무치게 느낀다. 방 안의 어른들이 아이를 기다려줘야 한다는 것이 내 판단이다. 나는 아들을 안아 들고 잠시 걸으러 나간다. 아들이 갓난아기였을 때 그랬던 것처럼 우리는 병원 복도를 오락가락 걷는다. 아이가 내 어깨에 머리를 기댄다. 나는 조용히 노래를 불러준다.

"…나는 일월에 피는 꽃이 좋아. 숲에서 황금색으로 피는 풍년화. 나는 일월에 피는 꽃이 좋아. 그 꽃은 내게 인생이 좋을 수도 있다고 말해주지…" 내가 아들을 위해서 짓고, 아들이 태어난 뒤로 계속 불러준 노래다. 뜬눈으로 지새우는 긴긴밤에 이 작은 생명의 무게에 팔이 저리는 것을 느끼면서 아이를 안고 걸으며 불러준 노래다.

나는 한때 기쁨으로 가득했던 아이의 얼굴을 본다. 지금 그 얼굴은 창백하고 슬픔으로 일그러졌다. 이게 다 무슨 일인지 설명해주고 싶지만 설명할 방법을 모르겠다. 이제껏 아이는 내가 입맞춤으로 모든 것을 더 낫게 만들 수 있다고 믿었다. 지금 아이는 그것이 사실이 아님을 안다. 아이의 세상을 구성하는 모든 것이 예전과는 달라져야 한다. 아이는 견디는 법을 배우는 중이다.

병실로 돌아가보니, 의사들은 가고 없다. 그들이 놔두고 간 산더미 같은 안내 책자를 남편이 읽고 있다. 남편은 가족을 지키기 위해서 무장하는 중이다. 이 순간, 어떤 폭풍우를 겪더라도 참나무처럼 버티고 서 있는 이 남자와 결혼했다는 사실이 너무나 고맙게 느껴진다.

아들은 내 품에서 잠들었다. 이 순간 아이는 자유로워 보인다. 그러나 이내 아이가 소스라치며 깬다.

"싫어, 싫어, 싫어, 엄마, 싫어!" 아이가 울부짖는다. 그제야 나는 아이가 영원히 이것으로부터 자유로울 수 없음을, 우리도 그럴 수 없음을 깨우친다.

인슐린과
튜브와 주삿바늘

필드스카비오사

Field scabious
Pins-and-needles, curl-doddy, lady's pincushion, gypsy flower

크나우티아 아르벤시스
Knautia arvensis

✣ **흑마법이 일으키는 질병이나 사고로부터 몸을 지키는 데 쓴다**

필드스카비오사는 오래전부터 귀한 약초로 여겨졌다. 과거에는 림프절 페스트로 아픈 곳, 옴, 종기, 고름집, 타박상, 기생충, 발진 티푸스, 심장 감염을 치료하는 데 쓰였다. 현대에는 눈 염증, 습진, 발진, 기침, 인후통 등에 쓰인다. 생으로도 건조된 상태로도 염료 제조에 쓰인다.

필드스카비오사는 양분이 적은 모래질 토양에서 특히 잘 자란다.

집에 가야 한다는 것을 나도 안다. 하지만 막상 퇴원할 때가 되니 내 안에 이곳에 더 머물고 싶은 마음도 조금 있다는 것을 깨닫는다. 나는 안전한 곳에 있고 싶다. 아들이 나을 수 있다는 착각에 좀 더 매달릴 수 있는 곳에 있고 싶다.

퇴원 허가를 받기 전에 소아 당뇨 전담 간호사에게 우리가 아이의 처치를 담당할 수 있다는 것을 보여줘야 한다. 오늘은 삽입관 교체 방법을 배운다. 우선 아이의 몸에서 인슐린 펌프를 제거한다. 그다음 인슐린적

당량을 준비해두고, 펌프의 약병을 새것으로 교체하고, 하나로 연결된 관과 삽입관에 커다란 주삿바늘로 인슐린을 주입하고, 삽입관을 빠르게 피하 조직에 꽂는다. 이 일을 앞으로 이삼일에 한 번씩 해야 한다. 삽입관이 제대로 꽂히지 않으면 더 자주 해야 할 수도 있다.

아들도 옆에서 설명을 듣는다. 나는 손이 떨린다. 아이를 아프게 하기 싫지만 해낼 수 있음을 보여줘야 한다. 남편은 벌써 두 번이나 해냈다. 두 번 다 내가 아이를 꼭 붙들고 있어야 했다.

"당뇨병은 친구가 아니에요. 이 작업을 잘못했다가는 아이의 인생이 망가질 수도 있어요." 간호사가 말한다. 나는 애써 눈물을 참는다. 간호사가 목소리를 누그러뜨리고 내 팔에 손을 얹는다.

"어렵다는 건 압니다. 아드님을 데리고 왔다가 다른 아이를 데리고 가는 셈이니까요." 간호사가 말한다. 그러자 아이가 공포에 질린 얼굴로 미친듯이 내 팔을 당긴다.

"왜, 엄마, 왜 나를 안 데리고 가?" 아이가 울면서 묻는다. 나는 간호사를 쏘아본 뒤, 아들에게 다른 아이와 바꾸는 일은 없을 거라고 말하며 안심시킨다. 아들의 공포심은 아이도 두 살 나름의 논리로 이 상황을 이해하려 애쓰고 있음을 보여주는 증거다. 나는 인슐린 펌프 부속을 옆으로 치워두고 아이를 안고 나가서 복도를 한참 걷는다. 아이의 몸이 스트레스와 높아지는 혈당 때문에 뜨겁고 축축하다.

인슐린 펌프는 한 시간 이상 떼고 있어서는 안 된다. 시간이 바닥났다. 우리는 병실로 돌아가지만 아이가 침대에 놓인 의료 기구를 보자마자 운다. 어떻게 아이를 달래서 이 일을 마칠 수 있을까. 나는 아이에게 작은 노란색 굴착기를 주면서 들고 있으라고 말한다.

"자, 노란색 굴착기가 너를 강하게 만들어줄 거야." 나는 이렇게 말하면서 아이의 손에 장난감을 쥐여준다. 굴착기 삽이 까딱거리는 모습에 아이가 잠시 한눈판다. 나는 요란한 딸깍 소리와 함께 삽입관 세트를 개봉하고, 주입용 주사기를 꺼내고, 아이의 몸에 박힌 삽입관을 떼어낸다.

"괜찮아, 괜찮아, 쉬 쉬, 다 끝났다." 나는 옛날 옛적부터 엄마들이 읊어온 주문을 읊는다.

"다 끝났어?" 아이가 손등으로 눈물을 훔치면서 묻고는 베개와 이불의 가짜 땅 위로 굴착기 장난감을 굴린다.

잠시 후, 남편과 나는 아이를 밖으로 데려가서 신선한 공기를 쐰다. 병원 구내를 걷다 보니 아이가 창백해져서 떨고 있다. 우리는 아이의 손가락을 찔러서 혈당을 잰다. 너무 낮다. 의료진의 감독 없이 우리끼리 겪는 첫 저혈당증이다. 나는 허둥지둥 주스 팩에 빨대를 꽂는다.

"마셔, 아가, 옳지, 다 마셔." 나는 아이의 입에 주스를 대고 말한다.

"목 안 말라." 아이가 주스를 밀치면서 말한다.

"마셔야 해, 얘야." 나는 내 목소리에 담긴 두려움을 아이가 듣지 못하게 애쓰면서 말한다.

우리는 병동으로 돌아간다. 아이가 문득 울음을 터뜨린다.

"집에 가기 싫어. 집 때문에 아팠는데, 간호사 엄마들이 밥 괜찮게 해줬어." 아이가 설명한다.

"아가, 네가 아팠던 건 우리가 문제를 몰랐기 때문이야. 그런데 지금은 뭐가 문제인지 알고 있어. 너한테는 당뇨병이 있는 거고, 앞으로 엄마랑 아빠가 간호사 엄마들처럼 널 돌볼 거야." 이 말이 진실이기를 바라면서 나는 말한다.

병원 측이 우리에게 하룻밤 더 있어도 된다고 허락한다. 주간 근무가 끝날 무렵, 당뇨 전담 간호사가 와서 각종 용품이 담긴 커다란 쇼핑백을 안겨준다. 아이가 잘 때, 나는 내용물을 침대에 쏟아본다. 혈당 측정기, 케톤 측정기, 시험지, 채혈용 침, 인슐린 주입 세트, 펜형 인슐린, 소형 주사기, 소책자, 두께가 3센티미터나 되는 설명서, 인슐린 펌프를 넣어 다닐 천 주머니, 주삿바늘 폐기용 노란색 쓰레기통, 의료용 저울 한 벌, 심한 저혈당증이 닥쳤을 때 근육에 주입할 글루카곤 가루 약병과 길이 5센티미터 주삿바늘이 든 오렌지색 통, 아이의 인지 기능에 이상이 있을 때 입안에 문질러줄 겔이 든 튜브, 아이의 활동량과 인슐린 투여량과 아이가 먹고 마신 모든 것을 기록할 일지 그리고 셀 수 없이 많은 상자에 든 주삿바늘, 주삿바늘, 주삿바늘.

나는 이것들을 침대에 늘어놓고 바라보다가 울기 시작한다. 이제부터 이것이 아이의 삶이다. 우리의 삶이다. 스스로에게 나는 운이 좋다고, 적어도 아이를 제때 병원에 데려왔지 않느냐고, 아이가 죽어가는 것은 아니지 않느냐고 말해주고 싶지만 그래도 계속 눈물이 난다. 남편이 나를 안는다.

"이건 공평하지 않아." 나는 속삭인다.

삶은 늘 공평하지 않다.

우리를 지켜주는
산울타리

덩굴해란초

Ivy-leaved toadflax
Mother-of-thousands, herb of the Madonna, creeping-jenny, rabbit-flower

킴발라리아 무랄리스
Cymbalaria muralis

✣ **덩굴해란초로 엮은 리스는 악령으로부터 집을 지켜준다**

덩굴해란초는 예부터 황달, 간 질환, 피부 질환, 림프절 결핵의 치료제로 쓰였다. 수렴, 항염증, 간장 강화, 세척 효과가 있다. 습포제, 연고, 우린 물의 형태로 치질, 피부 자극, 눈 염증 치료에 쓰고, 끓인 물은 파리를 억제하는 데 쓴다. 비타민 C가 풍부하고, 식용 가능한 잎은 물냉이와 비슷한 맛이 난다. 씨앗을 압착하여 얻은 기름은 올리브 오일 대신으로 쓸 수 있고, 꽃으로는 노란색 염료를 만들 수 있다. 이 식물은 17세기 어느 시점에 첼시 약초원을 탈출하여 야생에 퍼진 것으로 생각된다.

덩굴해란초는 벽, 포장도로, 돌이 많은 땅에서 무성하게 자란다.

기둥에 철망을 얽은 정원 울타리를 높이 1.2미터의 나무 담장으로 교체하려고 인부가 왔다. 휘겔쿨투어 밭이 있고 서양쐐기풀이 자라는 우리 정원이 '단지를 방문하는 잠재 고객이나 주택 소유인에게 바람직한 인상'을 주지 않으므로, 우리를 사람들의 시선으로부터 숨겨야 한다는 결정이 내려졌기 때문이다.

우리 정원은 건물 모퉁이의 노출된 구역에 있기 때문에 세 방향에서 들여다보인다. 프라이버시를 잃는 대신 면적에 이득을 봐서 좋지만, 북동풍이 박공벽에 부딪혀서 휘몰아칠 때면 정원의 식물들이 꼼짝없이 노출된다. 단지 운영 위원회가 우리를 숨기려고 세우는 담장은 갓 자라기 시작한 식물을 보호해주기도 할 것이다. 작업이 끝나면, 나는 튼튼한 기둥으로는 두둑한 텃밭을 받치고 철망으로는 콩 버팀대를 만들 것이다. 이 거래로 손해를 보는 것은 없다. 나는 반대하지 않는다.

단지 운영 위원회가 말해주지 않은 사실은, 단지를 방문한 사람에게 보이는 측면에만 담장을 세울 것이라는 점이다. 진입로에 면하지 않은 측면은 그냥 놔둬서, 철망과 기둥 울타리가 그대로 서 있다. 우리에게는 정원의 4분의 3만을 두른 담장이 생겼다. 승인되지 않은 것을 가리는 체면의 담장이다.

아들과 나는 산울타리로 그 틈을 메우기로 한다. 내가 유년기에 알았던 산울타리는 긴 여름의 향을 풍기는, 달콤함이 가득한 나무들로 이뤄져 있었다. 보리밭과 귀리밭 테두리에 자란 산울타리는 더치인동, 도그로즈, 나무딸기가 얽힌 덤불이었다. 유월이면 친구와 나는 더치인동 꽃에서 꿀을 빨아먹었다. 팔월에는 개학이 코앞인 무더운 나날의 끝물에 블랙베리로 입을 보라색으로 물들이며 그것으로 배를 채웠다.

이곳의 산울타리는 주로 호손, 엘더, 야생자두나무로 이뤄져 있다. 오월이면 나무들에는 초록을 배경으로 선 순백의 신부 같은 꽃 장식이 달리고, 나중에 그 꽃잎이 떨어져서 길을 뒤덮으면 꼭 여름에 눈이 내린 듯 보인다. 겨울이 되면 나무들은 우리의 심장과 영혼을 지켜줄 진홍색과 와인색 열매를 준다.

아들은 우선 토종 블랙베리 세 종류를 고른다. 우리는 그 맨뿌리 묘목을 정원 출입구 옆에 심는다.

"산울타리가 아주 작아, 엄마." 아들은 이 작은 작대기들이 자라기는 할는지 미심쩍어하며 말한다.

"나무들이 어려서 그래. 계속 이렇지는 않을 거야. 엄마가 장담하는데, 내년이면 이 나무들이 너만큼 커질걸." 나는 아들에게 말한다. 아이는 이 가능성에 놀라워한다. 자신은 지금만큼 크기 위해서 평생을 들였으니까.

"내 나무처럼! 내 나무는 이제 나만큼 커." 아들이 웃으면서 말한다. 아들은 내가 아이가 태어나기를 기다리면서 가시칠엽수를 심었다는 이야기를 알고부터는 그 나무가 얼마나 컸는지 제 키와 비교해서 재보기를 좋아한다.

"그래, 네 나무처럼. 다른 점은 이 나무들에서는 잔가지가 점점 더 많이 자랄 테고, 언젠가 거기에 우리가 먹을 수 있는 블랙베리가 잔뜩 열릴 거라는 거야." 나는 이렇게 말해준다.

"냠냠! 잼이다!" 아들이 기대에 차서 입술을 핥으며 말한다. "울새 씨도 블랙베리를 좋아할까?"

"그럼. 노랑멧새, 개똥지빠귀, 블랙버드, 심지어 작은 생쥐도 좋아하지." 나는 생쥐 앞발처럼 손을 모으고 앞니를 드러내면서 대답한다. 내 꺼벙한 얼굴에 아이가 깔깔댄다.

"걔들을 위해서 우리 산울타리에 집을 지어줄 거야!" 아이가 이렇게 정하고 집 지을 재료로 돌과 나뭇가지를 분주하게 모으기 시작한다. 아이는 언젠가 챙겨뒀던, 매끄러운 직사각형 사암 조각을 쓰기로 결정한다. 석공장 터에서 사는 장점은 건축 놀이 재료가 풍부하게 제공된다는 것이다. 아이의 산울타리 집에는 금세 문, 상인방, 창문 두 개, 돌계단, 판석 난로, 석판 평지붕이 갖춰진다. 우리 집보다 낫다.

"침대가 필요해, 엄마. 지금 만들 수 있어?" 아이가 내 손을 당기면서 묻는다. 우리는 천 상자에서 푸른색의 작은 정사각형 펠트를 고른다. 아이가 아담하고 볼록하게 쌓은 나뭇잎 위에 천을 덮는다.

"됐다! 이제 동물들한테도 우리처럼 안전하고 따뜻하게 지낼 집이 생겼어." 아이가 선언한다.

옛이야기는 우리에게 가시란 나쁜 것이지만 가끔 도움이 되기도 한다고 가르쳐준다. 앞으로 이 작은 블랙베리 산울타리는 자라고 퍼질 것이다. 그리고 백설 공주의 침대를 둘러싼 가시나무처럼 우리를 보호해 줄 것이다.

선택과 운명의
기로에서

새매발톱꽃

Wild columbine
Crowfoot, culverwort, granny's bonnet, sow-wort, lion's herb

아퀼레기아 불가리스
Aquilegia vulgaris

✥ **선택을 해야 할 때 용기, 지혜, 명료함을 북돋워준다**

민간의학에서는 중세부터 새매발톱꽃을 써왔다. 보통은 이 식물을 발효시킨
술을 여성의 원기 회복에 사용했다. 면역 강화, 수렴, 소독 효과가 있다. 뿌리는
습진과 경상 치료에, 잎은 구내염 완화에 쓰인다. 말린 씨앗을 빻아서 연고에
섞은 것은 진드기를 죽이는 외용제로 쓴다. 혹은 머릿니와 두피 딱지를 치료하
는 샴푸로도 쓸 수 있다.
새매발톱꽃은 초원, 도랑, 오래된 집터 주변에서 곧잘 볼 수 있다.

내가 여덟 살이었을 때 부모님은 거의 죽을 뻔했다. 그때 우리는 스
페인 북부의 피코스산맥에 머물고 있었다. 부모님은 하이킹을 하고 싶
었고 10대의 두 딸은 하고 싶지 않았다. 어머니는 후딱 다녀오기로 결정
하여, 우리에게 자신이 돌아올 때까지 밖으로 나가지 않겠다는 약속을
받아내고는 언니들에게 나를 맡긴 채 게스트 하우스를 떠났다. 처음에
는 우리끼리 있는 것이 신났다. 하지만 날이 어두워지는데도 부모님이

돌아오지 않자 흥분이 두려움으로 바뀌었다. 언니들에게 물어보니 자신들은 그때 무섭지 않았다고 말하지만, 시간이 흐를수록 두려움이 허기처럼 커져가던 그 기분을 나는 똑똑히 기억한다.

그래도 이 이야기는 비극이 아니다. "그럴 수도 있었지." 하는 이야기, 결국에는 다 괜찮아질 거라고 스스로를 안심시키기 위해서 입에 올리곤 하는 이야기다. 결말부터 밝히자면 부모님은 살아서 돌아왔다. 그날 산안개가 너무 빨리 내렸고, 두려움 앞에서 용감해 보이려고 애쓴 아버지 때문에 두 분은 오히려 더 헤맸다. 두 분은 후딱 다녀오기는커녕 열두 시간 넘도록 산에 있었다. 따뜻한 옷도, 지도도, 장비도, 음식도, 도움을 요청할 수단도 없는 채로. 훗날 그 일을 회상할 때 어머니는 두 분이 능선을 기어서 지나갔던 것, 능선 사면으로 돌이 굴러떨어졌던 것, 흰 안개가 눈앞까지 가렸던 것을 떠올린다. 그날 자신이 죽는 줄 알았다고, 머릿속에는 게스트 하우스에 남겨둔 우리 생각뿐이었다고 말한다.

우리 가족의 이야기에는 종종 되짚어 말할 때만 알 수 있는 위험이 깃들어 있다. 당시에는 그저 일상이었다. 부모님은 열네 살도 안 된 오빠들 단둘이 카누로 와이강을 종단하는 것을 허락했다. 우리는 칠월 중순에 데스밸리에서 트렁크에 물을 가득이 채우지도 않은 채 야영했던 적도 있다. 하와이의 외딴 해변에서 아버지가 난생처음 서핑을 시도할 때, 어머니는 남편이 바다로 나가는 모습을 그저 쳐다보기만 했다. 두 분은 세월이 한참 흐르고 나서야 비로소 우리가 위험에 너무 가까이 다가가곤 했다는 사실을 인정했다. 부모님은 왜 그렇게 많은 위험을 감수했을까? 내가 아버지에게 왜 그랬느냐고 묻자 아버지는 웃었다.

"인생은 모험이야. 그리고 나는 늘 운이 좋았지." 아버지의 대답이었다. 당시는 탐험하고 정복해야 하는 세상, 모든 산을 올라야만 하는 세상이었다. 내 기억에도 데이비드 애튼버러David Attenborough가 진행한 자연 다큐멘터리처럼 펼쳐지는 장엄하고 아름다운 장면이 가득하다. 하지만 그런 장면을 좀 더 들여다보면, 앞장서서 걷던 아버지는 우리에게 "계속 걸어라", "경치 좀 보렴" 하고 말하고 나는 종종 잔뜩 겁먹은 채 까진 다리와 주린 배로 뒤처져 걸을 뿐이었다.

우리는 행운 혹은 무지 덕분에 무사했던 것 같다. 혹시 그것은 죽음에의 도전이었을까? "한번 붙어보시지" 하고 말하는 것처럼? 공연히 운명을 시험하지 말라는 것이 세간의 충고이지만, 그렇다면 자신의 통제력을 느낄 수 있는 정도로만 운명을 시험하는 것은 어떤가? "나는 무적이야." 하고 도전자는 말한다. "잡을 수 있으면 잡아봐." 하고 외치는 아이는 술래잡기의 스릴을 느끼면서도 내심 잡히기를 갈망한다. 사실 그런 놀이는 없다는 것을 이제는 나도 안다. 운명은 변덕스럽고 날렵하며 가끔은 잔인하다. 우리는 그것을 미리 계획할 수도, 닥쳐서 헤치울 수도 있지만 통제하는 것은 아무튼 불가능하다.

아버지에게 운명은 한밤중에 찾아왔다. 아버지의 뇌 속에 몰래 흐르던 동맥류의 형태로. 예순일곱 살이었던 아버지는 화장실에 가려다가 뇌졸중을 일으켰다. 나머지 가족은 그 사실을 모르는 채 각자 자기 집에서 자고 있었다.

"남편 분은 운이 아주 좋았습니다." 의사는 어머니에게 이렇게 말한 뒤, 영구적이고 심각한 장애가 남을 가능성에 대비해야 한다고 알렸다. 어머니는 미소 띤 얼굴로 그 말을 들었다. 하지만 의사가 병실을 나간 뒤 이제 대답할 능력을 잃은 아버지에게로 돌아섰다.

"당신은 이보다는 나아져야 할 거예요. 내가 남은 평생 당신에게 밥을 떠먹여줄 거라고는 기대하지 마세요." 어머니는 말했다. 어머니는 원래 아픈 사람을 동정하는 성격이 아니다. 하지만 이후 6주 동안 매일 차를 몰고 병원에 갔고, 뇌졸중 재활과 간병에 관해서 알아야 할 사항을 샅샅이 알아냈다. 아버지가 퇴원해서 맨 먼저 한 일은 걸어서 계단을 오르는 것이었다. 그 일에는 두 시간이 걸렸다.

"의지가 있는 곳에 길이 있지." 아버지는 말했다. 내가 자라면서 자주 들어온 말이었다. 아버지에게 뇌졸중은 정복해야 할 또 하나의 도전일 뿐이었다.

그런 각오에도 불구하고 아버지는 결국 두 다리의 움직임을 온전히 되찾지 못했다. 퇴원하고 얼마 지나지 않았을 때, 자신의 온전치 못한 육체에 좌절한 데다가 어머니와의 말다툼으로 화난 아버지가 아무에게도 도움을 청하지 않고 혼자 집 밖으로 나간 적이 있었다. 훗날 어머니가 내게 말한 바에 따르면, 그때 어머니는 팔짱 끼고 앉아만 있었지만 차츰 걱정이 화를 넘어설 만큼 커지자 나가서 아버지를 찾아봤다. 어머니는 두 시간 동안 아버지의 이름을 부르면서 돌아다녔다. 아버지는 듣지 못하니 그 소리를 못 듣는다는 것을 알면서도 계속 외치고 다녔다. 결국 아버지가 언덕 어디쯤에서 죽은 게 틀림없다고 생각하면서 집으로 돌아갔는데, 아버지가 집에서 기다리고 있었다. 아버지는 집을 나가서 얼마 가지 못한 채 쓰러졌고, 움직일 수 있는 팔로 기어서 돌아왔다고 했다. 어머니는 집 앞에서 아버지가 간 오른쪽이 아니라 왼쪽으로 향하는 바람에 아버지를 놓친 것이었다. 다른 선택을 했다면 곧장 아버지를 발견했을 터였다.

"내가 좀 한심했지." 아버지는 말했다. 전 세계의 온갖 산을 올랐던 아버지가 두 번 다시 자력만으로는 걷지 못했다.

아버지는 인생을 모험으로 여기는 데다가 그것을 자신의 의지로 주무를 수 있다고 여겼지만, 실제 살아온 삶은 자신이 계획했던 삶과는 전혀 다른 모습이었다.

"당신에게 세상을 보여줄게. 멋진 모험이 될 거야." 두 분이 젊었을 때 아버지는 어머니에게 이렇게 말했으나, 실제로는 은퇴할 때까지 한 회사에 머물렀다. 그리고 꿈은 사라졌다. 그 결정은 부모님의 인생을 바꿨고 내 인생도 바꿨다. 어머니는 내게 자신이 시인과 결혼했지만 살기는 기술자와 살았다고 말했는데, 우리 가족의 이야기는 바로 그 지점으로부터 시작된 셈이었다.

인생은 우리가 내리는 크고 작은 선택으로 이뤄진다. 아버지는 기술자 직업을 선택함으로써 우리 인생의 이야기를 바꾼 셈이었다. 어머니는 자신의 꿈을 포기하기로 선택함으로써 역시 그렇게 한 셈이었다. 이런 선택은 기억에 남을 만한 일이다. 하지만 때로는 평범하기 그지없는 선택이 인생을 바꾼다.

언니가 죽고 나서 몇 달 동안 어머니는 '만약 그날 이랬다면 딸이 살았을 텐데' 하는 갖가지 길을 떠올리곤 했다. 만약 언니가 그냥 집에 있기로 선택했다면. 만약 언니가 급류를 만났을 때 카누를 계속 타지 않고 걸어서 지나가기로 선택했다면. 만약 언니가 다른 강을, 다른 동행을, 다른 날을 선택했다면. 선택은 과거로 거슬러 올라갔다. 만약 언니가 야외 활동 교육가가 되지 않고 계속 정원사로 일했다면 어땠을까? 만약 아예 언니가 컴브리아로 이사 오지 않는다면? 만약 언니가 하나뿐인 소중한 인생에서 위험을 덜 감수하면서 살았다면?

'만약', '이랬다면'. 이것은 우리의 후회를 양쪽에서 떠받치는 북엔드다. 하지만 우리는 늘 어떤 선택이든 할 수밖에 없다. 내가 어렸을 때, 아버지는 우리 집 찬장의 문 안쪽에 시 두 편을 써뒀다. 로버트 프로스트Robert Frost의 「가지 않은 길」과 에즈라 파운드Ezra Pound의 「그리고 낮은 충분하지 않다And the Days Are Not Full Enough」였다. 아버지는 우리에게 인생이란 결말이 열린 모험이고 금세 사라지고 마는 것이라는 사실을 환기시키려고 그 시들을 적었겠지만, 어쩌면 아버지가 요점을 잘못 짚었던 것이 아닐까? 만약 인생의 핵심이 길이 아니라 오히려 선택 자체라면? 풍경 전체가 아니라 한낱 떨리는 풀이라면?＊

어쩌면 사실 사람들이 덜 걸은 길이란 없고, 그저 우리가 무엇을 선택하는 작고 덧없는 순간만 있는 게 아닐까? 모든 선택은 우리 인생에 영향을 미치지만, 누구도 처음에는 그 방식을 알 수 없다. 결과가 기대와 다르게 나올 때, 그제야 우리는 탓할 대상을 찾는다. '현재는 이렇다'고 말하지 않고, '만약 이랬다면' 하고 울부짖는다.

＊ 에즈라 파운드의 시 「그리고 낮은 충분하지 않다」의 전문은 이렇다. "그리고 낮은 충분하지 않다/ 그리고 밤은 충분하지 않다/ 그리고 삶은 들쥐처럼 미끄러져 가버린다/ 풀을 흔들지도 못한 채."

다른 아이가 되어
돌아오다

카밀레

German chamomile
Ground apple, chamaimelon, scented mayweed

마트리카리아 카모밀라
Matricaria chamomilla

⚜ 집을 보호하고 정화하는 데 쓴다

카밀레는 태양신 헬리오스의 지배를 받는다. 이집트인은 방부 처리에 이 식물
을 사용했다. 아홉 가지 신성한 약초 중 하나로 꼽혔던 카밀레는 예부터 약으
로도 마법에도 널리 쓰였다. 항미생물 효과와 약한 진정 효과가 있어서 오늘날
불면, 복통, 스트레스, 류머티즘 통증, 발진, 열, 염증 치료에 자주 쓰인다. 린스
나 화장수로도 쓸 수 있다. 음료와 차에 흔히 쓰이고, 맥주의 향미제로 쓴다.
카밀레는 벌레를 쫓는 효과를 내어, 다른 식물이 잘 자라도록 돕는다.

병원에 있다가 집에 오니 이상하다. 장난감이 아직 바닥에 있다. 빨
랫감이 아직 바구니에 있다. 모든 것이 똑같다. 이제 아들에게 불치의,
치명적인 자가 면역 질환이 있다는 점을 빼고. 아들이 제 대부와 함께
거실 바닥에 구불구불 깔린 나무 철로 위로 기차를 씽씽 달리고 놀면서
웃는 소리가 들린다. 저 소리를 마지막으로 들었던 게 오래전이다.
부엌에서 찬장과 냉장고를 정리하며 고탄수화물 간식은 몽땅 아이

들풀의 구원

의 손이 닿지 않도록 치운다. 음식이 이제 위협적인 존재로 느껴진다. 저녁 재료를 저울에 재고 탄수화물 양에 적당한 인슐린의 양을 의사가 보여준 방법대로 계산한다. 머리가 느리게 도는 것 같고 산수가 잘 되지 않는다. 고작 감자 무게를 재는 것뿐인데도 나는 울기 시작한다.

요리를 마친 뒤 아들에게 인슐린을 주입하고 식사를 차린다. 아이가 접시의 음식을 이리저리 밀치기만 한다. 나는 시계를 본다. 15분 뒤면 인슐린이 효과를 발휘하기 시작할 것이다. "자, 얘야, 몇 입만이라도 먹어." 나는 이렇게 사정하고 포크에 음식을 올려서 칙칙폭폭 소리 내며 아이의 입으로 가져간다. 아이가 지치고 슬픈 눈으로 나를 본다.

"엄마 밥은 병원 밥보다 맛없어." 아이는 이렇게 말하고는 입 열기를 거부한다. 나는 음식을 긁어서 쓰레기통에 버리고, 대신 아이에게 젤리를 준다. 우리는 이제 앞뒤가 바뀐 이상한 나라에서 산다.

남편과 나는 밤새 번갈아 아이의 혈당을 측정한다. 혈당이 너무 떨어지면 아이를 살살 달래서 그 졸려하는 아이 입에 당분이 많은 음식을 밀어넣는다. 한 시간 뒤 반동으로 혈당이 껑충 뛴다. 우리는 혈당을 낮출 수 있도록 인슐린 양을 조절하다가 그만 계산을 틀린다. 아이의 작은 손가락을 다시 찔러본다. 혈당이 너무 낮다. 아이를 깨워서 포도당을 먹이고 전체 과정을 반복해야 한다. 다시 아이를 깨우자 아이가 불평한다.

"싫어, 엄마, 이건 아니야." 아이가 웅얼거린다.

물론 아이 말이 맞다. 이건 잘못됐다. 우리는 지쳤다. 하지만 아이가 깨어나지 못할 수 있다는 위협이 너무 무섭고 실감된다. 우리는 아이가 신생아였을 때로 돌아갔다. 경험 없고, 애정과 두려움에 압도된 상태로.

망가지지
않았어

보리지

Borage
Starflower, bee bush, bugloss

보라고 오피키날리스
Borago officinalis

❖ **어둡고 힘든 시기에 희망을 부르기 위해서 쓴다**

보리지는 특히 자신에게 너무 비판적이라서 쉽게 지치는 사람에게 좋다. 모유 생산을 촉진하며, 우울이나 불안이나 전반적 피로를 비롯하여 신경 쇠약 및 부신 호르몬 결핍 증상을 치료하는 부신 강장제로 쓸 수 있다. 만성 질병과 호르몬 문제를 겪는 사람에게 유용하다. 알려진 식물 가운데 오메가 6 지방산인 감마 리놀레산을 가장 많이 함유하고 있고, 비타민 B와 미량 무기물도 풍부하다. 해충을 물리치고 꽃가루 매개자를 끌어들이는 능력이 뛰어나며, 퇴비나 비료로도 좋다. 잎과 꽃은 생으로 샐러드로 먹고 익혀서 나물로도 먹는다. 수프, 샐러드, 음료, 보존 식품, 젤리, 소스, 디저트에 허브로도 쓴다.

보리지는 정원, 밭, 황무지, 쓰레기장에서 잘 자란다.

아들이 진단을 받고 나서 몇 달 동안 우리는 헤쳐나갈 방법을 찾으려고 애썼다. 상황을 이해하는 데 급급한 나머지 아들의 세상도 변하고 있음을 가끔 잊었다. 친구와 가족은 우리를 안심시키려고 했다. 그들은 말했다. "아직 어린애잖아. 금방 이 상황을 정상으로 받아들일 거야."

나는 빨랫줄에 빨래를 넌다. 가을이 끝나가지만, 아직 바깥에 있어도 괜찮을 만큼 따뜻하다. 두 살 아들은 내 발치에서 논다. 아이는 공룡 장난감을 수용할 새 시설을 짓는 중이다. 아이가 작은 플라스틱 굴착기를 들어올린다. 굴착기 삽이 축 늘어져 있다.

"엄마, 이 노란색 굴착기 고쳐줄 수 있어?" 아들이 묻는다. 나는 무릎 꿇고 살펴본다. 아이가 내게 부여한 마법이 있음에도 이번에는 내가 고칠 수 없을 것 같다.

"미안, 얘야. 안 되겠네. 이건 너무 많이 망가졌어. 쓰레기통에 버려야 할 것 같아." 나는 아이에게 말하고 축 처진 굴착기를 한쪽으로 치운다. 아이가 그것을 도로 집어 손바닥에서 요리조리 돌려본다. 이 굴착기는 아이에게 중요하다. 아이가 겁날 때 부르릉거리는 목소리로 아이에게 용감해질 수 있다고 다독여주고, 힘을 내도록 도와주는 존재이기 때문이다. 아이에게 그것은 망가진 장난감 이상이다.

"네가 원하면, 고치려고 시도라도 해볼까?" 나는 묻는다. 고칠 수 있을 것 같지는 않지만 적어도 시도해볼 수는 있으니까.

아이는 바로 답하지 않는다. 그러다가 나를 보는 모습에서, 나는 이것이 그저 굴착기 문제만은 아님을 알아차린다.

"아가, 왜 그러니?" 나는 묻는다.

"의사가 내 당뇨병을 고칠 수 있어?" 아들이 묻는다. 나는 망가진 굴착기를 들고 진흙 바닥에 앉아 있는 아이를 본다. 우리는 누구나 때로 기적을 믿고 싶다. 아들이 제 몸의 진실을 아는 것은 중요하지만 아무리 그래도 어떻게 내 작은 아이에게 당뇨병은 끝이 없는 게임이며, 평생 가는 이 병 때문에 눈이 멀 수도, 팔다리를 잃을 수도, 투석을 받아야 할 수도 있다고 설명한단 말인가? 혈당이 너무 낮거나 높으면 혼수상태에 빠질 수도, 심지어 죽을 수도 있다고 말한단 말인가? 우리가 그것을 '관리'하더라도, 이토록 정교하고 복잡한 인체를 기껏해야 질 낮은 망치로 두드리는 일 정도에 불과하므로 결국 실패하리라고 말한단 말인가?

"아니, 얘야. 의사들이 연구하고 있지만, 지금 당장은 못 고쳐." 나는 말한다.

아들의 미소가 흔들린다. 작은 손이 새하얗고 단단한 주먹으로 뭉쳐진다. 아이는 감정을 억누르려고 애쓰지만 아이에게는 너무 버거운 것이라서 튀어나오고 만다.

"엄마는 나를 쓰레기통에 버려야 해!" 아들이 외친다. 나는 경악한다.

"왜, 얘야, 왜?" 나는 울음으로 갈라지는 목소리로 묻는다. 아이가 숨을 크게 한 번 뱉으니, 몸에서 힘이 빠져나간다.

"왜냐면 난 망가졌으니까. 그리고 망가진 건 쓰레기통에 버리는 거니까." 아들이 내게 설명한다. 여기에 대고 내가 뭐라고 말할 수 있을까? 아들은 작은 인생에서 너무 많은 일을 겪었다. 그런 일들이 아이의 몸 깊숙이 파고들어서 조용히 아이의 미래를 바꾸는 것이 내게는 보인다. 병은 아이를 강하게 만들지만 슬프게도 만든다. 아이가 찾는 해답이 내게는 없다. 멍들고 바늘에 찔린 내 작은 소년, 이 아이에게 나는 어떤 답을 줄 수 있을까? 두렵다. 나는 입맞춤으로 이 상황을 더 낫게 만들 능력이 없고, 그래서 미안하다. 너무 미안하다.

망가진 존재라고 느끼는 기분을 나는 안다. 어느 아이도 그런 기분을 느껴서는 안 된다. 나는 진흙이 묻은 아이의 얼굴을 두 손으로 감싸고 두 눈을 똑바로 본다.

"엄마 말 잘 들어. 넌 망가지지 않았어. 넌 아름답고 멋있어. 그리고 네가 내 아들이라서, 엄마는 세상에서 제일 운 좋은 엄마야. 이걸 꼭 기억해." 나는 단호하게 말한다. 아이에게 필요한 말이고, 아이가 가슴 깊이 새겨야 할 말이다. 그리고 내게도 필요한 말이다.

멍으로 남은 기억

말털이슬

Enchanter's nightshade
Sorcerer of Paris, witches' grass, great-witch herb, wood-magic herb

키르카이아 루테티아나
Circaea lutetiana

✣ 쓸쓸한 기억을 치유하는 데 쓴다

옛사람들은 사우인* 때 말털이슬을 모아서 망자를 기리고 영계靈界를 불러내는 의식에 사용했다. 바늘꽃과의 식물로서 식용할 수 없다. 하지만 주술, 흑마법, 변신 마법에 흔히 쓰인다.

말털이슬은 습하고 그늘진 장소에서 자라고, 보통 뽑아야 할 잡초로 여겨진다.

우리는 각자 드러내어 말한 이야기로 구성된다. 우리는 어떤 이야기를 숨기고 어떤 이야기를 보여줄까? 관점에 따라 시간을 앞으로 감는 것일 수도, 뒤로 감는 것일 수도 있겠지만 아무튼 내가 열다섯 살이었던 때로 가보자. 한밤중 나는 얇은 잠옷만 걸친 채 떨고 있다. 느지막이 술집을 나와 걸어서 귀가하던 이웃 사람이 내가 집 밖의 찬 땅에 누워 있

---

* Samhain. 고대 켈트족이 11월 1일에 기렸던 축일로, 신들의 세계가 현세에 나타나는 날이라고 했다. '사윈', '사운', '삼하인'이라고도 읽는다. 사우인과 기독교의 만성절이 합해져서 핼러윈 축제가 됐다는 설도 있다.

는 것을 본다. 그녀가 우리 집 뒷문을 두드리면서 도움을 청하지만 아버지는 귀가 들리지 않는 데다가 원래 얕은잠을 자는 어머니도 이날따라 깊게 잠들어서 깨지 않는다. 이웃은 잠기지 않은 문을 열고 집 안에 들어가서, 계단을 올라 침실까지 가서 부모님을 깨운다.

"따님이 밖에 있어요. 다쳤어요." 이웃이 말한다.

응급실에서 간호사가 내 몸의 멍을 보고 어떻게 된 일이냐고 묻는다. 나는 스스로 한 일이라고 털어놓고 싶지 않다. 이 오래된 멍들은 내가 밤마다 컴컴한 곳에서 묵직한 돌로 팔다리를 치고 또 쳐서 생긴 것이다. 적절한 힘으로 내려칠 때면 머릿속 백색 소음이 잦아들고, 통증을 통해서 내 몸이 현실에 매여 있음을 느낄 수 있기 때문에 안도감이 든다.

"사고였어요. 창문에서 떨어졌어요." 나는 말한다. 간호사가 멍의 나이와 충격의 종류를 알아볼 수 있음을 나는 모른다. 커튼 뒤에서 소리 죽여 대화가 오간다. 그냥 가는 대신 정신과 의뢰서를 써주겠다고 한다. 자해, 자살 위험.

"대체 왜 내가 몰랐지?" 귀가하는 차에서 어머니가 말한다.

매주 어머니가 운전해서, 벽이 새하얀 병원에 나를 데려다준다. 나는 큰 티크 책상에 앉아서 잉크 얼룩이 그려진 카드를 본다. 맞은편에 앉은 깡마른 여자에게 그 얼룩이 나비로, 악마로, 꽃으로 보인다고 말한다. 석 달 뒤 여자가 부모님을 함께 부른다. 우리는 흰 방에 둘러앉는다. 정신과 의사가 내게 하고 싶은 말이 있으면 해보라고 말한다. 나는 내가 소진된 느낌이라고, 세상을 늘 밖에서 바라볼 뿐 거기에 접촉할 수 없는 듯 느껴진다고 말한다. 통증과 상처 내기에 관해서 말하고, 머릿속에서 24시간 비명이 울린다고 말한다. 그들은 말이 없다. 문제는 나다.

단순한
생활

알칸나

Alkanet
Pheasant's eye, dyer's bugloss, orchanet, hoary puccoon

알칸나 팅크토리아
Alkanna tinctoria

✣ **파촐리와 함께 태우면 침울함을 걷어낼 수 있다**

알칸나는 약초학에서 긴 역사를 자랑하는 식물이다. 강력한 수렴제이자 이뇨
제로써 예부터 가슴막염을 치료하고 우울함을 걷어내는 데 쓰였으며, 몸에서
독소를 제거하는 데도 쓸 수 있다. 잎으로 만든 차는 열을 내려주고 가슴 충혈
을 다스려준다. 연고로 만들어서 멍, 쓰린 곳, 다친 피부에 외용제로 쓸 수도 있
다. 뿌리에서 얻을 수 있는 붉은 염료는 수백 년 전부터 화장품 착색제나 가구
염색제로 쓰였으며, 간 독성이 약간 있지만 음료와 음식에도 쓰였다. 꽃가루 매
개자에 인기가 좋고, 질소가 풍부하므로 물에 썩혀서 비료로 쓸 수 있다.
알칸나는 도롯가, 교란된 황무지, 버려진 밭에서 잘 자란다.

스물여섯 살에 세상은 내게 무서운 곳이 되어 있었고 그 속에서 나는
그다지 잘 살지 못했다. 그때는 다 끝난 것처럼 느껴졌지만 사실은 그렇
지도 않았다.
1997년이었다. 미래에 남편이 될 남자친구와 나는 노팅엄에서 가장

거친 동네로 이사했다. 위층과 아래층에 각각 방이 두 칸인 2층짜리 테라스 하우스였다. 우리는 얼마 전에 대학을 졸업했고, 예술 회사를 세우자는 계획이 있었으나 지원금이 삭감되면서 일을 찾기 어려워졌고, 돈도 바닥났다. 우리는 누르스름한 얼굴에 구겨진 갈색 양복을 입은 남자에게 매주 50파운드씩 집세를 건넸고, 그러면 남자는 가죽 수첩에 체크를 했다. 집 안쪽 벽에 구멍이 나서 바람이 들어오자, 우리는 판지와 테이프로 그것을 막았다. 밤에는 불가에 깔아둔 매트리스에서 잤고, 낮에는 따뜻한 점심을 거저먹을 수 있다는 이유만으로 시의회가 주관하는 무료 비즈니스 기술 강좌를 들으러 갔다. 나는 색채 요법 책에서 오렌지색과 노란색이 창조의 차크라를 열고 긍정성을 북돋운다는 글을 읽고, 값싼 에멀션 페인트를 사서 벽에 노을색 줄무늬를 그렸다. 하지만 마치 버려진 쇠창살을 타고 오르는 검은 장미처럼 줄무늬 칸마다 곰팡이가 피었다. 우리는 이런 삶이 보헤미안적일 줄 알았지만 현실은 그냥 힘들기만 했다.

내 부모님이 방문했다. 우리는 캠핑용 버너에 수프를 데운 뒤 작은 석탄불 앞에 깔아둔 넝마 러그에 앉아서 먹었다.

"넝마주이에서 부자가 됐다가 원래대로 돌아가는 데 두 세대밖에 안 걸리는구나." 떠나기 전에 아버지가 말했다. 부모님은 다시 오지 않았다. 얼마 후, 누가 우리 집 대문에 샛노란 페인트로 "세상이 개판이다."라고 적었다. 나는 외출을 그만뒀다.

의사가 처방한 약을 먹으면 말이 증발했고, 뇌가 너무 느려져서 읽고 쓸 수도 없었다. 정신과 의사는 내게 왜 외출하면 나쁜 일이 일어날 거라고 생각하는지 꼬치꼬치 물었다. 광장 공포증을 극복하려면 '행동을 재조건화' 해야 한다며, 매일 규칙적으로 동네를 산책하면서 뇌를 훈련시키라고 권했다. '인지 행동 치료'라고 했다. 나는 의사에게 어느 동네에 사느냐고 물었다. 의사는 값비싼 금색 펜 뚜껑을 닫으면서, 문제는 내 머릿속에 있다고 말했다. 나는 다시 그를 찾아가지 않았다. 내가 미쳤다는 소리를 듣는 데 신물이 났다. 대신 약을 싹 내버리고 쓰레기가 널린 마당을 치우고 화분을 몇 개 사서 정원을 꾸며보려고 했다. 하지만 마당은 어두웠고, 바람에 날아든 방가지똥을 제외하고는 변변히 자라는 것이 없었다. 가망이 없었다. 나는 울기 시작했고 그치지 않았다.

달리 어찌할지 몰라서 나는 나를 기른 여자들에게 가까운 곳으로 돌아갔다. 우리는 구겨진 양복을 입는 남자에게 통지하고, 빈 방가지똥 화분을 고물차 뒤에 싣고 이든을 향해 북쪽으로 떠났다.

우리가 떠나는 날은 총선거일이었다. 보수당은 내 인생의 18년 동안 권력을 쥐고 있었다. 우리는 아직 시내에 주소가 등록되어 있었기 때문에, 가던 길을 멈추고 투표했다. 집단적 결의가 시민들을 집에서 끌어냈는지 투표 줄이 세 블록에 걸쳐 뻗어 있었다. 우리가 이든에 도착할 무렵에는 보수당의 패배가 결정됐다. 어쩌면 결국에는 변화가 가능할 수도 있을 것 같았다.

우리가 옮긴 낡은 시골집은 집세가 쌌다. 난방 설비가 없고 벽이 축축했지만 사방이 들판이고 언덕이었다. 가구를 살 돈이 없었기에 우리는 바닥에 방석을 깔고 앉고 뒷문 옆 돌구유에 음식을 차게 보관했다. 여름에는 강에서 수영했고 겨울에는 떨어진 나뭇가지를 주워서 불을 땠다. 한 선사가 "깨달음은 나무하고 물 긷는 데 있다."고 말했다는 것을 어디서 읽은 적 있다. 우리 일상의 리듬이 바로 그랬다. 친구들에게는 우리가 은퇴하고 시골로 갔다고 말했다. 내 내면에서 뭔가 잘못됐다고 설명하는 것보다는 그 편이 쉬웠다. 하지만 그 집에는 희망이 있는 듯했고 나는 낫기 시작했다.

나는 살아남기 위해서 일상을 단순하게 유지했다. 오전에는 일기를 쓰고 아침을 먹고 길게 산책했다. 오후에는 남들에게 결코 보여주지 않을 그림을 그렸다. 보통 그러다가 어느 시점엔가 울었다. 목요일에는 근처 대학의 글쓰기 모임에 갔고, 가끔 거기서도 울었다. 일주일에 한 번은 심리 치료사를 보러 갔다. 치료사는 내게 과거에 대해서 물었고, 나는 보통 거기서도 울었다.

나는 이것이 아마 가장 어려운 부분일 것이라고 예상했다. 내가 왜 이렇게 됐는지 알아낼 수 있다면 나는 행복해지고 더는 아프지 않으리라고 생각했다. 이것이 또 하나의 과정일 뿐임을 그때는 아직 몰랐다.

애도의
의례

허브로버트

Herb robert
Stinking Bob, death-come-quickly, dragon's blood

게라니움 로베르티아눔
Geranium robertianum

✣ 허브로버트를 꺾어서 집에 들이면 곧 죽음이 따라온다

허브로버트는 예부터 혈액을 강화하고 정신의 균형을 잡고 마음의 상처를 달래는 데 쓰였다. 꽃, 잎, 뿌리를 생으로 혹은 말려서 쓴다. 항생, 항바이러스, 항산화 효과가 있고 면역 기능을 지지한다. 전통적으로 치통, 결막염, 황달, 코피, 통풍, 이질 치료에 쓰였다. 상처나 타박상에 외용제로 쓸 수 있고, 피부에 바르는 벌레 퇴치제로 쓸 수도 있다.

허브로버트는 토양의 독소를 흡수하여 분해하는 능력이 있다. 방사능 물질과 중금속으로 오염된 지역에서도 왕성하게 자란다.

삶과 죽음의 대차 대조표란 없고, 균형이 맞춰지리라는 약속도 없다. 그것은 운이 아니다. 행운도 불운도 아니다. 진실은 단순하다. 가끔은 끔찍한 일이 일어나기 마련이라는 것뿐. 게다가 가끔은 그런 일이 반복해서 일어난다.

큰언니가 익사한 지 1년 만에 올케가 수술 불가능한 말기 폐암 진단을 받는다. 우리가 이 사실을 알기 전에 올케는 목소리부터 잃는다. 처음에 의사들은 걱정하지 않는다. 올케는 젊고 건강하고 평생 담배를 피우지 않았다. 하지만 목소리가 돌아오지 않은 채 몇 달이 흐른다. 갖가지 촬영을 해봤다고 오빠가 내게 말한다. 나는 끔찍한 일이 한 번 일어났다고 해서 그런 일이 또 일어나리라는 법은 없다고 오빠에게 말해준다. 최악을 떠올리지는 말라고 말해준다.

내가 틀렸다. 우리 아들이 당뇨병 진단을 받은 지 15개월, 언니가 죽은 지 4년이 지난 때에 올케가 숨을 거둔다. 올케는 마흔아홉 살이다.

올케의 장례일에 비가 내린다. 우리가 엑서터 교외를 걸어서 묘지로 가는 동안, 얼굴과 옷과 신발에 비가 내린다. 오빠는 두 팔을 날개처럼 펼쳐서 반쯤 성인이 된 쌍둥이를 가려준다. 어머니는 아들을 위로할 방법을 찾으려고 조바심치면서 그 모습을 지켜본다. 자기 딸을 얼마 전 묻었지만 어머니는 지금 아들에게 자신이 필요하다는 것을 안다.

"너한테는 더 힘들겠지." 어머니가 오빠 옆에서 걸으며 말한다. 죽음의 의례에는 감춰진 위계가 있다. 나는 언니가 죽은 뒤에 그것을 찾아봤다. 현대 가톨릭교회 규범에 따르면, 남편이나 아내의 죽음에는 1년을 애도하는 것이 마땅하고 부모나 자식의 경우에는 반 년이며, 조부모는 석 달이다. 형제자매, 친구, 친척의 경우에는 겨우 한 달이 허락된다. 30일, 자매를 잃은 슬픔에 허락되는 한도가 겨우 그뿐이다. 부모가 자식을 잃는 것. 남편이 아내를 잃는 것. 자식이 엄마를 잃는 것. 사람들은 이 죽음이 저 죽음보다 가치 있고 저 죽음은 이 죽음보다 가치 있다고 말하지만, 한 생명이 마땅히 받을 만한 슬픔의 양을 어떻게 정할 수 있나?

"꼭 그런 건 아니에요." 나는 어머니에게 말하고 손을 잡는다.

비에 젖은 채 삐뚤빼뚤 줄지어 선 조문객이 작은 초교파 예배당의 신도석을 차례차례 채운다. 어린 아기와 걸음마하는 아이를 데리고 온 가족도 있다. 그들은 세 발 유아차를 밀고 신도석 맨 앞까지 가서 고리버들 관 옆의 바닥에 편히 앉은 뒤, 아이에게 줄 색연필과 종이 그리고 아기를 눕힐 무지개색 매트도 꺼낸다. 나는 우리 아들도 데려와야 했나 생각해보지만, 아들은 겨우 세 살이다. 나는 장례식의 낯선 세계를 아이와 공유할 준비가 되지 않았기에 이 애도를 혼자 하기로 선택했다.

사제는 없고, 기도도 없다. 올케는 죽음이 다가오는 것을 알고 자기 장례식을 미리 준비해뒀다. 사람들이 한 명씩 일어나서 각자의 이야기를 공유한다. 한 남자가 기타로 포크송을 연주하자 사람들이 따라 부른다. 생기 있고 다채로운 장례식이다. 꼭 올케 같다. 나는 올케를 처음 만났던 때를 기억한다. 올케는 무지개색 멜빵바지에 닥터마틴 부츠를 신고 있었다. 머리는 삭발했고, 미소를 지을 때면 꼭 얼굴 전체가 웃는 것 같았다. 나는 올케가 적갈색 머리카락의 내 오빠를 놀리는 모습을 지켜봤다. 올케는 자신감 있고 아름답고 즐거움이 가득한 사람이었다. 올케의 모든 말은 감탄 부호로 이뤄져서 활기가 넘쳤다. 늘 "자기야!", "응!" 혹은 "대단한데!" 하는 식이었다. 소심한 나와는 딴판이었다.

오빠가 눈물을 감추려고 고개를 숙인다. 인생에 진정한 공허를 품게 된 사람들은 조용하다. 그들의 슬픔은 쓰라린 날것이어서 그들은 소리조차 낼 수 없다. 이 애도의 순간에 나는 그들에게 마음을 전할 말을 하고 싶다. 그들의 고통 앞에서는 어떤 말도 무의미할 테지만, 그래도 나는 마음을 다잡고 일어나서 사람들에게 이야기를 들려준다. 우리가 폭풍우를 뚫고 이곳으로 올 때, 비행기가 먹구름 위로 날아오르는 순간 '짠' 하고 무지개가 나타났다는 이야기다. 무지개가 어찌나 밝던지. 그때 그것이 세상을 떠나는 올케임을 깨달았다는 이야기다. 이것은 그저 작은 희망의 이야기이기에, 착륙 후 휴대전화가 진동해서 확인하니 "그 사람은 이제 더 견디지 않아도 돼."라는 한 줄의 메시지가 와 있더라는 대목은 구태여 덧붙이지 않는다. 이토록 짧은 한마디에 이토록 큰 슬픔과 이토록 큰 사랑이 담겨 있다니.

발언이 끝나고 노래도 끝난다. 우리는 관이 땅에 내려지는 것을 본다. 애도의 의례가 거의 마무리됐다. 흰 꽃이 한 송이 한 송이 던져진다. 산 사람이 한 명 한 명 돌아선다. 적의도 찬사도 아닌 비가 올케의 몸 위로 계속 떨어진다. 오빠가 비틀거리다가 몸을 추스르는 것을 보니, 올케가 가족에게 사랑한다고 말할 시간이 있었음에도 그것이 아무 소용없는 듯 느껴진다. 사람들이 노래를 부른 것도, 올케가 이제 고통으로부터 자유롭다는 것도 아무 소용없는 듯 느껴진다. 이것이 죽음의 진실이다. 올케는 여기 남아야 하고, 올케를 가장 사랑했던 사람들은 뒤돌아서서 계속 살아가야 한다는 것.

오빠의 집으로 돌아와서, 나는 가급적 눈에 띄지 않고자 벽 가까이에 선다. 소용이 없다. 연노란색 셔츠를 입은 남자가 다가온다.

"고인과 관계가 어떻게 되십니까?" 남자가 묻는다. 나는 당황스럽다. 상실의 가치를 평가하는 것처럼, 은근한 경쟁심이 느껴진다. 애도의 희한한 위계가 여기에도 있다. 나는 적당한 답을 찾으려고 어물어물한다.

"오빠요." 나는 불쑥 뱉는다. 남자가 자리를 뜬다. 마침 남편과 아들이 건너편에서 손 흔드는 모습이 보인다. 그들의 도착은 내게 안식이다. 내가 굳이 설명하지 않아도 내 사회적 불편을 이해하는 남편이 사람들에게 위로를 건네면서 붐비는 방을 편안하게 건너온다. 남편은 우리 작은 팀의 얼굴이다. 탈출 기회를 잡은 나는 아들과 함께 정원으로 나간다.

"이상한 파티야, 엄마. 모두 슬퍼해. 왜 모두 슬퍼?" 아들이 묻는다.

"하늘에 뜬 무지개 기억하니? 그때 엄마가 말했던 거 기억하니?" 내가 묻는다.

"무지개 숙모 이야기?" 아들이 대답한다. 나는 이 이름이 마음에 든다. 올케에게 어울리고, 미소가 지어지는 이름이다.

"그래. 음, 무지개 숙모가 돌아가셨거든. 이건 우리가 숙모에게 작별 인사를 하는 자리야. 우리는 모두 숙모를 사랑했단다. 사랑하는 사람이 죽으면 우리는 여러 가지 기분을 느끼게 돼. 행복한 기분도 슬픈 기분도. 이해하겠니?" 나는 묻지만, 아들은 이미 딴 데로 갔다. 아이는 늙은 사과나무 밑 작은 정원을 발견했다. 그곳에는 십일월까지 남은 꽃이 조금 피어 있다. 아이는 근처 오솔길에서 조약돌을 몇 개 주워와서 그것을 동그랗게 놓은 뒤 돌멩이 두 개로 눈을 만들고 나뭇가지로 코와 긴 입을 만든다.

"무지개 숙모는 안에 없어. 숙모는 사람들이 밖에 나오기를 바라. 숙모는 사람들이 꽃을 보면 행복해질 거라고 말해." 아들이 다정하게 말한다. 나는 아들을 안고, 너무 많이 울지 않으려고 애쓴다. 작은 아이의 현명한 말을 오빠에게도 들려주고 싶다. 우리는 함께 들어가서 오빠를 찾아본다. 사방에 사람이 바글거리고, 나는 어떻게 그 속을 뚫고 가야 할지 모르겠다.

나는 남편을 찾아본다. 하지만 남편이 방 안 어디에 있는지 모르겠다. 그때 아들이 내 손을 놓고 달아나서 초콜릿 케이크로 돌진한다. 나는 아이의 혈당을 확인해야 하지만 소리치기 싫어서 케이크를 내려놓으라고 손짓한다. 아이는 씩 웃고는 끈적끈적한 케이크를 한입 크게 문다. 인슐린 펌프가 경고음을 울린다. 사람들이 소리의 원천을 찾으려고 두리번거린다. 나는 사람들에게 사과하면서 그들을 뚫고 지나간다. 내가 막 접시에 닿자 아이가 또 달아난다.

갑자기 너무 피곤하다. 울고 싶지만, 추모의 자리인데도 울면 안 될 것 같다. 누가 내게 찻잔을 내밀기에 고맙게 받는다. 슬쩍 둘러보니 온실의 자주색 벨벳 소파가 비어 있다. 그곳은 조용해 보이고, 나는 앉고 싶다. 그 온실은 올케가 아파서 외출조차 못 하게 됐을 때 그런 올케를 위해 오빠가 만든 공간이다. 온실에 있으니 좋다. 고요하고 따뜻하다. 나는 잠시 눈을 감고 치켜든 얼굴에 부드럽게 떨어지는 햇빛을 받으며 작은 고요의 공간을 들이마신다.

비행기 소리가 들린다. 눈을 뜨니 아들이 두 팔을 날개처럼 펼치고서 붐비는 방을 헤치며 달리고 있다.

"얘야, 천천히!" 나는 목소리를 높이지 않으려고 애쓰면서 외친다. 아들이 내 목소리를 듣고 방향을 틀어서 그 방향으로 전속력으로 달려온다. 그러다가 그만, 내가 찻잔을 들어 한 모금 마시려는 순간에 내게 부딪힌다. 차가 확 쏟아진다. 내 무릎에도, 그 밑의 소파에도. 아들은 자신이 무슨 일을 저질렀는지 모르는 채 웃으면서 달아난다. 나는 소리쳐 아이를 부르려고 하지만, 오빠가 방을 가로질러서 내게 다가오는 것을 보고 말을 삼킨다.

"네가 그 사람 소파를 더럽혔어!" 오빠가 소리친다. 나는 오빠를 도와서 소매로 젖은 곳을 훔친다.

"물든 건 안 빠져." 오빠가 쏘아붙이면서 나를 밀어낸다.

나는 오빠의 날카로운 고통 앞에서 움츠러든다. 잘못할까 봐 겁내는 어린아이로 돌아간 기분이다. 벨벳 소파를 박박 닦는 오빠의 손을 보면서, 내 손을 뻗어서 그것을 잡고 싶다. 미안하다고 말하고 싶다. 오빠가 그렇게 상처받지 않았으면 좋겠다고, 그렇게 외롭지 않았으면 좋겠다고 말하고 싶다. 하지만 어떻게 말해야 좋을지 모르겠다. 그래서 말없이 있는다. 말해지지 못한 내 말은 우리 둘 사이의 공간에 속절없이 떨어진다.

나는 소파를 떠나 방 건너편에 가서 선다. 사람들이 오빠를 돕는 광경을 말없이 바라본다. 방은 덥고 시끄럽다. 더 이상 집중할 수 없다. 모든 것이 충돌한다. 급기야 숨도 쉴 수 없다. 남편이 내 상태를 알아차린다. 남편이 아들을 챙기고, 우리는 떠난다. 아무도 모르게, 누구의 눈에도 안 띄게.

차를 타고 떠나는 동안 나는 아무 말도 하지 않는다. 대신 오빠를 생각한다. 어릴 때 오빠는 내게 마법 같은 존재였다. 적갈색 머리카락을 길게 기른 반항아였던 오빠는 CND(핵무기 군축 캠페인) 구호로 뒤덮인 노란색 밴을 몰았고, 헛간에서 촛불에 의지하여 마르크스주의 선언문을 읽었다. 나는 오빠 사진을 침대 옆에 뒀고, 오빠가 집을 떠나면 울었다. 나는 아들이 만든 정원 이야기를 오빠에게 너무너무 해주고 싶었다. 오빠도 밖으로 나가서 꽃을 봐야 한다고 말해주고 싶었다. 하지만 제대로 말하지 못할까 봐 겁났다. 세상에는 우리가 끝내 말하는 법을 배우지 못하는 것이 얼마나 많은지. 그리하여 우리가 숨긴 마음은 우리 입에 침묵의 씨앗을 뿌린다.

비가 앞유리창에 떨어진다. 와이퍼가 쉭쉭 움직인다.

"그림을 그리고, 닦아내자, 그림을 그리고, 닦아내자." 아들이 와이퍼 리듬에 맞춰서 노래한다. 나는 눈을 감는다. 관과 소파와 고통의 그림을 닦아내고, 그 자리에 다른 그림을 놓는다. 5년 전의 그림이다.

오빠와 올케의 결혼식 날. 이미 20여 년을 함께하며 두 아이를 낳은 그들에게 이날은 그들이 함께해온 여정을 증언하는 자리다. 두 사람은 서약을 하고, 약속을 주고받는다. 이제 모두가 축하할 차례. 어둠 속에서 반짝이는 꼬마전구가 밤을 밝힌다. 누군가 전축에 시스터 슬레지의 음반을 얹었다. 우리는 오빠를 무대로 끌고 나온다. 오빠의 네 자매와 새 신부가 오빠를 둥글게 둘러싸고 깔깔 웃으면서, 맞잡은 손을 높이 치들고 〈우리는 가족 We are family〉의 후렴구를 목청껏 따라 부른다.* 머지않아 이 자리에 찾아올 미래는 아무도 알지 못하는 채.

---

* 시스터 슬레지는 1970년대부터 활동한, 친자매 네 명으로 구성된 미국 그룹이다. 대표곡 〈우리는 가족〉의 후렴구는 이렇다. "우리는 가족/ 내 자매들이 모두 내 곁에 있지/ 우리는 가족/ 모두 일어나서 노래해요."

다시 쌓는 거야,
엄마

헤지운드워트

Hedge woundwort
Whitespot, clown's all-heal, red archangel, hedge dead-nettle

스타키스 실바티카

Stachys sylvatica

❖ **헤지운드워트를 집에 들이면 가눌 수 없는 슬픔에서 벗어날 수 있다**

헤지운드워트는 약초학에서 긴 역사를 가진, 강력한 치유 식물로 알려져 있다. 항경련, 항염증, 항미생물, 진정 효과가 있다. 꽃을 우린 물은 슬픔을 가라앉히고 상처를 청소하고 치유하며, 출혈을 막는 데 쓰인다. 잎으로 만든 연고는 생리통, 통풍, 류머티즘 통증, 관절 경직을 줄이는 데 쓰인다.

헤지운드워트는 산울타리, 숲, 교란지, 황무지에서 잘 자란다.

모두가 내게 아들이 아픈 이유를 알려주고 싶어 하는 듯했다. 어떤 사람은 유당을 피하라고 말해줬다. 어떤 사람은 아이의 기혈이 막혔는지 봐야 한다고 말해줬다. 어떤 사람은 아이가 '달콤함'을 갖게 된 것은 자궁에 있을 때 슬픔을 지나치게 많이 접했기 때문이라고 말했다. 또 어떤 사람은 내게 상황이 더 나쁠 수도 있었다고 일깨우고 싶어 했다. 그들은 "최소한 암은 아니잖아." "일단 통제할 줄 알게 되면 편해질 거야." 하고 말했다. 나는 이렇게 압도된 기분을 느끼는 것이 부끄러웠다. 내게는 애도할 시간이 필요했다. 아들의 목숨이 아니라 아들이 누릴 수 없게 된 인생을 애도할 시간, 내가 영원히 알 수 없게 된 어머니됨의 형태를 애도할 시간이 필요했다. 하지만 어머니가 어떻게 죽지 않은 아이를 애도한다는 말인가? 어쨌거나 내 아이는 살아남았는걸.

그런데도 지금 내 모습을 보라. 아이가 진단받은 지 1년 후, 나는 혼자 빈방에 있다. 혼자만의 시간을 즐기는 중이라고 말할 수 있다면 좋겠지만 그런 이유가 아니다. 사실 나는 숨어 있다. 스스로도 이 상황이 잘 이해되지 않지만, 아무튼 내가 그러는 중이라는 것은 알겠다. 복도 너머에서 아들이 제 아빠와 탑을 쌓으면서 웃는 소리가 들린다. 어쩌면 저렇게 쉬운지, 나는 부럽기만 하다.

남편은 내가 상황을 이토록 힘들게 받아들이는 이유를 모르겠다며, 이렇게 심하게 스트레스를 받는 것은 '정상'이 아니라고 말한다. "나라고 이런 기분 느끼고 싶은 줄 알아?" 하고 울부짖고 싶지만, 나는 대꾸하지 않고 조용히 속으로 무너진다. 군데군데 망가진 내 마음은 테이프와 풀로 겨우 붙여놓은 수준이다. 아들이 "엄마, 예전에 하던 놀이는 어디 갔어?" 하고 물으면, 나는 대답할 말이 없다. 언제라도 괴물이 돌아올지 모르는 판국에 어떻게 경계를 늦춘다는 말인가? 나는 숨는다. 아이를 사랑하지 않아서가 아니다. 아이가 사랑을 기대하고 내 눈을 보다가 두려움을 보기를 바라지 않기 때문이다.

매일 밤 잠자리에 들 때면 내일은 아이와 더 많이 웃고 놀아주리라고, 아이가 예전에 알았던 엄마가 되리라고 다짐한다. 아들은 온화한 일상과 즐거움을 누릴 자격이 있다. 주삿바늘이 몸에 박힐 때마다 눈물을 참으려고 애쓰는 아이를 보면, 내 안에서 뭔가 부서진다. 비명 지르는 아이를 붙들어서 진정시켜야 할 때, 스스로 가하는 질책을 먹고 내 안에 죄책감이 자란다. 질병 속으로 사그라지는 아이를 볼 때마다 아이의 빛이 그림자 속으로 좀 더 빨려들고, 그 대신 어린 마음이 품기에는 너무 늙고 지친 체념이 자리 잡는 것을 목격한다. 아이는 바늘에 찔린 상처투성이 손으로 제 사랑을 내밀지만 나는 차마 그 손을 잡지 못한다.

"엄마, 사랑해. 엄마, 내가 사랑하는 거 잊지 마." 분노와 슬픔이 나를 삼킬 때 아들은 내게 이렇게 노래해준다. 아이의 신뢰를 받는 나는 부서진 나날에도 더 많이 사랑하고 더 나아지겠다고 약속하고 싶지만, 그러기에는 너무 지쳤다. 대신 나는 버티려고 노력한다. 웅덩이에서 물장구치는 대신 청소를 하면서, 내가 되어야 한다고 여기는 엄마가 되려고 노력한다.

지난밤에는 아이와 담요 밑에서 껴안는 대신 아이의 머리카락을 잘라줬다. 아이가 가위와 치솟는 혈당에 긴장하여 울며 버둥거리는데도, 나는 다른 모든 것이 실패한 듯한 날에 이것 하나만이라도 해내겠다는 결의로 밀어붙였다. 그렇게 눈물이란 눈물은 다 흘리고 자기 위해 서로 바싹 붙어 누웠을 때, 아들이 어둠 속으로 그 작은 손가락을 뻗어서 내 얼굴을 더듬었다.

"나 무서워, 엄마. 이제 엄마가 보이지 않아서." 아들이 내 귀에 겨우 들릴 만큼 작게 말했다. 나는 아이를 꽉 안았다. 아이가 옳았다. 스스로 부끄럽다고 느끼는 감정이기에, 나는 아이에게 내 감정을 보여주기를 두려워했다. 그러다 보니 아이에게 내 마음까지 숨겼다.

솔직히 말하자면, 나는 우리 집에 불청객처럼 들이닥친 질병에 화가 난다. 내가 맹세코 지키겠노라고 다짐했던 한 가지, 아들을 안전하게 지키는 일에 무력한 자신에게 화가 난다. 아들의 취약함에 겁이 난다. 아침마다 아들이 간밤을 견뎌냈음을 알려주는 증거에 귀기울이며, 어느 날엔가는 아이가 내 부름에 답하지 않을지도 모른다는 생각에 너무 겁이난다. 하지만 어린 아들의 눈에 나는 그저 화난 모습이다. 아들이 알았던 엄마는, 아이에게 그런 엄마가 가장 필요한 시기에 사라졌다.

아들이 만족의 탄성을 지른다. 탑이 완성됐다.

"와! 나는 탑 쌓기 진짜 잘해. 엄마, 와서 봐!" 아이가 부른다. 나는 아이 방으로 간다. 갖가지 형태와 크기의 블록이 아슬아슬 균형을 잡고 쌓여서 근사하면서도 불가능해 보이는 탑을 이루고 있다. 아이 아빠가 아이를 들어올려서 탑 꼭대기에 마지막 블록을 얹게 한다. 다시 바닥에 내려온 아이가 자신의 작품에 만족하여 고개를 끄덕인다. 나는 가능하지 않을 듯한 놀라운 높이를 찬탄하면서 그 탑을 바라본다. 다음 순간, 아이가 씩 웃더니 전속력으로 두 손을 탑에 박아 넣는다.

"장풍이다!" 아이는 이렇게 외치고, 블록이 와르르 무너지는 모습에 깔깔 웃는다. 그러고는 내게 손을 내민다.

"이제 다시 쌓는 거야. 엄마도 같이 해도 되는데, 할래?"

나는 아이 옆 바닥에 앉는다. 그러고 하나씩 하나씩 블록을 새로 쌓기 시작한다.

실없이
즐거운 짓

도그로즈

Dog rose
Dogberry, witches' briar, hip fruit, hogseed

로사 카니나
Rosa canina

✤ 장미는 우리가 진정한 힘을 발견하려면
   우리에게 기쁨과 고난이 둘 다 필요하다는 것을 가르쳐준다

장미는 약초원에서 오랜 그리고 특별한 위치를 차지한다. 약용, 식용, 미용으로 다양하게 쓰이는 식물이다. 비타민 A, B₃, C, D, E가 풍부하고 칼슘, 인, 철, 아연도 함유하고 있다. 꽃잎은 약한 수렴, 이뇨 효과가 있다. 꽃잎으로 만든 차는 호흡기 질환과 인후통을 달래고, 콩팥 문제, 통풍, 방광염을 치료하는 데 쓰인다. 열매로 만든 시럽은 예부터 감기와 기침 치료제로 쓴다. 꽃잎으로 만든 팅크는 남성의 생식력을 높이고 여성의 생식계를 촉진한다고 여겨진다. 기독교 전설에서 가시가 있는 장미는 우리에게 인간의 타고난 불완전성을 상기시키는 존재다. 도그로즈는 산울타리, 도롯가, 숲 가장자리에서 자란다.

변화는 빠르게 또한 느리게도 일어나며, 그동안 내내 우리는 자란다. 대개 아들이 앞장서서 우리를 이끈다. 당뇨병 진단을 받은 지 2년 후, 아들은 내가 길을 찾도록 도와준다.

"곧 할머니랑 할아버지가 오실 거야. 엄마랑 같이 비스킷 구울래?" 나는 묻는다. 지금까지는 아들이 다디단 숟가락을 핥거나 반죽에 손가락을 찔러 넣을까 봐 염려되어 함께 과자 굽기를 피했지만, 오늘은 한번 시도해보기로 한다.

"비스킷!" 아들이 외치면서 부엌으로 달려든다. 나는 이 반응을 긍정적인 대답으로 받아들인다.

나는 아이에게 재료량을 계산하고 무게를 재고 섞는 법을 알려준다. 그리고 칠판에 탄수화물 양을 적어둔다. 아들이 먹고 마시는 것은 뭐든 이렇게 계산해야 하므로, 이 기회에 아이에게 계산법을 가르치는 것도 좋겠다. 부엌이 엉망이 되고 우리 몸도 엉망이 된다. 실없이 즐거운 짓, 그래서 우리에게 필요했던 일이다. 원래 만들려고 한 것은 북유럽식 소용돌이 모양 쿠키였지만, 오븐에서 나온 것은 꼭 미니어처 여성 외음부처럼 생겼다. 나는 그래도 괜찮다고 속으로 말하고, 이 관찰 내용을 혼자만 알기로 한다. 언젠가 아이도 내 제과 실력이 썩 훌륭하지는 않음을 알게 되겠지만, 지금 아이는 아직 어리고 나를 마법의 여왕으로 여긴다.

부모님이 도착하자 아이가 현관으로 달려가서 맞이한다.

"할머니 할아버지 드리려고 내가 비스킷 만들었어요!" 아이가 자랑스럽게 말한다. 아이는 소파를 토닥여서 두 분을 앉힌 뒤 부엌으로 달려가서 못생긴 비스킷이 담긴 접시를 내온다. 그것을 두 분에게 권한다.

"음, 차랑 먹으니까 비스킷 맛이 좋네." 아이가 입맛을 쩝쩝 다시면서 과장되게 기쁨을 표현하더니 혈당을 재달라고 내게 손가락을 내민다. 노인네 같은 아이의 취향에 어머니가 깔깔 웃는다.

부모님이 돌아간 뒤, 아이가 밖에서 물장구쳐도 되느냐고 묻는다. 비가 오고 날이 저물어가니 나는 안 된다고 말할 셈이다. 하지만 아이는 당뇨일 뿐 폐렴 환자가 아니라는 것, 아직 해가 떠 있다는 것을 떠올린다. 나는 혈당 측정기와 사과주스를 코트 주머니에 넣고, 아이가 빨간색 전신 비옷과 초록색 공룡 장화를 착용하도록 도운 뒤 집 밖 길로 나선다.

우리는 언덕을 흘러내리는 빗물의 강을 따라가면서 거기에 나뭇가지를 띄워 경주한다. 아들이 기고 미끄러지고 장화에 진흙물을 채우는 것을 나는 놔둔다. 내 망가진 부츠 구멍으로 냉기가 스민다. 아이 얼굴에 진흙이 묻었고, 비옷 모자에서 빗물이 떨어진다. 아이가 어찌나 크게 웃는지, 양들이 비에 젖은 고개를 돌려서 쳐다본다.

한 시간 뒤, 내가 감당할 수 있는 한에서 최대한으로 젖었고 춥다는 판단이 든다. 우리는 집으로 향한다. 가끔 발을 멈춰서 빗물이 길가를 어떻게 바꾸는지 보고, 나뭇잎이 소용돌이에 모이는 것을 보고, 작은 흐름이 형성되어 새 물줄기로 달려가는 모습을 보다 보니 실제로는 곧은 길을 유년기답게 길고 구불구불한 경로로 걷는다. 우리는 어떤 나뭇가지가 길가 개울에서 가장 빨리 떠내려가는지 관찰한다. 나는 차 소리에 주의한다. 그러면서도 혹시 아이의 발음이 뭉개지는지 귀기울이고, 아이의 움직임에서 협응 능력이 떨어지는 기미가 있는지 살핀다. 위험한 저혈당 신호일 수 있기 때문이다. 나는 사과주스를 손에 쥐고 대비하지만 아이에게 그만하라고 말하지는 않는다.

아이가 비틀하며 넘어진다. 당뇨가 다시 무대 중앙을 차지한다. 나는 달려가서 아이를 일으킨다. 주스는 항상 대기 중이다.

"어지럽니? 기운이 없어?" 내가 묻는다. 내 안에서 스스로의 태만을 비난하는 질책이 쏟아진다. 추운데 이렇게 오래 밖에 있으면 안 되는 거였는데. 언덕을 오르기 전에 혈당을 확인했어야 하는 건데. '이렇게 했어야지, 저렇게 했어야지, 그렇게 했어야지…'

아들이 미소를 짓는다.

"아니, 엄마. 나 그냥 미끄러워." 아이가 이렇게 대답하면서 진흙 묻은 손을 들어 보인다.

이 완벽하고 단순한 순간, 아이는 내게 엄청나게 중요한 사실을 일깨워준다. 아이의 병이 곧 아이는 아니라는 사실이다. 내 아들인 이 아이는 흙탕물에 젖어도 활개치면서 세상을 탐구하는 소년이다. 이 병에 따라오는 위험이 몹시 두렵더라도, 나는 옆으로 비켜서서 아이가 빗속에서 놀도록 허락해야 한다. 언제나 그랬듯이 나는 아이에게 내가 필요할 때에 대비하여 여기 서 있을 것이다. 비록 주머니의 내용물은 변하여 예전에는 물티슈와 장난감 기차를 가지고 다녔다면 지금은 혈당 측정기와 인슐린과 고당도 간식을 가지고 다니지만, 나는 아이가 삶을 살도록, 진흙투성이 손을 만끽하도록 놔둬야 한다. 그리고 나 또한 그럴 수 있도록, 길을 찾아야 한다.

잔잔한
그래프

폭스앤드컵스

Fox and cubs
Tawny hawkweed, Devil's paintbrush, grim-the-collier, missionary weed

필로셀라 아우란티아카
Pilosella aurantiaca

✥ 명계를 보도록 도와준다

폭스앤드컵스는 항산화, 항염증, 이뇨 효과가 있고 비타민 A, B, C와 칼슘, 인, 철, 칼륨, 마그네슘이 풍부하다. 황달과 수종 치료에 흔히 쓰였고, 요관을 정화하는 데도 쓰였다. 식용할 수 있는 잎은 샐러드로 먹거나 익혀서 시금치처럼 먹는다. 매가 이 꽃을 먹고 뛰어난 시력을 갖게 됐다는 속설이 있기 때문에 '호크위드hawkweed(매 잡초)'라는 별명이 붙었다. 환영을 꿰뚫어 보도록 돕는 마법에 쓰였고, 수액은 시력 강화제로 쓰였다.

폭스앤드컵스는 꽃가루 매개자에 인기가 있고, 돌이 많은 황무지에서 왕성하게 자란다.

아들이 진단받은 지 막 2년이 지났다. 그동안 나는 한 가지 사실을 분명히 깨달았다. 당뇨를 통제할 수 있다는 생각은 환상이라는 것이다. 그런 생각은 성난 공룡 위에 차분하게 앉아 타기를 바라는 깃과 마찬가지다. 사실 당뇨를 통제한다는 것은 수학과 과학과 어림짐작까지 동원하여 쉼 없이 복잡하게 조절하는 작업이자, 더구나 치명적일 수도 있는 약물을 쓰는 작업이다.

아들은 급성장기를 맞았다. 성장 호르몬은 인슐린 저항성을 높이므로 혈당이 쉽게 널뛰기한다. 이런 시기에는 인슐린 펌프의 기저 농도와 급여 농도 비를 다시 조정해야 하고, 그럼으로써 시시각각 달라지는 신기루 같은 통제력을 더 잘 발휘할 방법을 찾아봐야 한다.

"오늘 뭐 하고 싶어?" 나는 아들에게 선택의 자율성을 부여함으로써, 내가 부득이 아이의 몸에 가하는 교과서적 통제와의 균형을 맞출 수 있을까 싶어서 묻는다.

"하루 종일 텔레비전 보고 싶어." 아들이 대답한다. 여느 때 하는 일은 아니지만 나는 동의한다. 내가 동의하자 아이는 기뻐하면서도 약간 놀란다.

만화 영화 속 가족은 주스와 케이크를 챙겨서 소풍을 즐기고 있다. 진단받은 지 얼마 안 됐을 당시 아들은 〈페파 피그〉를 애청했다. 아이는 늘 해피 엔딩이라는 만화의 예측 가능성을 좋아했지만, 한편으로는 주인공들이 저혈당일지도 모른다고 걱정했다. 자신이 저혈당일 때 주스를 마시니까 저 주인공들도 저혈당이라서 주스를 마시는 것 아니냐는 생각이었다. 지금은 아이도 자신이 다르다는 것을 이해하지만, 만화 영화를 볼 때면 여전히 얼굴을 찌푸린다.

나는 인슐린 펌프에서 혈당 그래프를 확인한다. 그것은 내가 아이의 몸을 들여다보는 창이다. 내 할 일은 그래프가 계속 잔잔하게 유지되도록 지속적으로 관찰하고 조정하는 것이다. 이론적으로는 가능한 일이다. 우리가 예상에 없는 활동을 아무것도 하지 않는다면 말이다.

"엄마, 텔레비전 별로 재미없어. 산책 가면 안 돼?" 아이가 묻는다. 나는 예상에 없던 운동에 맞추기 위해서 펌프를 조정하고, 나무칼을 들고 아이와 함께 나간다.

동네를 절반쯤 걸었을 때, 아들이 우뚝 선다.

"엄마, 우리 소풍해도 돼?" 아들이 묻는다.

우리는 집으로 돌아와서, 샌드위치와 차로 도시락을 싼다. 추가된 음식에 맞추기 위해서 다시 펌프를 조정한 뒤 풀밭을 횡단하려고 나선다. 우리는 대화하면서 걷는다. 날이 아름답다.

저쪽에 말이 나타난다. 아들은 말을 무서워한다. 아들이 울기 시작한다. 내가 아무리 구슬려도 아이는 풀밭을 가로지르지 않겠다고 버틴다. 아이는 대신 강을 건너서 가자고 조른다. 나는 일단 아이를 진정시켜야 하고 스트레스를 더 받지 않게 해야 한다. 우리는 강가에 앉아서, 말에 대한 두려움이 빚어낸 가상의 위험 대신에 차갑고 깊은 강물이라는 알려진 위험을 선택하는 것이 상대적으로 나은 일인지에 관해 토론한다. 아이는 그래도 풀밭을 가로지르지 않겠다고 우긴다. 우리는 집으로 돌아가 거실 바닥에서 소풍을 한다. 나는 아이의 혈당을 잰다. 아이는 이제 웃고 있고 즐거워한다. 상황은 전혀 계획대로 돌아가지 않았지만 그래프는 계속 잔잔하다.

오후에는 자리 잡고 앉아서 공부한다. 아이는 공룡 책을 읽고, 로마 숫자를 1에서 20까지 스스로 익히고, 더블 크림과 구슬 든 유리병으로 버터 만들기에 도전한다. 혈당이 정상 범위를 벗어날 때, 아이는 좀처럼 집중하지 못한다. 포도당에 굶주리거나 포화된 뇌는 집중하는 데도 이해하는 데도 애를 먹는다. 하지만 오늘 아이는 내내 작업에 집중한다.

"정말 재미있었어, 엄마. 내일 또 해도 돼?" 다 끝난 뒤에 아이가 묻는다. 나는 혈당을 확인한다. 그래프가 잔잔하다.

하루가 그렇게 취침 시간까지 흘러간다. 우리는 이불을 덮고 앉아서 수프와 고양이와 말 안 듣는 오리가 나오는 이야기를 읽는다. 다 읽고는 이불 속에서 껴안고 눕는다.

"엄마, 오늘은 참 좋았어. 하루 종일 먹어도 괜찮고, 겁도 한 번도 안 났어." 어둠 속에서 아이가 속삭이고 입가에 살짝 미소를 띤 채 잠에 빠져든다.

이 말에, 보통의 날은 아들이 그렇게 느끼지 않는다는 사실을 나는 새삼 깨닫는다. 아들에게 보통의 상태는 거의 끊임없이 불안한 상태다. 나는 아이의 얼굴을 본다. 지금 건강한 분홍빛으로 발그레한 이 얼굴은 내가 밤중에 빈번히 목격하는 식은땀투성이의 칙칙한 낯빛이 아니다. 아이는 또 혈당이 너무 높거나 낮음을 알리는 신호인 다리를 차거나 칭얼거리는 행동을 하지 않는다. 지금 아이는 그저 꿈꾸는 중이다.

이 상태가 언제까지나 지속되지는 않을 것이다. 우리는 이 고요함이 오래가진 않으리라는 것을 알 만큼 충분히 이 일을 겪었다. 하지만 지금 이 순간은 아이가 편히 쉬고 있다. 오늘 우리는 선물과도 같은 하루를 서로에게 줄 수 있었다. 나는 혈당을 확인한다. 그래프가 잔잔하다.

머물겠다는
약속

양벚나무

Wild cherry
Gean, mazzard, merry tree, sweet cherry

프루누스 아비움
Prunus avium

✤ **벚나무를 심으면 집안에 행운과 사랑을 불러온다**

양벚나무는 주술을 접지해주고 힘을 강화한다고 하여 마법봉 제작에 쓰인다. 칼슘, 인, 철이 풍부하다. 옛사람들은 이 식물의 껍질을 담근 위스키를 분만 중 약한 진정제로 썼다. 요즘은 만성 기침, 천식, 백일해, 기관지염 치료에 더 많이 쓰고, 스트레스와 긴장을 덜거나 두근거림을 조절하고, 피부 질환을 진정시키는 데도 쓴다. 나무에서 나오는 수액은 껌 대신 씹을 수 있고, 비타민 C가 풍부하다. 열매가 달리는 가지를 우린 물은 떫은 차나 세정제로 쓸 수 있다. 열매인 버찌는 파이, 잼, 코디얼 등 여러 레시피에 널리 쓰이고, 열매와 껍질 둘 다 알코올의 향미제로 쓰인다. 하지만 잎, 가지, 껍질 모두에 함유되어 있는 프루나신과 아미그달린은 물속에서 시안화수소산으로 바뀌는데, 이 물질을 조금만 섭취하면 호흡기가 자극되고 기분이 나아지지만 다량을 섭취하면 치명적일 수 있다.

양벚나무는 산울타리, 묘지, 교란된 땅에 많이 자란다.

우리 단지는 공용 녹지에 나무가 심어져 있기는 하지만, 세입자가 자기 마당에 나무를 심지 못하도록 되어 있다. 나무가 없으면 새가 숨을 곳이 없다. 전에 살던 집에는 새가 많았다. 새들은 우리 마당과 집 뒤 철로 제방 사이의 잡목림에서 살았다. 봄이면 우리는 새들이 둥지를 만드는 데 쓰도록 새끼 양의 털과 아들의 금발을 모아서 밖에 내놨고, 겨울이면 돼지기름과 다진 과일을 뭉친 버드 케이크를 창밖 유럽호랑가시나무에 매달아뒀다. 새들이 그것을 먹으러 오면, 아들과 나는 『영국의 새 휴대용 도감Pocket Guide to British Birds』을 꺼내어 이름을 찾아봤다. 동고비, 딱따구리, 오색방울새, 노랑멧새, 참새, 진박새, 회색머리지빠귀, 울새. 우리는 새를 관찰하던 그때가 그립다.

정원에는 나무가 필요하다. 나무가 없으면 우리가 상상 놀이를 할 곳도 없다. 내가 어릴 때 우리 집 부엌 창밖에 자두나무가 한 그루 있었다. 여름이면 나무는 열매로 묵직하게 늘어졌고, 나는 그 밑에 앉아서 달콤한 자두를 먹으며 손가락과 턱에 끈적한 즙을 묻히곤 했다. 가을이면 말벌이 찾아왔고, 자두를 베어 물기 전에 잘 살피라는 경고가 뒤따랐다. 늦은 구월의 햇빛에 당이 발효하는 냄새가 아직도 느껴지는 것만 같다. 어머니는 내가 자두를 그렇게 좋아하는 것은 이름 때문이라고 했다. 사실인지는 모르겠지만, 나는 무르익은 빅토리아자두 색깔의 머리카락을 갖고 태어났다고 한다. 이미 아들 둘과 딸 셋을 낳았던 어머니는 내가 남자애일 것이라고 확신하여, 또 다른 딸을 위한 이름은 생각해두지 않았다. 그래서 어머니는 내 머리카락을 보고는 나무 이름을 따서 이름을 지었다.

어느 여름, 자두나무가 반으로 쪼개져서 굵은 가지가 몸통에서 떨어져나왔다. 혹시 나무가 쓰러질까 봐 아버지는 아예 나무를 베었고, 이후로 더 이상 여름 자두는 없었다.

나는 나무를 심기로 결심한다. 가끔은 규칙을 좀 깨도 좋은 법이다. 어머니가 자신의 집 정원 아래쪽 산울타리에서 어린 댐슨자두나무와 양벚나무를 파내어, 잠자는 설강화 구근을 흙에 대롱대롱 매단 그것들을 아들에게 줬다. 나는 구근을 살살 떼어내어 나중에 심으려고 챙겨둔 뒤, 가냘픈 두 묘목을 집 밖 양동이에 담아둔다. 우리는 두 나무와 더불어 떨이 세일에서 구해온 사과나무와 살구나무와 자두나무를 심기로 한다.

정원 가꾸기 안내서는 과수 묘목의 경우 그 너비가 뿌리의 두 배, 깊이는 60센티미터 이상인 구멍에 심어야 한다고 이른다. 나는 돌을 캐면서 25센티미터까지 땅을 파다가 단단한 지반에 부딪힌다. 이래서야 과일이 잘 자랄까 의심스럽지만, 어쨌든 이 정도로 타협해야 한다.

우리가 땅을 파는 동안, 울새 한 마리가 울타리 기둥에서 우리를 가만히 지켜본다. 아들이 새를 보고는 내 소매를 당긴다.

"엄마, 내 울새가 나를 만나러 왔어! 우리가 나무 심는 걸 알았나봐!" 아들이 말한다. 옛집에 살 때, 울새 한 마리가 종종 정원에 찾아와서 아들이 노는 동안 근처에 앉아 있곤 했다. 아들은 그 새를 친구라고 불렀고, 새를 두고 떠나며 슬퍼했다. 나는 아이에게 야생의 것을 우리에 가둘 수는 없다고 설명했고, 아이는 그 말을 이해하면서도 그렇지 않다면 좋겠다고 바랐다. 아이는 이 울새를 헤어진 옛 친구인 양 반기며, 다시 사귀게 되어 기뻐한다.

"어서 와, 울새 씨. 우리가 너를 위해서 나무를 심고 있어." 우리 작업을 지켜보는, 호기심 많은 작은 새에게 아들이 말한다. 설화에서 울새는 영계의 소식을 가져오는 전달자다. 울새가 나타나면 우리가 사랑했던 망자가 가까이 있는 것이라고 한다. 울새는 새 생명과 새 출발의 기운을 알린다. 북유럽 신화에서 울새는 다가오는 폭풍을 막아주는 존재다. 이 작은 새가 여기 있는 것은 좋은 징조다.

우리는 어둠이 가려줄 때까지 기다렸다가, 몰래 들인 나무를 심는다. 나무를 하나씩 구멍에 넣고 물을 주고 퇴비와 흙으로 뿌리를 덮는다. 아들은 나무를 하나씩 둘러싸고 빙글빙글 돌면서 공룡 장화를 신은 발로 헐거운 땅을 밟아 다진다.

바라건대 이곳이 우리의 과수원이 되기를. 나무 심기는 우리가 처음으로 믿음을 기울여서 행한 일이다. 이 나무들이 열매를 맺는 것을 볼 때까지 우리가 오래오래 여기 머물겠다는 약속이기 때문이다.

정원의
연금술사들

마늘냉이

Garlic mustard
Jack-by-the-hedge, hedge garlic, sauce-alone, poor man's mustard

알리아리아 페티올라타
Alliaria petiolata

❖ **마늘냉이를 문 옆에 심으면 풍요로워진다**

마늘냉이는 비타민 A와 C, 황, 철, 엽록소, 미량 무기물, 효소가 풍부하다. 예부터 상처를 소독하고, 가려움과 피부 자극을 줄이고, 인후통과 가슴 충혈을 완화하고, 구내염을 치료하는 데 쓰였다. 식물 전체를 먹을 수 있다. 뿌리는 피클로 절이거나 호스래디시 대용으로 쓸 수 있고 잎은 요리할 때 마늘 대용으로 쓸 수 있으며, 꽃은 양고기 구이에 곁들일 민트 대용으로 쓸 수 있다. 민달팽이, 달팽이, 나비 유충에게 훌륭한 먹이가 되어준다.

마늘냉이는 황무지나 갈라진 타맥tarmac 틈에서 쉽게 자란다.

겨울이 오기 전에, 내년을 위해서 텃밭을 준비해둬야 한다. 어느 친구의 친구 농부가 우리에게 농장에서 나온 거름을 배달해주기로 약속했다. 그 사람이 크고 반짝이는 파란색 트랙터로, 뜨끈뜨끈 잘 썩은 거름이 담긴 트레일러를 끌고 나타나자 아들은 몹시 감동한다.

"아무어, 엄마, 아무어를 가진 아줌마가 왔어!" 손님이 우리 울타리 옆으로 트레일러를 후진시키는 것을 보면서 아들이 외친다. 아이는 아직 '머뉴어manure'를 발음하지 못해서 대신 '아무어amour'라고 말한다.＊ 나는 아이의 말을 바로잡지 않는다. 아이의 기쁨이 똥을 사랑으로 바꿔놓은 점이 마음에 든다.

우리가 거름을 퍼서 울타리 너머로 옮기는데 그녀가 우리에게 무얼 기를 계획이냐고 묻는다. 나는 잡초를 심어서 생물 다양성이 있는 야생의 약초원을 만들 계획이라고, 채소와 과일을 기를 채마밭을 일구기 위해서 거름이 필요하다고 말한다. 그녀는 언덕가에 큰 농장을 갖고 있다. 그녀가 우리의 작고 헐벗은 땅을 보고 눈썹을 치킨다.

"〈굿 라이프〉 같은 거네요?" 그녀가 이렇게 말하고 웃는다. 나도 어릴 때 봤던 그 텔레비전 시트콤이 생각나서 웃는다. 나는 늘 바버라와 톰이 좋았다.

"나는 닭을 기를 거예요. 블랙커런트 잼도 만들 거예요!" 아들이 신나서 그녀에게 계획을 들려준다.

우리는 울타리 너머로 거름을 푸고 미끄러뜨리고 쌓는다. 찬 공기로 김이 피어오르고, 블랙버드 두 마리가 깡충 뛰어와서 재잘거리며 뭔가 얻을 게 있기를 기다린다. 일을 마칠 무렵 농부는 퍼머컬처와 약용 식물학의 역사를 좀 더 알게 되고 우리는 그녀가 농사를 짓기 전에 코소보에서 군인으로 있었다는 사실을 알게 된다. 사람들에게는 늘 우리가 처음 안 것보다 더 많은 이야기가 있는 법이다.

손님이 떠나기 전에 나는 분뇨와 시간을 내준 데 대해 무엇으로든 사

＊ 'manure'는 거름, 'amour'는 사랑이라는 뜻이다.

례하겠다고 말한다.

"나중에 네가 기른 블랙커런트로 만든 잼을 한 병 주렴." 그녀가 아들을 손가락으로 가리키면서 말한다. 아이는 고개를 끄덕이며 이 유대감을 진지하게 받아들인다.

마침내 우리는 휘겔쿨투어 밭을 만들 재료를 다 갖췄다. 전통적인 설계를 그대로 따르지는 않고, 우리 공간에 맞게 적용할 것이다. 맨 먼저, 배수가 잘 되게 하기 위해서 모래와 자갈을 깐다. 그 위에 썩은 가지와 삭은 나뭇잎을 깐다. 이 재료들은 천천히 질소를 배출할 테고 수분을 보유하여 여름에도 식물의 뿌리에 물을 공급해줄 것이다. 그 위에는 온기를 더하고 재료가 새 흙으로 잘 분해될 수 있도록 뒤집은 뗏장을 덮은 뒤 음식물 쓰레기를 반쯤 퇴비화한 끈적하고 걸죽한 양분을 퍼 넣는다. 아들이 '냄새나는 층'이라고 부르는 층이다. 그 위에 친구들에게서 모은 계란 껍데기와 닭똥과 솔방울과 씨를 곱게 갈아 섞은 것을 뿌리고, 그 위에 기름지고 뜨끈한 거름을 다시 두껍게 쌓는다. 우리가 거름에 손가락을 깊게 찔러 넣어서 엉긴 것을 풀자 붉은 지렁이가 꿈틀꿈틀 모습을 드러낸다.

"지렁이들이 이 재료를 우리가 먹을 것을 기를 수 있는 멋진 흙으로 바꿔줄 거란다." 나는 아들에게 말한다.

"고마워, 지렁이들아." 아들은 이렇게 말하면서 거름 속에 지렁이를 살며시 넣어주고, 그중 몇 마리는 끈기 있게 지켜보는 블랙버드들을 위해서 남겨둔다. 마지막으로 우리는 어머니네 정원의 안 쓰는 채마밭에서 거둬온 표토를 5센티미터 두께로 맨 위에 덮는다.

일을 마친 뒤, 우리는 뒤로 물러서서 우리 작품을 바라본다. 팔은 아프고 온 데 똥을 뒤집어썼지만 우리는 활짝 웃고 있다. 구경꾼에게는 두두룩이 솟은 땅일 뿐이겠지만, 우리는 이 속에 무엇이 있는지 안다. 이 속에서는 물질이 섞이고 바뀌고 변하고 있다. 우리는 정원의 연금술사이고, 이것은 우리의 금이다.

씨
앗
4

생명은 내내
굳세게 들이닥친다

서양민들레
Dandelion

역경에 임할 용기를 얻으려면 민들레 차를 마셔라

흙이
되어주리라

레몬밤

Lemon balm
Heart's delight, bee-balm, cure-all

멜리사 오피키날리스
Melissa officinalis

✥ **악을 물리치고 명랑한 기운을 북돋워준다**

레몬밤은 생명의 영약으로 알려져 있고, 달과 물에 연관된다. 학명은 그리스 신화에서 꿀벌의 보호자인 님프 멜리사의 이름을 땄다. 항균, 항바이러스, 진정, 항히스타민 효과가 있다. 인류가 알아낸 최초의 약초 중 하나로, 쓰인 역사가 2,000년이 넘는다. 감기, 독감, 열, 습진, 벌레 물린 곳, 상처를 치료하는 데 쓰이고, 불안, 우울, 불면, 편두통, 충격을 완화하는 데도 쓴다. 차나 팅크로 만들고 허브로 쓰이며, 가구용 왁스에 윤기를 더하고자 첨가하기도 한다. 꽃가루 매개자에게 인기가 높다.

레몬밤은 뿌리내리기가 어려울 수 있지만, 일단 정착하면 왕성하게 자란다.

남쪽에서는 벚꽃이 핀다는데, 일어나보니 밖에 서리가 내리고 눈이 와 있다. 긴 밤과 추운 날의 이 기간 동안, 우리는 재배기가 오기 전 식물을 심을 준비를 해둔다. 오래된 감자를 양동이에 담아서 싹을 틔우고 싹이 난 마늘과 양파는 야채 상자에서 꺼내어 따로 둔다. 가족과 친구가 우리 채마밭에 심으라고 남는 씨앗을 기부한다. 마분지로 된 휴지 심은 모종 포트를 만들기 위해서 보관해둔다. 지역 신문의 무료 나눔란에서 짝짝이 쟁반들, 접이식 탁자, 모종용 배양토 세 봉지를 구한다. 우리의 모종판이 서서히 준비되고 있다.

이제 눈이 사라졌고 첫 수선화가 피었다. 시작할 시간이다. 아들은 휴지 심에 배양토를 채우면서 몹시 즐거워하고 실컷 난장판을 만든다. 우리는 그 속에 완두콩, 줄기콩, 케일, 주키니, 호박 그리고 새와 벌에게 간식으로 제공할 해바라기 씨앗을 콕콕 심는다. 나란히 앉아서 까만 배양토에 손을 묻고 일한다. 그러면서 무엇이 자라는지, 씨앗이 어떻게 발아하는지, 각 식물은 어떤 쓸모가 있는지 이야기 나눈다. 아이는 간간이 자리를 벗어나서 그림을 그리거나, 사암과 물과 흙으로 색깔 내기 실험을 한다. 가장 좋아하는 텔레비전 프로그램을 보러 갔다가 돌아와서 하던 일을 마저 하기도 한다. 작업은 오전 내내 걸리고 바닥은 흙투성이가 됐지만, 다 마치자 우리에게는 흙이 채워진 휴지 심 쟁반들이 마련됐고, 아이는 씨앗의 생물학과 돌로 안료를 만드는 법을 배웠다.

아이는 알아야 할 것을 제대로 배우고 있을까? 내가 자신감이 있을 때는, 이런 식의 발견이 아이에게 가장 자연스러운 성장 방식으로 느껴진다. 하지만 주류 교육을 우선시하는 문화에서 이 자신감을 유지하기는 어려울 수 있다. 사람들은 내게 아이의 안녕을 물으면서 만약 아이가 홈스쿨링을 하지 않는다면 나오지 않을 질문을 던진다. "아이가 외둥이라서 외롭지 않을까? 사회화는 어쩌고? 읽고 쓰는 건 어떻게 배우나? 시험은 어쩌나? 그래서야 직업을 가질 수 있을까?" 이렇게 묻는 사람에게 나는 우리 아들을 만나봤느냐고 묻는다. 아이는 연령 불문 누구하고

든 즐겁게 대화할 테고 호기심이 많으며, 어휘력은 폭넓고 풍부하다. 다섯 살이지만 사회적 자신감은 벌써 나보다 낫다. 나머지 질문으로 말하자면, 인생은 길고 유년기는 짧다. 그래도 저런 질문을 들으면 나도 내 선택을 의심하게 된다. 나는 동요하고 넘어진다. 내가 아들에게 형제자매를 만들어줘야 '했는데'. 아들을 학교에 보내야 '했는데'. 이런 생각의 이면에는 더 어두운 말이 새겨져 있다. "나는 나쁜 엄마야." 이것은 익숙한 두려움이고 대대로 물려진 부끄러움이다. '다르게 해야 했는데, 다른 엄마여야 하는데' 하고 되뇌는 죄책감이다. 나는 이것을 버리려고 애쓴다.

내가 충분히 잘하지 못할까 봐 걱정된다. 나의 부서진 부분이 아이의 좋은 부분을 망가뜨릴까 봐 걱정된다. 그래도 내가 확실히 아는 게 하나 있다면, 아이의 작은 인생 가운데 이 시기라는 선물을 놓치고 싶지 않다는 것이다.

아들이 제 세상의 모든 두려움과 즐거움을 함께 나누려고 나를 초대할 때, 아이는 내게 '다른 엄마'가 되라고 요구하지 않는다. 아이는 내게 나 자신이 될 것을 요구한다. 아이의 사랑은 내게 "딴것은 몰라도 그것만은 믿어요." 하고 말한다. 나는 아이에게 내가 줘야 할 것을 준다. 내 사랑이, 그 헝클어진 부분까지 다 포함하여, 아이의 흙이 되어주리라.

슬픔은 이 땅을
차지하지 못한다

짚신나물

Agrimony
Cockleburr, sticklewort, garclive, fairy's wand

아그리모니아 필로사
Agrimonia Pilosa

⊹ 짚신나물을 베개 밑에 두면 깊고 평온하게 잘 수 있다

짚신나물은 보호의 주술과 연관된다. 감정의 균형을 잡고 부정적인 생각을 떨
치는 데 쓰이므로 감정을 깊이 묻어두는 사람에게 도움이 된다. 약한 수렴 효
과가 있고 비타민 B_3와 K, 철, 나이아신이 풍부하다. 급경련통, 요로 감염, 설사,
피부 이상, 궤양 치료에 흔히 쓰인다. 옅은 살구 냄새가 나는 꽃은 차나 화장수
로 만들 수 있고, 우린 물도 쓸 수 있다.
짚신나물은 황무지, 산울타리, 공터에서 무성하게 자란다.

사월의 끝은 비바람을 데려오고 가시자두 꽃을 날려보낸다. 아들과
나는 집에 틀어박혀서 바람이 우편함을 통과하며 노래하는 소리를 듣
는다. 이윽고 해가 나자 우리는 잠에서 깬 들쥐처럼 과감하게 밖으로 나
가본다.

"침대 스프링 새 소리 들었니?" 나는 화창한 날을 알리는 노랑배박
새의 '끼익끼익' 울음소리를 듣고 말한다. 그다음에 삽을 쥐고 비바람에

젖은 잔디밭을 파기 시작한다.

이후 두 주 동안 우리는 낮에 모종을 밖에 내놔서 비바람을 쐬어주다가 밤에 안으로 들이는 일을, 모종이 추위를 견딜 만큼 튼튼해질 때까지 반복한다. 예전에 거둬둔 보리지, 수레국화, 선옹초, 개양귀비 씨앗을 흙에 뿌린다. 습지 정원에 광대수염과 물박하를 심고, 채마밭 표면을 덮어주기 위해서 다리 밑 시냇가에서 우엉 잎을 모아온다. 이 나뭇잎은 썩어서 토양을 살찌움으로써 앞으로 작물이 잘 자라게 해줄 것이다. 이런 변화는 느리지만, 이렇게 분해되는 물질이 결국 우리에게 필요한 것을 제공할 테고, 뒷마당의 생물 다양성을 흙에서부터 보충해줄 것이다. 우리는 함께 빈 공간을 한 곳 한 곳, 헐벗은 땅을 한 평 한 평 채워간다. 그리고 기다린다.

슬픔은 우리와 함께 산다. 그래도 나는 그것이 우리의 나날을 몽땅 차지하도록 두지 않을 것이다. 우리는 매일 아침 우리의 좁고 고불고불한 오솔길을 걸으면서 발밑에서 피어나는 사이프러스cypress 향을 맡는다. 아들은 제 나무와 관목을 포옹하며 생명체 하나하나에게 무럭무럭 자라라고 격려한다. 길어지는 빛 속에서 우리 정원이 자란다. 우리는 비와 해를 선물처럼 반기고 그것들이 하는 일을 목격한다.

서서히 땅이 변한다. 눈에 보이지 않는 땅속에서 우리가 겨울에 했던 노동의 결과물이 뿌리에 양분을 준다. 잎과 줄기가 펼쳐지고, 금세 모든 생명이 생명을 낳는 것 같다. 벌과 나비와 새가 찾아와서 이 여물어가는 땅을 궁금해하는 듯 노래를 부른다. 생명은 내내 굳세게 들이닥쳐서, 한때 돌밭이었던 곳을 무성하게 뒤덮는다.

내 몸에
귀기울일 때

쇠뜨기

Field horsetail
Bottle brush, mare's tail, shave grass, pewterwort

에퀴세툼 아르벤세
Equisetum arvense

✛ 경계의 문제를 해결하고 자아 감각을 강화하는 데 쓴다

옛사람들은 금을 연마하는 데 쇠뜨기를 흔히 썼다. 규소, 인, 망가니즈, 마그네슘이 풍부하다. 칼슘 흡수를 돕기 때문에 폐경기에 뼈 밀도를 높이는 데 좋고 뼈엉성증과 뼈관절염 예방에도 좋으며, 결합 조직 강화, 골격 안정성 향상에 좋다. 이 식물로 만든 차는 면역계를 자극하고 독소를 씻어낸다. 주름을 줄이고, 염좌와 염증을 달래고, 상처를 청소하고, 지혈하고, 잇몸 출혈을 낮게 하는 외용제로도 쓸 수 있다. 어린 식물은 먹을 수 있다. 익혀서 아스파라거스 대용으로 쓰고, 삶은 물은 장미에 곰팡이 퇴치제로 뿌리면 흰곰팡이와 검은 반점을 없앨 수 있다.

쇠뜨기는 습한 풀밭, 정원, 황무지에 잘 자란다.

나는 명상하려고 노력하는 중이다. 휴대전화 앱에서 안내자가 "당신이 있는 그 공간에 머무세요. 잡념이 다 사라지도록 두세요."라고 말한다. 나는 그러지 못하는 중이다. 안내자의 목소리와 더불어 아래층에서 아들이 고함지르는 소리를 듣고 있기 때문이다. 아이는 화났다. 아이는 제 아빠가 아니라 나를 원한다. 나는 이 방에 겨우 5분 있었다. 전혀 안정되지 않는다.

나의 공간은 어디에서 끝나고 아들의 공간은 어디에서 시작될까? 친구들은 내게 혼자만의 시간을 가지라고 조언한다. 하지만 그 '나'란 누구일까? 잡지들은 내게 '열 단계 만에 쉽게 원래 몸을 되찾는 법'을 알려준다. 나는 거울을 보며, 그렇다면 지금 내 몸을 차지하고 있는 이는 누구인지 궁금해진다. 이 몸이 한 번이라도 내 것이기는 했을까?

나는 늘 작가와 엄마 중 하나를 선택해야 한다고, 둘 다 가질 수는 없다고 생각했다. 내가 읽은 작가들은 가령 바이런George Gordon Byron처럼 미쳤거나 나쁘거나 사귀면 위험한 사람이었다. 그들은 애인을 뒀고, 술을 많이 마셨고, 특히 여성이라면 자살을 했다. 살아남은 이들에게는 자기만의 방은 물론이거니와 온 세상이 필요했다. 모든 위대한 시인과 작가는 방해받지 않는 시간, 규칙적인 집필 일정, 세상의 요구로부터 벗어난 공간의 필요성을 말했다. 아이가 끼어들 여지는 없었다.

한편 어머니는 헌신적이고 안정적이고 착한 존재였다. 나는 이기적이고 불안정하고 나빴다. 적어도 스스로 그렇다고 여겼다. 나는 다른 생명을 세상에 내놓기 전에 자신부터 고쳐야 한다고 스스로에게 말했다. 그리고 아기들이 죽었을 때, 내가 어머니가 되기에 알맞지 않은 사람이라는 두려움은 진실이 됐다. 성장 과정 탓에 신을 믿지 않으면서도, 나는 어디에선가 나를 못마땅해하는 신이 나를 벌하는 중이라고 생각했다. 하지만 결국 아들이 내게 왔고, 그때 한순간이나마 나는 목숨을 걸고서라도 이 아이를 살려야 한다고 생각했다. 그리고 그렇게 했다.

애도하는 시간은 바깥세상과 어긋난 리듬으로 흘러간다. 삶은 아무 것도 모르는 채 지속되기 때문이다. 그 애도와 사랑의 공간에서 나는 아기를 씻기고 달래고 노래해주고 젖을 먹였다. 아기는 캄캄한 슬픔의 하늘에 갓 떠오른 나의 별이었다. 결혼 생활의 의무가 관심을 요구해도 나는 응할 수 없었다. 내게 어른의 요구에 응답할 에너지는 없었다. 세상은 계속 돌아갔지만, 내 모성의 세상은 그렇지 않았다. 내 피와 뼈로 만들어진 아들은 내가 주고 싶지 않은 것은 아무것도 요구하지 않았고, 그래서 나는 아이에게 모든 것을 줬다. 혹시나 이런 상황에서 모성애는 이런 식일 수밖에 없는 것일까? 슬픔을 조금씩 내려놓으며, 순간순간이 지나가는 줄도 모르고 지나 보내는 과정. 만약 내가 이 일을 잘해낸다면, 결국에는 나 혼자 뒤에 남을 것이다.

"…순간에 머물도록 합니다…"

애도하는 사람에게는 오직 순간뿐이고, 그 속에서 나는 살아야 한다. 다만 그것이 두려움이 아니라 사랑의 순간이 되도록 노력할 뿐이다. 내게 가르침을 주는 것은 아들이다. 내가 이러저러해서 위험할지도 모른다고 경고하며 물가에서 아이를 물러서게 할 때, 아이가 한 발짝 더 뛰려는 것을 막을 때, 아이는 내게 미소 짓는다.

"알아, 엄마. 하지만 아닐 수도 있잖아." 아들은 이렇게 말하면서 내 손을 놓는다.

나는 아들이 제 몸을 에워싼 하늘을 느끼기를 바란다. 제 심장이 자신을 어디로 이끄는지 알기를, 제 비행을 자신만만해하면서 공중을 날기를 바란다. 아들에게 차츰 형체를 갖춰가는 자신을 사랑하라고 가르치려면, 나도 나를 사랑해야 한다.

그러려면, 내가 갖게 된 나 자신과 함께 시간을 보내면서 내 몸의 이야기를 들어줘야 한다. 어디가 부러졌고 어디가 휘어지는지 알아봐야 한다. 엄마가 되는 법과 나 자신이 되는 법을 배워야 한다. 그러다 보면 가끔 양쪽으로부터 잡아당겨지는 기분이 들 테고, 그 틈새에 빠지기도 할 것이다. 양쪽 모두에 실패했다고 느끼는 날도 있을 것이다. 그런 날, 나는 스스로를 용서하는 법을 배워야 한다.

창밖에서 제비들이 푸른 하늘을 난다. 그들의 몸은 공기가 이끄는 대로 흔들린다. 예전에 이곳에 있던 번식지가 없어졌는데도, 제비들은 과거에 깃들었던 장소에 대한 기억을 따라 여기로 돌아왔다. 아들도 둥지를 떠난 뒤에 제 고향이었던 내 몸을 기억할까?

내 호흡이 드나드는 소리에 귀기울이고, 내 몸을 덮은 살갗이 떨리는 것을 느껴본다.

"…깊게 숨을 마시고, 내뱉습니다…"

우리 생은 탄생의 첫 숨과 죽음의 마지막 숨 사이에 있다. 숨이 들어왔다가 나가는 순간, 이토록 아름답고 끔찍하면서도 놓치기 쉬운 순간. 이것이 우리가 가진 전부다.

그리고 지금 나는 여기에 있다. 들숨과 날숨 사이에 있다. 내가 참선 같은 것을 할 줄 안다는 말이 아니다. 나는 서서히 피어나는 연꽃 같은 존재가 못 된다. 나는 그저 있다. 그게 다다.

그래도 출발점으로는 괜찮은 지점이다.

게릴라
정원

레서셸런다인

Lesser celandine
Spring messenger, figwort, smallwort, cheese cups, pilewort

피카리아 베르나
Ficaria verna

✢ 하지에 태우면 1년 내내 집을 보호해준다

예부터 컴브리아에서는 레서셸런다인을 치아를 닦는 데 사용했다. 식물 전체
를 먹을 수 있지만, 익히지 않은 상태로는 유독하다. 비타민 C가 풍부하여 괴혈
병 예방에 쓰였다. 멍든 잎과 꽃을 이겨서 만든 연고는 치질을 완화하는 외용
제로 쓸 수 있다. 뿌리는 녹말 채소로 요리하고, 잎은 익힌 후 말려서 스튜에 허
브로 쓴다.
레서셸런다인은 숲 가장자리, 강둑, 축축한 도랑에 자란다.

다 똑같이 생긴 녹지의 막다른 골목에서 야생을 길러내려는 우리의
결심은 바짝 깎은 잔디밭의 단정함과 어울리지 않는다. 단지 운영 위원
회는 매주 집세에 더하는 녹지 관리비로 정원사를 불러서, 공동 잔디밭
을 깎고 도롯가 보도에 제초제를 뿌리게 한다. 한 이웃은 자기네 앞마당
에 위성 접시 안테나를 기르고 있다. 그것은 마치 잔디밭에 홀로 솟은
금속 버섯처럼 보인다. 우리가 사는 곳은 농지에 둘러싸여 있는데도 여

전히 자연은 통제의 대상이다.

우리는 정원 공부를 계속하다가 '그린 게릴라'라는 단체를 발견한다. 아들은 그 이름에 흥분한다. 슈퍼히어로를 상상한 것인데, 어떤 면에서는 사실이다. 1973년에 리즈 크리스티Liz Christy가 창설한 이 단체는 지난 40년간 급진적 정원 가꾸기를 통해서 버려진 공터를 생산적인 동네 텃밭으로 바꿔냈다. 그중 일부는 뉴욕시에서도 가장 가난한 동네에 있다. 급진을 뜻하는 영어 단어 '래디컬radical'은 라틴어로 '뿌리'를 뜻하는 단어 '라딕스radix'에서 왔다. 그린 게릴라는 씨앗을 이용해서 풀뿌리부터 긍정적인 변화를 만들어내는 직접 행동을 한다. 그럼으로써 기성의 사회 위계에 근본적인 질문을 던지는데, 그 질문이란 이런 것이다. "우리가 걷는 이 지구를 누가 소유하는가?"

어쩌면 당연하게도, 그들의 왕성한 활동을 모두가 기껍게 여긴 것은 아니었다. 뉴욕 시장이었던 루돌프 줄리아니는 공동체의 안녕보다 개인의 이익과 사유화를 우선시하여, 그들의 시민 불복종이 뿌린 씨앗을 도로 뽑아냈다. 1984년부터 1999년까지 줄리아니의 감독하에 90개의 게릴라 정원이 파괴됐다. 하지만 그도 정원을 모두 없애지는 못했다. 법적 소송, 시민들의 활동, 몇몇 유명 인사의 지지 덕분에 500여 개의 정원은 살아남았다. 특히 하우스턴가와 바우어리가가 만나는 지점에 있는 최초의 게릴라 정원, 크리스티 정원은 지금까지 끄떡없이 남아 있다.

그들의 이야기는 우리에게 영감을 준다. 우리 주택 단지는 '경제적 어려움으로 인해 도움이 필요한 사람들에게 사회 주택과 관련 편의 시설을 제공하기 위해서' 지어졌다. 우리가 이 집을 구한 것은 행운이다. 다주택 보유자, 휴가철 숙박업자, 부유한 은퇴자 때문에 부동산 가격이

천정부지로 오르는 중이라서 민간 임대 주택이 갈수록 적어진다. 시골에서도 저렴한 집을 구하기가 갈수록 어려워지고, 복지 수급자라면 더 그렇다. 우리를 비롯한 이곳 주민들은 집세를 부담하거나 집을 살 형편이 되지 않아서 여기에 산다. 사정은 저마다 다르면서도 공통적인 데가 있다. 사별, 이혼, 외부모, 가족 돌봄, 질병, 노령, 직업 불안정성, 실업, 저임금. 이유가 무엇이든 사람들은 우리를 다 같은 범주로 분류한다. 자본주의적 능력주의에 따르면, 우리는 실패자다. 하지만 이것이 끝은 아니다. 이것은 우리가 공유하는 새 출발이다. 그린 게릴라처럼 우리에게도 바닥에서부터 공동체를 만들어낼 잠재력이 있다. 뉴욕에서 통한 일이라면 여기서도 통하지 않을까? 한때 폐산업용지였던 곳이 지속가능한 토지가 될 수도 있는 법이다.

아들과 나는 계획도를 꾸며본다. 야생화 산책로를 그리고, 나이 든 주민이 앉아서 쉴 수 있도록 하트 모양으로 다듬어진 버드나무 그늘을 만든다. 작은 초원, 아이들이 기어오르며 놀 수 있는 바위, 천연 연못도 더한다. 아들은 가장자리에 흐늘거리는 나무를 그려서 공동 과수원을 표시하고, 작은 동그라미도 그려서 텃밭을 표시한다. 우리는 상상력을 한껏 발휘하여 꽃가루 매개자와 인간과 식물의 안식처를 꾸며낸다.

단지 운영 위원회는 우리 제안을 일언지하에 거절한다. 바위와 연못은 안전 위험 요소이고 정원은 유지비가 너무 많이 들며, 틀림없이 통제 불능 상태가 되리라는 이유다. 나는 뉴욕 공동체가 그랬던 것처럼 우리가 자원하여 관리할 수 있다고 제안하지만, 그래도 답은 같다. "안 됩니다." 아들은 자신의 꿈이 길러낸 정원을 보지 않겠다고 딱 잘라 거절하는 어른들에게 실망한다. 나는 우리 아이디어가 결코 승인되지 않을 것임을 알지만, 그렇다고 해서 씨앗을 뿌리지 못하는 것은 아니다.

"음, 그 사람들도 꽃이 자라는 걸 막진 못해. 안 그러니?" 나는 말한다. 라딕스. 뿌리. 급진적. 가끔은 세상을 바꾸기 위해서 작은 일부터 시작해야 한다.

우리는 나비와 벌을 먹일 수 있는 토착 야생화를 골라서 씨앗을 섞은 뒤, 원조 게릴라의 씨앗 폭탄 설계를 본떠서 붉은 점토를 뭉친 공에 씨앗을 박아 넣는다. 그리고 우리의 작은 반항 행위를 목격할 사람이 없는 어느 조용한 날, 폭탄 두어 개를 잔디밭에 던진다. 씨앗 가운데 일부라도 기회를 얻기를 바라면서.

일은 우리 뜻대로 되지 않는다. 격주로 단지 운영 위원회가 고용한 일꾼이 와서 풀을 싹 베고, 깔끔하고 획일적인 잔디밭으로 돌려놓기 때문이다. 여기에서는 우리의 작은 씨앗들에게 가망이 없다. 우리는 다른 노선을 취해야 한다. 우리는 잔디깎이가 미치지 않는 우리 집 둘레에 불란서국화, 디기탈리스, 쑥국화, 살갈퀴 씨앗을 뿌린다.

울타리의 경계 안에서, 우리는 조용히 바뀌고 있다.

우리의
마법 정원

전호

Cow parsley
Devil's parsley, mother-may-die, gypsy curtains, scab-flower

안트리스쿠스 실베스트리스
Anthriscus sylvestris

✤ 감정을 가라앉히고 용기를 내는 데 쓴다

전호는 꽃가루 매개자가 꿀을 일찍 얻을 수 있는 중요한 밀원식물이다. 소독, 항경련, 항바이러스 효과가 있어서 가벼운 골절, 염좌, 삔 곳, 호흡기 문제 치료에 쓸 수 있다. 또한 스트레스, 불안, 불면, 우울을 완화하는 데도 쓸 수 있다. 이 식물은 약초이지만, 비슷하게 생긴 나도독미나리는 독성이 치명적이다. 두 식물이 종종 함께 자라므로 야생에서 전호를 채집할 때는 조심해야 한다.

전호는 도롯가와 숲 가장자리에 널리 자란다.

원래 아무것도 없던 곳에 지금은 색채의 세계가 펼쳐진다. 뱅글뱅글 말린 상추, 콩들의 탑, 통통한 블랙커런트 열매가 이 땅에서 자란다. 과일과 채소 옆에는 샛노란 칼렌듈라, 진홍색 한련, 종이로 만든 보닛 같은 개양귀비, 두메꿀풀, 각시체꽃이 핀다. 일부는 우리가 주변 건축 현장에서 구조해온 정원 난민이고 일부는 기증받은 것이며, 바람이나 새를 통해서 여기 찾아든 것도 있다. 부활한 것, 즉 우리가 땅을 팔 때 끌려

나와서 다시 살아난 것도 있다. 라벤더 덤불에서 벌이 윙윙거리고, 날개 끝이 오렌지색인 나비가 팔랑거리다가 내려앉는다. 사방에서 생명이 터져 나오는 것이 보인다. 이것을 우리가, 그러니까 아들과 내가 만들었고, 우리는 이 정원이 자랑스럽다.

대담해진 우리는 패리시* 농업 박람회에서 수여하는 '가장 창의적인 새 정원' 상에 우리 정원을 출품한다. 이 인기 있는 상의 심사는 박람회 한 달 전인 칠월에 있다. 우리는 그 준비에 일주일을 쏟는다. 푸른 점판암 조각을 열두 개 골라서 그 위에 시를 쓴 뒤, 돌을 야생화 사이에 숨긴다. 가장 큰 돌에는 적갈색과 금색으로 '우리의 마법 정원'이라고 써서 입구에 놓아둔다. 심사를 받을 준비가 끝났다.

심사위원이 오자 아들이 그의 손을 잡고 시가 보물처럼 숨어 있는 오솔길로 이끈다. 길은 반듯하지 않고 꼬불꼬불하며, 굽이를 돌 때마다 거기에는 마법이 숨어 있다. 비록 작은 정원이지만 아이에게는 넓은 곳이자 한 걸음 한 걸음 천천히 걸어야 하는 길이다.

그렇게 함께 걸으면서 아들은 어떤 꽃은 자연이 우리에게 준 것이고 어떤 꽃은 우리가 기른 것이라고 설명한다. 아들은 레이디스맨틀의 솜털 난 잎을 들춰서 요정 같은 이슬이 어디 맺히는지 심사위원에게 보여주고, 엄지와 검지로 민트 잎을 비빈 뒤에 심사위원의 코에 그 손을 가져다 댄다.

"배 아플 때 좋아요." 아들이 말한다.

심사위원은 이 지역에 독립 원예 센터를 갖고 있는 사람이다. 무대

---

* parish. 영국의 최소 단위 행정 구역이다.

디자인 경력이 있는 그는 자신이 소유한 넓은 땅을 정교한 토스카나 양식의 돌담 정원, 물과 돌이 있는 일본식 정원, 초현실적인 동굴 정원, 모네에게서 영향을 받은 다리와 수련 연못으로 바꿔놓았다. 그는 아들의 말을 귀담아듣고, 우리가 만든 정원에 흥미를 보인다. 또 아이에게 사과나무를 언제 가지치기해야 하는지, 최고의 잼을 얻으려면 블랙커런트를 언제 수확해야 하는지 알려준다. 손가락 끝으로 흙을 만져서 토양질을 확인하는 그의 옆에서 아들은 휘겔쿨투어 밭과 냄새 나는 흙과 군인이었다가 양을 기르기로 한 농부에 대해서 설명한다. 작은 연못에 다다르자 두 사람은 쭈그리고 앉아서 수면을 달리는 물벌레를 관찰한다. 그들은 함께 이 정원이 안겨준 선물에 경의를 표한다. 이렇게 열심히 경청하다니 나는 이 심사위원에게 고맙다. 그의 관심이 아들의 호기심을 즐거움으로 밝힌다.

심사가 끝나고 아들과 나는 정원에 앉아서 줄기콩을 야금야금 씹는다. 블랙버드가 퇴비 더미에서 통통한 지렁이를 뽑아내는 모습을 보며 벌들이 낮게 붕붕거리는 소리를 듣고, 근처 가시칠엽수에서 염주비둘기가 예의 세 음표 노래를 부르는 것을 듣는다. 이 정원에는 마법이 있다. 그 선물이 우리가 받는 보상이다.

로살리타와
플로라앤

흰명아주

Good King Henry
Fat hen, smearwort, mercury goosefoot, bacon weed

케노포디움 알붐
Chenopodium album

✥ **돼지나 닭에게 흰명아주를 먹이면 통통하게 살찌울 수 있다**

흰명아주는 16세기부터 주요 채소로 이용됐다. 씨앗을 하룻밤 불렸다가 갈면 퀴노아 가루 대용이 되고, 잎과 어린줄기는 익혀서 스프라우팅 브로콜리 대용으로 먹을 수 있다. 농가나 작은 농장에서 가금류와 돼지를 살찌우는 데 흔히 쓰는 먹이로, 단백질, 비타민 A, B1, B2, C, 나이아신, 칼슘, 인, 칼륨, 철, 오메가 3 지방산, 마그네슘, 섬유소, 사포닌이 풍부하다. 옛사람들은 잎을 통풍, 괴혈병, 치통 치료에 썼고, 비뇨기 문제를 완화하기 위해 씨앗을 씹었다. 뿌리를 찧은 후 끓여서 수프로 먹고, 잎에서 얻은 기름은 피부 연화제로 바른다. 해충을 꾀어서 다른 작물을 보호해주는 동반 식물로도 좋다.

흰명아주는 황무지, 교란지, 도롯가, 쓰레기장에 왕성하게 자란다.

아들은 두 살 때부터 닭을 갖고 싶어 했다. 그래서 언젠가 닭을 사려고 선반 유리병에 동전을 모았다. 그런데 얼마 전 한 친구가 내게 양계장에서 은퇴한 암탉 두 마리를 받아 키우겠느냐고 물었다. 나는 주택 임차 계약서에 가축 조항이 있는 것이 걱정되어 망설였다. 하지만 이웃들은 이미 개와 토끼와 고양이를 기르고 있고, 이 닭도 어차피 반려동물일 것이다. 아들은 끈질기게 조르고 조른다.

"우리처럼 닭들에게도 사랑이 필요해요." 아들이 말한다. 나도 닭이 좋다. 닭은 개성이 풍부한 데다가 쓰레기를 식량으로 바꿔준다. 나는 아들이 닭 돌보는 법을 공부한다는 조건하에 승낙한다. 아들의 꿈이 이뤄질 참이다.

오늘은 닭의 날이다. 아들은 그들에게 플로라앤과 로살리타라는 이름을 붙였다. 깃털이 빠져 거죽뿐인 듯한 닭들에게 너무 거창한 이름 같지만, 아들의 눈에 그들은 그저 아름답다. 아들이 작은 닭장을 점검한다. 그 속에 아이는 짚과 함께 블루베리와 거저리 간식을 채워뒀다. 나는 비용이 걱정되지만 아이는 닭들이 간식을 달걀로 바꿔주니까 괜찮다고 말한다.

닭들이 도착하자 아들은 그 옆에서 양치기 개처럼 펄쩍펄쩍 뛰면서 신나게 새집을 소개한다.

"너희는 여기서 아주 행복할 거야. 아서가 너희를 잡아먹지 않도록 내가 돌봐줄게." 아들이 책임감에 엄숙해진 목소리로 닭들에게 말한다. 나는 우리 새 고양이의 눈에 이 늙고 앙상한 닭들이 신통한 저녁거리로 보일 것 같지 않지만, 내 생각을 아이에게 말하지는 않는다. 닭들이 땅을 긁고 구구거리면서 벌레와 과일을 먹는 동안 아들은 닭장 옆에 앉아서 그들의 이름을 속삭인다. 나는 부엌에서 문을 살짝 열어두고 그 소리를 들으면서 지켜본다.

"너희를 만나려고 정말 오래 기다렸어. 이제 너희는 안전해." 아이가 닭들에게 말한다.

한 이웃이 자기 차로 걸어가는 길에 울타리를 슬쩍 넘겨본다.

"저 닭은 그 댁 건가요?" 여자가 묻는다. 나는 여자에게 웃음기가 없다는 것을 눈치챈다. 하지만 아들은 눈치채지 못한다.

"얘들은 플로라앤과 로살리타예요. 얘들은 슬펐지만, 이제 여기서 살게 됐어요. 여기는 얘들에게 좋은 집일 거예요." 아들은 신나게 새 친구들을 소개한다.

"여기에 닭은 필요 없단다." 여자는 아들에게 이렇게 말하고 떠난다. 아들이 그 말의 뜻이나 분위기를 제대로 이해한 것 같지 않지만, 아무튼 아이는 어깨를 으쓱하고 씩 웃은 뒤에 닭들에게 돌아간다.

"걱정 마. 내가 보살펴줄게." 아들이 닭들에게 말한다. 나는 미소 짓는다. 자식을 하나만 두는 것은 잔인한 짓이라느니, 외둥이는 이기적인 사람으로 자란다느니, 아이에게 형제자매가 있어야 나누는 법을 배울 수 있다느니 하는 말을 나는 많이 들었다. 하지만 누구라도 내 아들을 보면 그 말이 사실이라고 생각하지 않을 것 같다.

네 시간 뒤, 흰 소형차가 우리 집 옆에 와 서고 차에서 젊은 여자가 내린다. 여자는 회색 치마와 재킷을 입었고 클립보드를 들고 있다. 자기소개는 하지 않는다. 여자가 대뜸 우리 집 울타리로 다가와서 안을 들여다보고 뭔가 적는다. 나는 하던 일을 멈추고 그녀가 서 있는 곳으로 간다.

"뭐 하시는 건가요?" 내가 묻는다. 여자가 꾸물꾸물 등을 펴서 키가 더 커 보이게 만든다. 흡사 닭이 깃털을 부풀리는 것 같다. 나는 여자의 클립보드에 끼워진 종이 상단의 로고를 본다. 단지 운영 위원회에서 나온 사람이다.

"단지 내에 가축이 있다는 불편 신고를 받았습니다." 여자가 말한다. 나는 대답하지 않는다.

"닭이요. 닭이 있다는 불편 신고를 받았습니다." 여자가 부연한다. 울타리 곁으로 다가온 아들이 사교성을 발휘하려고 한다.

"안녕하세요. 제 닭들하고 인사하실래요?" 아들이 웃으면서 말한다. 여자가 아이를 무시한다. 어른이 아이에게 얼마나 무례할 수 있는지, 나는 이런 장면을 볼 때마다 기가 막힌다.

나는 여자가 어떻게 벌써 신고를 받고 왔는지 이해하려고 해본다. 닭들은 여기에 고작 네 시간 있었다. 신고는 여러 부서를 전전한 끝에야 조치가 내려진다. 여자가 시내에서 우리 집까지 차로 오는 데 35분은 걸렸을 것이다. 누군지 몰라도 불평한 사람은 닭이 이 집에 도착하자마자 위원회에 연락했다는 뜻이다.

여자가 입을 열려고 준비하면서 다시 몸을 부풀린다.

"거주자 안내 책자에 이 주소에 가축을 키워서는 안 된다고 분명히 나와 있습니다. 부인은 그 조항을 위반했어요. 당장 닭들을 치워야 합니다. 이행하지 않을 경우에는 퇴거 절차가 진행됩니다." 여자가 내게 말한다. 아들이 나를 올려다본다.

"이분이 무슨 얘길 하는 거예요, 엄마?" 아들이 묻는다. 나는 아이의 작은 얼굴을 보고, 다시 여자를 본다. 목구멍에서 분노가 솟구친다. 그것을 꾹 삭인다. 큰소리 내봐야 소용없을 것이다. 여기서 힘을 가진 쪽은 그녀이고, 우리는 힘이 없다. 나는 그녀에게 누가 신고했느냐고 묻는다. 여자는 그런 정보는 공개할 수 없다고 답한다. 나는 위원회의 결정근거를 서면으로 줄 수 있느냐고 부탁한다. 여자는 내게 이레 안에 닭을 치워야 하고, 그러지 않으면 퇴거당할 것이라고 답한다. 나는 이 닭은 가축이 아니라고 설명해본다. 이들은 반려동물이고 토끼나 개나 고양이와 다르지 않으며, 그런 동물들이 이미 단지에 산다고 말한다. 게다가 근처 주택에서 놓아기르는 닭이 심심찮게 단지로 들어온다고도 말한다. 아들이 거들고 나선다.

"들어와서 쟤들하고 인사하셔도 돼요. 쟤들은 플로라앤과 로살리타예요. 쟤들에게 이름을 알려주고 인사하면 친구가 될 수 있어요." 아들이 울타리 너머로 손을 내밀면서 말한다. 여자는 반응하지 않는다.

"정말 한 가족을 길바닥으로 내몰 생각인가요? 반려동물로 키우는 닭 두 마리 때문에?" 내가 믿기지 않아서 묻는다.

"7일입니다." 여자가 이렇게 말하고 울타리 너머로 통지서를 건넨다.

그녀가 떠난 뒤, 아들이 질문을 쏟아낸다.

"왜 닭들이 딴 데로 가야 해요? 그러면 닭들은 어디서 살아요? 왜 저 사람은 닭들을 싫어해요?" 아들은 눈물을 줄줄 흘리면서 거듭 묻는다. 왜 누군가 자신의 친구를 빼앗고 싶어 하는지 헤아리려고 애쓴다. 아이는 우리가 주민들에게 편지를 써서, 닭이 여기 있어도 괜찮다고 위원회 직원에게 말해줄 것을 부탁하자고 제안한다. 나는 시도해볼 수 있다고 말한다. 아이가 불공평해 보이는 일을 바꿀 힘이 자신에게 있다고 느끼는 점이 반갑다.

우리는 앉아서 함께 편지를 쓴다. 아들은 편지가 말끔하기를 바라기 때문에 내게 글씨를 써달라고 부탁하고, 자신은 그 밑에 닭을 그린다. 두 닭에게 길고 노란 다리와 작고 까만 눈을 주고, 그 곁에 갈색 점박이 달걀을 그린다.

친애하는 이웃에게, 이 닭들은 플로라앤과 로살리타입니다. 제가 친구로 기르는 아이들이에요. 닭들은 집을 잃어서 슬펐고, 그래서 우리가 여기서 함께 살자고 말했습니다. 나는 이 닭들을 아주 사랑해. 단지 운영 위원회 직원은 우리 집에 닭이 사는 걸 허락할 수 없다고 말합니다. 이곳 주민은 모두 아주 친절하니까, 닭들도 행복하게 살 수 있을 거예요. 제발 부탁드려요. 직원에게 닭들이 여기 머물러도 좋다고 말해주시겠어요?

아들은 산책용 가방에 편지를 넣고 집을 나선다. 단지를 돌면서, 집집마다 신중하게 편지를 밀어넣는다. 아이는 이 방법이 통할 것이라고 믿는다. 나는 그렇게 확신하지는 않는다. 한 이웃이 이미 불평했으니까, 적어도 한 명은 아이에게 동의하지 않을 것이다.

나는 가축의 정의를 찾아본다. 「1968년 농업법 (부칙)」에 따르면 가축은 '식량, 털, 가죽, 모피를 생산하기 위해서 농지에서 기르는 동물'을 뜻한다. 하지만 「1950년 시민농장법」 12조에서는 그 정의를 따르지 않고, 대신 "⋯어떤 토지의 점유자든, 거래나 사업의 용도가 아닌 한 토지의 어느 장소에서든 닭이나 토끼를 기를 수 있으며, 그 목적에 합당한 건물이나 구조물을 토지에 짓거나 설치하고 유지하는 것도 합법으로 인정한다⋯"고 규정한다. 여기에는 사회적 주택 거주자도 포함된다. 유일한 예외 조건은 토지 소유자가 닭이 '심각한 보건상 위해'에 해당함을 증명할 수 있을 때다. 나는 별도로 편지를 쓴다. 우리가 닭을 어떻게 관리할지 설명하고, 우리가 사는 곳은 시가지가 아니라 시골이라는 사실을 강조하는 내용이다.

아들이 네 집 건너에서 사는 여자아이와 함께 돌아온다. 여자아이의 가족은 단지의 사유지 영역에 집을 지었는데, 그래도 아이는 자주 여기 와서 논다. 나는 둘에게 음식물 찌꺼기를 조금 주고, 두 아이가 쪼그리고 앉아서 손으로 닭에게 그것을 먹는 모습을 지켜본다.

"나도 닭을 기를 거야." 여자아이가 아들에게 말한다.

"그건 금지되어 있어." 아들이 말한다.

"왜?" 손바닥을 간지럽히는 플로라앤 때문에 키득거리면서 여자아이가 묻는다.

"세상의 규칙이 그렇거든." 아들이 무언가를 아는 자의 지혜로 답한다.

"나도 기를 수 있어." 여자아이가 선언하고 이야기는 그것으로 끝이다. 여자아이가 떠난 뒤 아들이 왜 그 아이는 닭을 기를 수 있는데 자신은 안 되느냐고 묻는다. 나는 대답할 말이 없다. 하지만 상당히 좋은 질문 같아서 내 편지에 그 질문도 추가한다.

사흘이 흐른다. 아들은 매일 아침 깨자마자 닭장으로 달려가서, 달걀 두 알을 손에 담아 부엌으로 돌아온다.

"내가 먹은 것 중에서 진짜 최고로 맛있는 달걀이야!" 아들은 길쭉한 토스트 조각으로 진한 노른자를 찍어 먹으면서 선언한다. 아침을 다 먹으면, 현관에 가서 편지가 왔는지 확인한다. 아직은 한 통도 오지 않았다.

"사람들이 내 편지를 받았을까, 엄마? 내 그림도?" 아들이 묻는다. 나는 이웃들이 지금 너무 바쁜지도 모른다고 말해준다. 남편은 내가 아이에게 헛된 희망을 안긴다고 말하지만, 희망이란 다른 게 아니라 앞으로 다가올 일에서 좋은 점을 찾아보려는 것이 아닌가? 희망이 그런 것이라면 아이가 가슴에 품고 자라기를 나는 바란다.

나흘째 날, 문 밑에 편지 세 통이 들어와 있다. 우리는 앉아서 읽어본다. 첫 번째는 한 이웃의 것으로, 자신은 여기에 닭이 있어도 개의치 않는다는 의견을 관계자에게 편지로 전달했다고 알려주는 내용이다. 두 번째는 또 다른 이웃의 것으로, "네가 규칙을 깨면, 남들도 규칙을 깨는 걸 막을 수 없지 않겠니? 그러면 순식간에 이곳이 어지러워질 거야." 하고 염려하는 내용이다. 세 번째는 단지 운영 위원회에서 보낸 편지다. 그들이 이사회를 연 결과, 닭에게 머물 권리를 달라는 우리 요청을 받아들이지 않기로 결정했다는 통지다. 그들은 가금류가 보건 위해 요소라는 점, 닭이 있으면 단지에 쥐가 꼬인다는 점을 강조한다. 우리가 사는 곳은 농경지 한복판이라서 쥐는 사방에 있다. 그들은 마지막으로 왜 친구는 닭을 기를 수 있는데 자신은 안 되느냐는 아들의 질문에 답하여, 개인 주택 소유자는 닭을 들일 때 허가를 받을 필요가 없다고 말한다. 언제는 쥐가 들끓어서 위험하다더니.

"할아버지가 닭들을 돌보겠다고 하셨어. 너는 언제든 찾아가도 돼." 나는 이 차선책이 아이의 아픔을 달래주기를 바라면서 아들에게 말한다. 아버지는 어릴 때 닭을 길렀고, 자기 손자는 그럴 수 없도록 막는 논리를 납득하지 못한다. 나도 마찬가지다.

아들이 내게 편지를 다시 읽어달라고 부탁한다. 다 듣고는 나를 본다.

"만약 우리에게 집 지을 돈이 있으면, 내가 로살리타와 플로라앤을 계속 기를 수 있어?" 아이가 묻는다.

"아마 그럴 것 같구나." 나는 대답한다. 아이가 잠시 생각한다.

"엄마, 우리한테 집 지을 돈이 있어?"

"아니, 얘야. 없어."

"아." 아들이 말한다. 그게 다. 이 하나의 행동에서, 사회가 부자에게 적용하는 규칙과 부자가 아닌 사람에게 적용하는 규칙이 다르다는 사실을 아이가 깨달았음이 드러난다. 나는 아버지를 떠올린다. 아버지가 느꼈던 것이 이것일까? 너무나도 무력한 기분?

아들은 조용하다. 울지 않는다. 오히려 내 팔에 손을 얹는다.

"괜찮아, 엄마. 이제 닭은 없어도 돼." 아들이 이렇게 말하고 정원으로 나가서 닭장 옆에 앉는다.

"미안해, 로살리타. 미안해, 플로라앤. 나는 너희를 정말 사랑하지만, 너희는 여기서 살 수 없대. 할아버지가 너희를 돌봐주실 거야. 할아버지는 집이 있으니까." 아이가 이렇게 말하는 목소리가 너무 슬퍼서, 내 안에서 무언가가 쩍 갈라진다. 그동안 나는 아이에게 지속가능성과 공동체와 연민을 가르치려고 애썼는데, 그들은 아이에게 돈이 곧 자유라고 가르쳤다. 한심한 편지 한 통으로 내 아이에게 가진 자와 못 가진 자를 나누는 선을 보라고 가르쳤다.

나는 수화기를 들고 단지 운영 위원회에 전화를 건다. 그들에게 어차피 방목되는 닭들이 단지 내에 어슬렁거리고 다닌다고 따진다. 이번에도 그들은 그런 닭은 근처의 개인 주택에 속한 것이니 규칙이 적용되지 않는다고 답한다. 나는 시민농장법을 강조하고, 그들은 다시 보건상 위해를 언급한다. 나는 아들을 위해서라도 결정을 재고해줄 수 없느냐고 부탁한다. 아이의 그토록 큰 기쁨에 비하면 이것은 너무 작은 부탁으로 느껴진다.

"이행 기한이 48시간 남았습니다. 불이행은 임대 계약 위반이고, 그에 따른 조치가 시행될 겁니다." 전화선 너머에서 여자가 말한다. 나는 욕이 나오려는 것을 참는다. 그때 아이가 정원에서 나를 불러서 통화를 잠시 중단시킨다.

"엄마, 그 사람들이 코끼리는 허락할까? 코끼리는 가축이 아니잖아, 그치?" 아이가 묻는다. 그래서 나는, 다소 경망하지만, 여자에게 묻는다. 우리가 그 대신 코끼리를 길러도 되나요?

"코끼리는 정부가 지정한 제한 동물입니다. 코끼리도 안 됩니다." 여자가 여전히 높낮이 없는 말투로 대답한다.

나는 전화를 끊는다. 더 할 말이 없다.

내 사랑
야생의 여자들

서양민들레

Dandelion
Bitterwort, lion's tooth, swine's-snout, tell-time

타락사쿰 오피키날레
Taraxacum officinale

✢ 역경에 임할 용기를 얻으려면 민들레 차를 마셔라

서양민들레는 슬픔과 애도, 성장과 변형과 연관된다. 예지몽을 꾸도록 돕는 데
도 쓰인다. 흔히 놀이 삼아 서양민들레로 시간을 알아맞히곤 하며, 여자아이
가 씨앗을 훅 불어 남는 씨앗의 개수는 그 아이가 자라서 둘 자식의 수라는 말
도 있다. 모든 부분을 식용한다. 차와 와인을 비롯하여 다양한 용도로 요리에
쓴다. 채소로도, 말린 후 빻은 가루는 커피 대용으로 쓴다. 이뇨제이자 강장제
로서 꽃을 우린 팅크는 간을 정화하는 데 쓰고, 잎으로 만든 차는 소화를 돕고
콩팥과 요도를 깨끗하게 하는 데 쓴다. 줄기에서 나오는 수액은 사마귀 치료에
쓰이는데, 옛사람들은 여기에 강력한 마녀 퇴치 효과가 있다고도 여겼다.
서양민들레는 다양한 토질에 적응하고, 대부분의 장소에 쉽게 퍼진다.

1982년 십이월, 3만 명의 여성이 총 길이 20킬로미터의 인간 띠를 만
들어서 그린햄 코먼 영국왕립공군기지를 둘러쌌다. 그들은 지구를 구
하고 핵무기를 저지하기 위해서 철조망에 기념품, 리본, 아이들의 그림

을 붙였다. 저항의 노래를 불렀다. 나의 세 언니가 거기 있었다.

오래지 않아 경찰이 그들을 해산하러 왔다. 경찰이 고함치면 칠수록, 여자들은 완력에 침묵당하기를 거부했다. 언니들은 경찰이 언니들을 경찰차로 끌고 갈 때도 계속 노래했다. 아버지는 언니들이 우스꽝스러운 짓을 하고 있다고 말했지만, 나는 언니들이 멋지다고 생각했다. 그들은 치열했고 두려워하지 않았으며, 무엇보다도 나의 언니들이었다.

나도 이 긴밀한 여자들의 무리에 몹시 끼고 싶었지만 그럴 수는 없었다. 나의 세 언니. '여자애들'. 언니들의 이름은 다 같은 알파벳으로 시작한다. 언니들의 머리카락은 반짝이는 금색이나 새빨간색인데, 나는 진갈색이다. 어머니의 어두운색 머리카락과 올리브색 피부를 물려받은 유일한 딸이 나다. 나도 나이가 더 들어서는 우리 유대감의 이런 특징을 사랑하게 됐지만, 어릴 때는 그저 나도 언니들에게 끼고 싶을 뿐이었다. 언니들은 종종 내게 입양아라고 놀렸다. 나는 가끔 그 말을 믿었다. 큰오빠의 결혼식에서, 사진사가 자매끼리만 사진을 찍자고 제안했다. 나는 일어섰다. 그러자 사진사가 "자매끼리만요." 하고 말했다. 나는 허락이 떨어지자마자 머리카락을 빨갛게 염색했고, 머리카락이 세기 시작할 때까지 그 색을 계속 유지했다.

다른 여자아이들은 설탕과 향신료로 만들어졌는지 몰라도, 나는 키츠John Keats와 칼로Frida Kahlo, 보부아르Simone de Beauvoir와 네루다Pablo Neruda, 캣 스티븐스와 더 클래시The Clash를 먹고 자랐다. 통일성 없는 세계였지만, 아무튼 결코 지루하지 않았다. 우리에게 지루함은 허락되지 않았다. "지루함은 상상력 부족일 뿐이야." 어머니는 이렇게 말하고, 내게 걸레와 식초를 건네며 창문 청소를 시켰다. 그러면 나도 내가 전혀 지루하지 않음을 깨달았다. 나는 글을 모를 때부터 닥치는 대로 읽었고, 아버지의 금박 장정 고서 속으로 달아났다. 조금 커서는 언니들의 《스페어 리브Spare Rib》* 과월호로 진출했고, 중고품 가게에서 건진 퀴퀴하고 누레진 페미니스트 시집을 읽었다. 세상이 내게 부여한 형태에 들어맞는 것이 어렵다면, 스스로 내 형태를 만들어야 할 터였다.

마을 사람들이 어머니의 그림에 눈살을 찌푸렸던 것처럼, 교실 하나짜리 학교는 나의 모난 요구를 받아주지 않았다. 당시 학교가 학생에게 권장하는 목표는 조용히 할 것과 튀지 않을 것이었다. 나를 어디에 끼워 넣어야 할지 알지 못한 학교는 내게 책장 코너에서 책을 읽으라고 일렀다. 놀이의 소음보다 글의 정적을 선호한 나는 그곳에서 행복했지만, 결국에는 읽을 책이 동났고 나는 배우고 싶었다.

그다음 3년은 사립 여학교를 다녔다. 그곳에서도 나는 어울리지 못했다. 다른 학생들의 아버지는 오래된 학연으로 이어졌고, 옥스퍼드로 '돌아간' 이야기를 서로 나눴다. 우리 아버지는 열세 살에 학업을 중단한 사람이었다. 다른 어머니들은 유모가 있었고 성인 여자를 가리킬 때도 '여자애'라는 표현을 썼다. 우리 어머니는 손수 만든 옷을 입었고, 헛간에서 사는 아들을 뒀다. 그들의 집에는 수영장, 테니스장, 잘 다듬어진 잔디밭이 있었다. 우리 정원은 야생 그 자체였다.

설령 누군가 요구하더라도, 어머니는 자신이 아닌 다른 존재가 되기를 거부했다. 아니, 어쩌면 그럴 수 없었는지도 모른다. 혹여 그래보려

---

* 1972년부터 영국에서 발간된 페미니스트 잡지로, '돼지갈비'라는 뜻이기도 한 '스페어 리브'는 하느님이 아담의 갈비뼈로 이브를 만들었다고 하는 『구약 성서』의 내용을 가리킨 농담이다.

고 노력할 때 어머니는 산산이 부서졌고, 부서진 것은 결코 다시 붙일 수 없었다. 나는 어머니가 타인이 기대하는 자신에게 대항하는 것, 또한 자기 내면에서 느끼는 자신에게도 대항하는 것을 지켜봤다. 그 과정에서 결코 숨지 말아야 함을 어머니로부터 배웠다. 하지만 우선 나는 더 자라야 했다.

에티켓과 전통의 세계에서 야생은 어린 숙녀가 취할 길이 아니었다. 우리는 반항이 아니라 순응에, 반란이 아니라 모성에 대비하는 교육을 받았다. 어머니는 동의하지 않았다. 내가 완벽하게 다린 손수건을 지니지 않았다는 이유로 방과후 남는 벌을 받았을 때, 어머니는 그 일의 무의미함을 비웃었다. 내가 요리 수업에 와인을 가져갔다는 이유로 귀가 조치를 받자, 어머니는 다음번에 서양배와 브랜디를 싸줬다. 나는 종종 머릿속이 의분으로 가득한 채 여자 교장의 방 앞 벤치에 앉아 있는 처지가 됐다. 규칙을 납득할 수 없었고, 그래서 따르지 않으려고 들었다. 그러다 보니 친구들에게도 어른들에게도 따돌림의 표적이 됐다.

누군가를 따돌리는 사람은 차이를 겁내는 사람이다. 그런 사람은 차이의 위협 앞에서 스스로 취약하다고 느낄수록 더 많은 힘을 가지려 한다. 여자들의 노래를 두려워하는 경찰이 그렇고, 고집 센 아이를 꾸짖는 아버지가 그렇고, 책벌레 아이를 조롱하는 놀이터 친구들이 그렇다. 나는 괴롭히는 아이들에게서 숨지 않는 법은 익혔지만, 어른들이 내 차이를 위협으로 느낄 때는 어떻게 싸워야 할지 알 수 없었다.

우리는 매일 아침 야외 수영장에서 수영을 했다. 땅에 눈이 쌓인 날에도 했다. 아버지는 내가 걸음마를 떼기가 무섭게 수영을 가르쳐줬다. 어머니는 공중 수영장에 가지 않으려 했다. 개방된 탈의실이 싫어서였다. 하지만 나는 물이 몸에 닿는 느낌이 좋았고, 내 둔한 몸이 뻣뻣함을 버리고 그 대신 힘과 우아함으로 채워지는 것이 좋았다. 어느 겨울날 아침, 문제의 선생님이 나를 학급 앞으로 불러냈다. 그녀는 내 두 팔을 끈으로 한데 묶어서 마치 닭 날개처럼 고정시킨 뒤에 나를 밀어서 수영장에 빠뜨렸다.

"자, 자! 그게 무슨 영법이니? 크롤을 하라고 했더니, 꼭 물에 빠진 돼지 꼴이구나!" 선생님이 외쳤다. 그녀는 다른 학생들에게 50까지 세라고 했다. 아이들이 수를 세는 동안, 나는 모멸감에 따끔거리는 얼굴로 끈질기게 저어 나갔다. 수영장 밖으로 나가서도 울지 않았다. 헝클어진 머리에서 라텍스 수영모를 벗고, 피부에 묻은 염소 물을 말린 뒤 교실로 돌아갔다. 나는 그녀가 요구한 것을 해낼 수 있음을 증명해 보였다.

그 선생님은 3년 내내 나를 골라서 모욕했는데, 나는 그 이유를 통 알수 없었다. 내 안의 무언가가 그녀를 두렵게 했고, 그래서 그녀는 자신의 힘을 느끼고 싶었을 것이다. 아무래도 내가 부러지지 않자 그녀는 나를 고집불통이라고 불렀고, 매번 더 심하게 시도했다. 그녀가 몰랐던 것은 내 뒤에 야생의 여자들이 버티고 서 있다는 것, 그들은 절대 물러나지 않으리라는 것이었다.

나는 키가 작고 점프를 못하며, 관절 가동성이 지나친 엘러스단로스 증후군Ehlers-Danlos syndrome 때문에 신체 조정력이 떨어지는데, 어릴 때는 그저 둔치라고 불릴 뿐이었다. 그런 나를 네트볼 팀에 발탁하는 것은 나쁜 선택이었지만, 선생님은 나를 연례 전국 학교 대항 네트볼 대회 선수로 골랐고 나보다 두 배는 큰 아이들을 상대로 수비를 맡겼다. 그녀는 내가 실패하리라는 것을 알았을 테지만, 이기려는 욕심보다 내게 창피를 주려는 욕심이 더 큰 모양이었다. 상대 팀은 연거푸 득점했다. 슈터는 내 머리를 손쉽게 넘어서 네트에 공을 넣었고, 그녀의 금발 포니테일이 햇빛에 반짝이며 찰랑거릴 때 나는 흡사 작은 개처럼 그녀의 운동화 언저리에서 폴짝거렸다. 선생님은 내가 공을 저지하는 데 실패할 때마다 옆에서 외쳤다.

"그게 뭐니? 쓸모없기는!" 선생님은 이렇게 소리치면서 관중을 돌아보고 지지를 구했다. 내가 울면 울수록 선생님은 더 소리쳤고, 급기야 나는 눈물 때문에 공이 보이지 않을 지경이었다.

그때였다. 마치 내 상상의 세계에서 나온 전사 여왕들처럼, 나의 세 언니가 관중 속에서 나타났다.

"야! 우리 동생 가만 놔둬!" 언니들이 외쳤다. 모두가 누가 외쳤는지 보려고 고개를 돌린 탓에 경기가 멈췄다. 거기 그들이 있었다. 어머니가 떠준 헐렁한 스웨터와 아랍 스카프와 패치워크 멜빵바지를 입고, 불꽃 같은 금색 머리카락을 옆만 짧게 친 언니들이 있었다. 언니들은 부모들을 헤치고 아스팔트를 건너와서 내 손을 잡고 당당하게 경기장을 나섰다. 떠나기 전에 그 선생님에게 두 손가락을 치켜들어 보이는 것도 잊지 않았다. 그 순간, 나는 언니들을 너무 사랑했다. 이기지 못한 것은 상관없었다. 비웃음과 모멸감도 상관없었다. 내게는 학교 대항전 우승컵보다, 남들에게 융화하는 것보다 더 좋은 것이 있었다. 내게는 언니들이 있었다. 나는 다른 부모들 앞을, 충격의 소곤거림 앞을 지나갈 때 고개를 들고 미소를 지었다. 나는 베넷 자매였고, 그 사실이 자랑스러웠다.

하지만 언니들은 일화와 전설의 자매였고 늘 삼인조였으며 거기에 네 번째 자리는 없었다. 나는 늘 언니들의 세계 곁에서 살아갔지만 진정으로 그 세계에 속할 수는 없었다. 그러기에는 늘 내가 약간 어렸다. 내가 함께 달릴 수는 없어도, 언니들은 마치 어미 늑대처럼 나를 지켜보다가 위험이 다가오면 내 곁을 맴돌았다.

내가 성인 여자가 되어갈 때도, 언니들은 계속 근처에서 그날 나를 구해준 그 맹렬하고 방어적인 사랑을 제공했다. 내가 아무리 세게 넘어져도, 그곳에는 반드시 언니들이 있었다. 팔에 룬 문자가 있는 소년에 대해서 털어놨을 때 언니들은 내게 이겨낼 수 있다고 말해줬다. 열아홉 살에 겁먹은 외톨이가 돼서 첫 남편을 떠났을 때 언니들은 집 구하는 일을 도와줬다. 세상이 너무 무서워서 집 밖으로 나가기를 거부했을 때 언니들은 전화선으로 계속 나를 붙들어줬다. 아기를 잃었을 때 언니들은 내 머리를 쓰다듬으면서 다시 일어나도록 도와줬다. 구리와 금처럼 반짝이는 세 언니는 내가 청하지 않아도 나타나서 산산이 부서지는 내 세계를 떠받쳤고, 짓궂은 미소와 강한 손으로 나를 다시 꿰매줬다. 세 언니는 내가 태어난 순간부터 나를 지탱해줬고, 이 세상 속에서 내 자리를 확보하고자 싸워줬다.

야생의 여자들, 그들은 가끔 멍들고 다칠지언정 결코 굴하지 않는다. 내 어머니처럼, 언니들은 내게 때로 불공평한 세상에서도 늘 다시 일어설 수 있다는 것을 알려줬다. 그뿐 아니다. 비록 이 세상이 깨어진 것이기는 하나, 그래도 싸워서 얻을 만한 것임을 알려줬다.

황무지의
지배자

숲제라늄

Wood cranesbill
Blood-grass, storksbill, crowfoot, Odin's grace

게라니움 실바티쿰
Geranium sylvaticum

✤ 숲제라늄을 지니면 번영이 따른다

옛사람들은 숲제라늄을 지닌 사람에게 북유럽 신화의 신인 오딘의 힘이 부여
된다고 여겨서 전사의 전투용 망토를 이 식물로 염색했다. 수렴, 소독, 항염증
효과가 있고, 모든 부분을 쓸 수 있다. 잎, 꽃, 뿌리가 소화 장애, 과민성 대장, 콩
팥 감염, 자상, 상처, 궤양 치료에 쓰인다.
숲제라늄은 황무지, 공터 그리고 불이 난 적 있는 숲에서 무성하게 자란다.

나는 가장 꾀죄죄한 옷을 입고, 머리카락을 반다나로 대충 묶고 건축
부지를 향해 나선다. 아들도 내 옆에서 당당하게 걸어간다. 우리는 각자
선택한 무기를 지녔다. 나는 녹슨 손수레, 아들은 큼직한 물총이다. 우
리는 돌과 재미를 사냥하러 가는 중이다.
아들이 금세 샤프 화강암을 발견한다. 섬세한 분홍색과 은색의 얼룩
이 이른 아침 햇빛에 반짝거린다. 샤프 화강암은 아이가 가장 좋아하는
돌이다. 아이는 단단한 땅에 작은 손가락을 쑤셔넣어서 작은 조각을 뜯

어내고, 나는 모종삽으로 돌덩이를 떠낸다. 우리는 곧 새 텃밭 테두리에 두를 돌을 꽤 많이 모은다. 그리고 이 획득물에 몇 가지를 더한다. 매끄러운 표면에 화석 단면이 새겨진 큰 대리석 하나와 네모진 형태라 부엌에서 열판으로 쓰면 딱 좋을 두꺼운 푸른색 커크비 점판암이다. 옛 석공장 터는 버려진 것 가운데서 보물을 찾기에 좋은 곳이다.

돌 모으기에 질린 아이가 잡석 무더기 꼭대기로 달려 올라간다.

"이제 놀자." 아이가 물총을 들면서 말한다. 나는 손이 돌에 베이고 추위에 갈라졌지만, 도구를 내려놓고 전투태세로 주먹을 쳐든 채 아이에게 돌진한다.

"나는 황무지의 여왕이다!" 내가 외친다. 아이가 재미있어서 깍깍거리며 물총을 겨눈다. 아이는 명사수이고, 물은 차갑다.

"나는 바위산의 왕이다. 물러나라!" 아이가 딱딱하게 저항하는 땅에 나뭇가지를 꽂아서 보이지 않는 깃발을 세우고 선언한다.

우리는 둘 다 지저분하고 손은 거친 모래에 붉게 물들었으며, 옷과 부츠는 진흙투성이다. 하지만 그런 것은 아무 상관없다. 우리는 전투의 함성을 지르면서 사방팔방 부지를 뛰어다닌다. 이것은 아들의 세계이고, 아이는 그것을 내게 선물한다. 아이가 돌무더기 정상에서 승리의 환호를 지르면서 패전군인 데다가 흠뻑 젖은 나를 향해 물총의 마지막 총알을 발사할 때, 나는 멜로드라마적인, 최후의 항거의 몸짓으로 한 손을 뻗으면서 땅에 쓰러진다.

"너는 영원히 나를 꺾지 못하리라." 나는 쉰 목소리로 이렇게 말하고 죽는다.

바로 그 순간, 보수당 소속인 이 지역 하원 의원이 양복을 빼입은 남자 열두 명을 거느리고서 돌무더기 모퉁이를 돌아서 온다.

"이 주택 단지는 '빅 소사이어티'의 작동을 보여주는 훌륭한 사례로서, 저소득층 가정에 저렴한 교외 주거지를 제공합니다." 의원이 남자들에게 이렇게 말하고 우뚝 선다. 큐, 태만하고 가난한 시민 등장이오. 우리가 몸을 돌려서 그들을 본다. 진흙 범벅에 꾀죄죄한 우리는 꼭 돌이 잔뜩 담긴 녹슨 손수레를 훔치다가 딱 걸린 사람 같다.

의원이 어쩔 줄 모르고 계속 우리를 본다. 어색하고 팽팽한 순간이 우리 사이를 지나간다. 이윽고 나는 아들을 보면서 씩 웃는다.

"싸우자!" 나는 주먹을 쳐들고 외친다. 우리는 눈을 이글이글 빛내고 소리를 지르면서 언덕을 달려 내려간다. 우리는 황무지의 왕과 여왕으로서 자랑스럽게 우리의 영토를 주장하는 바다.

빨간색
에나멜 스틸레토

오레가노

Wild marjoram
Joy-of-the-mountain, grove marjoram, pot marjoram, wintersweet

오리가눔 불가레
Origanum vulgare

✧ **오레가노를 욕조에 이레 동안 두면 슬픔과 애도로부터 편안해질 수 있다**

오레가노는 부정성을 몰아내는 능력이 강한 식물이다. 그리스 신화의 사랑의 여신 아프로디테와 연관되며, 폐경기 증상과 생리 전 긴장을 완화하는 데 쓰인다. 잎과 꽃으로 만든 차는 불면, 편두통, 요통, 어지럼증, 우울을 완화하는 데 쓰고 기침, 감기, 식욕 부진, 위경련, 복부 팽만 치료에도 쓴다. 호박벌과 나비에게 꿀과 꽃가루를 많이 제공한다.
오레가노는 건조하고 척박한 덤불 지대에서 잘 자란다.

아들과 나는 집 앞길에 분필로 그림을 그리느라 바쁘다. 우리가 공룡을 그릴 때, 나이 지긋한 이웃이 발길을 멈추고 잡담을 건다. 그녀가 내게 저녁 뉴스에서 본 '당뇨 이야기'를 들려준다.

"…의사가 그 애의 두 발을 다 잘라야 했어요. 이 애보다 겨우 몇 살 위 아이였는데, 다시는 축구를 하지 못하게 됐대요." 이웃이 말한다. 나는 억지로 예의 바른 미소를 지으면서 아들이 이 대화를 못 듣도록 주의를 돌려본다. 하지만 이미 늦었다. 아이는 그 말을 들었다. 나중에 욕조에서 물장난할 때, 아이가 발가락을 거품 위로 들어올려서 꼼지락거리다가 의사가 자기 발을 자르지 말았으면 좋겠다고 내게 말한다.

아들이 제1형 당뇨병 진단을 받았을 때 간호사는 우리에게 괴사한 발가락, 살이 썩어 들어가는 궤양, 절단된 팔다리 사진을 보여주면서 발 상처를 조심하라고 경고했다. 그때부터 나는 아이의 발을 성실히 관리해왔다. 나는 아들에게 그런 일은 없을 거라고 말해준다. 그러면서도 속으로 새 신발을 사줘야 한다고 메모한다.

이튿날 아들을 중고품 가게에 데려간다. 들뜨고 산만해진 아이는 무엇 하나에 집중하지 못한다.

"이건 어때, 엄마?" 아들이 도자기 우물 장식품을 집으면서 외친다. 아이는 내가 가까스로 붙잡나 싶으면 어느새 달아나서 숟가락, 퍼즐, 접시, 구슬 장신구를 차례차례 집어 올린다. 내게 보라색 인조 모피 쿠션, 매끄러운 분홍색 조가비를 엮은 목걸이, 무지개색 울 목도리, 빅벤 모형이 담긴 스노 글로브를 권한다. 나는 아이가 바닥에 놓고 간 물건을 차례로 집어 들고, 아이는 앞서가면서 또 다음 보물을 찾는다.

"아가, 너 하이high 하니?" 아이에게 묻는데 생각보다 목소리가 좀 컸다. 나는 반백의 가게 점원과 눈이 마주친다. 그녀가 내게서 아이에게로, 다시 내게로 시선을 옮기고, 휘둥그레진 눈으로 얼른 딴 곳을 본다.

내 목에서부터 따끔따끔 열기가 퍼지고, 갓 구운 따뜻한 빵 같은 민망함의 냄새가 피부에서 피어오른다. 아들의 손을 잡고 집에 가고 싶지만 아직 아이의 신발을 사지 않았다. 일단 아이를 잡아 앉히고 혈당을 확인해야 한다. 나는 다시 아이를 부른다. 아이가 '헨젤과 그레텔'의 빵

조각처럼 늘어놓고 간 잡동사니를 주우려고 엉거주춤한 자세를 하고 터질 듯한 가방을 뒤적여 혈당 측정기를 찾는다.

그때 아이가 옆에 나타나더니 단검처럼 뾰족한 15센티미터의 굽이 달린 빨간색 에나멜가죽 스틸레토를 흔든다.

"엄마, 이 신발 사. 예쁘잖아. 이걸 사, 엄마. 엄마를 위해서." 아이는 이것이 나를 위한 신발이라고 굳게 믿으며 말한다. 그런 아이에게 고맙다고 말하면서도 아이가 보는 나는 어떤 사람인지 의아해진다. 굽 15센티미터의 빨간 에나멜가죽 하이힐을 신는 여자는 대체 누구일까? 아이는 내가 워킹화를 신은 모습밖에 보지 못했다. 내 발은 다년간 실용적인 신발을 착용하면서 넓적해졌거니와, 어릴 때도 신데렐라의 구두는 내게 맞지 않았다. 나는 가끔 어머니의 키 큰 마호가니 선반 장 깊숙이 팔을 넣어서 은색 버클이 달린 정장 구두, 파티용 끈 샌들, 키튼 힐 부츠를 꺼냈다. 공주가 됐다고 상상하면서 그런 신발에 발을 꿰었지만 재투성이 소녀와 달리 내게는 그런 신발이 맞지 않았다. 걸으려고 하면 넘어지기 일쑤였다. 실망한 나는 신발을 다시 어두운 곳에 넣고 신경 쓰지 않는 척했고, "어차피 숙녀 같은 건 되고 싶지 않아." 하고 말했다. 하지만 나중에는 마치 신데렐라의 못된 언니들처럼 내 몸을 바꿔서라도 신발에 끼워 맞추려고 애쓸 터였다.

나는 빨간 구두를 내려다본다. 이 신발은 결코 내 삶에 맞지 않을 것이다. 거친 누아르 영화 속 귀부인에게나 맞는 신발이다. 아이가 아무리 조른들 우리에게는 이런 낭비를 감수할 여유가 없다. 그래도 아이가 이런 비실용적인 진홍빛 구두를 '그냥' 신을 수도 있는 사람으로 나를 바라봐주어 퍽 기분 좋다. 나는 신발을 진열대에 돌려놓는다. 하지만 잊지 않는다.

가장 창의적인 정원 상

더치인동

Honeysuckle
Goat's-leaf, woodbine

로니케라 페리클리메눔
Lonicera periclymenum

❖ **대문 밖에서 자라는 더치인동은 사랑을 계속 살려주고 행운을 불러준다**

더치인동은 직관을 날카롭게 하고 영적인 꿈을 촉진하며, 긍정적인 시각을 장려한다고 일컫는다. 약초로는 그 꽃이 기침이나 여타 호흡기 불편부터 인후통, 감기, 독감, 열, 요로 문제까지 다양한 염증과 감염을 치료하는 데 쓰였다. 사람들은 이 식물의 꽃에서 꿀을 빨아먹곤 하는데, 꽃은 괜찮지만 열매와 잎은 독성이 강하므로 섭취해서는 안 된다.

더치인동은 산울타리, 관목, 음지에서 자란다.

지역 농업 박람회의 경쟁 부문은 오백 가지가 넘는다. 가령 '촛대에 꽃 장식하기'부터 '최고의 뮬 김머 양Mule gimmer lamb'까지, 별의별 부문이 다 있다. 아들은 그중 마흔세 가지를 골랐는데 특별한 순서 없이 열거하자면, 비스킷 깡통에 꾸민 미니어처 정원(정해진 깡통 규격을 지킬 것), 야채로 만든 동물, 색칠한 달걀, 재활용 재료로 만든 모형, 빅토리아 스펀지 케이크(속에 잼이 있어야 하고, 장식은 금지), 수제 블랙커런트 잼 등이다. 석 달 전에 아들이 참가 부문을 고를 때만 해도 나는 일정표를 짜서 몇 주에 걸쳐 차근차근 준비하리라고 계획했다. 현실은 단 일주일 동안 미친 듯이 굽고 자르고 붙이고 따고 색칠하고 장식했다. 오늘이 드디어 행사일이고, 시간이 얼마 없다.

참가 규칙 팸플릿에 따르면 모든 출품작은 알맞은 분류 카드와 함께 늦어도 오전 아홉시까지 진열을 마쳐야 한다. 당일 남편과 나는 아들의 인슐린 삽입관이 제대로 작동하지 않은 일 때문에 거의 밤을 새웠다. 나는 인내심이 바닥나고 있다. 벌써 오전 여덟시 이십오분이다.

"가자! 늦겠어!" 나는 이게 다 재미있자고 하는 일임을 잊고 소리친다. 나는 배고프고 피곤하다. 밖은 비가 오기 시작했다. 외출해서 종일 비를 맞고 다니고 싶지 않다. 집에 있으면서 책이나 읽고 낮잠이라도 자고 싶다. 남편은 소파에 앉아서 휴대전화로 메시지를 확인하는 중이다. 그는 서두르지 않는다.

"진정해. 동네 박람회일 뿐이잖아." 남편이 웃으면서 말한다. 나는 우뚝 서서 그를 본다. 남편이 군말 없이 일어난다.

남편의 출품작은 '남자의 베이킹' 부문에 제출할 초콜릿 브라우니 네 조각이다. 남편의 성별 정체성은 요리 실력과 아무 관계없지만, 보아하니 세상은 거기에 특별한 상을 줘야 한다고 여기는 모양이다. 남편이 작은 브라우니 상자를 나른다. 나는 그 위에 훨씬 더 큰 상자를 얹는다. 무겁고 꼭대기까지 찬 상자다.

"조심해!" 나는 상자를 차로 가지고 나가는 남편에게 외친다.

아들은 어서 가고 싶어서 폴짝폴짝 뛴다.

"엄마, 얼른, 얼른!" 아들이 외친다. 나는 뒷문을 잠근다. 한 손에는 야생화 꽃병을, 다른 손에는 열쇠를 들고, 지베르니 정원을 해석하여 그린 그림을 겨드랑이에 낀 채로, 어떻게 하면 꽃병의 물을 흘리지 않고도 도로에 오르고 울퉁불퉁한 들판을 가로지를 수 있을지 생각해본다. 이 문제의 해답은 너무 늦게 알게 된다. 연륜 있는 참가자들은 물통을 따로 챙겨서 행사장에 도착한 뒤 꽃병에 물을 채운다는 것이다. 또한 그들은 시간을 더 넉넉히 둔다.

아들은 제 좌석에 안전띠를 차고 앉아서 갈 준비를 마쳤다. 나는 아이를 위해서 이 일을 한다는 사실을 되새긴다. 두 번 다시 하지 않겠다고도 다짐한다.

"행사 시작이야, 엄마!" 아들이 말한다.

아들이 참가하는 첫 박람회다. 아이는 행사의 의례적인 요소, 이를테면 반짝거리는 은도금 트로피나 어떤 경쟁이 펼쳐질까 하는 기대감까지 다 좋아한다. 나는 아이에게 실패를 대비시키려는 반사적 반응을 누르고자 애쓰는 중이다. 내가 어렸을 때 실망은 기정사실이었다. 희망을 품어봐야 소용없었다. 차라리 실망에 미리 대비하여 얼결에 당하지 않는 편이 나았다. 성공을 노릴 때마다 내가 듣는 조언은 하나였다. "넌 그저 최선을 다할 수 있을 뿐이야." 그리고 그것만으로는 부족할 수 있다는 충고도 따랐다.

그것은 내 기분을 낮게 하려는 말이었지만 효과는 없었다. 나는 늘 실패에 대비했다. 이기지 않아도 괜찮다고 스스로에게 말했지만 사실은 괜찮지 않았다. 실패의 운명을 초연히 받아들이는 겉모습 안에는 소리 없는 울부짖음이 있었다. "왜 나는 안 돼?" 어린 나는 말했다. 단 한 번이라도 최고가 되고 싶었고, 최고가 되면 기분이 어떨지 알고 싶었다.

다들 참여에 의의가 있다고 말하지만 실망은 무겁고 두꺼운 감각이었다. 그렇다고 그것을 내보여서도 안 됐다. 이중 구속인 셈인데, 이기지 못한 것을 속상해하는 것은 거만한 짓이기 때문이다. 게다가 나는 그런 것을 다 이해하고 있어야 했다. "자만하다가 낭패 보는 법이니 공연히 바보가 되지 마라."라는 경고를 이미 들었으니까. 내가 충분히 훌륭하다고 믿는 것은 실패의 초대장이었다.

훗날 나는 내 역사를 다시 쓸 것이다. 주역을 맡는 사람이 될 것이다. 우승을 노리는 사람이 될 것이다. 상을 받는 사람이 될 것이다. 이등이 되지 않을 것이다. 꼴찌가 되지 않을 것이다. 더는 충분히 훌륭하지 않은 사람으로 남지 않을 것이다. 오늘은 아들이 스스로 최고일 수 있다고 믿을 기회다. 여전히 아이에게는 참가 자체가 재미라고 말해주지만, 나는 남몰래 소원을 빈다. 아이가 이기게 해주세요.

우리는 오전 여덟시 오십오분에 도착한다. 가방과 상자, 물이 뚝뚝 듣는 비옷, 꽃이 꽂힌 화병을 아슬아슬 끌어안고서 대형 천막의 텁텁한 공기 속으로 들어간다. 누가 내게 흰 카드 뭉텅이를 주면서 참가자의 이름, 나이, 출품 부문을 장마다 써넣으라고 알려준다. 아들은 도우려고 애쓴다. 통로를 이리 갔다 저리 갔다 달리면서 각 부문의 정확한 번호를 보고 온다. 우리 옆에서 진행 요원이 기다리고 있다. 꾀죄죄한 나와는 달리, 그녀는 네이비색 원피스 차림과 단정하게 가다듬은 은발로 흠 하나 없는 모습이다. 나는 펜이 없어서 그녀에게 빌려줄 수 있느냐고 묻는다. 그녀는 웃음기 하나 없이 내게 펜을 건네고 손목시계를 본다.

꽃이 시들고 있다. 채소로 만든 오리는 도중에 다리 한 쪽을 잃었다. 젤리로 만들어서 먹을 수 있는 목걸이는 녹기 시작했다. 빅토리아 스펀지 케이크는 블랙홀처럼 푹 꺼졌다. 그래도 남편의 브라우니가 잘 버티고 있으니 우리에게 기회는 있다. 그것을 베이킹 탁자에 진열한다. 우리는 브라우니를 분홍색 꽃무늬 접시에 얹고 작은 분홍색 장미로 장식했다. 뒤에서 목소리가 들려온다.

"출품작은 종이 도일리에 전시해야 합니다." 웬 여자가 가르쳐준다. 아까와는 다른 진행 요원이고, 아마도 이 사람이 책임자인 듯하다. 우리는 도일리가 없다. 이것이 타협 불가능한 규칙임을 모르는 채, 나는 접시도 예쁘지 않느냐고 설득한다.

아들이 멍석 바닥에 퍼지르고 앉아서 울기 시작한다. 아이는 흥분한 탓에 아침 먹은 것이 진작 꺼지고 인슐린만 잔뜩 남아서 저혈당증에 빠졌다. 나는 무릎을 꿇고 아이의 주머니에서 인슐린 펌프를 꺼낸다. 저혈당 경고가 떠 있다. 클립보드를 든 '도일리 여자'가 옆에서 펜을 톡톡 두드린다.

"베넷 부인, 도일리 있습니까?" 여자가 묻는다. 나는 그녀를 올려다보고 다시 아들을 본 뒤 지금은 내가 '부인'이 아니라는 것을 설명할 시점이 아니라고 판단한다. 아이에게 당분이 필요하다는 것 외에는 모두 잊은 채, 나는 말없이 탁자의 브라우니 접시를 가져와서 아들에게 주고 아이는 두 손으로 브라우니를 먹는다. 도일리 여자가 우리를 두고 떠난다.

내게는 아직 진열해야 할 출품작이 열일곱 개 남았다. 텐트 반대편 끝에서 남편이 비스킷 깡통 정원, 몸에 좋은 간식으로 구성한 도시락, 색칠한 달걀, 장난감 총의 총구에 개양귀비 한 송이를 끼운 작품을 아슬아슬하게 들고 서 있다. 전쟁의 인명 피해를 표현한 마지막 출품작은 내 작품이다. 나는 '흥미로운 용기에 진열한 꽃' 부문의 다른 출품작을 둘러본다. 은 골무에 섬세한 미니 제비꽃 다발을 꽂은 작품, 고무장화에 해바라기 세 송이를 담은 작품, 유리 촛대의 팔들이 갓 피어난 흰 장미를 한 송이씩 쥐고 있는 작품, 자기로 된 변기 물탱크에 작약이 흐드러지게 담긴 작품. 내가 꽃으로 표현한 정치적 논평 작품이 우승할 것 같지는 않다.

우리는 제한 시간을 넘겼다. 우리 외에 천막에 남은 사람은 예의 진행 요원과 도일리 여자뿐이다.

"다 끝났나요?" 네이비색 원피스의 진행 요원이 묻는다.

"아직이요. 베넷 부인과 남편이… 남편인지 아닌지, 하여간 남았네요." 도일리 여자가 대답한다. 남편과 나는 천막 끝과 끝에서 입을 딱 벌리고 마주본다. 나는 따지려고 하지만 그때 아들이 일어나서 내 손을 잡아당긴다.

"엄마, 빨리 해야 해. 어서!" 아들이 지시한다. 그러고는 단것 범벅인 작은 손으로 높이 8센티미터의 꽃 장식과 모양이 살짝 찌그러진 주키니 호박을 쥐고 달려간다. 나는 도일리 여자에게 아이가 저혈당이었다고 설명한다.

"아, 그래요. 당이 떨어지면 어떤지 저도 알죠. 특히 참가자들이 계속 늦고, 우리는 새벽 여섯시 이후로 아무것도 못 먹었을 때는 말이에요. 다음번에는 조금 일찍 와주시겠어요?" 여자는 이렇게 대답하고 팽팽한 미소로 말을 맺는다. 그녀의 말이 신 사탕처럼 내 얼굴을 일그러뜨리지만, 나는 아무 말 하지 않는다. 나는 아들이 행사를 즐기기를 바란다. 비타협적인 우두머리와 입씨름하는 일은 방해만 될 것이다. 그 대신 우리는 출품작 진열을 마무리하고, 남은 상자를 도로 집에 가져가도록 남편에게 안기고 행사장 구경에 나선다.

결과 발표를 들으려면 오후 네시까지 기다려야 한다. 지금은 오전 열시고 굵은 비가 내린다. 아들은 신경 쓰지 않는다. 아이는 한나절 계획을 다 세워뒀다. 아이는 내 손을 잡고 이 매대 저 매대로 끌고 다니면서 고무장화, 반짝이는 잔디깎이, 낚싯대, 화려한 솜사탕 봉지를 구경한다. 아이는 또 고무장갑 젖통에서 젖 짜기에 도전하는데 젖이 겨우 몇 방울 떨어지는 것을 보고 패배를 인정한다. 아이가 나도 해보라고 조르지만 나라고 더 낫지 않다. 젖 짜기는 보기보다 어렵고 강한 악력과 기술이 있어야 하는 작업이다.

행사장 한가운데에서 다 큰 남자들이 바지 위에 흰 팬티 차림으로 상대를 풀밭으로 거꾸러뜨리려고 엎치락뒤치락하고 있다.

"저 사람들은 왜 팬티를 겉에 입었어, 엄마?" 아들이 묻는다.

"컴벌랜드 레슬링이라는 거야. 여기 전통이란다." 나는 말한다. 이 말은 사실이지만 질문에 대한 답은 되지 않는다. 사실은 나도 이유는 모른다. 현재의 컴브리아주는 1974년에 설치됐고, 그 전에 이 지역의 서쪽은 컴벌랜드, 동쪽은 웨스트멀런드, 북쪽은 칼라일, 남쪽은 랭커셔였다. 아버지는 개중 컴벌랜드 출신인데 컴벌랜드는 웃긴 얼굴 만들기 대회와 이 팬티 레슬링의 본고장이다.

레슬링을 구경한 뒤 우리는 가축 전시장으로 간다. 천막 안 공기가 달콤하고 묵직하다. 축축한 건초와 젖은 왁스 재킷 냄새가 난다. 입구에 흰 종이 접시에 전시된 달걀이 있다. 접시마다 서로 다른 닭장이 표시되어 있고, 온전한 달걀과 깬 달걀이 각각 한 알씩 담겨 있다. 몇 줄로 늘어선 닭장 안에 암탉, 수탉, 집오리, 토끼 그리고 엉뚱하게도 기니피그 세

마리가 있다. 아들은 한 줄 한 줄 살펴보면서 황갈색 버프 오핑턴 닭부터 풍성한 볏에 흥분해 있는 실키 닭까지 모두에게 축하를 해준다.

"안녕, 암탉 씨. 정말 훌륭한 달걀을 낳았구나. 잘했어!" 아들은 닭 한 마리 한 마리에게 말한다. 그러다가 이내 조용해진다. 나는 다음에 올 일을 알고 있다.

"엄마, 플로라앤과 로살리타가 그리워." 아들이 말한다.

"그래, 얘야. 하지만 지금은 우리가 닭을 키울 수 없으니까." 나는 이렇게 말하면서 아직도 속에 남은 화를 누른다.

"언젠가 우리가 집을 살 만큼 돈이 많아지면, 그때는 걔들이 돌아올 수 있어." 아들이 말한다. 나는 미소 짓는다. 하지만 속으로는 그런 날이 올 때면 그 닭들은 세상을 뜬 지 오래일 거라고 생각한다.

"가자, 우리가 상을 탈지 보러 가자. 어때?" 나는 이렇게 말하면서 아이의 손을 잡고 밖으로 이끈다. 닭들과 아쉬움을 뒤로하고.

나는 아이에게 톰볼라tombola 제비뽑기를 하라고 20페니를 준다. 통이 돌 때마다 아이가 깍깍거린다. 아이는 경품을 따지 못했지만 매대 뒤의 여자가 웃으면서 아이에게 알록달록한 사탕이 든 봉지를 건넨다. 아이는 자기 혈당이 높다는 것을 알고 있고, 그래서 선물을 받아도 되는지 자신이 없다.

"고맙습니다. 하지만 전 지금 그걸 먹으면 안 될 것 같아요." 아들이 예의 바르게 대답하려고 한다.

"엄마는 신경 쓰지 않으실 거야." 여자가 말하면서 아이에게 공모의 윙크를 한다. 사탕을 주면 끝나는 문제가 아니지만 나는 아이가 소외감을 느끼지 않기를 바라고, 여자가 좋은 마음으로 그런다는 것을 안다.

"괜찮아. 받고 싶으면 받아도 돼." 나는 아이에게 말하면서 속으로 탄수화물 섭취량을 계산한다.

"지금 하나 먹어도 돼?" 아이가 봉지를 쥐고 묻는다. 나는 망설인다. 아침에 저혈당이었다가 남편의 브라우니로 과잉 보충한 탓에 아이의 혈당은 빠르게 반등하는 중이다.

"좀 이따가 먹는 게 좋겠어." 나는 말한다. 사탕을 달라고 손을 내밀자 아이가 내게 건넨다. 여자가 나를 봤다가 다시 아이를 본다.

"아들은 당뇨가 있어요." 나는 여자의 군말을 막을 수 있기를 바라면서 말하지만, 소용이 없다.

"아, 딱한 것. 그래도 이번 한 번은 괜찮을 거예요, 그쵸?" 여자가 동정심에 찌푸린 얼굴로 말한다. 나는 조용히 다섯까지 센 뒤에 그 자리를 떠난다. 가끔은 설명하려고 애쓰는 것도 피곤하다.

남은 시간은 진흙탕이 된 행사장을 천천히 배회하면서 보낸다. 양들의 행진과 진창에 주차된 빈티지 자동차 일곱 대를 구경하고, 자선 경품 뽑기에 도전한다. 아들이 다람쥐 장식 쟁반을 따서 내게 선물한다.

오후 네시, 주최 측이 공예품 천막을 관람객에게 공개한다. 천막은 사람으로 붐비고, 경쟁적인 기대감이 팽팽하다. 우리 단지에 사는 여자아이 하나가 울면서 우리를 밀치고 지나간다. "불공평해. 내 게 최고였단 말이야!" 여자아이가 통곡한다. 아무래도 내 생각보다 더 진지한 대회인 모양이다.

우리는 통로를 걸으면서 누가 먼저 우승 카드를 알아보는지 겨룬다. 분홍색 카드는 일등, 파란색 카드는 이등, 노란색 카드는 삼등을 뜻한다. 아들은 나를 끌고 인파를 헤치면서 자신의 출품작 밑에서 카드를 한

장씩 뽑아 든다. 어느새 아이의 손에 분홍색, 파란색, 노란색 작은 직사각형이 서른여섯 장이나 모였다.

"봐, 엄마, 봐봐." 아이가 카드를 들고 외친다. 입을 함박만 하게 벌린 아이의 미소가 정말로 환하다.

"야호!" 나도 외치고, 우리는 함께 승리의 춤을 춘다. 누가 본들 어때?

마지막으로 발표되는 부문은 '패리시 정원 상'이다. 큰 게시판 꼭대기에 우리 정원 사진이 붙어 있다. 그 밑에 분홍색 카드와 심사위원이 손수 쓴 심사평이 붙어 있다. 나는 심사평을 소리 내어 읽는다.

'가장 창의적인 새 정원' 그리고 '환경상' 수상작
이 어린 정원사의 지식과 열정에 나는 깊이 감동했습니다. 이 정원은 최고의 창의성을 보여줬고, 상상력을 통해서 확고한 장소성을 만들어냈습니다. 혁신적인 퍼머컬처를 적용했고, 절충적이지만 세심한 계획과 식물에 대한 지식으로 공간을 놀랍도록 창의적으로 활용했습니다. 실천적 원예 교육이란 이래야 한다는 것을 보여준 멋진 사례입니다. 엄청난 잠재력입니다!

우리의 작은 정원, 우리가 빗속에서 돌투성이 땅과 바위를 파내어 일군 우리 정원이 우승했다.

"와, 엄마! 와!" 아들이 외치면서 내 허리를 껴안는다. 우리는 함께 펄쩍펄쩍 뛴다. 우리가 이겼다. 이기는 게 중요한 것은 아니더라도, 게다가 어른인 나는 이것이 인생이라는 큰 그림에서 사소한 사건일 뿐임을 알아도, 어쨌든 우리는 승리했고 승리는 기분 좋은 것이다.

우리는 아들의 트로피를 받아오고, 심사위원 탁자에 가서 우승 카드를 상금으로 바꾼다. 도일리 여자가 아들에게 상금이 든 작은 종이봉투 서른일곱 장을 건넨다.

"이걸로 정원에 필요한 걸 더 살 수 있어요." 아들이 상금을 꽉 쥐고 말한다.

"그러면 내년에도 참가할 거죠, 꼬마 신사님? 다만 다음번에는 엄마가 시간을 지키려고 노력하면 좋겠네요." 여자가 나를 똑바로 보면서 말한다. 나는 혀를 날름 내밀고 싶은 강한 충동을 억누르면서, 미소와 함께 고맙다고 말한다.

우리는 남편이 운전하는 차를 타고 집으로 간다. 차에는 시든 꽃, 끈적한 단것, 반쯤 갉아먹은 케이크가 있다. 아들이 만족의 한숨을 크게 내쉰다.

"고마워, 엄마. 진짜 진짜 최고의 날이었어. 내년에도 할 수 있어?" 아들이 묻는다.

"당연히 할 수 있지." 나는 답한다. 녹초가 됐던 마음은 사라지고, 그 자리에 아이의 기쁨이 들어찬다. 내 안의 여자아이가 미소 짓는다. 그 아이는 실패하지 않았다.

그 속에는 금이 있다

유럽미역취

Goldenrod
Wound weed, blue mountain tea, liberty tea, Aaron's rod

솔리다고 비르가우레아
Solidago virgaurea

✣ 유럽미역취가 자라는 곳에는 숨은 보물이 있다

유럽미역취는 항산화 물질과 타닌이 풍부하다. 항염증, 수렴, 소독, 충혈 제거, 이뇨, 발한 효과가 있다. 식물 전체를 식용한다. 전투에서 출혈을 줄이고 부상을 치료하는 데 많이 쓰였다. 또한 심혈관 건강을 향상시키고, 요로 감염을 씻어내고, 염증과 알레르기 반응을 줄이고, 감기를 완화하고, 열을 내리고, 피로와 탈진을 치료하는 데도 널리 쓰였다. 유럽미역취가 자라는 곳에는 샘이 숨어 있다는 속설이 있는데, 그 때문에 이 식물의 줄기는 종종 수맥 탐사용 막대기로 사용됐다.

유럽미역취는 암석이 많은 땅을 선호하고, 그런 곳에서 쉽게 자란다.

아들은 다섯 살 반 남짓에 로마인을 발견했다. 오늘 우리는 로마군이다. 갈리아인을 연기하는 것은 아무것도 모르는 이웃들이다. 우리는 땔나무 꾸러미와 식량을 등에 비끄러매고, 칼을 차고, 절반쯤 완공된 단지를 씩씩하게 순회한다. 내 주머니에는 포도당과 혈당 측정기와 물통이

들어 있다. 의료적 이유에서는 시간 여행이 허락되니까. 아들은 소리 내어 웃고 기세 좋게 외친다. 우리는 나무칼을 빼들고 거친 땅을 달린다. 우리의 전투 함성이 부지에 쩌렁쩌렁 울린다. 아이는 아직 단순한 놀이 행위에 몹시 즐거워하는 나이다. 아이가 이렇게 몰두하는 모습을 볼 수 있다면, 추위와 눅눅함도 겪을 가치가 있다.

나는 현실을 내려놓고 지금 이곳에서 아이와 함께하려고 애쓴다. 그것이 늘 쉽지는 않다. 어떤 날에 나는 침묵이 간절해진다. 또 어떤 날에는 대화를 갈망하고, 아니면 햇볕에서 책 읽을 기회를 갈망하고, 그도 아니면 그저 차가 식기 전에 마실 수 있기를 갈망한다. 어두운 날도 있다. 화나고 불안정해지는 날, 애도의 세계와 모성의 세계를 결합시키려다가 그 둘에 깔린 기분이 드는 날. 그런 날에는 눈물이 있고 사과가 있으며 어둠 속에서 속삭이는 다짐이 있다.

오늘은 그런 날이 아니다. 오늘은 우리가 버도스월드 요새 모형을 짓는 날이다. 우리는 돌을 고르고 분류한다. 그동안 아이는 그것을 각각 대리석, 사암, 점판암, 화석 석회암, 강돌로 식별한다. 아이가 갑자기 수색을 멈추더니 작고 모난 돌멩이 하나를 무더기에서 골라낸다.

"봐봐, 엄마, 금이야!" 아들이 외친다. 돌멩이는 일종의 석영 같은데, 흰 바탕에 구리색 띠가 있고 옅은 초록색 점이 흩어져 있다. 나는 그것을 손바닥에서 뒤집어 눈앞으로 들어올린다. 그때 해가 구름을 뚫고 나오고 내게도 그것이 보인다. 돌멩이 중심에 한 줄 금색 선이 완벽하고 밝게 그어져 있는 것이 보인다. 아들이 돌 가운데서 금을 찾은 것이다.

"진짜, 진짜 금이야, 엄마?" 아들이 묻는다.

"그럴 수도 있겠네." 나는 말한다. 다섯 살 아이의 얼굴에 미소가 번진다.

"그거 잘 챙겨둬." 아들이 내 손가락을 접어서 소중한 발견물을 감싸며 말한다. 그리고 우리는 건축 놀이로 돌아간다. 아이는 다시 눈앞의 임무에 집중한다. 아이가 꼬부라진 못과 녹슨 고철 조각으로 요새를 장식하는 것을 지켜보며, 나는 아이가 언뜻 쓰레기뿐인 듯한 이곳에서 금을 발견한 것은 정말 멋진 일이라고 생각한다.

"내가 커서 무슨 일을 할지 알겠어. 나는 박물관을 지을 거야. 그리고 고고학과 고생물학을 배울 거야. 엄마도 박물관에서 살아도 돼." 아들이 내게 이렇게 말하고, 이 발견이 만족스러운지 씩 웃은 뒤에 중요한 작업을 계속한다. 그러다가 살짝 비틀거리며, 내게 기분이 이상하다고 말한다. 나는 아이의 손을 닦고 혈당을 재본다. 저혈당이다.

우리는 집으로 돌아온다. 나는 아이에게 비스킷과 주스를 준다. 아이는 어슬렁어슬렁 돌아다니면서 바지와 팬티를 벗고는 거실로 가서 만화 영화를 본다.

나는 지금 팬티도 안 입은 채 만화를 보면서 비스킷을 먹는 아이가 잡석 속에서 가는 금실을 발견할 수 있다는 사실이 정말 좋다. 아이가 자신에 관해서 이전에는 구체화되지 않았던 무언가를 발견할 수 있다는 사실이 정말 좋다. 아이가 일이라는 것을 현재의 자신이 규정하는 것이 아니라 자신이 흥미를 느끼는 것으로서 이해한다는 사실이 정말 좋다.

아들의 세계는 쉽지 않다. 저혈당은 몸에서 에너지를 고갈시켜서, 아이를 겁먹고 혼란스러운 상태로 만든다. 고혈당은 메이플시럽처럼 진한 피를 공급하여 아이를 예민하고 성마른 상태로 만든다. 주삿바늘은 아프고 쉼 없는 통제는 피곤하다. 아이는 자라면서 여러 진실을 발견하게 될 텐데, 그것은 우리가 노는 땅에 있는 돌들과 같다. 어떤 돌은 아이가 들기에 너무 커서 고통스럽고, 그것과 더불어 오는 깨달음이 아이를 슬프게 만든다. 아이는 내게 자신은 강하니 스스로 처리할 수 있다고 말하지만, 나는 그 무게를 덜어주고 싶다. 아이가 고군분투하는 것을 보고 싶지도, 아이가 넘어지는 것을 보고 싶지도 않다.

하지만 그보다 작은 돌도 있다. 아이가 땅을 보다가 금을 발견한 순간이 그렇다. 나는 날카로운 돌을 손 안에서 돌려본다. 오늘은 의미 있는 날이다. 그동안 나는 우리가 가진 현재를 넘어서는 생각을 스스로에게 허락하지 않았지만, 오늘 아이는 앞으로 펼쳐질 제 인생의 가능성을 구체적으로 그려보였다. 자신이 살 미래를 내게 처음으로 살짝 보여줬다. 그것은 비록 거칠지만, 그 속에는 금이 있다.

살짝 미쳐서
좋은 날

왕질경이

Greater plantain
Soldier's herb, healing blade, waybrede, roadweed

플란타고 마요르
Plantago major

❖ **상처 입었다고 느끼는 사람을 치유하고 희망을 불러오는 데 쓴다**

왕질경이는 광범위한 항미생물 효과와 더불어 항염증, 진통 효과가 있다. 호흡기와 소화기에서 나온 잉여의 분비물을 건조시키는 데 도움이 되고, 폐울혈에 거담제로 쓸 수 있다. 잘게 썰어서 그대로 붙이거나 습포제로 만들어서 붙이면 벌레 물린 곳이나 여타 피부 자극을 낫게 해준다. 이 식물로 만든 팅크는 특히 감기와 독감에 좋다. 꿀을 곁들여서 차로 마시면 위궤양, 과민 대장 증후군, 위창자 염증이 완화된다. 칼슘, 기타 무기물, 비타민 K를 비롯한 비타민이 풍부하여 자상과 상처에의 출혈을 저지하는 응혈제로 기능하므로 전장에서 부상 치료에 유용하게 쓰인다.

왕질경이는 교란지, 도롯가, 오솔길, 과거에 경작된 적 있는 땅에서 잘 자란다.

아들과 나는 집 밖 세상을 탐험한다. 아들은 저혈당에 대비한 젤리와 공룡들을 담은 배낭을 멨다. 나는 혈당 측정기를 챙겼고, 가을에 채집할 수 있는 식량과 씨앗을 넣을 가방을 들었다.

오늘 우리의 발견물은 폐가 담벼락에 묵직하게 걸린 서양배 모양의 통통한 과일이다. 무너지는 중인 회반죽 돌담에 기어오른 것은 잭의 콩나무보다 더 높게 자란 퀸스나무다. 땅에는 떨어진 열매의 끈적한 시체가 널려 있지만 가지에 달린 열매는 지금 딱 따기 좋게 잘 익었다.

"배다!" 아들이 기뻐서 꺅꺅댄다. 아이는 내가 미처 말리기 전에 열매를 한입 무는데, 이내 얼굴이 일그러진다.

"배가 아니야." 아들이 이렇게 말하고는 신맛 때문에 입안이 텁텁한지 혀를 내민다.

"이건 퀸스quince(털모과)야. 젤리로 만들면 맛있어." 나는 설명한다. 아이는 이렇게 떫은 열매가 달콤해질 수 있다는 것을 의심하는 눈치이지만, 나는 아이를 안심시킨다. 우리는 열매가 잔뜩 든 가방을 들고 집으로 돌아온다.

나는 퀸스로 만들 수 있는 레시피를 찾아본다. 퀸스 타르트, 구운 퀸스 풀, 퀸스 젤리.

"멤브리요membrillo를 만들자." 내가 제안한다. 이 이름에 아이는 기대감으로 황홀해한다. 우리는 이 단어를 입안에서 굴려본다. 멤브리요. 어떤 맛이 날지는 전혀 모르겠지만, 어쨌든 이 이름에서는 무어인의 노을과 민트 차와 금박 입힌 지붕이 떠오른다.

멤브리요를 만드는 과정은 덜 이국적이다. 불 위에서 몇 시간 동안 퀸스를 끓이고 졸여야 한다. 우리 집 조리기는 불 조절이 어려운 싸구려라서, 시럽이 타지 않는지 잘 지켜봐야 한다. 처음에 잠잠하던 시럽은 차츰 걸쭉해지고 뜨거워지면서 보글보글 꿀렁꿀렁 끓는 진홍색 풀처럼 된다.

"물러나!" 대형 용암이 끓어올라 넘치려는 것을 보고, 아이에게 비키라고 외친다. 용암이 분출하여 벽과 바닥과 천장을 덮친다. 부엌은 퀸스 학살 사건을 목격한 꼴이 됐다. 나는 레시피를 다시 읽어본다. 레시피에는 이 잠재적 위험을 경고하는 대목이 없다. '쉬운 멤브리요, 달콤한 퀸스 치즈'라는 약속뿐이다. 그냥 쉬운 것도 아니고 '엄청 쉽다'고 한다. 과일 껍질을 벗기고 속을 판 뒤, 냄비에 물과 바닐라와 설탕과 함께 넣고 끓이고, 한참 조린 후 굳히면 된다고, 그러면 '칼로 자르기에 딱 좋은 점도'가 된다고 한다.

문제는 시럽이 찐득한 액체 이상으로 걸쭉해지지 않는다는 점이다. 그 대신 시럽은 폭발했고 온 부엌이 끈적한 빨간색 풀로 칠갑했다. 아들은 개수대 틈새 밑에 숨어 있다. 나는 행주로 팔을 덮고 냄비를 불에서 내린다. 보글거림이 잦아들다가 멈춘다. 나는 천장을 보고 웃음을 터뜨린다. 아들도 웃는다. 둘 다 얼마나 낄낄거렸는지 배가 당기고 가슴이 조인다.

"멤브리요는 신나, 엄마!" 아들이 말한다. 이것이 신나는 일인지는 모르겠지만, 나는 이대로도 행복하다.

시럽이 식자 우리는 얕은 냄비 여러 개를 늘어놓고, 시럽을 떠서 나눠 담고, 가만히 둬서 굳힌다. 페이스트가 다 만들어지자 나는 한 조각 잘라서 아들에게 준다. 기쁘게 그것을 맛본 아이가 어리둥절해한다.

"전혀 치즈 같은 맛이 아니야, 엄마. 그래도 맛있어." 아들이 판결한다. 우리는 페이스트를 몇 덩이로 잘라서 유산지와 모슬린으로 싸고, 각각 초록색 리본으로 묶은 뒤 큰 밀폐 용기에 보관한다. 이것이 올해 우리의 크리스마스 선물이 될 것이다.

퇴근한 남편은 붉은 얼룩으로 뒤덮인 부엌과 끈적한 냄비가 쌓인 개수대와 마주친다. 사방이 달콤한 페이스트로 코팅되어 있다. 아들과 나는 리놀륨 바닥에 앉아서 냉동 콩 한 바구니와 금속 볼 두 개로 콩알 축구를 하고 있다.

"골!" 아들이 외치면서 팔짝 일어선다. 대혼란 상태를 물끄러미 보던 남편의 시선이 얼룩을 따라서 벽을 오르고, 천장을 가로지르고, 다시 내려온다. 그가 영문을 물으려고 입을 벌린 순간, 아들이 끼어들어서 남편의 손을 당긴다.

"봐봐, 아빠. 우리가 멤브리요를 만들었어. 시럽이 좀 미쳤지만." 아이가 말한다. 이 말에 우리 둘은 다시 폭소한다.

"그런 것 같구나." 남편이 눈썹을 치키면서 말한다. 나는 어깨를 으쓱하고 퀸스 페이스트 한 조각을 남편의 입에 넣어준다. 그러고는 씩 웃는다. 가끔 살짝 미치는 것도 괜찮다.

음지의
기억

빈카

Lesser periwinkle
Running-myrtle, blue buttons, joy-on-the-ground, sorcerer's violet

빙카 미노르
Vinca minor

✢ **빈카 꽃을 응시하면 잃었던 기억을 되살릴 수 있다**

빈카는 로마 신화의 베누스 여신과 연관된다. 매력을 높이는 사랑의 주술과 집에서 부정적인 기운을 씻어내는 주술에 쓰였다. 독일에서는 불멸의 상징이라, 자식을 잃은 부모가 슬픔을 이기기 위해서 자식의 무덤에 심곤 한다. 수렴, 지혈, 혈관 확장, 이뇨 효과가 있다. 말려서 인후통, 코피, 생리혈 과다, 위염, 가벼운 피부염, 다양한 폐 질환 치료에 쓸 수 있다. 중세에는 두통, 어지럼증, 건망증 치료제로 쓰였는데, 최근 연구를 통해서 이 식물에 빈카마인이라는 물질이 다량 함유되어 있음이 밝혀졌다. 요즘은 노화 관련 기억력 저하를 예방하는 약제에 많이 쓰인다. 다른 식물을 뒤덮어 죽이는 성향이 있다.

빈카는 음지나 반음지에서 가장 번성한다.

오래전 과거의 삶에서 한 여자가 내게 물었다. "자신에게서 사랑하는 점을 하나 말해볼래요?" 빙 둘러선 치료 모임 사람들이 내 반응을 기다렸다. 나는 뭐라도 찾아내려고 무지 애썼다. 하지만 뭔가가 싱크홀처럼 쩍 갈라졌고, 나는 그 속으로 추락했다. 나는 가방과 코트를 주섬주섬 챙기고 방을 뛰쳐나가서 리놀륨이 깔린 차가운 복도로 도망쳤다.

어렸을 때 방문 옆에 거울이 있었다. 폭은 별로 넓지 않아서 내 몸이 다 담기지 않았지만, 길이는 머리끝에서 발끝까지 담길 만큼 길쭉한 거울이었다.

"볼 만한 게 없는데 들여다봐야 소용없어." 어머니는 거울을 보는 나를 볼 때마다 이렇게 말했다. 그래도 나는 계속 봤다. 내가 누구인지 그 속을 들여다보고 싶었다. 남들은 내게 어머니 얼굴을 닮았다고 말했지만 나는 내가 결코 어머니와 같을 수 없음을 알았다. 어머니는 키가 컸고 날씬했으며 내 능력 밖인 듯 보이는 타고난 편안함과 아름다움을 걸쳤다. 나는 그런 어머니가 자랑스러웠다. 어머니는 화장을 하지도, 다리털을 밀지도 않았다. 여자가 그런 일을 해야만 아름다워지는 것은 아니라고 딸들에게 말하면서도, 아름다움을 누구나의 권리나 모두에게 주어진 선물로 여기지도 않았다. "예쁘지 않은 아이에게 자신이 예쁘다고 생각하도록 만드는 건 잔인한 짓이야." 어머니는 말했다.

방문 옆 거울을 계속 들여다봤던 것처럼, 나는 볼 만한 점이 있는 사람이 되려고 노력했다. 그런데 노력하면 할수록 내가 사라졌고, 급기야 거울에서 나를 되쏘아 보는 시선마저 내 것이 아니게 됐다. 나의 반영마저 볼 만한 가치가 없다면, 실제의 나는 무슨 가치가 있겠는가?

나는 스물한 살까지 굶음으로써 스스로 사라지려고 하다가, 포기했다가, 다시 시도하기를 반복했다. 또 사랑에 빠졌고, 대학에 다녔고, 학위를 받았다. 졸업식 날에는 어머니가 입던 오래된 린디홉 원피스를 빌렸다. 자잘한 파란색 수레국화 무늬에 폭넓은 보디스가 붙어 있고 허리는 너무 조이고 가슴은 너무 헐렁한 옷이었다. 하지만 나는 개의치 않았다. 스페인에서 하이킹을 하고 온 뒤라서 내 살은 갈색이었고 머리카락은 짧았으며, 사랑하는 남자가 곁에 있었다. 기분이 좋았다.

"나는 네 나이였을 때 그 원피스를 입었는데, 너를 낳고 나서도 옷이 맞았단다." 어머니가 말했다. 어머니는 그 옷을 보니 과거에 자신이 거울에서 봤던 여자가 떠올라서 한 말이었겠지만, 내게는 그렇게 들리지 않았다. "넌 뚱뚱해." 내가 들은 말은 이것이었다. 나는 펑퍼짐한 졸업 가운 안에 원피스를 숨기고 쭈뼛쭈뼛 단상에 올라갔다가, 식이 끝나자 청바지로 갈아입었다. 원래는 한동안 집에서 지낼 예정이었으나 좋지 않은 일이라는 생각이 들었다.

이튿날 어머니에게 마음이 바뀌었다고 말하자 어머니는 울었다.

"넌 너 말고 다른 사람 생각은 안 하는구나. 네가 네 엄마를 얼마나 슬프게 만들었는지 보렴." 내가 배낭을 차에 실을 때 아버지가 소리쳤다.

"아, 진짜, 엄마를 슬프게 만드는 건 제가 아니에요!" 나는 받아쳤다. 어머니 마음의 불행을 또 내 탓으로 돌리는 아버지에게 화가 났다. 떠날 때였다.

내 차가 떠날 때 아버지는 마치 마침표처럼 주먹을 공중에 쳐든 채서 있었다. 나는 코너를 돌 때까지 기다렸다가 울었고, 미래의 남편은 묵묵히 옆에 앉아 있었다. 나는 그토록 오랫동안 내 말을 억눌러왔는데 그 밑에는 결코 채워지지 않는 갈망이 있었다. 나는 결코 충분히 괜찮은 존재가 되지 못할 터였다.

하지만 그것은 오래전 일이다. 깨어난 아들이 잠으로 부드러워진 몸으로 내 목에 팔을 두른다.

"좋은 아침, 아름다운 엄마." 아이가 노래한다.

"좋은 아침, 내 아름다운 아들." 나는 답한다. 이 말을 나는 아이에게 매일 해주고 있고, 앞으로도 계속 해줄 것이다. 왜냐하면 사실이기 때문이다. 아이는 아름다워지기 위해서 혹은 사랑받기 위해서 다른 무엇이 될 필요도, 무엇을 해야 할 필요도 없다.

나는 아이의 눈으로 나를 보는 법을, 아이가 보는 방식으로 세상을 보는 법을 활짝 열린 마음으로 천천히 배우는 중이다. 옷을 다 벗고 거울 앞에 서본다. 내 몸은 둥글고 주름져 있다.

"자신에게서 사랑하는 점을 하나 말해볼래요?"

뭐라고 답할 수 있을까?

오늘은 내가 정한 '자신을 칭찬하는 날'이다. 나는 나다. 완벽하지 않지만 이것으로 충분하다.

마법의
콩

사자귀익모초

Motherwort
Throw-wort, lion's ear, lion's tail, heartwort

레오누루스 카르디아카
Leonurus cardiaca

❖ **아이를 악령으로부터 보호하려면 사자귀익모초 향낭을 지니게 하라**

예부터 사자귀익모초는 자기 의심에 시달리는 신생아 부모의 기운을 북돋는 식물로 여겨졌다. '어머니를 위한 약초'라는 말마따나 자궁 수축제로 태반 배출을 촉진해준다. 생리 불순 개선, 에스트로겐 분비 향상, 호르몬 조절, 림프계 정화에 효과가 있어서 생리 전 증후군이나 폐경기 증상, 이를테면 기분 변화, 복부 팽만, 경련통, 홍조, 두근거림, 불안을 완화하는 데 쓸 수 있다. 항경련, 안정, 항우울, 진정 효과가 있어서 혈압을 낮추는 데 쓰고, 스트레스로 인한 심장 기능 이상을 치료하는 데도 쓴다.

사자귀익모초는 황무지, 쓰레기장, 도롯가, 기타 교란지에서 잘 자란다.

정원은 시들어 겨울로 넘어가고, 날에 조용한 회색이 섞여들고, 밤은 별이 없고 고요하다. 우리의 작은 나무들은 마지막 황토색 잎을 떨어뜨린다. 낙엽이 수북이 쌓일 만큼 많지는 않지만, 갈퀴로 긁어서 겨울을 나는 벌레와 벌이 숨도록 만들어주기에는 충분하다. 아들과 나는 마지막까지 남은 식물들의 메아리인 씨앗을 거둔다. 곧 가방이 까만 개양귀비, 칼렌듈라, 아욱, 디기탈리스, 선옹초, 새매발톱꽃으로 가득 찬다. 습지 정원에 키 큰 꽃창포가 갈색으로 늘어져 있다. 돌 틈의 물박하는 은색으로 뻣뻣해졌다. 울타리 가장자리에서 서양쐐기풀이 흔들린다. 차츰 추워지는 나날에 새들의 먹이가 되도록 우리는 이것들을 남겨둔다.

텃밭을 잠재울 시기다. 우리는 텃밭에서 뿌리채소와 잎채소를 많이 수확했다. 남는 것은 피클로 절여서 보관했다. 자급자족할 정도는 아니어도 우리가 먹기에는 충분한 양이었다. 케일은 서리를 맞으면 맛이 더 깊어지니까 월동하도록 놔두지만 나머지는 다 파낸다. 꼬투리만 남은 콩과 달팽이가 갉아먹어서 미끈거리는 호박 줄기는 뽑아서 퇴비로 만든다. 마지막 감자를 흙에서 캔다. 콩 덩굴을 지지대에서 간신히 떼어내고 비덩굴성 콩은 내년을 위해서 남겨둔다. 우리는 일정한 리듬으로 일한다. 이슬비가 거미줄처럼 옷을 덮는다. 일하는 동안 아들은 계속 조잘대고, 나는 듣는다. 아이의 세계는 아직 '무엇', '왜', '만약'의 세계다.

"과학자들이 돌리를 복제했을 때 말이야, 복제된 양은 똑같은 기억을 갖고 시작했어? 아니면 처음부터 다시 시작했어? 잉어도 숨이 찰까? 사람들은 왜 전쟁을 해?" 아이는 거의 쉬지도 않고 잇따라 묻는다. 그러다가 몸을 숙여서, 추위를 잘 피한 노란색 한련 꽃 냄새를 맡는다.

"벌도 재채기해?" 아들이 또 묻는다. 재채기하는 벌을 상상하니 나도 웃음이 난다.

"다 좋은 질문이네. 어느 질문에 대한 답을 제일 먼저 알아낼 수 있을까?" 내가 말한다. 아이는 세상이 돌아가는 방식에 호기심이 많고, 나는 이분법적 대답으로 아이의 세계를 좁히지 않으려고 애쓴다. 늘 아이보다 앞질러 뻗어나가는 아이의 질문이 내 안에 형성한 공간에서, 나는 무지의 불편함을 견디면서 머물러야 한다. 나는 불확실성과 함께 사는 법, 지금 아는 것의 한계를 토대로 삼는 법을 배우는 중이다. 이 순간 나는 아들과 함께 있고, 함께 땅을 파고 있다. 손가락은 얼고, 진흙 묻은 부츠는 무겁다. 이 순간 나는 행복하고, 모든 것이 좋다. 나는 쭈그려 앉아서 아이의 작은 어깨에 팔을 두른다.

"정말 사랑해!" 나는 이렇게 말하고, 추위로 붉어진 아이의 뺨에 입맞춘다. 아이가 씩 웃는다.

"나도 사랑해! 엄마는 세계 최고의 엄마야!" 아이가 이렇게 선언한 뒤, 흙투성이 손으로 내 뺨을 잡고 내 얼굴을 짜부라뜨리면서 입맞춰준다.

우리는 작업을 끝내고 안으로 들어간다. 아들이 코코아를 마시는 동안 나는 억센 줄기콩 껍질을 벗겨서 반짝이는 자주색 씨앗을 꺼낸다. 그러고는 그것을 들어서 아이에게 보여준다.

"마법 콩이야." 내가 말한다. 아이가 머그를 내려놓고 경건하게 손을 내민다. 아이에게 이 마법은 진짜다. 아이의 손바닥에 콩 세 알을 놓고 손가락을 접어준다. 아이는 조용하다. 선물을 쥔 주먹에 시선을 고정한다.

"소원을 빌어." 나는 속삭인다. 어른인 내 귀에는 들리지 않을 만큼 작은 목소리로 아이가 그렇게 한다. 우리는 아이의 주먹에 대고 훅 숨을 불어서 소원을 바람에 날려보낸다. 그러면서 나는 내 소원도 더한다. 내 소원은 늘 같다. 아이가 머물게 해주세요.

"고마워, 엄마." 아이가 계속 콩을 움켜쥐고서 말한다. 우리는 계속 앉아 있는다. 아이와 내가, 한마디 말도 없이, 경이의 고요와 작은 씨앗의 마법에 사로잡혀서.

씨
앗
5

돌무지에서도
쉽게 자라나는 사랑

블랙베리
Blackberry

블랙베리가 나오는 꿈은 상실과 슬픔을 예견한다

블랙커런트
Blackcurrant

블랙커런트 잎에 은화를 싸두면
풍요를 불러온다

뿌리가 땅을
확신하듯

펠리터리오브더월

Pellitory-of-the-wall
Lichwort, paritary, billy-beattie

파리에타리아 오피키날리스
Parietaria officinalis

✤ **결합을 강화하고, 화해를 돕고, 영혼을 가라앉히는 데 쓴다**

옛사람들은 이 식물을 비뇨기 불편, 소화 장애, 열, 기침, 류머티즘 롱증, 방광 문제, 대사 이상, 혈액 순환 부진, 편두통, 치통 치료에 썼다. 비타민 A, B, C와 철, 칼슘, 황, 인이 풍부하다. 어린순을 생으로 혹은 익혀서 채소로 먹는다. 유리 창을 닦거나 구리에 윤기를 낼 때 식물 전체를 쓰기도 한다.

펠리터리오브더월은 벽과 폐허, 황무지, 버려진 장소에서 왕성하게 자란다.

우리 어머니는 다른 어머니들과 달랐다. 솔직히 나는 어머니가 다른 어머니들과 같아지기를 바라지 않았다. 나는 어머니가 중고품 가게의 옷을 패치워크해서 입는 것, 잔디밭에 야생화를 심는 것, 세상에 완전히 조화되지 않는 것을 사랑했다. 어머니가 나를 안아주지는 않을지라도, 뿌리가 땅을 확신하는 것처럼 나는 늘 어머니의 사랑을 확신했다. 다른 아이들은 자기 엄마에게 호텔 창에서 뛰어내리지 말라고, 혹은 찬 북해로 걸어 들어가지 말라고 애원할 필요가 없으리라는 생각은 자라면서

한 번도 하지 않았다. 어머니의 눈물과, 어머니가 자고 자고 또 자던 시기에 관해 의아해하지도 않았다. 비록 어머니는 스스로를 그렇게 보지 않았지만, 나는 늘 어머니를 용감하고 재미있고 상냥한 사람으로 여겼다. 하지만 어머니는 이 세상에서 나름대로 살아가기 위한 고투의 과정에서 내 모든 것을 요구했다. 어머니를 구원하고 싶어도 그럴 수 없었던 나는 열여섯 살에 어머니를 떠났다.

끔찍한 말다툼은 없었다. 나는 학교를 그만뒀고, 당시 일주일 전에 만난 사람들과 런던에 가서 함께 살겠다고 어머니에게 말했다. 그들은 좋은 사람이라고 어머니를 안심시켰고, 다행히 실제로 그랬다. 어머니는 내가 떠나는 것을 막지 않았다. 대신 거래했다. 내가 매주 집에 전화하겠다고 약속한다면 이사를 돕겠다는 거래였다. 나는 동의했다. 아버지는 아무 말 없었지만, 밤늦게 내 방 밑 욕실에서 아버지의 울음소리가 들려왔다. 그 이상하고 낯선 소리에 나는 아버지가 딱해졌고 마음이 아팠다. 내가 다시 작아져서 아버지의 품에 안기고는 여기 남겠다고 말하고 싶었지만, 그러기에는 너무 늦었다. 그 소리를 듣지 않으려고 전축을 크게 튼 채 나는 계속 짐을 쌌다.

만약 그날 밤 부모님이 나를 저지하려고 했다면, 나는 남았을까? 영영 알 수 없을 것이다. 이튿날 아침, 부모님은 나를 기차역까지 태워주고는 잠깐 멈춰서 손 흔들지 않고 바로 돌아갔다.

가방을 풀다가 어머니가 슬쩍 넣어둔 작고 닳은 요리책을 발견했다. 표지 뒷면에 기본 식재료 목록과 내가 가장 좋아하는 음식을 실패 없이 만들 수 있는 레시피 두 편이 적혀 있었다. 어머니는 평생 해온 것처럼 각 항목 옆에 가격을 쓰고, 그것을 분류하고 계산하여 주간 및 월간 예산을 짜뒀다. 그러고도 남은 여백에는 한 마디가 작게 적혀 있었다. "사랑한다, 엄마가." 이후 나는 스물네 개의 집을 전전하면서도 그 요리책을 갖고 다녔고, 지금도 간직하고 있다. 어머니는 특유의 실용적인 방식으로 내가 그녀 자신이 없는 세상에서 살아남도록 갖춰준 것이다.

나는 떠나고 싶지 않았다. 어머니가 "가지 마, 내가 돌봐줄게." 하고 말해주기를 바랐다. 하지만 나는 어머니가 그럴 수 없다는 것을 알았고, 마찬가지로 나도 머물 수 없었다. 어머니의 인생이 쩍 갈라지는 동안 나는 내 고통을 침묵시켜왔다. 이제 나냐 어머니냐였다. 나는 어렸기에 어린 사람이 으레 그러듯이 나를 선택했다. 어머니는 어머니였기에 어머니라면 응당 그래야 한다고들 하는 대로 나를 떠나보냈다. 하지만 집 안의 빈방에 메아리만 울릴 때 어머니는 내가 쓰던 방 바닥에서 작은 공처럼 몸을 말고 울었다. 엄마로 살아온 긴 세월이 어떻게 이렇게 빨리, 경고도 없이 갑자기 끝났는지 의아해하면서 울었다.

그로부터 160킬로미터 떨어진 곳에서 나는 은색 뱅글 팔찌를 찼고, 탁자 위에서 춤췄고, 황금색 피부에 장발의 남자와 사랑에 빠졌다. 내 일상은 사운드 트랙처럼 틀어둔 믹스 테이프, 백단향 오일, 섹스로 채워졌다. 우리는 손을 맞잡고 워털로 공원을 걸으면서 밥 딜런과 앨 스튜어트를 들었다. 뜨거운 여름 공기에 연기가 짙게 걸린 나날이었다. 내가 기다려온 위대한 로맨스이자 새 인생의 시작이었다.

집을 떠난 지 석 달 뒤이자 내 열일곱 살 생일 엿새 전에 그 연애가 끝났다. 나는 밤낮으로 울었다. 그리고 요리책과 뱅글 팔찌를 챙겨서 집으로 갔다. 부모님은 포옹으로 나를 맞지 않았다. 그 대신 내게 집을 떠날 수 있는 나이라면 스스로 생활비도 댈 수 있어야 한다고 말했다. 혹시 내가 어린 시절로 달아날 수 있으리라는 환상을 품었더라도, 나는 금세 그 환상이 사라졌음을 깨우쳤다.

옥스퍼드셔 시골에는 일자리가 귀했다. 학교를 중퇴한 데다가 운전면허도 없는 열일곱 살에게는 더 그랬다. 나는 미성년자였지만 동네 술집에서 맥주를 따랐고, 근처 고속도로 건설 현장에서 수습 일자리를 구했다. 원래는 기술자 훈련생으로 지원했는데, 주로 언니가 부르던 페기 시거의 노래 〈나는 엔지니어가 될 거야 I'm gonna be an engineer〉를 기억하기 때문이었고 어쩌면 기술자 적성이 피에 흐를지도 모른다고 생각한 이유도 있었다. 면접을 보러 갔더니, 그들은 수습 기술자 일은 여자애에게 맞지 않는다고 말하면서 대신 내게 비서 일을 줬다. 나는 그 일을 아주 잘하지는 못했고 타자도 칠 줄 몰랐다. 그래도 돈은 벌었다.

열여덟 살에, 건설반에서 일하던 노동자를 만나서 결혼했다. 나는 내가 안정을 찾고 싶어 한다고 여겼고, 그것을 연상인 그에게서 구했다. 부모님은 이 결혼이 잘되지 않을 거라고 말했고 그 말씀이 옳았다. 결혼식 날 밤, 그는 내게 이제 아이처럼 굴지 말고 아내처럼 행동하라고 말했다. 나는 이튿날 울면서 집에 전화했고, 어머니는 그런 내게 스스로 선택한 처지를 최대한 활용해야 하는 법이라고 말했다. 나는 노력했다. 하지만 상황은 나빠졌다. 1년 뒤 나는 달아났다.

나는 스무 살에 이혼했다. 그때 깨달았다. 만약 내가 구원을 바란다면, 스스로 해내야 했다. 나는 학교로 돌아갔고, 인생의 다음 장을 시작했다. 한편 내가 약속대로 매주 전화했음에도 불구하고 어머니는 오랜 시간이 흐른 뒤에야 내가 떠난 것을 용서했고, 나는 그로부터 또 오랜 시간이 흐른 뒤에야 어머니가 나를 떠나보낸 것을 용서했다.

추억을
빌려서라도

우엉

Burdock
Fox's clote, cockle buttons, happy major, love leaves

아르크티움 라파
Arctium lappa

✤ **우엉차를 마시면 갇혀 있던 문제에서 풀려날 수 있다**

우엉은 피부 질환 치료제와 간 강장제로 널리 쓰였다. 뿌리, 잎, 열매를 이뇨제나 소화제로 쓸 수 있다. 항산화, 항염증 효과가 있어서 혈액을 정화하고, 가벼운 화상을 치료하고, 피부와 관절 염증을 줄이는 데 쓰인다. 뿌리는 서양민들레와 우엉 코디얼의 재료이고, 어린 꽃대의 속은 삶아서 아티초크 대용으로 먹는다. 우엉은 산울타리와 황폐한 장소에서 잘 자란다.

내가 스물세 살이었을 때 부모님은 다시 여행을 다니기로 결정했다. 부모님의 결혼은 살아남았고, 앞으로 펼쳐진 것은 드넓고 광활한 시간뿐이었다. 아버지는 조기 은퇴했고, 자식들은 다 떠나갔다. 이제부터의 삶은 다를 거라고 부모님은 말했다. 그리고 집을 팔았다. 그것은 상실을 발판으로 삼아서 나아가는 전진이었다.

부모님이 고작 프랑스까지 갔을 때 아버지가 쓰러졌다. 아버지의 콩팥이 속부터 상해 있었다. 예기치 못한 사건은 아버지를 고향 컴브리아로 돌려보냈다. 하지만 그 운명이 전개되기 전에, 부모님은 우선 과거를 떠나보내야 했다.

"지금 챙겨가지 않으면 영영 못 가져간다." 어머니가 말했다.

내가 유년기를 보낸 집의 방은 해적의 보물함처럼 발견되기를 기다리고 있었다. 어릴 때 나는 반들반들한 다산 기원 인형, 수제 유리로 만들어진 새, 상아와 뼈를 조각한 모형 도시로 놀이의 세계에 하염없이 빠지곤 했다. 내게 그런 물건은 들려져야 할 이야기였다. 미처 몰랐던 사실은 그것들이 내 것이 아니었다는 점이다. 내 과거를 챙겨가려고 집에 갔더니, 다른 사람이 벌써 그것을 차지한 뒤였다.

"그거 내 거야." 내가 어릴 때 아꼈던 책을 큰언니가 자기 가방에 담는 것을 보면서 나는 말했다.

"그 전에 내 거였거든." 큰언니가 말했다. 언니는 자신의 소유라고 주장한 물건들을 회색 더플백에 담았다. 책, 필름 프로젝터, 가족의 영상이 담긴 16밀리미터 필름. 언니는 그것들을 오래 소유하지 못했다. 북쪽으로 돌아가는 길에 가방을 소매치기당했기 때문이다. 우리가 서로 갖겠다고 싸웠던 이야기들이 그렇게 영영 사라졌다.

나는 남은 것이라도 미래의 인생으로 데려가려고 그러모았다. 외눈곰 인형, 누더기 갈기 목마, 800개가 넘는 호텔 비누 컬렉션. 비누는 아버지가 출장 갈 때마다 하나씩 가져온 것이었다. 나는 이것들을 특이한 지참금인 셈 치기로 했다.

그로부터 13년 뒤, 큰언니는 물에 빠져 죽었다. 언니의 삶이 부재한 곳에서, 나는 언니의 물건 중 언니를 이 세상에 묶어놓을 수 있는 것을 찾아봤다.

유품 [명사]

고인이 소유했던 물건 가운데 그를 기억하고자 간직하는 작은 물품.

문득 내 것이 아니라서 간직할 수 없었던 것들이 떠올랐다. 내 소유라고 생각했으나 알고 보니 빌린 것일 뿐이었던 어린 시절이.

또 한 바퀴의 순환

당개나리

Forsythia
Golden bells, weeping forsythia, sunshine bush

포르시티아 수스펜사
Forsythia suspensa

✜ 기대와 연관된다

당개나리는 항미생물, 항염증, 항산화 효과가 있다. 우린 물은 피부 감염, 여드름, 종기, 구토, 설사, 인후통 치료에 쓰였고, 전반적인 심장 건강 개선에도 쓰였다. 새로 자란 가지를 잘라 땅에 꽂아두는 방법으로 쉽게 번식시킬 수 있다. 가지에서 뿌리가 나면, 어미나무로부터 잘라내어 다른 곳에 옮겨 심으면 된다. 당개나리는 대부분의 토질에 적응하지만, 양지바른 곳에서 가장 잘 자란다.

"그냥 정원에 심을 잡초 좀 가져왔다." 어머니가 말한다. 큰 버들고리 쇼핑용 바구니와 원예용 나무 바구니에 담긴 꺾꽂이모와 흙 묻은 식물을 막 우리 집 뒷문에 가져와서 한 말씀이다. 어머니는 약간 가쁜 숨을 쉬고 기침을 하기 시작한다.

"엄마, 괜찮아요?" 나는 묻는다. 어머니가 걱정된다. 어머니는 한동안 기침을 달고 지냈는데, 의사는 걱정하지 말라면서 건강에 이상이 없다고 말했다.

"아, 늙어서 그런 거지, 뭐." 어머니는 답한다.

어머니가 포일로 싼 레몬 드리즐 케이크 반 판과 작은 야생화 다발을 바구니에서 꺼낸다. 그러고 그 선물들을 내게 아무렇게나 안긴다.

"별거 아냐." 어머니가 말한다. 어머니의 선물은 늘 공격에 가까운 사과로 포장되어 있는데, 이것은 실수하면 어쩌나 하는 불안감을 감추는 행동이다.

"예뻐요. 고맙습니다." 나는 이렇게 말하고, 꽃을 물에 담그고 케이크를 접시에 담는다. 그러고 제 방에서 노느라 바쁜 아들을 부른다.

"할머니 오셨다. 할머니가 케이크 가져오셨어!" 나는 외친다. 아이가 계단에 엉덩이를 부딪히면서 내려오는 소리가 들린다. 아이가 양말 신은 발로 미끄러지듯이 문을 돌아서 나타난다.

"할머니!" 아이가 포옹하려고 팔을 벌리면서 소리친다.

"천천히!" 나는 아이가 다칠까 봐 말하지만, 아이는 듣지 않는다. 아이는 할머니를 사랑한다. 아이가 가장 좋아하는 케이크를 가지고 오셨을 때는 더 그렇다. 어머니는 미소를 지으며 아이를 당겨서 껴안는다. 어머니도 손주들에게는 육체적 애정 표현을 좀 더 쉽게 하는 편이지만, 여전히 몸짓이 약간 어색하고 뻣뻣하다. 아이는 눈치채지 못한다. 아이에게 할머니는 그냥 할머니, 아이에게는 완벽한 할머니다.

"네 정원에 심을 식물을 가져왔단다. 볼래?" 어머니가 아이에게 묻는다. 두 사람은 손을 잡고 어머니의 선물을 보러 간다. 어머니가 아이에게 식물 이름을 하나하나 알려주는 소리가 들린다. 렁워트, 붉은장구채, 산수레국화, 알칸나. 꼭 주문을 외우는 것처럼 들린다.

"사실은 그냥 잡초지만." 어머니가 다시 사과하듯이 말한다.

"잡초도 보물이에요." 아들이 흡사 해적의 비밀 부호라도 발설하는 것처럼 어머니에게 말한다.

나는 차를 내가는 것을 보류하고 두 사람에게 합류한다. 아들이 구멍을 파고, 어머니와 내가 식물을 심는다. 우리는 좋은 팀이다. 정원의 새 주민이 하나씩 땅에 묻히고, 토닥임과 물과 아들의 환영 인사를 받는다.

일을 마친 뒤, 나는 뒤집은 플라스틱 식료품 상자와 여기저기서 얻은 정원용 의자 네 개로 상을 차린다. 오늘 공기가 좀 쌀쌀하기는 해도 해가 좋으니까 밖에 앉으면 기분 좋을 것이다.

"차와 케이크 먹을 사람?" 나는 쟁반을 내가면서 묻는다.

"할머니의 레몬 드리즐은 최고야!" 아들이 배를 두드리면서 소리친다. 나는 아이의 혈당을 확인하고 인슐린을 주입한다. 그다음에야 아이가 케이크를 한 조각 먹고, 맛있다는 뜻으로 입을 쩝쩝거린다. 아이의 행동에 어머니가 웃는다. 다 먹은 아이는 습지 정원으로 가서 땅에서 파낸 티렉스와 스테고사우루스로 논다. 아이는 두 세계를 쉽게 넘나든다. 어른 세계에 있는 어머니와 나는 아이의 재잘거림을 들으면서, 각자 엄마였던 때와 아이였던 때를 떠올린다.

"넌 정말 좋은 엄마야. 알지?" 어머니가 손자가 노는 것을 보면서 내게 말한다.

"엄마한테 배운 거죠." 나는 답한다. 이것은 사실이다. 비록 그 정원에는 돌이 가득했어도, 그것을 뚫고 나온 것은 사랑이다. 나는 아들을 바라보는 어머니를 보다가 문득 이 사랑에 목이 메고 말이 막힌다. 이 기분을 어머니에게 말하고 싶지만, 이것은 원체 민감한 일이다. 내 어머니의 사랑은 조용하기 때문이다. 나는 어머니를 살짝 안는다. 어머니가 못마땅하다는 듯한 소리를 내면서도 미소를 띤다.

우리는 잠시 말이 없다. 아들은 계속 놀고 있다. 울새가 갈아엎인 땅을 긁는다. 벌이 개양귀비 꽃에 잠시 앉는다. 별다른 일은 아무것도 벌어지지 않고, 그래서 좋다. 나는 이 조용한 나날이 고맙다.

차를 다 마신 후, 어머니가 나무 바구니에서 마지막 식물을 꺼낸다. 삽목용 당개나리 가지다.

"당개나리를 심기에 알맞은 때는 아니겠지만 그래도 이건 뿌리를 잘 내리니까." 어머니가 말한다. 어머니의 손에 내 손을 얹고, 우리는 잠시 말이 없다. 나는 이 식물의 사연을 안다. 부모님이 컴브리아로 이사 왔을 때, 언니가 자기 집 당개나리나무를 잘라다가 부모님의 새집 뒤뜰에 심었다. 그곳에 처음 심긴 식물이었고, 어머니의 정원의 시작이었다. 17년이 흐른 지금, 예전에 들판이었던 곳은 꽃으로 가득하다. 그 귀퉁이에서 당개나리는 봄마다 하늘하늘 노란 꽃을 피운다. 이제 어머니가 우리 정원을 위해서 그 가지를 잘라온 것이다.

"저절로 심어지진 않을 거다." 어머니가 내 손을 밀어내면서 말한다. 어머니가 다시 땅에 무릎을 꿇는다. 그 움직임이 뻣뻣해서 지켜보기가 안타깝다. 나는 가지의 포장을 벗기고 어머니 곁에 무릎을 꿇는다. 우리는 함께 구멍을 파고 가지를 잘 묻는다.

"환영한다." 나는 속삭인다. 또 한 바퀴 순환이 이뤄졌다. 우리를 잇는 뿌리는 더 멀리 뻗어나가서, 우리를 한데 모으고 집으로 데려다준다.

갈라진 틈에서
자라난 사랑

블랙커런트

Blackcurrant
Quinsy berries, bugberry, stinkshrub, stallberry

리베스 니그룸
Ribes nigrum

✥ 블랙커런트 잎에 은화를 싸두면 풍요를 불러온다

블랙커런트는 비타민 A, B, C와 마그네슘, 칼륨, 글리코사이드, 방향유, 효소, 칼슘, 철을 함유하고 있다. 인 함유량이 바나나의 두 배이고 항산화물질 함유량은 블루베리의 두 배이며, 비타민 C 함유량은 오렌지의 네 배다. 잎, 열매, 씨앗을 식용한다. 항진균, 항염증, 항균 효과가 있어서 면역계 증강, 부신 호르몬 분비, 피떡 예방을 돕는다. 폐경기 증상, 생리통, 유방 압통, 관절 염증, 눈 피로, 근육 피로, 타박상, 가벼운 상처, 벌레 물린 곳, 방광 불편, 설사, 잇몸 질환을 치료하는 데 흔히 쓰인다. 감기, 독감, 호흡기 염증, 인후통, 편도염을 완화하고 예방하는 데도 쓴다. 블랙커런트는 대부분의 다른 관목성 과수보다 튼튼하고, 배수가 나쁜 땅에서도 견딘다.

"'야생의 여자들'이 왔어!" 아들이 나를 부른다. 아들은 평생 이들을 알고 지냈고, 가족으로 여긴다. 여자들은 함께 먹을 음식과 정원에 심을 식물을 잔뜩 안고 온다. 로즈메리, 타임, 갈리아장미. 여자들이 내 부엌에서 바삐 움직인다. 몇 해 동안 우정을 키워온 우리에게는 자연스러운 일이다. 아프리카 속담에 "한 아이를 키우려면 마을 전체가 필요하다."는 말이 있는데, 한 야생의 여자를 키우는 데도 비슷한 여자들의 무리가 필요하다. 스물여덟 살에, 나는 내가 어디에 속할 수 있는지 몰랐다. 그 외로운 처지에서 감히 질문해봤다. 만약 완벽한 타인의 정원에서 우리를 잡초로 만드는 특징이 사실은 우리를 빛내는 선물이라면 어떨까? 이 질문을 세상에 던졌을 때, 내 호출에 반응하여 함께 우리의 야생성을 칭송하고자 이들이 나타났다. 그때부터 우리는 어둠 속에서 시를 지었고 소변을 찔끔할 정도로 웃었으며, 소금기 있는 눈물로 시간의 상처를 적셨다. 상실과 슬픔으로 만들어진 세상은 버거울 수 있으니, 그래서 나는 우리가 씨 뿌린 우정에 감사한다.

정원에서 피크닉을 하려고 내가 접시를 정리하는 동안 아들이 야생의 이모들을 정원으로 초대해서 구경시킨다. 아이는 우리의 창조물을 자랑스러워한다. 아이의 안내에 따라 오솔길을 걸으면서 여자들은 "두메꿀풀", "컴프리", "노랑좁쌀풀", "삼색제비꽃" 하고 식물들의 이름을 부른다. 다른 시대에 이 여자들은 치유자이자 마녀였고 이들의 지혜는 글이 아니라 말로 구전됐다. 우리가 살충제로 죽이는 잡초가 우리에게 유용한 약초일 수도 있다. 모든 식물과 씨앗이, 흙과 뿌리가, 심지어 그 밑의 부서진 땅도 우리를 낫게 할 수 있다. 이것은 오늘날 우리에게 꼭 필요한 앎인 듯하다.

아들이 야생의 여자들을 블랙커런트나무에 데려간다. 아이는 부모의 다정함으로 나무를 돌보고 있다. 뿌리에 퇴비를 주고, 겨울에는 냉해를 입지 말라고 짚으로 싸주고, 매일 안아준다.

"내 블랙커런트나무예요. 나무들에게 사랑을 주면 잘 자라요." 아들이 여자들에게 비밀을 속삭인다. 아이가 상냥함이라는 재능으로 빛나는 모습을 지켜보다가, 나는 한 가지 진실을 깨닫는다. 모든 생명은 연결되어 있다는 것, 한 생명을 기르려면 다른 생명도 필요하다는 것이다.

우리 정원에는 많은 사람의 선물이 심겨 있다. 이것은 아들과 나 단둘이서 해내는 일이 아니다. 그동안 많은 것이 단절됐기에, 우리는 삶의 갈라진 틈에서도 민들레처럼 쉽게 자라나는 사랑을 미처 못 알아보곤 한다.

아이답게 구는 아이

수도나르키수스수선화

Wild daffodil
Lent lily, chalice flower, daffy-down-dilly, bell rose

나르키수스 프세우도나르키수스
Narcissus pseudonarcissus

❖ **한 해의 첫 수선화를 보면 행운이 온다**

수선화는 죽은 자와 지하 세계의 꽃으로 재생, 부활, 재건, 새로운 시작을 상징
한다. 점성술에서 금성과 물 원소와 연관된다고 일컬으며, 내면의 평화와 희망
과 자기애를 불러오는 것을 돕는다. 수선화에서 추출한 성분이 알츠하이머병
치료에 다소 효과를 보인다는 약학 연구가 있지만, 자연의 식물 형태로는 독성
이 강하다.

수선화는 풀밭, 숲, 강둑, 암석 지대에서 자란다.

나는 아들에게 곱셈을 가르치는 중이다. 우리 둘 모두에게 괴로운 일
이다. 아들은 배우고 싶지만, 계산이 왜 그렇게 되는지 이해하지 못한
다. 나는 돕고 싶지만, 계속 답을 틀린다. 익숙한 부끄러움이 다시 솟는
다. 나는 늘 수학이 어려웠다. 독서 장애가 있는 남편이 단어를 보지 못
하는 것처럼, 나는 숫자를 보지 못한다. 아무리 노력해도 계산이 하나로
고정되지 않는다. 지금은 이것이 계산 장애임을 알지만, 어릴 때는 그저

바보라고 불릴 뿐이었다. 선생님들은 나를 교실 뒤에 세우고 조용히 있으라고 일렀다. 내가 열 살 때, 언제나 불에 손 뻗는 것을 두려워하지 않던 내 현실적인 언니가 사람들이 잠든 밤 잠도 포기하고 내게 대수를 가르쳐줬다. 언니가 아무리 여러 번 설명해도, 나는 여전히 왜 x와 y가 z와 같아지는지 이해할 수 없었다. 언니는 포기하지 않았다. 어릴 때 자주 싸운 사이였어도 언니는 내게 도움이 절실할 때면 어김없이 나타났고, 기꺼이 밤을 새우면서 계속 시도했다.

오래지 않아 아들과 나는 둘 다 퍼질러 앉아서 운다. 내가 원한 하루가 아니다. 아들에게도 마찬가지다. 나는 좋은 엄마가 되려고 애쓴다. 좋은 딸, 동생, 아내가 되려고 애쓴다. 하지만 돌봄 노동으로 지치다 보니, 어떤 날은 내가 모든 면에서 실패하고 있다는 기분이 든다.

우리가 알록달록한 학습용 카드를 바닥에 벌여놓은 채 울고 있는 것은 그 때문이다. 나는 아들을 본다. 아이의 얼굴이 혼란함으로 일그러졌다. 수학은 지금 우리의 기분을 치료해주지 못한다. 우리 둘을 도울 방법을 찾아야 한다. 나는 일어나서 방을 나간다.

"엄마, 어디 가? 돌아와, 엄마, 제발." 내가 화났을까 봐 걱정된 아이가 애원한다. 나는 알록달록한 아크릴 물감 통과 큰 붓 여러 개가 든 플라스틱 상자를 안고 돌아온다.

"가자." 나는 이렇게 말하며, 상자를 뒷문 옆 작은 창고로 가지고 나간다. 두 해 동안 비바람을 맞으면서 사용된 창고의 문은 떨어져서 대롱거리고 지붕은 벗겨지고 있으며, 얇은 플라스틱 창은 빠져 있다. 나는 물감 통을 열어서 물감을 판석에 붓는다. 아들은 부엌문에서 내다본다. 나는 붓을 들고 연노란색 물감을 묻혀서 창고 문에 대고 길게 긋는다. 버터 같고 뚱뚱한 선이 그어진다. 나는 다른 붓에 진홍색 물감을 묻힌다. 이번에는 붓을 기울여서 지붕에 새빨간 선을 긋는다. 아들이 가까이 다가와서 물감을 보고, 창고를 보고, 다시 나를 본다.

"이러다가 말썽이 생길 거야, 엄마." 아이가 걱정돼서 말한다. 나는 아이에게 붓을 준다.

"누가 물으면 네 미술 수업을 하는 중이라고 말할 거야." 나는 이렇게 말하고 붓을 다른 통에 담근다. 아들은 세룰리안 블루를 고른다. 붓을 빙빙 돌려서 물감을 두껍고 윤기 나게 묻힌 뒤, 노란색 선 위로 붓을 미끄러뜨려서 붓자국이 난 초록색을 만든다. 다음에는 붉은색 붓을 들고 세로로 굵게 긋는다. 색깔들을 섞어서 어떤 색이 나오는지 알아본다. 물감 통을 통째 내던지면서 포효하기도 한다. 조용히 앉아서 하트, 데이지, 덩굴손으로 기어오르는 클레마티스 꽃을 신중하게 그리기도 한다.

지나가던 이웃이 우리 난장판을 흘겨본다. 나는 미소로 답하고, 아들을 보면서 공모자인 양 씩 웃는다. 창고와 길과 우리 둘은 갖가지 색깔로 변신했다. 우리는 이제 울지 않는다. 나는 한결 느긋해졌다. 가끔 아이가 되는 것은 좋은 일이다.

내가 여섯 살 때, 도구 창고에 묻혀 있던 큰 파란색 에나멜 물감 통을 친구와 함께 발견했다. 우리는 온종일 헛간의 가구를 칠하고 놀았다. 어머니는 집에서 작게 골동품 장사를 하고 있었다. 가구는 어머니의 재고였다. 하지만 내게는 보물 창고에서 발견한 보물이었고, 그것으로 종종 소꿉놀이를 했다. 친구와 나는 서랍장과 옷장에 파란색 줄무늬를 그렸다. 의자의 고리버들 좌석을 파랗게 칠했다. 장미꽃 무늬 도자기 세면대에 현란한 꽃 장식을 새로 그려 넣었다. 물감은 찐득하고 톡 쏘는 냄새가 났지만, "하다 말면 안 하느니만 못하다."는 것을 나는 잘 알았다.

칠할 물건이 떨어지자 우리는 옷을 벗고 자기 몸을 칠했다. 화려한 속바지와 브래지어를 우리 몸에 그려 넣었다. 벌거벗은 임금님의 옷을 걸친 것을 의식하지 못한 채, 우리는 그대로 친구네 농장으로 가서 건초 더미에서 놀았다. 우리를 목격한 친구 어머니는 우리를 잡아다가 델 듯 뜨거운 물에 목욕시켰다. 그녀가 녹색 수세미와 아약스 세제로 우리 몸을 박박 문지르자 푸른색은 감쪽같이 지워지고 피부는 빨개졌다.

"애가 야생마처럼 날뛰게 방치하다니, 부끄러운 줄 아세요." 나를 씻기고 입혀서 집에 데려다주며 친구 어머니가 말했다. 우리 어머니는 내 빨개진 피부와 눈물을 보고 나를 안으로 끌어당겼다.

"내 딸에게 무슨 짓이에요! 얘는 아이답게 군 것뿐이에요." 어머니는 이렇게 소리치고 문을 쾅 닫았다. 그것으로 끝이었다. 어머니는 내가 가구를 망쳤는데도 꾸짖지 않았고, 친구는 나를 자기 농장에 다시는 초대하지 않았다.

"왜 나한테 화내지 않으셨어요?" 나는 어른이 되고 나서 어머니에게 물었다.

"글쎄. 가끔은 아이가 아이답게 굴도록 놔둬야 한단다." 어머니의 답이었다.

아들이 물감 묻은 손을 내 손에 끼우고 나를 올려다보면서, 앞니 빠진 입으로 함박웃음을 짓는다.

"재미있었어, 엄마."

이것으로 충분하고도 남는다.

압화집 속
어느 여름날

삼색제비꽃

Wild pansy
Love-lies-bleeding, Johnny-jump-up, love-in-idleness, heartsease

비올라 트리콜로르
Viola tricolor

✣ **이슬이 채 가시지 않은 삼색제비꽃을 따면 죽음이 온다**

삼색제비꽃은 사랑의 묘약과 두통용 연고 제조에 흔히 쓰였다. 죽음과 재생에 연관된다. 약초로서 염증성 폐 질환, 림프계 이상, 간 질환, 방광염, 류머티즘 통증, 습진, 만성 피로, 두근거림, 기타 심혈관 문제를 치료하는 데 쓰인다. 비타민 A와 C가 풍부하고, 잎과 꽃을 다 먹을 수 있다. 꽃은 꿀, 커스터드, 시럽, 식초의 향미제로 쓰인다.

삼색제비꽃은 아주 튼튼한 식물로, 황무지와 풀밭에서 왕성하게 자란다.

식물이 성장하면, 수확할 때가 온다. 아들과 나는 축축한 풀밭에 무릎을 꿇고, 말랑말랑한 블랙커런트 송이를 따서 광주리에 담는 작업의 리듬에 열중한다. 이따금 손을 들어서, 끈적한 과즙에 이끌려 찾아온 호기심 많은 말벌을 쫓는다. 조용히 시간을 들여야 하는 작업이라서 오전이 다 걸린다. 광주리가 가득 차고 나무에 열매가 남지 않았을 때 우리는 일어나서 기지개를 켠다. 아들이 씩 웃는다.

"와! 잘했어!" 아들은 이렇게 말하면서 나무들에게 축하의 포옹을 해준다.

오후에 우리는 부모님과 탁자에 둘러앉아서 열매의 위아래를 도려낸다. 잼 만들 준비를 하는 것이다. 어머니와 나는 가족의 최근 소식을 주고받는다. 우리 자매들은 어머니를 가리켜 우리 인생을 이어주는 '엄마 교환국'이라고 부르곤 하는데, 이 별명에는 일말의 진실이 담겨 있다. 어머니는 뿌리이고, 우리는 열매다.

대화하는 동안 어머니의 얼굴에서 통증의 기색이 읽힌다. 지난 몇 달은 힘들었다. 우리는 종종 병원 대기실과 진료실에 나란히 앉아서 두려운 심정으로 의사의 답을 기다렸다.

"계속 안 좋으세요?" 나는 묻는다. 어머니는 내 질문을 말벌 쫓듯이 떨쳐낸다. 내 질문이 어머니의 아픈 곳에 너무 가까이 내려앉았다.

"그냥 좀 피곤해서 그런다." 어머니가 답한다. 그 때문만이 아닐 가능성이 높다는 것을 둘 다 알지만, 우리는 좋은 소식을 바란다.

아버지는 말이 없다. 내가 어렸을 때 아버지와 나는 언어에 대한 사랑을 공유했다. 하지만 나중에는 공통의 언어를 찾으려고 애써야 했다. 둘 다 나이 든 지금은 아버지의 귀먹음과 나의 남은 불신이 말을 앗아간다. 시간은 속절없이 흐르고, 이제 눈앞의 이 남자도 소년이었던 옛날의 아버지도 나는 영영 알 수 없으리라는 것을 안다. 아버지는 이제껏 살아온 삶을 갖기 위해서 자기 안의 무엇을 감추고 또 무엇을 포기했을까? 흐른 세월을 되찾을 수 없는 지금, 아버지는 자신의 선택이 가치 있었다고 느낄까?

아버지가 탁자 밑으로 아들에게 동전 한 움큼을 건네면서 윙크한다.

아들이 제 할아버지를 복잡하지 않은 애정으로 포옹한다. 아들이 일주일에 한 번 이상 만나는 할아버지다. 어쩌면 이것으로 충분한지도 모르겠다. 지금 여기 함께 앉아서 열매를 다듬는 것만으로도.

부모님이 돌아간 뒤, 아들과 나는 큰 냄비에 블랙커런트와 물과 얇게 썬 레몬을 담고 끓인다. 졸아서 까맣게 반짝이는 잼을 소독한 병에 걸러서 담는다. 우리가 수확한 열매는 우리에게 열두 병의 잼을 줬다.

잼이 식는 동안, 우리는 정원을 산책하며 깊어가는 어스름 속에서 대담하게 빛나는 색깔을 감상한다. 바이퍼스버글로스와 길뚝개꽃 줄기를 꺾어와서 내 압화집의 바래가는 종잇장 사이에 살며시 끼운다. 그 옆에는 내 여름날의 꽃들이 레이스처럼 얇게 보관되어 있다. 나는 그것을 하나씩 꺼내어 불빛에 비춰본다. 삼색제비꽃, 서양까치밥나무 꽃, 금사슬나무 꽃, 블루벨, 프림로즈, 수선화. 꽃들은 종이에 저마다의 메아리를 남겼다. 식물들이 한때 품었던 생명을 보여주는 자취다.

"이건 우리의 기억의 꽃이란다. 우리가 가꾼 정원을 언제까지나 떠올릴 수 있도록 보관하는 거야." 나는 아들에게 말하고, 함께 압화집의 널조각을 나사로 조인다.

자기 전에 나는 코코아를 타고 토스트를 굽는다. 우리는 토스트에 버터와 따뜻한 블랙커런트 잼을 바른다. 아들이 환한 얼굴로 혈당을 확인해달라며 손가락을 내민다. 우리는 큰 가족용 침대에 꼭 붙어 앉아서 만찬을 나눈다. 아이는 눈을 감고 입안의 맛을 음미한 뒤에 삼킨다.

"고마워, 정원아." 아이가 말한다.

시트러스 숲의 연인

한련

Nasturtium
Nose twister, Indian cress

트로파이올룸 마유스
Tropaeolum majus

✣ **정원에 한련을 심으면 자신이 가는 길에서 벗어나지 않도록 도와준다**

한련은 변화에의 저항을 극복하고 현실에 발 딛도록 돕는 데 쓰인다. 철, 비타민 C, 무기물이 풍부하여 옛 뱃사람들이 긴 항해에 괴혈병을 예방하고자 가져갔다. 항생, 항균 효과가 있다. 또한 면역계를 강화하고, 감염을 치료하고, 피부와 머리카락과 두피를 세정하고 결을 개선하며, 빈혈로 인한 피로를 줄이는 데 도움이 된다. 잎과 꽃은 식용 가능하여 생으로 샐러드로 먹고, 씨앗은 생으로 혹은 절여서 케이퍼처럼 먹는다. 감자나 오이와 함께 심으면 좋은 동반 식물이고, 식물 전체를 우린 물은 진드기를 쫓는 데 쓸 수 있다.
한련은 적응력이 뛰어나고, 양분이 부실한 토양에서도 자란다.

나는 17년 동안 레몬나무가 갖고 싶었다. 슈퍼마켓에서 반값에 나온 레몬나무를 본 나는 멈춰 서서 내게 이 호사를 부릴 여유가 있는지 지갑을 확인한다. 13파운드를 헤아리고는 도로 넣는다. 정당화할 수 없는 지출이다. 나를 지켜보던 아들이 매대에서 작은 나무를 가져온다.

"엄마 생일 선물로 사면 돼. 엄마의 소원 나무가 될 거야." 아들이 나무를 건네면서 말한다. 아이에게는 이토록 간단한 일이다. 아이는 내게 선물받을 자격이 있는지 증거를 요구하지 않고, 나무가 내게 주는 기쁨만을 읽어낸다. 이 단순한 자기애를 나도 더디게 배우고 있다. 나는 레몬나무를 사서 집으로 가져온다.

나무를 침실 창가에 둔다. 해가 가장 밝게 드는 공간이다. 나무의 향은 안달루시아의 레몬나무 숲 옆에서 보냈던 무더운 저녁을 떠올리게 한다. 예전에 남편과 나는 그곳에 앉아서 수평선을 꿈꿨다. 우리의 미래가 정해지기 전이었고, 우리는 모험하는 중이었다.

"달아나자." 나는 애원했다. 나는 무너지고 있었고 겁이 났다. 탈출은 반사적 반응이었다. 대학 마지막 학년이 끝나자, 우리는 바다를 내다보는 집의 열쇠를 반납하고, 삭발을 하고, 정해진 길을 버렸다. 우리는 석 달 동안 발이 흙투성이 갈색이 되도록 걸었다. 너무 더운 날은 길가 카페에서 싼 맥주를 마시면서 직접 만 담배로 허기를 달랬다. 밤에는 레몬나무 숲 옆에서 캠핑했다. 하늘에는 선명한 시트러스색 노을이 걸려 있었다. 그때도 나는 아무리 멀리 걸어가더라도 내 안에서 시작되는 일로부터 탈출할 수는 없다는 것을 알았지만, 그 레몬들은 이후의 시간을 잠시나마 좀 더 밝게 만들어줬다. 내가 돌아온 후 정신적으로 궁지에 몰렸을 때, 흡사 우리에 갇힌 동물처럼 방안을 오락가락했을 때, 탈출을 갈구하면서도 바깥세상이 끔찍하게 겁났을 때도 그 시트러스 향만은 내 안에 안전하게 간직하고 있었다.

나는 레몬을 엄지와 검지로 잡고 껍질을 살짝 긁어서 향을 들이마신다. 이 작은 나무에서 거둔 첫 수확이다. 열매는 녹색이다. 시트러스류 열매는 가지에서 떨어진 뒤에는 익지 않는데, 영국 북부의 여름은 이 지중해산 나무에게 충분히 길지 않다. 하지만 나는 상관없다. 이 레몬이 영영 익지 않는대도 상관없다. 이 나무가 주는 열매는 못 먹는 것일지도 모르겠지만, 화창한 날이면 시트러스 숲 옆에 앉았던 두 연인의 기억이 방을 희망으로 가득 채운다. 나는 레몬 껍질을 긁어서, 그 향이 주는 달고 새콤한 기쁨을 마신다.

소원을 빌어야지.

오늘 나는 마흔세 살이다. 그리고 이것이 내 삶이다.

두려움과
마주하는 법

아주가

Bugleweed
Carpenter's herb, sicklewort, carpetweed, green-wolf's-foot

아유가 렙탄스
Ajuga reptans

✢ 아이를 흑마법으로부터 보호하려면 아주가를 지니게 하라

아주가는 14세기 폐결핵 치료에 널리 쓰였다. 진통과 수면 효과가 있어서 수면을 돕고, 긴장을 풀고, 스트레스를 줄이고, 생리 불순을 완화하는 데 유용하다. 또한 생리 전 증후군, 두근거림, 호흡기 불편, 소화 장애, 알코올 금단 증상을 치료하는 데 도움이 된다. 식물 전체를 먹을 수 있는데, 쓴맛이 강하다. 뿌리는 삶아서 아티초크 대용으로 먹고, 잎과 순은 샐러드나 캐서롤 요리에 쓰거나 끓여서 차로 마신다. 꿀벌, 나비, 나방에게 꿀을 많이 주는 밀원식물이다.
아주가는 어두운 장소와 관목지에서 잘 자란다.

어렸을 때 나는 아메리카의 넓고 트인 호수에서 수영하며, 발을 찰 때마다 침묵 속으로 더 깊이 들어갔다. 그랬던 내가 지금은 물을 두려워한다. 아들이 물장난하려고 개울로 달려가면, 나는 아이의 손을 꼭 잡는다. 아들이 봄을 맞아 얼음처럼 찬, 물이 불어난 개천 웅덩이에 친구들과 헤엄치러 가고 싶다고 말했을 때, 나는 추위를 경고하면서 말렸다.

나는 아이에게 물은 아름답지만 결코 무해하지 않다고 가르쳤다. 자연은 우리를 치유하지만 죽일 수도 있다고 가르쳤다.

내 두려움 때문에 아들이 영원히 건선거에 정박해 있기를 바라지는 않는다. 지금 내가 수영장 옆에서 아들이 수영 배우는 모습을 지켜보는 것은 그 때문이다. 아들이 나를 건너다보며 집에 데려다달라고 손짓으로 부탁한다. 나는 아들을 위로하려고 일어난다.

"가만 계세요!" 강사가 나를 가리키며 도로 앉으라고 지시한다. 나는 놀라서 고분고분 따르고, 강사가 아들을 물로 이끄는 것을 바라본다. 강사는 내내 아이와 눈을 맞추면서 차분하게 말하고, 아이는 난생처음 보조 없이 발차기 한다. 아이는 캑캑대며 조금 전진하고는 매번 내게 꺼내달라고 애원한다. 나는 우리끼리 정한 '사랑해' 손짓을 해보인다. 그래도 자리에서 움직이지는 않는다. 내가 자신의 요구를 이해하지 못하는 데에 당혹한 눈으로 아들이 나를 본다. 나는 가만히 있기 위해서 극기력을 마지막 한 방울까지 짜낸다.

아이를 위로하고 지켜주고 싶은 마음은 아이가 두려움을 극복하여 나아가기를 바라는 마음과 대립한다. 나는 아이에게 만약 네가 그것을 극복하지 않으면 그 이름 모를 두려움이 앞으로도 거듭 너를 막아설 것이라는 말을 차마 할 수 없다. 그 두려움이 너를 한없이 끌어내릴 수 있다는 말도 할 수 없다. 아들은 태평한 삶의 사치를 누릴 처지가 못 된다. 주로 혼자 있을 때에도 내가 곁에 있는 것처럼 마음이 강해야 한다. 지금 우리가 수영장에서 아이의 작은 마음에 얼마나 큰 용기가 깃들 수 있는지 다시 한번 배우는 것은 그 때문이다.

아들은 계속 울면서 헤엄친다. 그러다 보니 어느새 물 밖으로 나올 때다. 나는 아이를 위로하려고 두 팔을 활짝 펴고 기다린다. 아이가 달려와서 젖은 팔로 나를 안는다. 뜻밖에 그 얼굴이 웃고 있다.

"엄마, 해냈어! 내가 해냈어!" 아들이 말한다. 나는 허리를 굽혀서, 물에 젖은 아이의 머리카락에 입맞춘다.

"네가 해냈지, 아가. 잘했어." 나는 복받치는 애정에 목이 메는 것을 느끼면서 말한다.

나중에 우리가 침대에서 껴안고 있을 때, 아들이 아까 왜 자기한테 오지 않았느냐고 묻는다. 내가 설명하자, 아들은 그때 그렇게 알려주면 좋았을 거라고 말한다. 옳은 말이다. 우리는 둘 다 배우는 중이다. 그리고 그런 순간에는 우리가 감춘 두려움에 직면하게 된다.

"널 우주 끝까지, 그 너머까지 사랑해." 나는 잠에 빠져드는 아이에게 속삭인다.

"내가 더 사랑해." 아이가 꿈속으로 멀어져가는 목소리로 대답한다.

아이의 사랑은 내게 그 속으로 들어가볼 수 있는 세상을 안겨줬다. 나도 아이에게 같은 것을 줄 수 있기를 바란다.

서리와 가시가
내게 준 것

칼렌듈라

Calendula
Merrybud, marygold, summer's bride

칼렌듈라 오피키날리스
Calendula officinalis

✤ **칼렌듈라 리스를 문에 걸어두면 악령이 집에 들어오는 것을 막을 수 있다**

칼렌듈라는 고대부터 지금까지 약용, 식용, 마법용 식물로 인기가 높다. 고대 이집트, 그리스, 로마, 아즈텍 사람들은 식용 및 치유용으로 이 식물을 썼다. 라틴어 이름 '칼렌다이calendae'는 칼렌듈라가 매달 초하루에 핀다고 하여 붙여졌다. 오래전부터 여성의 약초로 여겨져, 생리 문제를 완화하는 데 쓰였다. 항진균, 항염증, 항균, 소독 효과가 있어서 가벼운 상처, 벌레 물린 곳, 화상, 피부 자극을 치료하는 연고, 세정제, 크림에 쓰인다. 꽃잎에서 얻을 수 있는 사프란과 비슷한 밝은 금색 염료는 화장용과 식용으로 쓰인다. 잎과 꽃은 먹을 수 있고 섬유소와 비타민이 풍부하다. 채소와 함께 심으면 칼렌듈라가 흙 위와 속의 다양한 해충을 꾀어서 채소를 보호해준다. 사람들은 행운과 번영을 부르기 위해서 칼렌듈라를 문 앞에 심곤 하며, 망자를 보호하고 인도하기 위해서 무덤에도 심는다.

칼렌듈라는 도롯가, 쓰레기장, 황무지에서 잘 자란다.

가을이 오고, 아들과 나는 동네의 산울타리에서 시큼한 슬로_sloe_를 찾아 나선다. 무덤가에 많이 자라는 가시자두나무의 신 열매. 이 떫은 열매에는 단맛이 전혀 없지만, 우리는 그것으로 슬로진을 담글 수 있다. 봄에 사람들은 거대한 기계식 낫으로 도롯가 산울타리를 베어서 꽃을 쳐내고, 둥지 짓는 새들에게서 보금자리를 앗아간다. 꽃이 없으면 나중에 열매도 없다. 그러니 우리는 들판으로 더 멀리 나가야만 수확물을 찾을 수 있다.

이우는 달의 여신이자 비밀의 수호자. 옛사람들은 겨울의 어둠을 물리치기 위해서 가시자두나무를 불에 바쳤다. 나는 아들이 마음의 짐을 너무 꼭꼭 묶어둔다는 사실이 걱정된다. 제 몸이 자꾸 자신을 망가뜨릴 때, 눈물을 참는 아이의 눈에서 그것이 속삭이는 것을 나는 본다. 아이는 겁먹었고, 그래서 그것을 마음에 묻어두는 법을 익혔다.

"네게 말 못 할 슬픔이 있는데 품고 있기가 너무 힘들다면, 그걸 가시자두나무에게 주면 된단다." 나는 아들에게 알려준다. 우리의 슬픔을 가시자두나무에 매어둔다고 해서 짐이 사라지지는 않는다는 것을 나도 알지만, 때로 속설에는 지혜가 있다.

아들은 잠시 생각하다가 나를 올려다보며 웃는다.

"난 비밀 같은 거 없어, 엄마." 아들이 말한다. 나는 아이를 안아준다. 그러면서 아이가 언제쯤 비밀을 갖게 될지 생각해본다. 내가 아이에게 알리지 않는 비밀도 있다. 세상은 가시투성이이고 가혹하다는 사실이다. 아이에게 이런 이야기를 들려주기에 알맞은 시점은 언제일까? 나는 어둠을 숨김으로써 아이를 보호하는 것일까? 아니면 나 자신을?

이 아이는 죽음을 안다. 애도가 내 젖을 응고시키던 때가 있었다. 나는 아이에게 젖을 먹이면서 그 말랑한 정수리를 내려다보고 울었다. 아이의 몸은 우리가 참으로 연약하다는 사실, 우리가 벼랑가를 걷고 있다는 사실, 우리를 잇는 끈은 너무 가늘다는 사실을 매일 상기시켰다. 그렇다면 내가 아이의 세상을 최대한 말랑하게 지켜주고 싶어 하는 것, 우리가 인간이기에 겪는 슬픔의 진실로부터 아이를 보호하고 싶어 하는 것은 잘못된 생각일까? 괴물이 진짜일 수 있다는 사실을 아이가 알 시간은 앞으로도 충분하다. 어쨌든 지금 아이는 열린 마음으로 세상을 맞이하고 두 팔 벌려서 받아들이며, 내 두려움이 가시를 보는 곳에서 단맛을 찾아낸다.

우리가 가시 돋친 가지에서 열매를 비틀어 딸 때, 아들이 공룡에 대해서 재잘거린다. 디플로도쿠스도 슬로를 먹었을까? 나는 오스트리아와 이탈리아 접경 산맥에서 5,000년 넘게 완벽하게 보존되어 있다가 발견된 '아이스맨 외치' 이야기를 해준다. 외치와 함께 묻힌 약주머니에 자작나무 껍질과 슬로가 들어 있었다고 알려준다. 말하다 보니, 기억도 가물가물한 옛 인생에서 외치와 슬로와 노자 성체, 즉 망자에게 챙겨주는 여행 양식에 관한 시 낭독을 들었던 일이 떠오른다. 그러면 아무런 예고 없이 갑자기 죽은 사람은 저세상까지 굶주린 채 여행하는 것일까?

집에 온 우리는 열매를 알알이 씻고 핀으로 찔러서 냉동실에 넣는다. 이 가짜 서리가 계절을 앞당겨줄 것이다. 슬로는 색과 형태가 까만 포도알 같아서 먹음직해 보인다.

"배가 비었어, 엄마." 아들이 제 배를 가리키면서 말한다. 그러고는 내가 맛을 경고하기도 전에 슬로 한 알을 입에 던져 넣는다. 아이의 얼굴이 오그라진다.

"웩!" 아들이 캑캑거리고, 혀를 내밀어서 입안의 떫은맛을 손으로 닦아내려고 한다.

"한 번 얼 때까지 기다려야 달아지는 거야." 나는 말한다. 아이는 다시 맛보려고 하지 않는다.

이튿날, 슬로가 준비됐다. 우리는 열매를 큰 유리병에 담고 설탕, 정향, 팔각회향, 오렌지 껍질, 진$_{gin}$을 더한다. 그 병을 캄캄한 곳에 숨기고, 마법이 시작되기를 기다린다.

"매일 세 번씩 병을 뒤집어줘야 해. 그래야 과즙이 잘 우러나거든." 내가 말한다. 아들은 수습생답게 진지하게 듣고는 이 중요한 임무를 맡고 싶어 한다. 그때부터 아이는 매일 리놀륨 바닥에 앉아서 작업한다. 병을 먼저 이쪽으로 기울였다가, 다시 저쪽으로 기울인다. 열두 번을 세면서 그렇게 반복한다. 우리는 액체가 동맥혈 색깔로 진해지는 것을 지켜본다. 슬로의 떫은맛은 단맛으로 바뀌었다. 이 이상한 열매는 겨울의 입맞춤을 받아야만 시큼한 껍질을 열고 나온다. 서리가 없으면, 열매는 제 맛을 내주지 않는다. 가시가 없으면, 열매가 잘 익어서 살아남을 수 없다.

한 해가 저물고 다시 한번 그림자가 속삭인다. 어둠 속에서 슬로진이 우러나는 동안, 나는 차로 어머니를 병원에 모시고 가서 칙칙한 베이지색 복도에서 종일 기다린다. 창문 없는 방에서 낯선 사람들이 어머니의 몸을 촬영하여 그 안에 담긴 폐의 풍경을 해독한다. 우리는 기다린다. 우리가 여행하는 세상을 이해할 언어를 나는 새로 배운다. 아버지는 기적을 믿고 싶어 한다. 나는 가시자두나무에 빨간 끈을 묶고, 앞으로 올 일에 마음을 대비한다.

동지가 되고 슬로 열매가 가장 어두운 색으로 짙어졌을 때, 아들과 나는 진을 거른다. 아들은 이것을 마실 수 없지만, 그래도 우리는 한 잔씩 따라서 저무는 한 해에 보내는 축배의 의미로 그것을 땅에 뿌린다. 피의 주문, 노자 성체. 나는 기도를 속삭인다. "우리가 이 일을 잘 겪어내게 해주세요." 나뭇가지를 불에 던져 넣은 것은 아니더라도, 이것은 내가 어둠을 기념하고, 반드시 돌아오리라고 믿어야 하는 빛을 기념하는 행동이다.

어머니의
크리스마스 의식

서양오엽딸기(블랙베리)

Blackberry
Bumble-kite, cloudberry, thimbleberry, blackbutters, gatterberry

루부스 프루티코수스
Rubus fruticosus

✢ **블랙베리가 나오는 꿈은 상실과 슬픔을 예견한다**

블랙베리는 보호, 번영, 치유와 연관되며, 고대 켈트 신화에서 의료와 시가詩歌
와 대장장이의 수호신인 브리이드 여신이 신성하게 여긴 식물이다. 고대 브리
튼 사람들은 이 나무를 오늘날의 철조망 같은 장벽으로 이용했다. 수렴, 소독
효과가 있고 타닌, 항산화 물질, 인, 칼슘, 오메가 3, 섬유소, 비타민 A, C, K가 풍
부하다. 식물 전체가 식재료, 약, 염료로 쓰인다. 열매는 피부 노화 방지와 기억
력 개선에 쓰인다. 즙은 분만통을 완화하고, 응혈을 촉진하고, 생리 불순을 개
선하는 데 쓴다. 어린뿌리를 담근 차나 팅크는 배탈 치료에 쓰고, 잎과 열매는
아구창 치료와 구강 위생 증진에 쓴다.
블랙베리 덤불을 심으면 토양 침식을 막을 수 있다. 관목지, 절벽, 도롯가, 황무
지에서 잘 자란다.

우리가 기다린 좋은 소식은 오지 않는다. 통 끊이지 않는 기침은 어
머니의 폐에 박힌 미세한 석면 섬유 때문으로 밝혀진다. 그것들이 악성

씨앗처럼 쪼개지고 흩어져서 어둠 속에서 천천히 꽃피웠던 것이다. 어머니는 죽어가고 있다. 의사는 악성 가슴막 중피종이라는 진단을 확정한다. 석면판 자르는 일을 했던 외할아버지를 통해 석면에 노출된 탓에, 이런 식으로 죽는 것은 일가 가운데 어머니가 네 번째다.

"아, 망할. 재수가 없네요." 어머니가 말한다. 암 전문 간호사가 어머니를 안심시키려고 하자, 어머니가 그 말을 자른다.

"이보세요, 나는 언니와 오빠가 이 병으로 죽는 걸 봤답니다. 이 병을 잘 알아요." 어머니가 말한다. 나는 운다. 어머니가 카디건 주머니에서 잘 다린 꽃무늬 손수건을 꺼내어 내게 건넨다.

"자, 그러지 말고. 울지 마라." 어머니가 말한다. 나는 눈물을 닦고 흐느낌을 삼킨다. 오늘 나는 어머니를 돌보려고 왔다.

진료를 마치고 안내 책자를 받은 뒤, 우리는 병원 카페에서 종이컵으로 커피를 마신다. 천장에는 장식이 반짝이고, 문 옆의 조율 안 된 피아노로 자원봉사자가 〈고요한 밤〉을 연주하고 있다. 크리스마스이브다. 나는 어머니를 보면서, 어머니가 죽어간다는 사실을 의아해한다. 어떻게 70년 전에 삼킨 작은 실 같은 먼지 때문에 이 순간이 정해질 수 있는 것일까? 나는 어머니의 손을 잡는다.

"엄마는 이 일을 혼자 겪는 게 아니에요." 나는 말한다. 우리가 죽음을 직시해야 할 때다.

"혼자 하는데." 어머니가 이렇게 답하고 웃음을 터뜨린다. 아마 어머니의 말이 옳을 것이다. 마지막 부분은 어머니가 혼자서 해야만 하니까.

"다른 사람들한테는 크리스마스가 지난 뒤에 말하자. 모두의 크리스마스를 망치고 싶진 않아." 어머니가 말한다.

"정말 그러시고 싶어요?" 나는 묻는다. 비밀은 결코 진실을 더 듣기 쉽게 만들어주지 않는다는 것을 알기 때문이다.

결국 어머니는 마음을 바꾼다. 손수 만든 민스파이를 나눠주면서, 수선 피우지 않고 조용히 우리에게 소식을 알린다. 통곡하지도, 가슴을 치지도, "왜?" 하고 울부짖지도 않는다. 나는 뜨거운 과일에 혀를 덴다. 파이 가루가 무릎에 떨어져서 손으로 쓸어낸다. 모두 앞으로 다가올 순간을 피하고자 하는 바람에 잠시 침묵이 흐른다.

"트리 장식해야지." 어머니가 침묵을 깨고 모두를 구해준다. 그 순간을 벗어나게 해줘서 우리는 감사하다.

우리가 자랄 때, 크리스마스에는 어머니가 고집스레 지키는 질서가 있었다. 크리스마스 며칠 전부터 어머니는 부엌을 마녀의 오두막으로 탈바꿈시키고는 설탕과 색소를 휘저어서 코코넛 얼음, 페퍼민트 크림, 마지팬 쥐를 만들었다. 크리스마스이브에는 나무를 골랐고, 아버지가 그것을 물과 모래가 든 양동이에 담아서 집 안으로 가져왔다. 장식은 좋은 취향의 지휘자인 어머니의 감독하에 이뤄졌다. 나는 막내로서 트리 꼭대기에 천사를 얹는 기회를 얻었지만, 그 밖의 일에는 간섭하지 않는 편이 나았다.

우리가 민스파이와 셰리를 불가에 놔두고 자러 가면, 부모님은 그때부터 우리 선물을 포장해서 트리 밑에 뒀다. 깜짝 선물이었다. 선물을 푸는 데도 세심한 절차가 있었다. 우리는 한 번에 하나씩 열어봐야 했고, 시간을 적당히 들여서 감상해야 했고, 고맙다고 인사해야 했다. 어느 크리스마스이브였다. 언니들은 술집에 갈 만큼 나이가 들었지만 나는 아직 집에 있어야 할 만큼 어릴 때였는데, 취해서 늦게 귀가한 언니들이 이미 준비되어 있는 선물을 봤다. 언니들은 조심조심 선물을 다 열어보고 다시 포장해뒀다. 그러고는 이튿날 아침에 내가 선물을 열 때마다 안에 무엇이 들었는지 미리 말해서 김새게 만들었다. 나는 울었고, 어머니는 격분했다. 그것은 올바른 질서가 아니었다.

엄격한 절차에 따르는 선물 개봉 의식은 어머니가 그날 하루 중 유일하게 함께 앉아서 우리가 기뻐하는 모습을 보는 시간이었다. 나머지 시간에 어머니는 부엌에서 식사를 요리했다. 우리가 미래의 빛을 쫓아가느라 급급하여 그렇게 놓친 순간이 얼마나 많았을까? 오늘은 크리스마스이브이고 우리는 다 컸다. 이제는 우리가 이렇게 함께 앉아서 삶의 선물을 기념할 시간이 얼마나 부족한가 하는 생각만 든다.

어머니가 상자에서 장식을 꺼낸다. 장식은 해를 거듭할수록 수가 줄면서도 꿋꿋이 살아남았고, 작은 상자 속 찌그러진 방울들은 매번 봐도 아름답다. 정교한 수제 유리 공들은 물에 뜬 기름처럼 빛을 반사한다. 진작 나달나달해졌지만, 어머니가 "요새 것은 너무 요란하다"는 이유로 개비를 거부하는 장식 띠가 있다. 설탕이 뿌려진 듯한 랜턴이 줄줄이 매달린 작은 갈런드도 있는데, 찌그러지고 흰 랜턴의 깨진 유리는 어둠 속에서 초록색과 빨간색으로 빛난다. 고깔모자 요정들의 털 철사 팔다리는 제멋대로 늘어나고 흐트러져 있다. 맨 밑에는 내가 일곱 살 때 만든 마분지 십이면체가 찌그러져 담겨 있다. 못생긴 그것을 어머니는 트리에 올려야 한다고 고집한다. 가끔은 올바른 질서를 깨도 괜찮다.

어머니는 자식들을 위해서 58년간 이 의식을 거행해왔다. 졸려서 뻑뻑한 눈으로 밤늦게까지 선물 포장하기를 수십 년간 해왔다. 수많은 밤

손바느질한 스타킹에 귤, 셔벗딥댑 사탕, 작은 태엽 오리를 담는 일을 해왔다. 아버지는 우리가 진실을 안 뒤로도 오랫동안 살금살금 우리 방에 들어와서 그것들을 침대에 놓고 갔다. 올해 우리는 어머니에게 그런 것에 신경 쓰지 마시라고 말했지만, 내 아들은 여섯 살이고 아직 마법을 믿으며, 어머니는 손자를 실망시키고 싶지 않다. 이것은 어머니가 아이에게, 또한 모두에게 주는 선물이다. 어머니가 크랜베리와 오렌지를 엮은 갈런드를 벽난로 위에 걸고, 그 옆에 손바느질한 스타킹을 둔다. 장작불이 타오르고, 나는 아들에게 아이비 덩굴과 유럽호랑가시나무 잎을 둥근 테에 감아서 리스를 만드는 법을 보여준다. 꼬마전구와 진저브레드 트위스트 쿠키 그리고 반짝반짝 작은 별들이 불러낸 추억이 집을 가득 채운다.

씨앗
6

어머니 식물은
씨앗에 기억을 남긴다

호손

Hawthorn

호손을 집에 들이면 곧 죽음이 따라온다

우리의
마지막 해

저맨더스피드웰

Germander speedwell
Fare-well, mammy-die, angel's eye

베로니카 카마이드리스
Veronica chamaedrys

❖ **어린아이가 저맨더스피드웰을 꺾으면 그 어머니가 1년 안에 죽는다**

저맨더스피드웰은 시각과 연관되어, 전통적으로 눈병 치료제였다. 명료함, 집 중, 목적성을 일으키는 주술에 쓰인다. 이뇨, 수렴, 거담 효과가 있다. 잎은 차로 끓이거나 물에 우려서 눈병 걸린 눈을 씻고, 열을 내리고, 위장 자극을 달래고, 가슴 충혈을 완화하고, 콩팥을 해독하는 데 쓴다.

저맨더스피드웰은 초원, 잔디밭, 도롯가, 철롯둑, 황무지에 널리 자란다.

달력이 바뀌었다. 새 달력에 연필로 적힌 메모는 모두 어머니 인생의 최종 장에 딸린 주석이다. 오늘의 제목은 '화학 요법'이다. 어머니는 이 것을 원하지 않는다. 병원에 질렸고, 얼마가 됐든 남은 삶을 살균된 병 실로부터 벗어나서 보내고 싶다. 하지만 암을 둘러싼 투쟁의 언어 때문 에, 시도해보지 않으면 겁쟁이가 되는 듯 느껴진다.

"한번 해봐야 할 것 같아. 네 아빠를 위해서." 어머니가 말한다. 기껏 몇 달의 시간만을 연장할 수 있을 뿐임을 모두 알지만 말이다. 나는 어머니에게 만약 그만두겠다고 해도 우리는 이해한다고 말한다. 어머니는 그저 미소 짓는다. 이것은 어머니가 해야만 하는 일이다.

우리는 병원으로 가는 차의 뒷좌석에 앉는다. 어머니는 혹시 운전사와 대화해야 할까 봐 자는 척한다. 운전사는 말을 걸지 않는다. 이 조용함이 고맙다. 나는 창밖으로 흘러가는 들판을 본다. 일월의 이든밸리에 떨어지는 빛은 어딘가 다른 회색이다. 그것은 색 바랜 리넨처럼 낡은 빛이라, 이곳이 다시 푸르러진다는 것을 믿기 어렵게 만든다. 오늘 희망은 아주 멀게 느껴진다.

우리는 창문 없는 대기실의 딱딱한 플라스틱 의자에 앉는다. 어머니는 《헬로!》 잡지를 넘기면서, 사진 설명을 보지 않고 유명인의 이름을 맞혀본다. 어머니가 '브래드와 앤젤리나'를 맞히고 의기양양해하는 모습에 나는 웃음이 난다. 우리 맞은편의 두 여자는 갈색과 베이지색으로 꾸며진 대기실을 반영한 양 베이지색 트위드 치마와 갈색 스웨터를 입고 있다. 어머니는 이 방에 섞이지 않는다. 어머니는 벨벳 패치워크 긴 치마, 분홍색 상의, 헐렁하고 양옆에 깊은 주머니가 달린 보라색 카디건을 입었다. "여자에게는 주머니가 필요해." 어머니는 늘 말했다. 내가 자랄 때 어머니는 내 모든 옷에 여분의 주머니를 달았고, 그 주머니마다 손수건을 넣어줬다.

어머니의 화실 벽에는 바래져가는 종이에 적힌 제니 조지프Jenny Joseph의 시 〈경고〉가 붙어 있다. 어머니는 그 내용을 늘 새기기 위해서 시를 붙여뒀고, "언젠가 이게 내 모습이 될 거야."라고 말했다. 그런데 어머니의 끝이 이렇다니, 너무 불공평하게 느껴진다. 어머니의 말년은 그녀 자신의 시간이어야 했다. 수많은 도시락과 꿰맨 양말에 대한 보상으로 끊어둔 전표를 현금화하는 시간이어야 했다. 어머니가 보라색을 입고 침을 뱉는 시간이어야 했다.*

"저 노인들은 왜 왔을 것 같니? 저 사람들도 죽어가고 있을까?" 어머니가 나를 쿡 찌르면서 말한다. 어머니는 말을 조심하지 않고 속삭이는 법도 잊지만, 나쁜 뜻에서 말하는 것은 아니다. 어머니는 자신이 여든두 살이라는 사실도 잊곤 한다.

갈색 여자들은 얼마 전 크리스마스 연휴 이야기를 하고 있다. 왼쪽 여자는 가족을 다 초대해서 자기 집에서 묵게 했다고 한다.

"이게 마지막 크리스마스일지도 모르잖아, 안 그래?" 왼쪽 여자가 말한다. 오른쪽 여자는 혼자 보냈다고 한다.

"손주들이 심한 감기에 걸렸어. 그러니 어쩌겠어? 이 나이가 돼서 위험을 감수할 순 없지." 오른쪽 여자가 답한다. 그들의 대화를 들으니, 내가 늙으면 어느 쪽이 될지 궁금해진다. 나는 마지막 나날을 충만하게 사는 쪽이 될까, 위험을 감수하지 않는 쪽이 될까? 지금 내가 어느 쪽인지도 궁금하다.

간호사가 우리를 화학 요법실로 데려간다. 어머니는 거대한 푸른색 비닐 리클라이너에 앉고, 팔에는 굵은 주삿바늘을 꽂는다. 거기 앉아 있으니 어머니가 너무 작아 보인다.

---

* 영국 시인 제니 조지프의 대표작 〈경고〉는 이런 내용이다. "나중에 할머니가 되면 나는 보라색을 입을 테다/ 그것과 안 어울리고 내게 안 맞는 빨간 모자와 함께/ (…) 슬리퍼를 신고 빗속으로 나갈 테고/ 남의 정원에서 꽃을 꺾을 테고/ 침 뱉는 법을 배울 테다/ (…) 하지만 지금은 통풍이 잘 되는 옷을 입고/ 집세를 내고 길에서 욕하지 말고/ 아이들에게 모범을 보여야 한다/ (…) 하지만 지금부터 좀 연습해야 하지 않을까? 그래야 날 아는 사람들이 너무 충격받고 놀라지 않을 테니까/ 내가 갑자기 늙어서 보라색을 입기 시작할 때."

"나, 머리카락이 빠질지도 모르겠다." 어머니가 이렇게 말하고 조용해진다. 나는 혹시나 해서 자주색 모자를 사뒀다. 모자는 언제 모습을 드러내야 할지 몰라서 내 주머니 속에 생쥐처럼 웅크리고 있다. 나는 그것을 꺼낸다.

"그럴지도 모르겠어요." 나는 말하고, 어머니에게 모자를 건넨다. 어머니가 모자를 쓴다.

다른 간호사가 방사능 표지가 붙은 금속 밀폐 트롤리를 밀고 들어온다. 간호사는 색깔 표지가 달린 비닐백에 주삿바늘을 연결하고 그것을 쇠갈고리에 건다. 그리고 정확한 시간마다 돌아와서 말없이 비닐백을 교체한다. 투명한 액체가 비닐관으로 똑똑 떨어져서 어머니의 혈관으로 들어간다. 이것은 눈에 보이지 않지만 격렬한 물질이다. 이 물질이 어머니를 낫게 하지 못한다는 것은 우리도 안다. 중피종은 아직 치료법이 없다.

우리가 기다리는 동안 간호사가 뜨거운 차를 플라스틱 컵에 담아 가져다준다. 차는 타닌이 너무 강해서 입안이 마른다. 차를 홀짝인 어머니가 찌푸리더니 이내 웃는다.

"건배!" 어머니가 말한다. 손에 컵을 들고, 머리에 자주색 모자를 쓰고, 활짝 웃는 어머니를 나는 사진으로 찍는다.

"그걸 네 아빠한테 보내줘라. 내가 괜찮다는 걸 알게. 네 아빠가 걱정할 거야." 어머니가 말한다. 나는 사진을 가족 모두와 어머니의 친한 친구들에게 전송한다. 하지만 내게는 걱정하지 않을 특권이 허락되지 않는다. 우리가 이 이상한 신세계로 들어설 때 나는 나 자신을 활짝 열어둬야 한다. 그러면 물론 아프겠지만 이 뜨거운 차와 웃음과 시간의 기억은 선물이기도 하다.

창밖에서 동화 같은 눈송이가 내리기 시작한다. 예보에 없던 눈이다. 나는 돌아갈 길이 걱정되지만 드러내지는 않는다. 약물이 어머니의 정맥으로 똑똑 떨어지는 동안 나는 머릿속으로 재앙의 시나리오에 대비한다. 예전에 받은 소책자가 있는데, 알기 쉬운 색깔 분류 체계로 화학요법을 자세히 알려주고 언제 응급 호출을 해야 하는지 판단하도록 돕는 내용이었다. 거기서 처치 후 최악의 메스꺼움은 종종 귀갓길에 발생한다는 것을 읽었고, 패혈증 위험은 처치 후 72시간 내에 가장 높다는 경고도 읽었다. 만약 어머니가 차에서 토하면 어쩌지? 도로가 차단되면 어쩌지? 구급차가 못 오면 어쩌지? 머릿속 신호등이 노란색으로 바뀌고 눈 안에서 빨간 경고등이 다급하게 점멸한다.

고요한 정적이 도시에 내린다. 아직 일월이다. 우리의 마지막 해가 시작됐다.

어둠 속에
쏟아지는 빛

어네스티

Honesty
Moonwort, silverbloom, penny-flower, money-in-both-pockets

루나리아 안누아
Lunaria annua

✛ 자정에 어네스티를 꺾으면 숨어 있던 것이 드러난다

어네스티는 중세에 마법사와 마녀에게 중요한 식물로서 악마를 쫓아내고, 번영을 부르고, 갇힌 것을 풀어내고, 시야에서 가려진 것을 드러내는 데 쓰였다. 이 식물의 에너지는 잊히거나 억압된 생각을 끌어내는 데 도움을 준다. 씨를 짠 기름에 든 지방산은 다발성 경화증 치료에 효과가 있는 것으로 몇몇 연구에서 밝혀졌는데, 상처 치료 용도로 더 흔하게 쓰인다. 어린뿌리는 구워서 먹을 수 있고 잎은 채소나 샐러드로 쓸 수 있으며, 씨앗은 빻은 뒤 페이스트에 섞어서 겨자소스 대용으로 쓸 수 있다.

어네스티는 길, 밭 가장자리, 산울타리, 황무지를 따라서 자란다.

우리 마을은 계곡 아래에 있다. 그 덕분에 최악의 날씨로부터 보호받지만, 가끔 나는 탁 트인 하늘이 그립다. 단지 뒤 언덕에 오르면 우리 집이 보인다. 그 뒤로 고사리 들판과 호손 숲을 구불구불 흘러가는 개천도 보인다. 봄에는 날아오르는 종달새들이 보이고 그 노랫소리가 언덕에서 크게 들린다. 겨울에는 찌르레기가 떼 지어 나는데, 그들의 부드러운 날갯짓은 소곤소곤하는 숨소리 같다. 가끔 우리는 그냥 언덕에 앉아서 바람이 구름을 여러 모양으로 자아내는 것을 구경한다. 나는 권적운, 층적운, 렌즈운 같은 기상학적 명칭을 익히려고 한다. 아들은 공룡, 우주선, 하늘을 나는 소를 가려낸다.

하지만 오늘은 특별하다. 우리는 일식을 보려고 왔다. 바위에 붙어 앉아서 바람을 피해 코트를 단단히 여미고, 차가 든 머그로 손을 덥힌다. 하늘은 구름으로 빽빽하다. 안개처럼 보이는 층운이 저 아래 모든 것을 회색 일색으로 덮었다. 태양을 관찰하기에 이상적인 날씨는 아니지만, 우리는 마분지 핀홀 카메라도 만들어왔고 이쯤에 굴하지 않는다.

기다리는 동안 나는 아들에게 일식의 물리학을 아는 대로 설명해준다. 태양은 달보다 지름이 400배 크지만 달보다 지구에서 400배 멀리 떨어져 있다. 일식은 태양과 지구 사이에 달이 끼어들어서 지구가 달 그림자 속으로 들어갈 때 발생한다. 달은 지구보다 훨씬 작기에 달 그림자는 지구 표면의 일부만을 가릴 수 있다. 그래서 일식은 어느 때든 지구상의 한 영역에서만 관찰된다. 만약 천체가 그렇게 정렬될 때 우리가 마침 지구에서 딱 알맞은 지점에 있다면, 우리는 개기 일식을 볼 수 있다. 그것은 수학과 우연의 완벽한 춤이다.

"엄마는 전에 일식 본 적 있어?" 아들이 묻는다.

"응, 있지. 네가 태어나기 한참 전에 네 아빠랑 같이 봤어." 나는 답한다. 지난 세기 마지막 해였던 1999년 팔월, 미래를 재설정하기가 불가능하다고 느껴지던 때였다. 우리는 산비탈에 앉아서 어둠이 내리기를 기다렸다. 우리가 처음 알아차린 것은 온도 변화였다. 여름의 열기가 갑자기 축축한 냉기로 식었다. 그다음은 빛이었다. 빛이 마구 흔들리면서 굴절되어, 때로는 눈부시게 혹은 어둡게 어른거렸다. 그러다가 정적이 왔고, 우리는 바로 이 순간임을 알 수 있었다. 새들이 노래를 거뒀고, 들판의 온갖 소리가 일제히 멎었다. 우리는 숨을 참았다. 그 한 번의 숨에 온 세상이 붙잡힌 듯했다. 지구와 그 위의 모든 것이 2분 20초 동안 회전을 멈췄다. 소원을 빌어. 그리고 내쉬는 숨.

16년이 흐른 지금, 나는 아들과 함께 언덕에서 일식을 기다리고 남편은 멀리 집을 떠나 있다.

"아빠도 여기서 우리랑 같이 보면 좋을 텐데." 아들이 말한다. 지금 우리의 세계는 어긋나 있고, 남편은 안정 쪽으로 기울었다.

"아빠도 지금 있는 곳에서 우리와 함께 볼 수 있을 거야." 나는 아들을 안으면서 말한다. 나도 남편이 여기 있으면 좋겠다. 우리는 떨어져서 지낼 의도는 없었다. 하지만 내 삶은 갈수록 돌봄에 끌려들어서 축소되는 데 비해 남편의 삶은 갈수록 바깥일의 세계로 확장됐다. 밤에 휴대전화에서 남편의 픽셀화된 얼굴이 어둠을 밝히면서 나타나고, 우리는 각자의 하루를 이야기한다. 그래도 그것은 이전 같지 않다. 나는 하늘을 가리킨다.

"다음에 네가 이 나라에서 일식을 본다면, 그때 넌 지금의 할머니 나이와 같은 여든두 살일 거야." 나는 아들에게 알려준다. 노인이 된 아이를 상상하니 기분이 묘하다. 그때까지 아이의 삶이 어땠을지, 빛이 어둠을 이겨냈을지 궁금해진다.

"엄마도 나랑 같이 볼 거야?" 아들이 묻는다. 나는 진실을 알지만, 그래도 이별의 고통이 목에 걸린 돌처럼 느껴지는 것은 어쩔 수 없다.

"아니, 얘야. 그때 나는 백 살이 훌쩍 넘었을걸. 엄마가 그렇게 오래 살 것 같진 않아." 나는 답한다. 아이는 더는 말하지 않는다. 하지만 제 손으로 내 손을 덮고, 계속 붙잡고 있는다. 이것이 사랑의 고통이다. 사랑을 찾은 뒤에 그것을 떠나보내야 함을 아는 것. 그때까지는 서로를 계속 붙잡고 있는다. 계속 붙잡고 있는다.

우리가 앉은 곳 바로 위에서 구름이 갈라진다. 세상의 가장자리가 일렁거리더니 적막이 찾아든다.

"지금이다!" 나는 말한다. 태양과 달과 지구가 한 줄로 서서 순수한 어둠의 순간을 선사하는 것을 우리는 홀린 듯 지켜본다. 완벽한 공허를 둘러싸고 황금빛 후광이 형성된다. 어둠. 빛. 그 모든 것을 목격하는 생명.

그러다가 끝이 온다. 빛이 돌아오고, 세상이 마치 태엽 감긴 장난감처럼 다시 소음을 내기 시작한다. 우리는 잠시 더 가만히 앉아서 손잡고 말없이 기도한다. 이 순간이 계속되게 해주세요. 일식이 끝난 후, 우리는 정원에 작은 모닥불을 피운다. 춘분과 앞으로 길어질 낮을 기념하는 모닥불이다. 우리는 함께 불을 구경하고, 마시멜로를 구워 먹다가 머리카락에 묻히고, 깔깔 웃는다. 기쁨이 일렁거리는 순간이다.

결국 우리 모두는 여전히 구름을 관찰하는 사람이다. 한 눈을 북쪽 하늘에 두고 다른 눈을 땅에 둔 채 기다리면서, 어둠과 빛의 균형을 가늠하는 사람이다. 나는 하늘을 읽을 줄 안다. 그렇다면 지금은 어떤 시기일까? 모든 것이자 아무것도 아닌 시기다. 떠나보낼 때다. 붙잡을 때다. 나는 어둠 속으로 빛이 쏟아져드는 것을 허락한다.

저녁이 낮을 접어 넣을 때, 우리는 다시 가방을 싸서 약과 암과 돌봄의 세계로 돌아간다. 어둠과 빛. 오늘 하루는 고요한 일시 정지였다.

그 모든 순간의
어머니

블루벨
Bluebell
Fairy flower, ring-o'-bells, crowtoes, cuckoo-boots

히아킨토이데스 논스크립타
Hyacinthoides non-scripta

❖ **숲에서 블루벨을 꺾은 아이는 두 번 다시 목격되지 않고 사라진다**

블루벨은 이중의 에너지를 품고 있다. 슬픔과 애도에 연관되고, 봄에 맨 먼저 피는 꽃 중 하나로 망자의 재생을 뜻하여 무덤에 심는 경우가 많다. 속설에는 이 꽃을 실내로 가지고 들어가면 슬픔이 따라 들어간다고 경고한다. 이 꽃은 또한 진실을 밝히는 데 사용됐는데, 블루벨 리스를 건 사람은 자신에게나 타인에게나 진실만을 말하게 된다는 속설이 있기 때문이다. 독성 때문에 약초로 널리 쓰이지는 않지만, 구근에 지혈과 이뇨 효과가 있으므로 빻고 말린 것을 전문가의 안내에 따라 소량만 쓸 수는 있다. 식물 전체에 점액질이 풍부하여 튜더시대에는 옷에 먹이는 풀로 흔히 쓰였고 제본업자의 풀로도 쓰였다.
자생종 블루벨은 다양한 재배종에 맞도록 바뀐 서식지에 취약하다. 그늘진 숲, 산울타리, 습한 지역에서 자란다.

나는 어머니의 정원에 그녀와 함께 앉아서 아들이 큰 구주물푸레나무 발치에 은신처를 짓는 것을 본다. 우리 옆에는 어머니의 삽이 흙에

꽂혀 있고, 그 옆에 수줍게 고개 숙인 블루벨과 창백한 수선화 무리가 있다. 먹구름 가장자리로 난 볕이 어둠을 뚫고 때 이른 온기를 준다. 우리는 따스함을 향해 얼굴을 들고, 그 위로를 받아들인다.

아버지가 보행 보조기에 얹은 찻잔의 균형을 잡으면서 천천히 오솔길을 걸어온다. 그러던 아버지가 멈춰 서서 아내를 본다. 어쩌면 아버지는 칠흑 같은 머리카락에, 세상의 지붕들이 매연으로 뿌옇지 않고 황금빛인 세상을 꿈꾸던 소녀를 떠올리는지도 모르겠다.

"모험하는 삶이 될 거야." 아버지는 말했다.

"응." 어머니는 답했다.

이것이 두 분의 사랑 이야기다. 두 분이 지나간 길에 홀씨처럼 흩날려 있어서, 두 분이 사라진 뒤에 우리가 거둬들일 이야기다. 나는 내게 삶을 준 두 사람을 본다. 시를 읽지만 자기 감정을 전달할 말을 찾지 못하는 내 아버지. 우리를 맹렬히 사랑하지만 그 사랑이 드러나는 방식을 이해하지 못하는 내 어머니. 두 분은 함께 여섯 자녀를 자궁에서 무덤까지 길러냈다. 이제 우리가 두 분을 돌볼 차례다.

"네 아빠는 나한테 청혼하는 날 수선화를 줬단다. 만우절이었지. 나는 지금 이 사람이 농담하나 싶었어. 만약 농담이었다면, 조금 역효과를 낳은 셈이지 뭐니." 어머니가 그날을 떠올리면서 말한다. 오래전, 그가 그녀에게 세상을 주겠다고 했던 때를.

우리 옆 나무 벤치에 앉은 아버지는 고개를 가슴으로 떨구고 잠들어 있다. 우리는 나이가 들면서도 동시에 더 어려지는 것 같다. 세월은 시간을 곧이곧대로 따르기를 거부하는 것 같다. 이 한순간에 우리의 여러 자아가 응축되어 있다. 노란 꽃을 든 청년에게 "좋아."라고 말하는 젊은 어머니, 삼월의 수선화 속에서 맏딸을 안고 있는 어머니, 시월의 화창한 날에 관을 따라 걷는 어머니, 오래된 구주물푸레나무 옆에 은신처를 짓는 손자를 지켜보는 어머니, 죽음을 준비하는 어머니. 그동안 내가 이 여자들 가운데 몇 명이나 알았는지 궁금하다. 나는 지금에서야 그녀를 만난 기분이지만, 이제 그녀를 떠나보내야 한다.

언니가 떠나고
7년 7개월 17일

당아욱

Common mallow
Cheese weed, billy-buttons, dwarf mallow, buttonweed

말바 실베스트리스
Malva sylvestris

✣ **영계를 여행할 때 악령으로부터 보호받기 위해서 쓴다**

당아욱은 단백질, 지방산, 칼륨, 마그네슘, 아연, 셀레늄, 칼슘, 섬유소, 비타민 C
와 A가 풍부하다. 항산화, 항미생물, 항균, 항염증 효과가 있어서 비뇨기나 호
흡기나 소화기 염증을 치료하고, 인후통을 달래고, 여드름이나 비듬을 완화하
는 데 쓴다. 식물 전체를 먹을 수 있다. 잎은 시금치 대용으로 먹고, 수프와 소스
의 점성을 높이는 재료로도 쓴다. 열매는 삶아서 계란 대용으로 쓸 수 있다. 이
눌린이 풍부한 뿌리는 환자용 죽을 만드는 데 쓰고, 꽃과 싹은 따서 식초나 소
금물에 절인다.

당아욱은 도롯가, 황폐한 땅, 농경지에서 잘 자란다.

언니가 죽은 지 7년 7개월하고 17일이 지났다. 자신의 끝이 안개처럼
밀려오는 중이라, 어머니에게는 딸의 재가 어디에 남는가 하는 문제가
중요해진다. 언니의 가족은 지금까지 차마 재를 뿌리지 못했지만, 이제
보내주기로 동의한다. 우리는 언니를 안식에 들게 하기 위해서 더웬트

워터 호수에 모인다.

"우리는 여기 카누 타러 오곤 했어요." 언니의 딸이 말한다.

나는 어머니와 나란히 물가에 선다. 한 손으로 어머니의 팔을 부축하고 다른 손으로 아들의 손을 잡고 있다. 작은 수선화 다발을 든 어머니는 말없이 서 있다. 때가 됐다.

우리는 이 일을 어떻게 해야 하는지 모른다. 다만 물살 때문에 재가 물가로 되밀려올까 봐 걱정되어, 좀 더 멀리 나가서 뿌리기로 정한다. 나는 부모님과 아들을 물가에 두고, 바지를 걷고, 찬물로 걸어 들어간다. 옆에서 언니의 가족도 물로 들어온다. 충분히 멀리 왔다 싶을 때, 우리는 뚜껑을 연다. 나는 유골함 무게를 느껴본다. 시 장례식장에서 준 초록색 플라스틱 상자는 더없이 실용적이다.

사람의 재는 먼지처럼 흩날리지 않는다. 나는 이 사실에 놀란다. 재는 마치 닭모이처럼 굵고 무겁다. 물 위로 떨어진 재는 잔잔한 수면에 흰 꽃처럼 피어나고, 무지갯빛 광채를 내면서 잠시 머물렀다가 이윽고 가라앉는다. 언니의 큰아들이 윗옷을 벗고 물에 뛰어들어, 재의 백합을 가르면서 차가운 호수로 잠수한다. 이 마지막을 몸으로 기념하는 행동이다. 물가에서 지켜보는 부모님은 말이 없다. 우리에게는 이 순간을 위한 기도도, 축복의 말도 없다. 할 말이 아무것도 없다. 7년이 흐른 지금도 이 일은 너무 힘들다.

언니가 가라앉는 모습을 우리가 지켜보는 동안, 다른 가족이 호숫가에 나타난다. 그들이 호수에 카약을 띄우고 노를 저어서 물결과 함께 재를 가른다. 당장 그만두라고 그들에게 외치고 싶지만, 나는 말을 삼킨다. 그들은 아무것도 모른다. 우리는 잠시 더 물을 보며 서 있는다. 이윽고 호수가 남은 재를 모두 덮어서 볼 것이 남지 않자, 우리는 기슭으로 돌아간다. 어머니가 꽃을 던지면서 울기 시작한다.

"내 아름다운 딸에게서 남은 게 어떻게 이것뿐일 수 있니?" 어머니는 묻는다. 꽃이 떠내려간다. 나는 답할 말이 없다. 이제 언니가 그토록 사랑했던 야생과 한몸이 되어 평화로이 있다고 믿고 싶지만, 솔직히 그런 기분이 들지 않는다. 언니의 삶에 있던 모든 사랑, 모든 비애, 모든 밝고 아름다운 슬픔이 고작 이것으로 귀결되다니. 초록색 찬물에 가라앉는 언니의 재, 은색 물고기처럼 수면에 비치는 창백한 봄 햇살, 가볍디가벼운 물살에도 떼밀려가는 야생 수선화 한 줌으로.

언젠가 나는 아들과 함께 여기로 돌아올 것이다. 우리는 작은 나무배를 타고 낚시를 할 것이다. 우리가 미처 몰랐지만, 이 배는 과거에 언니가 알았던 남자의 소유다. 종이 관이 우리 곁을 떠간다. 관 위에 플라스틱 조화가 붙어 있다. 남자가 그쪽으로 노를 뻗어서 조화를 떼어내고 관만 도로 밀어낸다.

"여기 이런 게 엄청 많아요. 결국 다 물가로 쓸려가지만, 문제는 플라스틱이죠. 새들을 죽이거든요." 남자가 말한다.

나는 남자에게 언니와 언니의 재와 재의 꽃을 말해준다. 남자가 내 얼굴을 보고, 그 속에서 언니의 모습을 읽어냈는지 미소를 띤다.

"나는 당신 언니를 잘 알았습니다. 세상을 바꾼 분이었죠." 남자가 이렇게 말하고 다시 노를 젓는다. 호수의 고요가 우리를 감싸고, 저 아래 물속에서 강꼬치고기가 소리 없이 헤엄친다.

최고의 요새를
짓다

큰메꽃

Hedge bindweed
Hooded bindweed, old man's nightcap, wedlock, granny-pop-out-of-bed

칼리스테기아 세피움
Calystegia sepium

✣ **말린 큰메꽃 부적을 지니면 부정적 기운이 상쇄된다**

큰메꽃은 문턱과 경계 공간과 연관되어, 영혼을 지상에 묶어두고 지상에서 영계로 안전하게 건너갈 수 있도록 안내하는 의식에 쓰인다. 뿌리에는 의지력을 북돋우는 힘이 있다고 일컫는다. 이 식물로 삼끈을 만들 수 있고, 잎과 줄기로 염료도 만들 수 있다. 전통적으로 장폐색을 치료하고, 쓸개즙 분비를 촉진하고, 생리혈 배출을 돕는 하제로 쓰였다. 아유르베다 의학에서는 정신적 혼란과 신경 폐색 치료에 쓰이지만, 독성이 있으므로 현대 약초학에서는 그다지 쓰이지 않고 전문가의 안내 없이 써서는 안 된다.

큰메꽃은 도롯가, 습한 덤불, 황폐한 지역 주변에서 잘 자란다.

내가 늘 잡고 있던 손을 어떻게 놓을까? "내 손을 꽉 잡으렴, 놓지 말고." 모든 어머니는 제 아이에게 이렇게 말하지만, 지금 내 어머니는 내 손을 놓는 중이다. 아들이 아주 어릴 때, 나는 아이에게 만에 하나 엄마를 잃어버리면 그 자리에 꼼짝 말고 있는 것이 가장 안전하다고 알려줬다. 그러면 내가 아이를 찾아낼 거라고. 이 말은 사실일까?

나는 가만히 있는다. 달아나지 않는다. 기다린다. 기다리는 사람이 나만은 아니다. 아버지는 오지 않을 기적을 바라며 자신의 조용한 세상에서 기다린다. 아들은 나를 방마다 졸졸 따라다니고 내가 사라질까 봐 두려워하면서 내가 자신에게 시간을 내주기를 기다린다. 어머니는 방사선 요법이 통증을 줄여주기를 바라며, 그것을 받으려고 병원에서 기다린다. 언니와 오빠 들은 전화선 끝에서 소식을 기다린다. 모두 불안정하고, 노출되어 있다. 우리의 집들이 암이라는 늑대의 입김에 날아가고 있지만, 우리는 어느 것이 밀짚으로 만든 집이고 어느 것이 돌로 지은 집인지 알지 못한다.

나는 스스로도 그들도 안심시킬 수 없어서, 그 대신 기분 전환을 제안한다. 계획을 생각해낸 것은 아들이다. 아들은 정원에 은신처를 짓고 싶어 한다. 우리는 돌봄에 일상을 다 쏟느라고 지난 몇 달간 그곳에서 많은 시간을 보내지 못했다. 지금 그 야생의 정원에 있는 것이 우리에게 유익하리라는 생각이 든다.

"최고로 튼튼하고 막강한 요새를 지을 수 있어! 절대 무너지지 않게!" 아들이 말한다. 아이가 설계도를 그리고, 우리는 함께 닥치는 대로 목재를 주워온다. 하루가 끝날 무렵에 우리는 건축용 팰릿 네 개, 낡은 요람, 두꺼운 나무 울타리 기둥 열 개, 빗자루 손잡이, 방패 두 개, 부러진 칼, 갖가지 집성 판재 조각을 모았다. 괜찮은 수확이다.

이튿날, 차로 아버지를 데리러 가서 아버지의 공구 상자도 함께 우리 집으로 실어온다. 아버지는 돋보기를 꺼내어 손자의 설계도를 살펴보고, 바지 주머니에서 꺼낸 뭉툭한 연필로 몇 군데를 수정하여 설계의 강도와 내구성을 높인다. 아버지는 시력을 거의 잃었지만 기술자로 살아온 세월은 간직하고 있다.

우리는 하루 종일 밖에서 일한다. 잠시 쉴 때도 풀밭에서 차와 치즈 샌드위치를 먹는다. 할아버지와 손자는 설계도를 보면서 건축의 진척을 점검한다. 나는 그들의 계획을 실행하는 잡역부가 되어, 그들이 시키는 일을 한다. 아버지는 보행에 지팡이 한 쌍이 필요한 몸이면서도 무거운 기둥을 들어 옮기는 나를 거들려고 한다. 내가 매일 어머니를 들어 나른다는 사실을 잠시 잊으신 것 같은데, 어머니의 부은 몸은 널빤지보다 훨씬 무겁다.

길이 15센티미터의 못을 망치로 박다 보니 내 손에 물집이 잡힌다.

"잘못하고 있구나. 이렇게 쥐어야지." 아버지가 내 손에서 망치를 가져가면서 말한다.

"못 박는 법은 저도 알아요." 나는 말한다. 아버지가 아들을 보면서 찡그린다. 나는 익숙한, 창피함의 정전기가 이는 것을 느낀다. 꾹 닫은 입안에서 대꾸할 말을 삼킨다. 어차피 아버지는 듣지 못한다.

"엄마, 진짜 잘하고 있어. 엄마는 망치질 잘해." 아들이 내 팔에 손을 올리면서 말한다. 아들은 좋은 선생이다. 나는 미소를 짓고, 다시 망치를 잡는다.

아버지가 기술자의 눈으로 지켜본다. 그 덕분에 요새는 아무리 센 폭풍에도 쓰러지지 않을 것이다. 나는 건축에 필요한 임무를 수행하고 아들은 변신 마법을 소환한다. 우리는 함께 짓는다. 하루가 끝날 무렵에는 창문, 망루, 비밀 출입구, 무기를 얹을 선반 세 개, 요람 봉을 이용한 스윙 도어를 갖춘 요새가 만들어진다. 우리는 한 발 물러나 작품을 감상한다.

"아직 완전히 끝나지 않았어." 아들이 우리에게 말한다. 아이가 다시 목재 더미를 뒤지더니 부러진 빗자루를 찾아낸다. 우리는 가구용 천조각을 찾아서 그것을 큰 삼각형으로 자른다. 바느질도 자수도 놓이지 않은 천이지만 아들은 만족한다. 우리는 함께 천을 빗자루에 못박고, 그 빗자루를 요새 꼭대기에 못박아서 만천하가 보도록 우리의 깃발을 나부낀다.

"최고의 요새야." 아들이 말한다. 우리는 이날 하루 우리가 함께 지은 것을 바라보며 서 있는다.

"이 요새는 아주아주 오랫동안 널 안전하게 지켜줄 거란다." 아버지가 이렇게 말하면서 아이의 머리를 쓰다듬는다.

낮의 빛이 스러진다. 우리는 기다렸고 일했고 이제 쉬어야 한다. 나는 아버지를 댁에 데려다드린다. 아들에게 밥을 먹이고, 자장가로 아이의 세상을 잠재운다. 어둠 속에서 새근새근 잠든 아이를 보면서, 그 손을 계속 잡고 있는다. 우리는 늑대가 입김을 부는 것을 막을 수 없다. 하지만 어쩌면 함께 요새를 튼튼하게 만들 수는 있을지도 모른다.

돌봄의
책무

우드랜드해바라기

Woodland sunflower
St Bartholomew's star, comb-flower, golden-flower-of-Peru

헬리안투스 스트루모수스
Helianthus strumosus

❖ **고인의 명복을 빌기 위해서 집 주변에 해바라기를 심는다**

해바라기는 토양에서 비소, 납, 우라늄 등 유독한 산업 폐기물을 청소하는 데
쓰인다. 줄기에 인과 칼륨이 함유되어 있어서, 부실한 토양을 비옥하게 만드는
데도 쓴다. 수렴, 이뇨, 거담 효과가 있는 잎과 꽃은 열, 말라리아, 폐질환, 피부
상처, 부기, 독 있는 거미나 뱀에 물린 곳을 치료하는 데 쓴다. 씨앗은 비타민 E,
마그네슘, 셀레늄, 파이토스테롤, 철이 풍부하여 예부터 콜레스테롤을 낮추고,
편두통을 완화하고, 관절통을 줄이고, 쥐 난 근육을 풀고, 망가진 세포를 수선
하고, 피로를 더는 데 쓰였다. 모든 종류의 해바라기가 새와 나비를 많이 끌어
들인다.
우드랜드해바라기는 아주 다양한 환경과 토질을 잘 견딘다.

나는 삶과 죽음의 관공 제도를 끌어모아서, 어머니가 짧은 하루하루
를 살아갈 만한 공간을 갖춰드리려고 애쓴다. 그러다가 어머니가 더는
아버지도 자신도 보살피지 못하게 되자, 두 분을 보살피기 위해서 우리

가 부모님 집 빈방으로 들어간다.

우리는 새로운 돌봄의 역할을 일상의 리듬에 끼워 맞추려고 무리한다. 나는 기존 일과에 추가로 요리, 침구 교체, 약국 방문, 쇼핑, 청소, 의사와의 통화, 통원 치료, 자명종을 맞춰두고 엄격하게 지키는 복약 시간을 더한다. 하루에 여섯 번, 알록달록한 알약들을 절구로 빻은 뒤에 맛을 가리기 위해서 캐러멜 푸딩에 섞는다. 어머니를 씻기고, 옷을 갈아입히고, 어린아이와 춤출 때처럼 어머니의 발을 내 발에 얹고 어머니의 몸무게를 내 몸무게로 받쳐서 옮긴다. 매일 아침 어머니의 정원에서 꽃을 꺾어 어머니의 침대 옆 화병에 꽂는다. 어머니가 조금이라도 먹을 수 있을 때는 레몬 타르트, 딸기 플란, 티라미수처럼 어머니가 좋아하는 푸딩을 만든다. 매일 밤 어머니의 부은 피부에 장미를 곁들인 오일을 바르고 빠져가는 머리카락을 빗기는데, 그러다 보면 동그랗게 말린 은색 가닥들이 내 손바닥에 남는다. 예전에 어머니가 가족의 소식을 공유하는 허브였다면, 지금은 내가 그 역할을 맡는다. 나는 저녁마다 우리 일상의 어렵고 지루하고 아름다운 부분을 업데이트한 이메일을 보낸다.

나의 하루는 해야 할 일들로 시간표가 짜여 있다. 늘 머릿속에서 할일 목록이 티커 테이프ticker tape처럼 흘러간다. 약 이름, 복약 시간, 의료 용어를 담느라 뇌가 울린다. 일에서 일로 중단 없이 넘나들다 보니 전환하는 시점이 안개처럼 흐려진다. 피로가 약물처럼 뇌를 감싸서 머리가 멍해진다. 종합 병원, 집, 개인 병원을 오가는 일을 자각도 없이 해낸다. 내가 무슨 일을 하던 중인지, 심지어 무슨 일이든 하고는 있었는지도 잊는다. 우유를 세탁기에 붓고, 세제를 냉장고에 넣는다. 내가 무슨 말을 하고 있었는지 잊어서 중간에 말을 멈춘다. 방에 들어갔다가 왜 들어갔는지 몰라서 다시 나온다. 암 지원 단체의 책자에서는 간병인의 자기 돌봄이 중요하다고 말한다. 남편은 내 건망증이 염려돼서 의사에게 가보라고 말하지만, 이 피로의 치료법은 하나뿐인데 그것은 내가 갖지 못한 것, 시간이다. 나는 사랑하는 사람들, 그것도 삶의 끝과 끝에 놓인 사람들의 요구 사이에 끼어 있으며, 우리가 소중한 시간을 교환하고 있음을 안다.

일곱 살인 아들은 잘 참지만 그래도 두려워한다.

"엄마 마음속에서 내가 어디 있는지 모르겠어." 스스로 감당하기에 너무 버거운 상황일 때, 아들이 울면서 말한다. 나는 그 모습에 가슴이 찢어져서, 아이를 꼭 안는다.

"엄마는 널 이 세상 무엇보다 더 사랑해. 너는 내 마음의 중심이란다. 하지만 지금 당장은 할머니가 너무 아프고 할아버지가 할머니를 보살필 수 없으니까, 우리가 두 분을 보살펴야 해." 나는 말한다.

"나도 알아, 엄마. 그래도 난 우리가 그리워." 아들이 내 손을 잡으면서 대답한다.

그동안 남편은 우리를 안전하게 지키기 위해서 열심히 일했고, 마침내 보상을 받게 됐다. 하지만 거기에는 대가가 따른다. 남편은 지금 미국에 있다. 그가 제작에 참여한 어린이 교육용 프로그램을 홍보하러 갔다. 로스앤젤레스 어딘가를 달리는 택시 안에서 그가 전화를 걸어온다.

"정신이 쏙 빠질 것 같아." 자신을 찾아온 변화에 한편 들뜨고 한편 어리둥절한 남편이 내게 말한다. 나는 전화기를 턱에 아슬아슬 낀 채로 어머니가 이동식 변기에 앉는 것을 돕는 중이다. 딴 방에서 유리가 박살나는 소리가 들린다. 아버지가 컵을 떨어뜨렸고, 그것을 치우려고 한다.

아버지는 한 손으로 보행 보조기를 쥐어 균형을 잡으면서 몸을 숙여 유리 조각을 주우려고 한다. 나는 아버지가 베일까 봐, 아니면 넘어질까 봐 걱정된다. 하지만 내가 소리치더라도 아버지는 듣지 못한다. 그때 아들이 맨발로 방에 달려 들어오고, 아들의 혈당 감지기가 저혈당을 알리는 경고음을 울린다.

"나 지금 통화 못 해." 나는 남편에게 이렇게 말하고 끊는다. 나중에 남편에게 전화를 걸어서 사과한다. 남편은 내게 어떤 하루였는지 묻고, 나는 이동식 변기와 유리컵과 혈당 경고음을 말해준다.

"그냥 너무 피곤해." 나는 말한다. 남편은 회의와 수영장과 화려한 디저트를 말해준다. 남편이 자신의 하루를 공유하고자 그런 이야기를 한다는 것을 알지만, 그래도 자꾸만 "그가 지금 사는, 평행 우주 같은 삶은 뭐지?" 하는 생각이 든다. 나는 여기가 아닌 다른 곳에 있고 싶은 것은 아니다. 로스앤젤레스에서 방을 가득 메운 사람들에게 내 예술을 이야기하고 싶지도 않다. 그런데도 화가 난다. 내가 여기서 하는 일, 이 또한 중요하다. 세상에 드러나지 않는 돌봄의 삶? 이 또한 중요하다.

밤이 집을 둘러싼다. 아들과 나는 따뜻한 이불 속에 보듬고 누워 어둠 속에서 이야기를 속삭인다. 아이가 지어낸 자장가를 내게 불러준다. 아이의 작은 몸이 내 몸에 다가붙고, 아이가 스르르 잠든다. 삶의 돌들 사이에 심어진 부드러운 씨앗 같은 순간이다.

나는 눈을 감는다. 하지만 쪽잠이고 선잠이다. 이내 도움을 구하는 다른 경고음이 울린다. 나는 꿈에 빠진 아들에게 굿 나잇 키스를 하고, 다시 돌봄의 균형 잡기에 나선다. 나는 모두를 보살핀다. 할 수 있는 일을 한다. 하지만 이것만으로는 영원히 부족하다.

아무도 보지 않을 때, 나는 옛 노래를 틀어놓고 운다. 이곳은 새벽까지 문 닫지 않고 운영하는 술집이다. 죽음이 부엌의 위스키를 산패시키지만, 삶은 빨간색과 금색으로 화려하게 치장한 채 싸구려 피아노로 무대곡을 연주하며 사랑을 노래한다. 나는 멈추고 싶다. 상황을 바꾸고 싶다. 죽도록 외로운 기분을 느끼고 싶지 않다. 남편이 일의 냄새를 좇아서 이렇게 멀리 떠나 있지 않는다면 좋겠다. 아버지가 이렇게 쇠약하지 않고, 집안에서 가장 강한 사람이면 좋겠다. 죽은 사람들이 살아 돌아온다면 좋겠다. 우리가 한때 가졌던 웃음을 되찾고 싶다. 주삿바늘과 불면의 밤이 없는 상태로 아들에게 어머니 노릇을 하고 싶다. 내가 한때 알았던 아름다운 남자와 술집에서 취하고, 유토피아를 이야기하고, 사랑을 나누고 싶다. 돌보고 돌보고 돌보는 일은 하고 싶지 않다.

그러나 이제 나는 음반을 내린다. 언젠가 아무도 내게 밤에 손잡아달라고 부탁하지 않는 날이 올 것이다. 내가 다른 슬픔을 애도하는 날이 올 것이다. 하지만 오늘은 그날이 아니다. 오늘은 내가 할 일을 해야 한다.

나는 일어나고, 다시 시작한다.

황폐한 정원에서
울다

서양톱풀

Yarrow
Staunchweed, Devil's nettle, woundwort, Venus tree

아킬레아 밀레폴리움
Achillea millefolium

✣ **톱풀의 깃털 같은 잎을 들고 있으면 영혼과 소통할 수 있다**

톱풀의 학명은 그리스 신화의 영웅 아킬레우스의 이름을 땄다. 전사의 약초로
서 오래전부터 상처 치유제로 이름났다. 항균, 항생 효과가 있어서 혈액에서 감
염을 씻어내고, 부상이나 분만이나 생리 중의 심한 출혈을 치료하는 능력이 탁
월하다. 외용제로 근육 결림, 삔 곳, 뼛속까지 미친 타박상을 다스리는 데 쓸 수
있고, 우린 물을 마시거나 세정제로 써서 감기, 독감, 열, 호흡기 불편, 소화 불
량, 요로 감염의 급성 단계를 치료하는 데 쓸 수 있다. 이 식물은 늘 타인을 위해
살아가느라 돌봄의 책무에 압도된 사람에게 유용하며, 뼛속까지 지쳤다고 느
낄 때 쓰면 좋은 치료제다.
톱풀은 황무지, 길가, 해안 사구, 안정된 자갈 해변에서 발견된다.

내가 돌봄의 요람들을 나르는 법을 익히는 동안, 어떤 것은 손에서
놓아야 한다. 그래도 우리는 올해의 작물을 위한 기초 공사는 해두려고
한다. 일주일에 하루는 다른 딸이 와서 나 대신 어머니의 수발을 들고,

나는 아들과 함께 우리 집으로 간다. 그들을 놔두고 가기가 어렵지만, 그래도 그렇게 해야 한다.

지난주 쉬는 날, 우리는 다가올 여름을 위해서 채소 모종을 심었다. 과연 수확할 수 있을지는 잘 모르겠지만, 아무튼 이 정원에 닻을 내려두는 일이 중요하다고 느낀다. 7일 뒤에 돌아오니, 채소며 양배추며 콩이며 모든 모종이 앙상한 뼈대와 줄기로 바뀌어 있다. 남은 것이 하나도 없다. 우리가 했던 작업이 다 물거품이 됐다.

나는 황폐한 채마밭을 보다가 털썩 무릎 꿇는다. 가슴이 들썩거리고, 뜨겁고 무거운 눈물이 밀려나온다. 입에서 흉하고 이상한 소리가 나오지만, 나는 멈추지 않는다. 갑자기 모든 것이 불공평해 보인다. 공평함을 따질 계제가 아님을 아는데도 그렇다. 나는 앞뒤로 몸을 흔들면서 스스로를 위로한다. 나는 상처 입고 땅바닥에 웅크린 어린아이 같다.

아들은 어째야 할지 모르고 나를 지켜본다. 그다음에 정원을 본다. 식물이 있어야 하는 공간을 본다. 아이가 내 어깨에 팔을 두르는 것이 느껴진다. 아이가 통곡하는 내 몸 옆에 와서 선다.

"괜찮아, 엄마. 울지 마. 누가 정원을 먹는가는 별로 중요하지 않아. 달팽이들이 너무 배고팠나 봐. 그리고 달팽이들은 밥값으로 은을 놔두고 갔어." 아들이 흙에 이리저리 난, 은색으로 번들거리는 자취를 가리키면서 말한다. 나는 아이의 따스한 몸에 기댄다. 나의 현명하고 인내심 있는 정원사여, 그의 말이 옳다. 자라는 작물이 중요한 때가 있고 씨앗이 중요한 때가 있으며, 여기서 벌어지는 마법의 어렴풋한 자취가 중요한 때도 있다. 비록 그것이 눈에 보이지 않더라도.

생일 축하해요, 엄마

우드아벤스

Wood avens
Herb Bennet, clove root, colewort, star of December

게움 우르바눔
Geum urbanum

✣ **우드아벤스를 부적으로 지니면 악마를 쫓을 수 있다**

12세기 독일의 베네딕트회 수녀원장이자 작가, 작곡가, 철학자였던 힐데가르트 폰 빙엔Hildegard von Bingen은 이 식물을 '베네딕타benedicta', 즉 '축복받은 약초'라고 불렀다. 수렴 효과가 있고 타닌이 풍부하여 인후통, 구취, 치통, 만성 기관지염, 구역, 구토, 이질, 기타 염증성 장 이상을 치료하는 데 유용하다. 퀴닌quinine과 발레리안valerian의 대용으로, 열을 낮추고 가벼운 진정 효과를 주는 데 쓸 수 있다. 어린잎은 샐러드, 수프, 스튜에 넣어 먹을 수 있고, 말린 뿌리는 모기 퇴치제로 쓰거나 정향 대용으로 수프, 케이크, 리큐어, 맥주에 쓸 수 있다. 우드아벤스는 매립지나 기타 교란지에서 잘 자란다.

어머니는 자신의 삶을 한 달 두 달이 아닌 다른 눈금으로 헤아리고, 지나간 시간이 아니라 올 시간을 헤아린다. 그리고 매번 선언한다. "나는⋯를 할 때까진 살 거야." 어머니는 이렇게 말하고, 목표를 잡는다.

오늘 어머니는 여든세 살이 된다. 눈금을 또 하나 넘어선 셈이다. 온

집이 잠들어 있을 때, 나는 버터, 밀가루, 계란, 코코아를 섞어서 케이크를 굽는다. 조리대에 놓인 모니터는 위층의 아들을 지켜보는 창으로, 나는 그 변화에 눈과 귀를 열어둔다. 아들의 작은 콧소리에 어머니의 침대 옆 산소 공급기가 삑삑대고 어머니가 씨근대는 소리가 섞인다. 내가 맡은 이들이 안전하다는 것을 알려주는 야간 돌봄의 소리다.

동이 터서 밖이 보일 만큼 환해졌을 때, 나는 맨발로 차고 축축한 풀을 밟으며 어머니의 정원으로 나간다. 강둑 옆 늙은 구주물푸레나무가 이른 새소리에 일렁거린다. 밤이 떠나고 낮은 시작되지 않은 이때가 나의 짬이다. 나는 꽃을 따는 아침 의식을 스스로에게 허락하여, 이 시간을 천천히 쓴다. 밤의 신데렐라 같은, 이슬 도금이 가시지 않은 전호 Queen Anne's Lace의 흰 가루 같은 꽃을 꺾고, 집 뒷면을 기어오른 덩굴에서 연분홍색 장미를 한 줌 꺾는다. 이 꽃들은 분홍색 종이에 싸인, 어머니의 새 잠옷 꽃무늬를 닮았다. 그 잠옷이 오늘의 선물이다. 나는 아침이 준 선물을 금 간 도자기 물병에 담아서, 어머니가 깨자마자 볼 수 있도록 침대 옆에 둔다.

"생일 축하해요, 나의 아름다운 엄마." 어머니가 눈을 뜨자, 나는 말한다. 아주 어렸을 때 말고는 어머니를 '엄마'라고 부른 적 없지만, 이제 어머니를 떠나보내고 싶지 않은 딸의 입에는 이 말이 어울리는 것 같다.

"내가 또 하루를 살아냈구나." 어머니가 빛을 보며 말한다.

집이 깨어나고, 방방에서 어머니의 자식들이 나온다. 다 자라서 각자 자식이 딸린 우리가 어머니의 생일을 축하하려고 모였다. 요 몇 해 우리는 너무 자주 죽음과 함께 걸었다. 그래서 기쁨을 잊기 쉽지만, 오늘은 아니다. 오늘 어머니는 발치에 가족을 거느리고 휠체어 왕좌에 여왕처럼 앉아 있다. 우리는 케이크를 먹고, 갈증을 달랠 양이 채 담기지 않는 꽃무늬 도자기 찻잔으로 차를 마신다. 어머니가 든 받침잔이 떨린다. 내 아들이 팔을 뻗어서 작은 손으로 어머니의 손을 받치고 떨림을 막는다. 축하의 말을 나눌 때가 되자, 어머니가 잔을 두드려서 모두를 주목시키고는 무슨 말을 해야 할지 모르겠다고 사과한다.

"이렇게 죽어가는 데도 좋은 점이 하나 있구나. 나는 늘 내가 쓰레기 같은 엄마라고 생각했는데, 어쩌면 그렇게 형편없진 않았는지도 모르겠어. 너희가 모두 이렇게 사랑스러운 걸 보면 말이다." 어머니가 말한다.

나는 어머니의 말에 슬퍼진다. 내가 어머니에게 정말 사랑한다고, 정말 고맙다고 말하는 것을 잊었다는 깨달음이 들기 때문이다. 뇌는 원래 뜻밖의 사건을 기억하는 방식으로 작동한다지만, 그러면 우리 삶의 조용한 배경에서 흘러간 사건들은 어떻게 하나? 당시에 아무도 주목하지 않고 지나간, 사랑의 작은 행동들은? 사실을 말하자면, 어머니가 우리를 아낀다는 것을 보여주고자 행한 많은 일과 어머니가 내게 보여준 갖가지 강해지는 방법에 나는 한 번도 제대로 주목하지 않았거니와 하물며 고마움을 표시하지도 않았다.

하루가 깊어간다. 우리는 웃고, 아이스크림을 먹고, 엉망진창 음정으로 생일 축하 노래를 부른다. 열일곱 살에 파리에 가면 쓰려고 산 챙 넓은 모자를 자전거 앞에 매어두고서 훗날 결혼할 남자와 함께 전후 유럽을 자전거로 누볐던 여자에게. 야생의 스코틀랜드 해안을 그림으로 그렸던 여자이자, 30년간 매일 우리에게 도시락을 싸줬던 여자에게. 자주 울었고 가끔 죽으려고 했지만, 보는 사람이 아무도 없을 때는 자신이 날 수 있는지 보려고 두 팔을 퍼덕였던 여자에게. 나는 어머니에게 그 여자가 보인다고 말해주고 싶다. 세월이 극구 길들이려 했던 아름다운 야생의 여자가 보인다고. 그 여자가 되어낸 어머니가 보인다고.

우리를 묶어주는 끈을 언제까지 붙잡고 있을지는 모르겠다. 끈은 상실을 겪으며 가늘어질 것이다. 하지만 결국 우리가 가진 것은 삶과 죽음, 그 사이에서 대부분 놓치고 마는 수많은 평범한 기적뿐이다. 우리는 울면서도 우리가 가진 순간을 고맙게 여겨야 하고, 노래를 불러야 한다.

노래를 마친 뒤 우리는 냄비를 닦고 접시를 정리한다. 아버지는 리클라이너에 앉아서 우리가 영영 모를 사랑 이야기를 꿈꾸면서 잠들었다. 아들은 사촌들과 위층에서 놀고 있다. 아들의 웃음소리가 집 안의 조용한 공간을 채운다. 나는 그 소리를 들으면서 약을 정량만큼 재고, 이부자리를 정돈한다.

"안녕히 주무세요, 내 아름다운 엄마." 나는 여름의 빛을 가리고 어머니를 달래어 재운 뒤에 속삭인다. 어머니는 평생 하나의 노래만을 불렀다. 〈고요한 밤〉인데, 이유는 모르겠지만 게다가 독일어로 불렀다. 어머니는 노래 부르기를 좋아하지 않았다. 아버지가 할아버지에게 배운 전시의 노래를 부를 때면 어머니는 어딘가 아픈 것처럼 굳어버리곤 했다. 그런 어머니도 이 자장가는 불렀다. 그것은 아름다웠고 슬펐다. 어둠이 다가와서 막을 내릴 때, 내가 떠올리는 것은 나직하게 노래하던 어머니의 목소리다. 나는 어머니의 뺨에 손을 대고 노래를 불러드린다. 옛날에 어머니가 내게 해줬던 것처럼.

Stille nacht, heilige nacht, alles schläft, einsam wacht…
고요한 밤, 거룩한 밤, 어둠에 묻힌 밤…

2주,
어쩌면 6주

호손

Hawthorn
May-tree, hagthorn, quickset, hawberry, bread-and-cheese

크라타이구스
Crataegus spp.

✧ **호손을 집에 들이면 곧 죽음이 따라온다**

호손은 오래전부터 죽음과 재생에 연관되어 비탄과 슬픔에 대한 치료제로 썼다. 항산화, 항염증, 수렴 효과가 있으며, 심장 동맥 질환을 치료하고, 콜레스테롤을 낮추고, 혈관을 확장하고, 심박을 강화하고 조절하며, 신경 에너지를 치료하고, 기분을 낮게 하고, 인후통을 완화하는 데 쓸 수 있다. 식욕 억제 효과가 있어서 먹을 것이 귀한 시기에 식사를 보충하려고 먹곤 했고 '빵과 치즈'라는 별명이 붙었다.

호손은 튼튼한 산울타리 나무로서 대부분의 토질에 적응한다.

나는 어머니의 휠체어를 밀면서 꾀죄죄한 베이지색 복도를 지나고, 승강기로 병원 3층에 올라간다. 우리는 작은 방에서 기다린다. 방에는 우리에게 혼자가 아니라고 말해주는 포스터가 붙어 있다. 방은 만원이다. 모두가 혼자다. 나이 지긋한 환자 이동 도우미가 철제 카트에서 차와 셀로판지로 포장된 커스터드 크림 쿠키를 권한다. 우리는 기부함에

1파운드를 넣고, 차를 마신다. 어머니는 이제 딱딱한 음식을 못 삼키지만, 그래도 나중을 위해서 비스킷을 한 줌 집어다가 가방에 넣는다.

"네가 집에 갈 때 배고플지도 모르잖니." 어머니가 말한다. 어머니는 이 버릇을 내게 물려줬고, 나는 이제 아들에게 물려준다. 호텔에서 아침을 먹을 때 아들이 맨 먼저 하는 일은 미니어처 꿀과 잼을 제 백팩에 담는 것이다. 그처럼 가져갈 수 있는 음식이 있는 호텔은 아이에게 별을 다섯 개 받는다. 아이에게는 그것이 호텔의 가치를 재는 잣대다.

작은 비스킷을 가방에 넣은 뒤, 어머니는 너무 뜨거운 병원 차를 마신다. 완벽하게 재단된 네이비색 능직 양복을 입은 남자가 대기실 문을 성큼 넘어온다. 그가 우리 앞을 지나갈 때 리놀륨 바닥에서 찍찍 소리가 난다. 합성수지가 내는 거슬리는 소리가 아니라 잘 만들어진 가죽 구두의 부드러운 밑창이 내는 소리다.

"이탈리안이야." 어머니가 말한다. 어머니가 말하는 것은 신발이다. 이탈리아제 구두는 돈이 아니라 품질과 기예를 보여준다고 어머니가 인정한 것이다. 《보그》에서 일했던 시간이 어머니에게 아직 남아 있는 듯하다.

남자가 희고 완벽한 두 줄의 치아를 드러내는 미소로 우리를 방으로 안내한다. 우리가 자리에 앉자, 그가 컴퓨터 모니터를 빙글 돌려서 어머니의 폐를 찍은 거친 흑백 사진을 보여준다. 사진의 검은 바탕을 침범해 들어간 흰색은 병의 증거다. 남자가 길고 잘 다듬어진 손가락을 깍지 껴서 책상에 얹는다. 그러고는 다른 의사들이 지금까지 피해온 설명을 해준다.

"안타깝지만 좋은 소식은 없습니다." 그가 말한다.

"내가 얼마나 더 살 수 있죠?" 어머니가 묻는다. 사람들이 알고 싶어 하는 것은 거의 늘 이 문제지만, 의사들은 대답을 꺼린다. 하지만 이 암 전문의는 대답해준다.

"종양이 퍼지는 속도로 봐서 아마 2주, 어쩌면 6주까지 가능합니다." 그가 말한다. 잠시 정적이 흐른다. 우리가 기대한 답은 이게 아니었다. 인간의 삶이 어떻게 몇 주나 며칠 단위로 헤아려진다는 말인가? 나는 어머니가 창피해할 테니 울지 않으려고 애쓰지만 실패한다. 어머니가 손을 뻗어서 나를 위로한다. 어색하게 내 팔을 다독이면서, 이제 어째야 할지 모르겠다는 얼굴로 찌푸린다.

"아이고, 얘야. 자, 자, 다 괜찮을 거다." 어머니가 나를 달랜다. 이 순간마저도 어머니는 어머니이고, 나는 자식이다. 어머니가 의사를 본다.

"내가 죽는다니 우리 딸이 슬퍼서 그래요." 어머니가 내 갑작스런 눈물을 의사에게 설명해야 할 의무를 느꼈는지 이렇게 말한다. 그러고는 미소를 지으면서 나를 쿡 찌른다.

"어차피 나쁜 소식을 들을 거라면, 손이 예쁘고 좋은 신발을 신은 사람에게 듣는 게 좋단다." 어머니가 말한다. 나는 어머니를 보며 웃음을 터뜨린다. 어머니가 어리둥절해한다.

"웃기려고 한 말이 아니야." 어머니가 말한다. 이 말에 나는 더 크게 웃는다. 의사는 신발 얘기를 하면서 웃는 여자와 그 딸을 어안이 벙벙한 얼굴로 보고 있다.

"정말 유감입니다. 다시 내원하시는 건 무의미할 것 같습니다. 돌아가셔서 남은 시간을 잘 보내시라는 게 제 조언입니다." 의사가 이렇게 말한 뒤 좋은 구두를 신은 발로 일어나서 우리에게 나가는 문을 가리켜

보인다. 병원 택시로 귀가하면서 나는 어머니의 통증을 덜어줄 액상 모르핀을 일회분 따른다.

"나보다 네가 더 필요할 것 같구나." 어머니가 병을 내 쪽으로 밀면서 말한다. 술조차 안 마시는 어머니가 차 뒷좌석에서 내게 모르핀을 권하다니. 이번에도 나는 웃고 만다. 이런 상황에서도. 우리는 잠시 말이 없다. 아스팔트 도로가 눈앞으로 계속 쏟아져 들어온다.

"인생에서 제일 나쁜 짓은 그게 딴것이길 바라면서 낭비하는 거야. 인생은 부분의 합이지. 나쁜 부분도 있고 좋은 부분도 있어. 그걸 다 살아내야 하는 거야." 어머니가 내 손을 쥐면서 말한다. 나는 뭐라고 대답해야 할지 모르겠다. 차가 달리고, 어머니는 까무룩 잠들었다 깼다 한다.

"좋지 않아." 나는 소식을 묻는 남편에게 이렇게 메시지를 보낸다. 문득 어머니가 다시 입을 열고, 나는 깜짝 놀란다.

"흰색이어야 할 것 같네. 꽃무늬를 넣고. 그러면 보기 좋겠다." 어머니가 눈을 뜨지 않은 채 말한다. 어머니가 모르핀의 길을 헤맬 때, 우리 대화는 종종 이런 식이다.

"뭐가 흰색이어야 해요?" 내가 어리둥절해 묻는다.

"계단 말이야. 죽기 전에 계단을 칠할 거다." 어머니가 말한다. 지금 어머니는 일어서는 것도 겨우 하는 지경이다. 어머니의 의지를 존경하지만 내 안의 지친 마음은 짜증이 난다. 추가의 위험을 감수한다는 것은 추가의 돌봄을 들여야 한다는 뜻이고, 나는 그러잖아도 이 일에 지칠 대로 지쳤다.

"걷지도 못하면서 어떻게 계단을 칠하시겠다는 거예요?" 나는 묻는다. 내 목소리에 짜증이 날카롭게 묻어난다.

"방법을 찾아야지." 어머니가 말한다.

어머니의
이야기 조각

파인애플위드

Pineapple weed
Rayless chamomile, disc mayweed

마트리카리아 디스코이데아
Matricaria discoidea

❖ **머리카락과 함께 태우면 사랑하는 사람이 떠나는 것을 막을 수 있다**

파인애플위드의 학명은 '자궁'을 뜻하는 라틴어 '마트릭스matrix'에서 왔다. 분만 후 태반 배출을 돕고, 입덧을 완화하고, 젖 먹이는 여성의 모유 분비를 촉진하는 치료제로 쓰였다. 진정, 항염증, 항미생물, 항경련 효과가 있어서 신경 쇠약을 달래고, 불면을 완화하고, 소화 불량에 대처하고, 감염된 피부를 씻어내고, 눈 자극을 줄이고, 화상을 달래고, 열을 내리고, 벌레를 퇴치하는 데 쓸 수 있다. 향수 산업에서 방향유로 자주 쓰인다. 말려서 보존한 꽃은 옛 어린이들의 간식이었다. '민둥카밀레'라고도 불리는 이 식물의 꽃은 생으로 샐러드나 젤리에 쓰고, 시럽이나 코디얼이나 우린 물의 형태로 수면을 돕는 데도 쓴다.
파인애플위드는 포장도로, 부실한 토양, 황무지에서 가장 잘 자란다.

어머니의 일가는 넝마주이의 땅 출신이었다. 그들은 버려진 것에서 가치를 알아보는 사람들이었다. 어머니는 내게도 그렇게 하도록 장려했다. 남편은 왜 우리가 색유리 조각이나 사금파리 따위를 단지 가득 모으는지 이해하지 못하지만, 아들과 나는 안다. 그것은 우리의 시간의 부적이다.

아들이 흙에서 사금파리를 발견하고 흥분한다. 크기가 겨우 엄지손톱만 하지만, 부드러운 푸른색 버드나무 문양이 그려진 접시의 한 조각이었음을 알 수 있는 사금파리다.

"이걸 할머니에게 가져가자. 할머니는 오래된 물건을 잘 아니까." 아들이 이렇게 말하고, 할머니에게 제 발견을 보여주려고 집으로 들어간다.

어머니의 세상은 짧은 호흡 속에서 갈수록 좁아지고 있다. 처음에 나라였던 것이 주로, 마을로, 정원으로, 방으로, 침대로 줄었다. 아들은 이 사실을 눈치챘지만 달아나지 않는다. 그 대신 할머니와 함께 모험할 수 있는 세상을 찾아낸다. 그래서 요즘 우리는 골동품 쇼 재방송을 보면서 저녁 시간을 보낸다. 두 사람은 어느 참가자의 물건이 최고의 발견일지 알아맞혀보고, 아이는 매번 할머니의 지식에 감탄한다. 내가 돌봄의 일과로 분주한 동안 아이는 할머니의 손을 잡고 과거를 탐험한다.

"이건 푸른색 버드나무 문양 도자기야. 봐라, 여기 나무를 알아볼 수 있잖아." 어머니가 버드나무 꽃차례를 가리키면서 아이에게 말한다.

"얼마나 오래된 거예요?" 아들이 묻는다. 아이는 어머니 곁에 서서 어머니의 말에 귀기울인다.

"여기 쪼글쪼글한 금 보이니? 오래된 도자기일수록 유약이 더 많이 갈라진단다. 그러니까 아마 내 나이보다 더 먹은 게 아닐까 싶네." 어머니가 손바닥의 사금파리를 뒤집으면서 대답한다.

푸른색 버드나무 문양에는 뒷이야기가 있다. 어머니가 내게 들려줬던 그 이야기를 이제 내 아들에게도 들려준다. 아들이 이야기를 들으려고 어머니 발치의 러그에 앉자, 나는 문득 과거의 한 장면이 떠오른다. 어머니와 내가 라디오 옆 빨간색 러그에 앉아 있다. 우리는 익숙한 종소리와 함께 이야기를 여는 말이 흘러나오기를 기다리는 중이다. "다들 편하게 앉았나요? 그러면 이야기를 시작하지요…"

옛날 옛적에, 한 아가씨가 착하지만 가난한 청년과 사랑에 빠졌습니다. 아가씨의 아버지는 부유하고 힘있는 사람이었죠. 그는 딸의 선택을 인정하지 않고 청년을 쫓아냈어요. 그러고는 사람들에게 정원을 둘러싸는 높은 담을 지을 것을 지시했죠. 청년이 절대 안을 들여다볼 수 없고, 딸이 절대 밖을 내다볼 수 없을 만큼 높은 담을 말이에요. 그곳은 아름다운 정원이었지만, 딸은 슬펐어요. 그녀는 매일 정원을 산책하다가 버드나무 밑에 앉아서 울었죠. 하지만 다시 그녀와 함께하겠다고 결심한 청년이 결국 연인을 구할 수 있는 길을 찾아냈어요. 그 모습을 아가씨의 아버지가 봤죠. 아버지는 달아나는 그들에게 당장 서라고 소리소리 지르면서 다리까지 쫓아갔어요. 하지만 두 연인은 작은 배를 타고 달아났지요. 더욱더 화가 난 아버지는 두 사람을 세상 끝까지 쫓아갔고, 어느 날 그들을 붙잡아서 청년을 죽여버렸어요. 딸은 비탄에 빠져서 울다가 죽었답니다. 그렇게 죽은 두 사람은 비둘기로 변해서 날아갔어요. 마침내 자유롭게….

"어떻게 생각하니? 이 이야기가 문양에 담겨 있단다." 어머니가 이야기를 끝내고 말한다.

"이렇게 작은 조각에 다 담기에는 아주 큰 이야기네요." 아들이 답한다.

"아, 여기엔 그림의 일부만 담겨 있는 거야. 나머지는 바깥 어딘가에 있을 테니까 네가 찾아보렴. 그리고 이걸 보관하기에 딱 알맞은 것을 내가 안단다. 내 화장대에 양철 깡통이 있거든. 네가 갖고 싶다면 가지렴." 어머니가 아이에게 말한다.

아들이 어머니의 옛 침실로 가서 오래된 사탕 통을 가져온다. 장미가 그려진 깡통을 아들이 흔드니 달각달각 소리가 난다. 아들이 깡통을 어머니에게 건네고 어머니가 뚜껑을 연다. 그 속에 파도에 닳아서 반질반질해지고 불투명해진 유리 조각이 몇 개 들어 있다.

"할아버지랑 내가 젊었을 때 할아버지가 나를 위해서 모은 거란다. 이걸 너한테 줘도 할아버지는 싫어하지 않을 거야. 여기에 네 다른 보물도 넣어둘 수 있어." 어머니가 이렇게 말하면서 깡통을 아들에게 준다.

"고맙습니다, 할머니!" 아들이 이렇게 외치고, 어머니를 살며시 안는다. 아이는 깡통을 건네받아서, 작은 사금파리를 유리 조각들에 더한다. 깡통이 간직할 또 다른 이야기 조각이 생겼다.

레모네이드
세레나데

붉은토끼풀

Red clover
Bee-bread, honeystalks, suck-bottles

트리폴리움 프라텐세
Trifolium pratense

✤ **현세와 다른 세계들 사이를 거닐 때 토끼풀을 지니면 보호받을 수 있다**

붉은토끼풀은 1930년대까지 항암 치료제로 쓰였다. 비타민 C, 칼륨, 인, 크로
뮴, 나이아신, 티아민, 칼슘, 마그네슘이 풍부하여 인체에서 자유 라디칼을 줄
이고 면역계를 강화하는 데 도움이 될 수 있다. 치료제로서는 가슴 울혈, 기관
지염, 백일해, 기타 이와 비슷한 호흡기 질병을 치료하는 데 쓰였다. 폐경기 증
상과 생리 전 증후군을 완화시키고, 피부 질환의 치유를 돕고, 주름이 나타나는
것을 늦추는 데 쓸 수도 있다.
붉은토끼풀은 토양을 비옥하게 만들어주고, 황무지에서 잘 자란다.

구월이 끝나가고 낮이 빠르게 짧아진다. 어머니의 방에 들어가니 어
머니가 벌써 깨어 있다.

"내가 네 생일까지는 살 거라고 하지 않았니." 어머니가 내게 봉투를
건네면서 말한다. 나는 그것을 열어본다. 어머니의 그림이 앞면에 그려
진 작은 카드가 들어 있다. 겨우 담뱃갑만 하게 그려진 스코틀랜드 해안

풍경인데, 바위틈에 흰색 작은 집이 한 채 있다. 그 광활한 야생의 공간을 두고 내가 늘 도달하고 싶은 곳은 바로 그 작은 집이었다. "시선의 초점을 만들어두는 거야. 보는 사람이 들어가고 싶게." 언젠가 내가 왜 늘 풍경에 집을 그려 넣느냐고 물었을 때, 어머니는 이렇게 답했다. 집.

카드 안에 짧은 메시지가 적혀 있다. 어머니는 글씨를 단정하게 쓰기 위해서 세 번이나 가위표로 지우고 다시 썼다. 예전에 가장 섬세한 꽃도 수놓을 수 있었던 어머니의 손은 이제 글씨 쓰기도 어려워한다.

"고맙다. 사랑해. 엄마가."

"내 가방 좀 다오." 어머니가 문에 걸린 회색 가죽가방을 가리키면서 말한다. 그리고 지갑의 놋쇠 잠금쇠를 열어서 10파운드 지폐를 다섯 장 꺼낸 뒤, 그것을 내 손에 꼭 쥐여준다.

"뭔가 특별한 걸 사렴. 오직 너를 위한 것." 어머니가 미소로 말하고, 이내 다시 베개에 머리를 누이고 잠든다. 나는 어머니가 코에 낀 산소줄 밑의 패드를 조정하면서, 어떻게 어머니는 이런 상황에서도 오늘을 특별한 하루로 만들어낼까 하고 놀라워한다.

호스피스 간호사가 도착한 뒤 나는 아들을 데리고 시내로 간다. 하루를 통째 우리끼리 쓸 수 있다니 사치스럽다. 우리는 박물관에 전시된 로마 유물 사이를 거닐고, 서점 카페에서 거품이 인 핫초콜릿을 마시고, 중고품 가게에서 숨은 보물을 찾아본다.

나는 그 책을 1파운드 염가 서적 코너에서 찾아낸다. 돈 매든Don Madden의 『레모네이드 세레나데, 혹은 정원의 그것Lemonade Serenade, or The THING in the Garden』 초판 양장본이다. 책 표지는 누레지고 갈라졌다. 안에는 옛 주인의 이름이 적혀 있다. 'L. A. 보든, 1976년.' 내가 다섯 살이었던 해다.

나는 소리 내어 읽기 시작하고, 곧 책장 속으로 들어선다.

…매일 아침 해가 뜨자마자, 에말리나 트위그는 정원으로 가볍게 발을 내디뎠습니다…

"간식 먹을 시간이다." 어머니가 쟁반을 들고 나오면서 나를 부른다. 쟁반에는 어머니가 마실 블랙커피, 내가 마실 새큼한 레모네이드, 달콤한 과일 케이크 두 조각이 담겨 있다. 우리는 풀밭에 앉는다. 갓 자른 풀밭은 건초와 흙냄새를 풍긴다. 흰 닭이 민트 덤불 속에서 땅을 긁는다. 모든 것이 뜨겁고 느리다. 들판 건너편에서 트랙터가 윙윙거리는 소리가 낮게 들려온다. 여기에는 우리뿐이다. 어머니가 책을 펼치고, 우리는 함께 읽는다. 우리의 목소리가 함께 익숙한 단어를 낭송한다. 어머니는 내게 읽기를 가르치는 중이다. 나는 어머니의 어깨에 기대어, 코코넛과 장미 향을 들이마신다. 어머니의 갈색 피부가 해를 받아 따뜻하다. 책 속의 이야기가 어머니를 미소 짓게 만든다. 나는 파란 하늘을 떠가는 작고 흰 구름을 본다. 큰 배나무에서 숲비둘기가 다섯 박자의 노래를 부르며 그곳이 제 둥지라고 주장한다. 나는 레모네이드를 마신다. 단맛 가운데 시트러스의 톡 쏘는 맛이 느껴진다.

…그 정원은 아주 행복한 곳이어서, 그곳에서는 무서운 일이 결코 벌어지지 않을 것 같았습니다…

나는 어이없을 만큼 큰 모자에 타조 깃털을 늘어뜨리고 긴 보라색 장갑을 낀 트위그 양을 사랑했다. 그녀가 늘 비스킷과 레모네이드를 고집하는 것을 사랑했다. 고사리가 무성하고, 숨은 욕조에서 수련이 자라고, 황당한 붐바마폰*이 있는 그녀의 정원을 사랑했다. 사랑했지만, 그동안 잊고 있었다. 내가 이토록 오래 잊었는데도 그녀는 여기 있었다. 버석거리는 책장 속에서, 내게 발견되기를 기다리고 있었다.

"이게 엄마의 특별한 물건이야?" 아들이 묻는다.

"그래." 나는 대답하고 책을 계산대로 가져간다. 가게의 자원봉사자가 아이를 내려다보면서 웃는다.

"새 책을 골랐니? 운 좋은 꼬마 아가씨로구나!" 그녀가 말한다.

"고맙습니다. 저는 남자예요. 그리고 이건 엄마가 생일 선물로 사는 특별한 물건이에요. 엄마는 마흔네 살이에요." 아들이 대답한다. 자원봉사자가 나를 보고, 나는 미소로만 답한다. 설명하기는 어렵다. 책을 가방에 챙겨 넣고 우리는 가게를 나선다.

나는 생일 선물로 받은 돈으로 레몬, 설탕, 밀가루, 건포도, 달걀을 사서 레모네이드와 과일 케이크를 만든다. 그리고 우리 정원에 앉아서 구월의 마지막 볕을 쬐며 아들에게 그림책을 읽어준다. 아이는 꼼지락거리면서도 경청하려고 애쓴다. 아이는 사실 공룡 이야기나 고양이 탐정 이야기를 더 좋아한다. 아이가 레모네이드를 마시더니 신맛에 절로 코를 찡그린다. 케이크는 차가 너무 많이 들어간 데다가 열기가 부족해서,

---

* Boombamaphone. 1966년 작인 그림책에서 말하는 '정원의 그것'은 트위그 양의 정원에 나타난 남자 요정을 가리키는데, 그가 욕조와 나무배와 깔때기로 만든 큰 금관 악기 같은 것을 책에서 '붐바마폰'이라고 불렀다.

먹어 보니 설구워졌다. 우리의 하루가 거의 끝나간다. 나는 책장을 덮는다. 이것은 아이의 추억이 아니라 내 추억이다.

모두가 잠든 밤에, 나는 다시 책을 펼쳐서 책장 속으로 스르르 빠져든다. 그곳에서, 덩굴과 장미의 정원에서, 어이없을 만큼 큰 모자를 쓰고 긴 보라색 장갑을 낀 트위그 양이 나를 기다린다. 탁자에는 레모네이드가 든 물병이 그리고 시간에 구애받지 않고 고양이처럼 늘어진 하루가 나를 기다린다.

라벤더 향기가
불러온 기억

라벤더

Lavender
Elf leaf, nard, nardus, spike

라반둘라 앙구스티폴리아
Lavandula angustifolia

✣ 라벤더를 지니면 유령을 볼 수 있다

옛사람들은 분만하는 여성에게 힘과 용기를 북돋우기 위해서 라벤더를 선물했다. 항균, 위장 내 가스 배출, 신경 진정, 항우울 효과가 있어서 두 번의 세계 대전에서 야전 약품으로 쓰였다. 조직을 재생하고, 상처를 소독하고, 가벼운 화상, 아픔, 자상, 궤양을 치료하는 데 유용한 치료제다. 불안과 불면을 완화하고, 긴장성 두통과 편두통을 달래는 데 자주 쓰인다. 말려서 쓸 수 있고, 오일이나 물이나 연고에 우릴 수도 있고 차로 만들 수도 있으며, 생으로 식품에 꽃의 향미를 주는 재료로 쓸 수도 있다.

라벤더는 꽃가루 매개자를 끌어들이며, 모래나 돌이 많고 영양이 부실한 토양에서도 번성한다.

3년 전에 이 단지로 이사 왔을 때, 우리는 할인 매장에서 라벤더 묘목을 두 그루 사서 문 앞에 심었다. 작은 나무들은 이제 아스팔트길로 흘러넘칠 만큼 우거졌고, 하늘하늘한 꽃을 피운다. 단지 아이들은 매일 아침 등굣길에 자기도 모르게 손으로 꽃을 쓸고 간다. 그래서 아이들이 지나간 길에는 꽃이 흩어져 있다. 그 모습에 추억이 떠오른다. 내가 어렸을 때 어머니가 직물을 보관하던 궤짝 속에 휴지를 깔고 라벤더를 켜켜이 뿌리던 기억이다. 기억은 잠시 머물렀다가 향기와 더불어 사라진다.

오늘 라벤더 덤불은 벌들의 사업으로 붐빈다. 매년 이렇다. 라벤더 꽃을 수확하기에 가장 알맞은 시기는 여름이 끝나기 직전이지만, 나는 벌에게서 늦가을 먹이를 빼앗고 싶지 않기 때문에 꽃을 따지 않고 둔다. 올해는 더 늦었다. 구월은 어느새 시월이 됐고 가장 좋은 꽃은 사라졌다. 남은 꽃은 비에 젖어 축축하다. 더 건조한 날을 기다릴 여유가 없다.

아들과 나는 남은 꽃을 거두는 작업에 나선다. 우리는 긴 줄기를 꺾어서 마분지 상자에 담는다. 어머니를 돌보러 돌아가야 하는 시각까지 한 시간이 있다.

"할머니에게 라벤더 베개를 만들어주고 싶어. 그러면 할머니 기분이 나아질 거야." 아들이 말한다. 우리 집에는 어머니가 치마를 만들고 남은 천이나 닳아빠진 셔츠로 손수 꿰매어 만든 하트 모양 주머니가 넘친다. 그것이 커튼 봉에 걸려 있고, 베개 밑에 깔려 있고, 개킨 옷 사이에 들어 있다. 주머니 속에는 말린 라벤더와 장미 꽃잎이 들어 있다. 모두 어머니의 정원에서 딴 꽃이다.

어머니는 솜씨 좋은 바느질꾼이다. 내가 지금 아들과 같은 일곱 살이었을 때, 어머니는 내 인형에 입힐 웨딩드레스를 손바느질로 만들어줬다. 인형은 키가 7.6센티미터였는데, 어머니는 낡은 손수건으로 진짜 웨딩드레스처럼 고운 드레스를 만들어냈다. 작은 자개단추를 달고 오래된 레이스로 땅에 끌리는 치맛자락까지 만들어 붙였다. 인형은 허름한 갈색 양복을 입은, 키 7.6센티미터의 신랑과 결혼했으며, 둘은 나중에 루시, 폴, 존이라는 세 아이를 뒀다. 그들의 결혼은 끝이 좋지 않았고, 웨딩드레스는 지저분해지고 찢어졌다.

"제때의 한 땀이 아홉 땀을 아낀다."라는 속담이 나는 통 와닿지 않는다. 아마도 내가 바느질을 해본 적이 없어서 그럴 것이다. 실타래를 좀 더 풀어서, 내가 열여덟 살이었을 때로 가보자. 어머니가 난롯불 앞에 무릎 꿇고 앉아 있다. 어머니는 흰색 면 시트, 가슴에 장식할 도일리, 커튼 천으로 만든 크림색 새틴 끈으로 내 웨딩드레스를 짓고 있다. 어머니가 오래된 장신구 상자를 열고 목걸이를 꺼내서 실을 끊는다. 어머니의 손에 들린 끊어진 실 끝에서 유리 박힌 잠금쇠가 대롱거린다. 작은 담수 진주들이 바닥에 좌르르 쏟아진다. 어머니는 진주를 한 알 한 알 주워서 드레스에 꿰매어 단다. 어머니는 또 정원에서 단단한 꽃봉오리인 채로 딴 분홍 장미들을 백사白砂에 묻어두고 그것이 마르기를 참을성 있게 기다렸다가, 잘 마른 꽃봉오리를 철사와 돌돌 말린 크림색 리본과 엮어서 화관을 만든다. 어머니는 석 달 동안 바느질하고 꺾고 말리고 엮는다. 연분홍색 장미와 아기의 숨결 같은 꽃구름이 온 집을 채울 때까지.

내 결혼식 날에, 어머니는 흐느낀다. 나는 어머니에게 마음이 바뀌었다고, 어른이 되기 싫다고 말하고 싶다. 하지만 작은 진주 꽃이 무수히 달린 드레스를 보고는 아무 말 하지 않는다.

웨딩드레스는 살아남았고, 결혼은 그러지 못했다. 아들이 태어난 다음해에 나는 색 바랜 휴지로 감싸인 드레스를 서랍에서 꺼내어 펼쳐봤다. 부스러진 장미가 색종이처럼 바닥에 흩날렸다. 내가 아이에게 물려줄 이야기에서, 이 드레스는 어떤 위치를 차지할까? 어정쩡하게 갖고 있느니 요긴하게 쓰는 편이 낫겠다.

"정말 파실 거예요?" 드레스 가게의 여자가 섬세한 진주를 손가락으로 훑으면서 물었다. 나는 망설였다. 어머니의 묵묵한 바느질이 떠올랐기 때문이다. 하지만 나는 각종 계산서를 치를 현금이 필요했다.

"네." 나는 이렇게 답하고, 그녀에게 드레스를 건넨 뒤에 떠났다.

어머니의 솜씨와 "여자애들은 바느질할 줄 알아야 한다."는 선생님의 주장에도 불구하고, 나는 아무래도 시침질 이상은 배우지 못했다. 내 손가락은 너무 서툴렀고, 어머니의 끈기와 재능은 내게 물려지지 않았다. 나는 자투리천이며 단추며 끊어진 구슬 따위를 잡동사니 상자에 모으며, 언젠가 나도 어머니처럼 될지도 모른다고 상상한다. 하지만 나는 그런 여자가 아니다.

"할 수 있어, 엄마? 라벤더 하트 만들 수 있어?" 아들이 다시 묻는다. 내가 만드는 것은 결코 어머니의 그것과 같을 수 없겠지만, 나는 아이의 요청에 가능하다고 대답한다. 모르핀의 몽롱함 덕분에 어머니의 비평적 시선이 내 실수를 좋게 보아 넘기기를 바라면서.

라벤더를 다 딴 뒤 우리는 차를 몰아 어머니 집으로 돌아간다. 나 대신 어머니를 봐주러 왔던 간호사는 우리가 오면 떠나려고 기다리고 있다. 나는 간호사를 배웅하고 아들은 부엌 바닥에 라벤더 뭉치를 풀어 놓는다. 꽃을 쓰려면 먼저 열로 습기를 날려보내야 한다.

어머니는 리클라이너에서 잠들어 있다. 어머니가 무슨 꿈을 꾸고 있든 그 속에서 평화롭도록 놔두고 싶지만, 약 먹을 때가 됐다. 말년의 환자에게 여러 종의 약제를 복용시킬 때는 세심한 계산을 따라야 한다. 만약 지금 어머니를 깨우지 않으면, 통증이 점점 커져서 한밤중까지 통증을 뒤쫓는 처지가 될 것이다. 나는 여러 알약을 빻아서 가루로 만든 뒤에 그것을 캐러멜 푸딩에 섞는다. 좀 역겹지만, 어머니는 고형물을 삼키지 못하니 이렇게 해야 약을 넘길 수 있다.

"일어날 시간이에요." 나는 어렸을 때 어머니가 내게 했던 말로 어머니를 깨운다. 그때 나는 늘 어머니의 인사와 차 한 잔과 함께 하루를 시작했다. 어머니 덕분에 늘 그렇게 단순하고 확실한 방법으로 하루를 시작했던 경험은 이후의 삶에서 내게 시금석이 되어줬다. 일어날 시간이다.

어머니가 잠에서 빠져나온다. 시선을 들고, 초점을 맞춘다. 나는 도자기 찻잔과 받침을 내민다. 어머니가 끄덕인다. 나는 찻잔을 탁자에 내리고 그 대신 푸딩 그릇을 내민다. 어머니가 찡그린다.

"웩!" 어머니가 혀를 내밀며 말한다. 아들이 웃음을 터뜨리면서 제 할머니의 손을 잡는다.

"먹어야 해요, 할머니. 이걸 먹으면 차를 마실 수 있어요." 아들이 말한다. 아이는 더 나은 것을 얻고자 거래한다는 것이 무엇인지 안다. 그러기 위해서는 때로 쓴 것을 삼켜야 한다는 것을 안다. 어머니는 알아듣고 그 말에 따른다.

우리는 잠시 그대로 앉아 있다. 나는 어머니가 차를 마시도록 찻잔을 입에 대주고, 아들은 벌과 비와 어머니의 오븐에서 서서히 구워지고 있는 라벤더 이야기를 재잘거린다. 완화 의료 전문 간호사가 찾아와서 어머니와 호스피스 간호를 의논할 때, 아들과 나는 부엌으로 가서 따뜻해진 라벤더와 큰 사발 두 개를 가져온다. 우리는 방 한구석으로 물러나서 돌바닥에 앉는다. 그리고 조용히 줄기에서 꽃을 뜯어낸다.

우리가 꽃을 따고 골라내니 서서히 향이 방을 삼킨다. 향은 기어서 문틀을 넘고, 계단을 올라간다. 결국 온 집이 길고 뜨거운 여름, 천을 담은 궤짝, 세탁한 시트의 향으로 가득 찬다. 유년기를 부드럽게 감싸는 이 향은 내 유년기의 기억과는 전혀 어울리지 않지만, 그래도 여기 분명히 그것이 있다. 흰 시트, 베르가모트bergamot 차, 라벤더 꽃, 백사, 장미 꽃봉오리, 밀랍, 먼지. 재의 숨죽인 소리 그리고 작은 담수 진주를 매달던 어머니의 손가락. 나는 간절히 그 모두를 되찾고 싶다.

두 사람의
산책

카우슬립

Cowslip
Key of Heaven, fairy cups, plumrocks, freckled-face, golden-drops

프리뮬라 베리스
Primula veris

❖ **베개 밑에 넣어두면 사랑하는 망자와의 접촉을 유도할 수 있다**

힐데가르트 폰 빙엔이 12세기에 쓴 『자연학Physica』에는 카우슬립이 멜랑콜리
의 치료제로 나와 있다. 이뇨, 설사, 항염증, 항경련, 충혈 제거, 진정 효과가 있
다. 꽃과 잎에 비타민 C, 베타카로틴, 칼륨, 칼슘, 나트륨이 매우 풍부하다. 꽃을
우린 물은 불면, 불안, 긴장, 두통, 탈진, 만성 기관지염, 방광 감염, 콩팥 결석, 류
머티즘과 관절염 통증 치료에 쓸 수 있고 알레르기 반응을 누그러뜨리는 데도
쓰인다. 또 온습포제의 형태로 얼굴 신경통과 일광 화상을 다스리는 데 쓰인다.
식용 가능하여, 생으로 샐러드로 먹거나 식초에 향미제로 쓴다.
카우슬립은 교란된 지역에서 잘 자란다.

어머니의 정원에 남은 것은 많지 않다. 벌써 십일월이니까. 그래도
나는 꺾어서 가지고 들어갈 꽃을 보통 한두 개는 찾을 수 있다. 오늘은
오레가노와 늦게 핀 마리골드를 발견했다. 나는 꽃을 침대 옆 탁자에 놓
는다. 아버지는 매일 앉아 있는 자리인 어머니 옆 의자에서 어머니의 손

을 잡고 있다. 나는 두 분을 놔두고 조용조용 움직인다. 가구의 먼지를 떨거나 광을 내고, 비누와 프렌치라벤더로 타일 바닥을 닦고, 환기시킨 깨끗한 시트를 새로 간다. 암 투병 초기에 어머니는 내게 죽음의 냄새가 두렵다고 말했다.

"내가 어릴 때, 동네에 어떤 여자가 있었어. 그 여자 집에서는 죽음의 냄새가 풍겼지. 아무도 거기에 대해서 말하지 않았지만, 난 그 냄새를 기억한단다. 제발 내가 그 냄새를 풍기지 않도록 해줘." 어머니는 내게 부탁했다. 그래서 나는 매일 모든 방을 이렇게 청소한다. 어머니가 다시는 들어가지 않을 방들도. 청소를 끝내면 어머니의 향수를 공중에 뿌린다. 디오르의 '디오리시모'다. 디오르 패션 하우스의 상징인 은방울꽃의 순수한 향은 집 안에 은은하게 깔린 쇠 냄새, 곰팡이 냄새 그리고 그보다 더 짙고 꼭 무화과 시럽 향처럼 느껴지는 냄새를 가려준다. 그것은 죽음의 달콤한 향이다.

아버지가 입을 연다.

"산책을 갑시다." 아버지가 말한다. 나는 그게 무슨 뜻인지 의아하다. 어머니의 다리는 몸을 지탱하지 못할 만큼 약하고, 어머니는 이제 침대에서 나오지도 못한다. 나는 아버지의 짧은 생각에 짜증이 난다. 어머니는 혼란스러워할 것이다.

그런데 아버지가 나를 놀라게 만든다. 내 마음속에서는 이미 고루한 인간이 되어버린 아버지가 말로 산책하기 시작한다. 아버지는 어머니를 손잡고 이끌어서 백악 갱을 따라 걷고, 풀밭을 건너고, 나무 밑을 지난다. 그러다가 잠시 서서 하늘의 종달새 노래를 듣는다. 아버지가 자신의 귀로 새소리를 들을 수 없게 된 지가 벌써 오래됐는데도. 두 분의 젊은 피부에 태양이 뜨겁게 내리쬐고, 두 분의 다리는 튼튼하다. 유월의 무르익은 태양 아래, 두 분은 걷고 또 걷는다.

나는 청소를 중단하고, 방문 밖에 서서 이야기를 듣는다. 두 분의 사적인 세계를 엿듣자니 관음증적인 기분이다. 그 후에 두 분에게 어떤 일이 있었든, 그 과정에서 두 분이 달리 어떤 이야기를 쓸 수 있었든, 이 세계는 변함없이 그 자리에 있었다. 나는 이 연인을 알고 싶은 갈망에 가슴이 멘다. 이 연인은 알 수 없는 인생이 눈앞에 펼쳐지는 것을 보면서, 갈 곳이 없지만 계속 걸었다. 만약 이 연인이 다가올 일을 내다볼 수 있었다면, 그래도 계속 걸었을까?

아버지가 이야기하는 동안, 어머니는 평온해 보인다. 아버지는 원래 이야기꾼이다. 내가 어렸을 때는 어둠 속에서 내 침대 끝에 앉아 자신이 지어낸 유령 이야기를 들려주곤 했다. 내게 금박 장정의 책과 시가 적힌 찬장을 준 사람이 아버지였다. 아버지가 나를 데려간 여행이 얼마나 많았던가? 아버지는 내게 얼마나 많은 산과 사막과 바다를 보여줬던가? 두 분은 그렇게 수많은 아름다움을 목격하고서도, 결국 재야생화된 폐산업용지인 이곳을 골랐다. 두 분이 거쳐온 수많은 장소를 두고, 왜 하필 출발점인 이곳이었을까?

과거의 그 산책과 지금 이 순간 사이에는 66년이 가로놓여 있지만, 여전히 우리는 그것을 만날 수 있다. 그것은 과거의 책장 사이에 프림로즈 꽃처럼 보존되어, 언제든 제 이야기를 들려주려고 기다린다. 그 이야기가 진실인지 아닌지는 중요하지 않다. 적어도 지금은 그렇다. 그리고 내가 무슨 권리로 그 진실성을 의심한다는 말인가? 나는 이 망원경으로 과거를 엿보며, 두 분이 우리를 상상하여 세상에 내놓기 전에 어떤 사람이었는지 그 흔적을 포착해본다. 내 평생 내게는 늘 우리가 있었다. 이 희한하고 확장적인 가족이 있었다. 하지만 핵심은 이 두 분이다. 사실은 늘 그랬다.

아버지가 이야기를 마치자 어머니가 미소를 띠며 눈을 뜬다. 내가 듣고 있는 것을 보고 어머니가 내게 손을 내민다. 나는 다가가서 침대 옆에 무릎 꿇는다.

"좋은 산책이었어. 또 가자꾸나. 하지만 이번엔 다 같이 가는 거야." 어머니가 이렇게 말하고 눈을 감는다.

아버지가 다시 길을 나선다. 풀밭에서 용담이 새파란 꽃을 피우기 시작했고, 개울은 눈 녹은 물로 반짝거린다. 아버지의 손은 강하다. 아버지가 나를 거뜬히 어깨에 태운다. 나는 두 살이고 빨간색 새 신발을 신었으며, 백금색 머리카락은 높은 산의 빛을 받아서 빛난다. 나는 어머니 옆에 머리를 묻는다. 어머니가 내 머리를 쓰다듬는다.

"자, 다 됐다. 다 나았다." 어머니가 모르핀 구름 속으로 멀어지면서 말한다. 나는 눈을 감는다. 희고 부드러운 시트에 조용히 눈물이 떨어진다. 우리는 계속 걷는다. 아버지가 어머니의 손을 쥔 채로, 우리는 올라야 할 바위산에 다가간다. 나는 두렵지 않다. 내가 떨어지지 않으리라는 것을, 나는 안다.

안녕,
내 아름다운 엄마

등갈퀴나물

Tufted vetch
Cat-peas, fingers-and-thumbs, cow vetch

비키아 크라카
Vicia cracca

✥ 영혼을 이 세계에 묶어두는 데 쓴다

옛사람들은 젖 먹이는 여성의 모유 생산을 늘리는 데 등갈퀴나물을 썼다. 사람이 먹을 수 있고, 소먹이로도 흔히 쓰였다. 씨앗은 삶거나 구워서 먹고, 어린잎과 꽃은 허브나 샐러드로 먹는다. 이 식물은 스스로 질소를 만들어낼 수 있기 때문에 녹비용 피복 작물로 좋고, 토양 침식을 늦추는 데도 쓸 수 있다. 등갈퀴나물은 교란된 서식지, 황무지, 도롯가 도랑에서 잘 자란다.

어머니가 죽는 데는 나흘이 걸린다. 그동안 어머니는 잠과 몽롱함 사이를 오간다. 어머니의 몸이 붓고 심장이 잘 뛰지 않기 시작하자, 의사가 어머니의 손에서 결혼반지를 잘라낸다. 어렵지 않다. 긴 세월 동안 금반지가 이미 얇아졌기 때문이다. 어머니는 세상 사이를 떠돌면서 점점 이곳으로부터 멀어진다. 우리에게 이제 시간이 많이 남지 않았다.

어머니가 좋아하지 않을 테니 괜히 횡설수설하고 싶지는 않지만, 나는 어머니에게 혼자가 아니라는 사실을 알려드려야 한다. 나는 첫날 밤을 새우다가 베니 굿맨 오케스트라의 음반을 찾아낸다. 〈중국행 슬로 보트〉가 연주될 때 뭔가 어머니의 추억을 깨웠는지 어머니가 눈을 뜬다.

"그는 집에 가는 길에 나한테 이 노래를 불러주곤 했어. 물론 보트 이야기를 한 건 아니야, 그치?" 어머니가 말한다. 나는 어머니가 더 말하기를 기다린다. 노래가 어머니를 어둠에서 끌어낸 듯 갑자기 말이 쏟아진다. "그는 나를 '나의 캘리코 아가씨'라고 불렀어. 속치마를 말한 거야. 나는 늘 속치마를 더 꿰매 넣었거든. 속치마가 풍성하면 돌 때 근사하니까. 그는 언제나 춤을 잘 췄어." 어머니의 눈이 다시 닫힌다.

"아빠 말이에요?" 나는 어머니를 좀 더 붙잡아두려고 부러 묻는다.

"아니, 네 아빠는 몸치지. 하지만 나는 춤을 아주 좋아했어." 어머니가 답한다. 다시 의식이 흐려진다. 풍성한 캘리코 속치마를 입고 스트랜드가에서 빅 밴드에 맞춰 스윙 댄스를 추는 어머니를 상상하니, 어둠 속에서 어머니를 지켜보는 내 얼굴에 미소가 핀다.

둘째 날, 의료진이 주사기 펌프를 달았다. 그 뒤로 어머니는 의식이 없다. 방문 호스피스 간호사가 내게 죽어가는 사람이 사랑하는 사람의 목소리를 가까이 들으면 위안받는 듯 보일 때가 많다고 알려주지만, 아버지는 임종을 조용히 지켜야 한다고 우긴다. 아버지에게는 어차피 차이가 없다. 아버지의 세계는 늘 조용하니까. 하지만 우리는 손을 모아 무릎에 얹고 그저 묵묵히 앉아서 어머니의 호흡이 느려지는 것을 듣고만 있어야 한다. 우리가 여기 있다는 사실을 어머니에게 알려줄 방법이 떠오르지 않는다. 손을 잡는 것밖에. 그래서 내가 손을 잡자, 어머니가 움찔하지만 눈을 뜨지는 않는다.

"만지지 마라." 어머니가 이렇게 말하고, 다시 무의식으로 빠져든다.

어머니는 세 번 더 깨어나서 고통에 울부짖는다. 나는 매번 간호사에게 약을 늘려달라고 부탁한다. 약을 늘릴 때마다 어머니가 더 멀리 떠나간다는 것을 알면서도. 어머니가 우리 이름을 차례로 부르면서, 모두를 집으로 불러들인다. 어머니가 큰언니의 이름을 부를 때, 나는 울고 만다.

"곧 만날 수 있을 거예요." 나는 어머니에게 말한다. 달리 뭐라고 말하겠는가? 어머니는 내세를 믿지 않았지만 어쩌면 사실일 수도 있다.

마지막 날 아침, 어머니가 눈을 뜬다.

"이걸 누구에게도 추천하지 않겠어." 어머니가 이렇게 말하고 웃는다. 잠시 후, 어머니가 또 깬다.

"아냐, 내가 다 틀렸어. 내가 다 틀렸어." 어머니가 부르짖는다. 어머니가 말하는 것이 삶인지, 죽음인지 아니면 그냥 이 순간인지 나는 모르겠다. 나는 어머니의 머리에 손을 얹고, 어머니와 눈을 맞추려고 애쓴다.

"아냐, 엄마. 엄마는 다 제대로 했어요. 다 괜찮아요. 이제 엄마가 할 일은 편안히 내려놓는 것뿐이에요." 나는 어머니를 안심시키려고 애쓴다. 내가 이 이상 더 해드릴 말은 없다. 어머니는 듣는 것 같지만 아닐 수도 있다. 어머니는 다시 입을 열지 않는다.

이윽고 다가온 죽음은 조용하다. 죽음은 시계가 조용히 자정을 넘기듯이 은근슬쩍 다가온다. 이별의 약속도, 사랑의 다짐도 없다. 가냘픈 호흡 세 번, 그 끝에 어머니의 입에 맺힌 가벼운 갈색 거품, 뒤이어 마치 한숨 같은 날숨. 그리고 어머니는 떠난다. 나는 밖으로 나가서 빛나는 별을 본다. 밤이 되니 바람이 차다. 어머니가 마침내 가벼워져서 떠난다는 것을 느낄 수 있다. 나는 벽을 기어오른 덩굴에서 마지막으로 핀 장미 꽃봉오리를 꺾어와 그것을 어머니의 침대 옆 작은 화병에 담는다.

"안녕, 내 아름다운 엄마." 나는 속삭인다. 반은 어른으로서, 반은 아이로서.

아침에 나는 아들을 깨워서 할머니가 돌아가셨다고 알려준다.

"할머니가 죽어서 슬퍼, 엄마. 하지만 엄마를 다시 가질 수 있는 건 기뻐." 아들이 말한다. 남편과 아들과 나는 이불 속에서 부둥켜안는다. 대림절 첫날이다. 우리는 신의 달력을 연다. 새해가 시작된다.

내가 마지막으로 할 일이 있다. 중피종은 산업병이기 때문에, 어머니의 죽음을 신고하는 일은 간단치 않다. 관련 양식을 써야 하고, 부검을 해야 한다. 그 전에, 어머니가 집에서 죽었기 때문에 경찰에게 공식적으로 신원을 확인해줘야 한다. 젊은 경찰관이 침대 옆에 어색하게 서서 내게 고인의 신원을 확인해달라고 말한다. 나는 그 마지막 숨 이후에 우리였던 존재가 얼마나 남아 있을까 하는 의문이 든다.

그렇게 끝이 난다. 장례식장에서 나온 남자가 어머니의 옷을 가위로 잘라서 벗긴 뒤, 옷을 단정하게 개켜서 침대 끝에 놓는다. 그다음 어머니를 시신용 자루로 싸고, 바퀴 달린 들것에 얹어서, 아들이 아침을 먹고 있는 탁자 옆을 지나서 밖으로 나른다.

어머니를 실은 밴이 떠날 때, 나는 차가 시야에서 사라질 때까지 서서 아이처럼 손을 흔든다. 어머니는 다시 집에 오지 않을 것이다.

나는 안으로 들어가서 가방을 싼다. 비가 내리기 시작한다. 그리고 이 비는 그치지 않는다.

씨
앗
7

내 모든
야생의 어머니

산수레국화
Mountain cornflower

미래에 대한 희망과 생의 충만함을 상징한다

모든 것을
삼키는 비

서양고추나물

St John's wort
Grace of God, St Peterwort, Bethlehem star, John's grass

히페리쿰 페르포라툼
Hypericum perforatum

❖ **서양고추나물은 악령과 어둠을 물리치는 강력한 부적이다**

서양고추나물은 하지와 연관된다. 옛사람들은 이 식물이 나쁜 영혼을 쫓아낸
다고 믿어서, 장례 의식이나 악마와 악령을 물리치는 퇴마 의식에 흔히 사용했
다. 이것을 지니는 사람은 무적이 된다고 여겨서, 전투에 지니는 부적으로도 썼
다. 에너지 측면에서는 나쁜 상황에 처했을 때 용기를 북돋우고 지구력을 강화
하는 데 쓰였는데, 이후 이 식물이 경증이나 중증의 우울증 치료와 기타 불안,
강박 장애, 불면 같은 신경학적 문제에 효과가 있다는 사실이 임상적으로 증명
됐다. 연고나 세정제 형태로 가벼운 화상, 자상, 타박상, 관절통에 연고나 세정
제로 흔히 쓰인다.

서양고추나물은 산울타리, 도롯가, 황무지에서 잘 자란다.

내리 7일을 낮이고 밤이고 비가 온다. 호우에 길이 강으로 바뀌고, 강
이 호수로 바뀐다. 범람 방지책은 실패한다. 열차가 탈선한다. 철탑이
강풍에 쓰러져서 수백 세대가 단전된다. 대도시, 소도시, 마을이 물에

잠긴다. 드론으로 찍은 사진을 보면 땅이 끝 간 데 없이 물에 잠겨 있다. 사람들이 퉁퉁 부은 가축 사체를 밭에서 끌어낸다. 우리 동네에서도 강물이 시내의 집들을 삼켜서, 집들이 플라스틱 크리스마스 장식이며 아이들 장난감이며 축 늘어진 소파를 뱉어낸다. 우리는 뉴스를 시청한다. 다 큰 어른들이 한때 자신의 집이었던 곳 앞에서 우는 장면이 나온다. 사람들은 그들에게 위로와 기도를 전한다. "이런 일이 또 벌어지다니, 믿을 수 없어요." 한 노인이 높아지는 물속에서 구명보트에 매달린 채 말한다. 과학자들은 이런 홍수를 가리켜서 '100년에 한 번 오는' 기상 현상이라고 말하지만, 고작 3년 전에도 이런 홍수가 있었다. 우리는 유례없는 시기를 살고 있다.

그동안 어머니의 시신은 영안실에 갇혀 있다. 병원이 새로 생긴 바다 속에 섬처럼 좌초되어 있기 때문이다. 우리는 어머니가 돌아오기를 그저 기다린다.

"이제 그만하셔도 돼요, 엄마." 우리는 농담으로 말한다. 그래도 호우는 이어진다. 가차없고 야생적인 비다. 이 비는 어쩐지 이 결말과 아주 어울린다.

계곡 건너편의 아버지 집에는 빨간 머리 언니가 남아 있다. '현실적인 아이'라는 별명에 걸맞게, 언니는 물을 알고 강의 작동을 이해한다. 강둑이 터지는 것은 물 때문이 아니라 준설과 나무 없는 땅 때문이라는 것을 안다. 언니는 정원에 수위표를 설치한다.

"물이 여기까지 차오르면 3분 안에 위층으로 올라가야 해요." 언니는 큰 글자로 써서 아버지에게 알려준다. 언니는 아버지에게 살릴 물건을 고르라고 말한다. 모든 물건을 위층으로 가지고 올라갈 수는 없지만 그래도 최대한 살려볼 것이다.

당신은 삶의 끝에서 무엇을 살리기로 선택하겠는가? 벽은 어머니의 그림으로 덮여 있다. 어머니는 그것들을 살릴까? 나무 조각상, 아니면 작은 장식용 구두, 아니면 선반의 사진은? 그리고 우리보다 더 긴 시간을 살아온 아버지의 책들은? 다른 것이 모두 사라질 때, 우리는 이런 것을 지키려고 할까?

범람한 물이 계속 차올라서 어머니의 정원을 삼킨다. 휴면하던 구근들이 물위로 떠오른다. 나무들은 살기 위해서 팔을 뻗고, 검은 손가락 같은 가지에 머리카락처럼 묶여 늘어진 가느다란 풀잎을 움켜쥔다. 모든 것이 물에 잠긴다.

언니가 전화로 내게 최신 상황을 알려준다. 언니가 옮길 수 있는 것은 최대한 집에서 가장 높은 지점으로 옮겨뒀다고 한다. 다만 아버지를 어떻게 그곳으로 옮길지는 모르겠다고 한다. 나는 도울 수 없으니 그저 듣는다. 우리도 우리 집에서 물에 갇혔다. 우리는 문을 모래주머니로 막아둔다. 집은 암반에 지어졌지만, 강물이 빠질 곳이 필요한데 마땅히 흘러야 할 곳으로 흐르지 못하는 상황이다. 그래서 길로 들이닥친 강물이 오래된 다리와 벽을 무너뜨리고 있다. 우리는 집에 고립되어 창으로 밖을 지켜본다.

7일 뒤 호우가 잦아들고 물이 빠져나가서 옛 풍경의 잔해가 드러난다. 모든 것이 뒤집혀 있다. 높은 가지에 걸린 비닐봉지 새들이 미풍에 퍼덕거린다. 차들이 거북이처럼 등을 대고 누워서 좌초되어 있다. 옷들이 흡사 철조망에 줄줄이 내걸린 두더지처럼 난간에 축 걸려 있다.* 거리에 망가진 텔레비전, 침구, 돌돌 말린 카펫 따위가 널려 있고, 모두 쓰

레기 냄새를 풍긴다. 사람들이 문밖으로 나온다. 다들 고요함을 경계하
는 태도로, 햇살에 눈을 깜박인다. 우리는 남은 것을 추려낸다.

---

* 컴브리아 지방에서는 농부들이 농사에 방해가 되는 두더지를 잡은 뒤 철조망에 내거는
  풍습이 있었다.

정원만은
살아남았다

바이퍼스버글로스

Viper's bugloss
Ironweed, bluebottle, Our Saviour's flannel, adderwort, cat's tail

에키움 불가레
Echium vulgare

✣ **팅크를 마시면 슬픔과 우울로부터 심장을 보호할 수 있다**

바이퍼스버글로스의 생김새가 독사의 피부와 닮았기 때문에, 옛사람들은 이 식물이 독사로부터 우리를 보호해준다고 여겼다. 다양한 꽃가루 매개자를 끌어들인다. 잎과 뿌리는 이뇨 및 항염증 효과가 있고, 폐에 좋고 알란토인이 풍부하다. 열과 두통을 완화하고, 피부 질환을 달래고, 젖 먹이는 여성의 모유 생산을 늘리는 치료에 쓸 수 있다. 우울과 슬픔을 치료하는 강장제로 쓸 수 있다. 바이퍼스버글로스는 건조한 사구, 황폐한 지역, 도롯가에서 번성한다.

돌봄하던 몇 달 동안 방치됐던 우리 정원은 야생이 됐다. 검은색과 금색으로 멍든 관목 잎이 월동하는 땅을 덮고 있다. 한련의 덩굴손이 버려진 요새를 통과하여 자란다. 흰 곰팡이가 핀 마리골드 줄기는 달팽이에 먹혀서, 골격만 남은 양배추와 케일 사이에 머리 없는 보초처럼 서있다. 실타래 같은 진흙이 모든 것을 덮었다. 너무 많은 것이 망가졌다.

나는 보통 지난해의 정원을 봄이 올 때까지 동물의 안식처로 내버려두지만, 지금은 과거의 흔적에 불과한 이것을 치워야만 한다. 추위에 곱은 손으로 나는 마름병이 든 식물을 한 움큼씩 뽑아낸다. 발이 흙으로 축축해졌다. 얼지 않도록 발을 쿵쿵 구른다. 내 안에서 격렬한 슬픔이 솟아나더니 분노의 파도가 되어서 솟구친다.

"이걸 나 혼자 다 해야 해?" 나는 닫힌 창을 향해 외친다. 대답은 없다. 나는 한 줌 한 줌 서양쐐기풀을, 시든 피버퓨 줄기를, 유령처럼 가늘어진 분홍바늘꽃을 뽑는다. 몸이 아프다. 불가능하게 느껴진다. 내가 무슨 짓을 하든 아무것도 달라지지 않을 것이다. "내가 무슨 짓을 하든 아무것도 달라지지 않을 거야."

"난 이제 어떻게 하면 좋아요, 엄마?" 나는 흐느낀다. 내 물음은 허공에 뜬 채, 답을 듣지 못한다. 축축한 땅에 털썩 꿇어앉는다. 내가 그토록 노력했건만 결말은 아무것도 바뀌지 않았다. 어머니는 여전히 아팠다. 어머니는 여전히 죽었다. 언니가 기어코 죽었을 것처럼 어머니도 기어코 죽었을 터였고, 그것을 바꾸기 위해서 내가 할 수 있는 일은 아무것도 없었다.

그리고 이제 어머니 수발에 구애받지 않아도 되는 하루하루가 주인 없이 내 앞에 펼쳐져 있다. 나는 이 새로운 형태의 삶으로 조용히 조심스럽게 들어간다.

다시 정원을 본다. 정원은 내가 없었는데도, 또 홍수를 겪었는데도 살아남았다. 정원은 아직 남은 것들을 통해서 이야기를 들려준다. 여기 헐벗은 당개나리 가지는 어떤가? 아니면 저기 습지 정원 가장자리에 용케 매달려 살아남은 노란 꽃창포 무리는? 한때 어머니의 정원에서 자랐던 이 식물들은 이제 이곳을 집으로 삼았다. 차가운 땅을 덮은 잎들은 우리가 심은 나무에서 왔다. 나를 따끔하게 쏘는 서양쐐기풀은 아들이 심은 것이다. 나는 통통한 분홍색 벌레를 쪼는 블랙버드를 본다. 모종삽에 들러붙는 흙조차도 우리 손으로 만들었다.

작은 초록 싹들이 땅을 뚫고 나온다. 첫 설강화가 이르게, 용감하게 솟아난다. 풍년화 가지에서 작은 먼지 같은 황금색 꽃이 핀다. 피라칸타 pyracantha 덤불에는 통통하고 붉은 열매가 여태 매달려 있다. 여기, 모든 생명이 죽은 것처럼 보이는 곳에도 꽃들이 있다.

아들이 집에서 나와 내 곁에 선다. 그리고 내 어깨에 다정하게 손을 얹는다. 아이는 이제 초록색 손수레와 로마 방패를 챙겨서 나를 따라다니던 소년이 아니다. 아이가 내 손을 놓고 제 삶으로 뻗어나가는 요즘, 나는 우리가 나눴던 시간에 감사할 따름이다.

"왜 울어, 엄마?" 아들이 묻는다. 나는 죽은 식물과 버거운 기분을, 내 안에서 느껴지는 '어머니 없음'의 이상한 형태를 설명하려고 한다. 아이는 우리가 기른 정원을 바라보면서 잠시 서 있다.

"엄마, 살아 있는 모든 것은 죽어야 해. 들어가자." 아들이 내 손을 잡으면서 말한다. 나는 아이를 따라간다. 왜냐하면 아이의 말이 옳기 때문이다. 살아 있는 모든 것은 죽어야 한다. 그리고 그로부터 무언가 새로운 것이 자랄 것이다.

어머니가 남겨둔 페이지

무스카리

Grape hyacinth
Grape flower, starch lilies

무스카리 네글렉툼
Muscari neglectum

⚜ **부적으로 지니면 사랑하는 사람이 죽었을 때 슬픔을 달래는 데 도움이 된다**

무스카리는 데메테르 여신과 관계가 있고, 죽음과 기억에 연관된다. 이것의 방향유는 고급 향수의 원료로 오래전부터 귀하게 여겨졌다. 고대에는 포푸리에 그리고 망자가 저승으로 잘 건너가도록 돕는 리킹 번들에 쓰였다. 향기를 마시면 가벼운 자극 효과가 있는데, 집에서 부정적 기운을 몰아내는 데 흔히 쓰였던 향이다.

무스카리는 도롯가, 도랑, 쓰레기장, 풀밭에 잘 자란다.

죽기 몇 주 전, 글씨를 쓸 수 없게 된 지는 이미 오래됐을 때 어머니가 내게 고백할 것이 있다고 말했다.

"미안하다. 내가 편지를 하나도 써놓지 않았어. 써야 한다는 건 아는데, 나중을 위해서 말이야. 뭐라고 쓸지 모르겠어." 어머니는 울면서 말했다. 나는 어머니에게 그건 중요하지 않다고 말했다. 하지만 어머니가 떠난 지금, 내게 그 흔적이 꼭 있어야 할 것만 같다. 나는 어머니의 호리

호리한 필체로 쓰인 글을 뭐든 좋으니 찾아본다. 집 곳곳의 서랍과 상자에 낙서한 전화번호부, 기름 묻은 레시피, 어머니의 결혼 생활을 파운드와 실링과 페니로 갈무리한 목록이 적힌 공책이 단정하게 쌓여 있다. 이제 다 소진된 삶의 이 평범한 기록물은 내게 소중하다. 나는 둥근 글씨를 어루만지면서 어머니를 되살려본다.

그중에도 책상 서랍 안쪽에 숨어 있는 것은 내가 학창 시절에 썼던 연습장 커버들이다. 어머니는 자투리 벽지로 연습장을 한 권 한 권 싸고 모서리를 야무지게 접어 넣으면서, "이래야 안 망가진다." 하고 말하곤 했다.

그 깔끔한 커버 위에, 하트 모양 낙서와 언니들의 《스페어 리브》에서 본 페미니스트 구호 사이에, 나는 익명의 시를 적었다. 하루는 검정 가죽 재킷을 입고 트라이엄프 오토바이를 타고 다니던 문학 선생님이 수업 후에 나를 불렀다.

"너 글을 아주 잘 쓰는구나." 선생님은 이렇게 말하면서 내 연습장을 돌려줬다. 그 속에 그녀가 끼워둔 쪽지가 있었다. "포기하지 마. 만약 이 이야기가 조금이라도 사실이라면, 나를 찾아오렴." 나는 그 선생님과 다시 말을 나누지 않았지만, 쪽지는 간직했다.

그 시절에 나는 숲에 빵 부스러기를 떨어뜨리는 아이처럼 단어를 여기저기 뿌리고 다녔다. 남들이 그것을 발견해주기를 바라면서. 그 사라진 시들을 어머니는 한 번도 언급하지 않았지만, 그것들은 이렇게 시간의 나이테를 보여주는 듯이 변화하는 벽지의 무늬 속에 곱게 보존되어 있다. 어머니는 내 목소리를 들었던 것이다.

이제 내가 어머니의 흔적을 주울 때다. 또 다른 공책에 동글동글 낮익은 필체로 이렇게 적혀 있다.

> …내 묘비에는 내가 멋진 식사를 만들 줄 알았고, 늘 차에 곁들일 케이크를 마련해뒀다는 말이 적히겠지. 하지만 나는 다른 것으로 기억되고 싶다…

내 열여덟 살 생일에, 어머니가 자신이 열여섯 살 때 만든 공책을 줬다. 붉은 가죽 장정 속에는 블레이크William Blake, 예이츠W. B. Yeats, 바이런, 프로스트의 시가 완벽한 장식체로 필사되어 있었다. 시마다 펜화 일러스트가 곁들여져 있었고, 어머니의 결혼 전 이름이 서명되어 있었다. 처음에 나는 그것이 어머니의 이름임을 알아차리지 못했다.

"네 시로 마저 채우면 좋을 것 같아서." 어머니는 이렇게 말했지만, 나는 결국 그러지 않았다. 종이는 이제 누렇고, 연필로 반듯하게 그은 선은 아직도 글을 기다린다. 나는 그 글을 쓰지 않은 채로 둔다. 그 침묵은 내가 평생 알아왔지만 영영 알지 못할 여자에 관해서 많은 것을 알려준다. 한때 어머니의 손이 가죽과 나무로 만든 이 공책은 어머니가 살지 않은 삶이 내게 건넨 바통이다. 공책의 빈 페이지는 어머니가 숨겼던 꿈을 기록되지 않은 상태로 둔다.

어머니가 《보그》에서 그림 그리는 일을 했다는 것을 알면, 사람들은 깜짝 놀란다. 사람들은 이 백발의 여인에게 콜로니 클럽에서 허리케인 칵테일을 마시고 스트랜드가에서 캘리코 속치마를 펄럭이며 춤추던 과거가 있다는 것을 좀처럼 상상하지 못한다. "자기 인생을 포기한 걸 후회하지 않나요?" 사람들은 어머니가 그 사이에 살아온 모성의 세월을 몽땅 부정하고 이렇게 묻는다. 그리고 페미니스트를 자칭하는 나조차도 열세 살 때 어머니에게 그렇게 물었다. 어느 날 나는 학교에서 여성 참정권 운동을 배운 뒤에 화난 상태로 하교했다. 어머니는 평소처럼 케이크와 "오늘 학교는 어땠니?" 하는 인사로 나를 맞았다. 나는 케이크를 보고, 어머니의 앞치마를 보고, 나를 맞는 어머니의 미소를 봤다. 갑자기 가정의 억압에 공모하고 있는 어머니가 미워졌다.

"아 진짜, 엄마, 인생에서 뭔가 의미 있는 일을 하고 싶지 않아요?" 나는 소리쳤다. 어머니는 잠시 내가 진정하기를 기다린 뒤에 대답했다.

"나는 이미 하고 있단다. 나는 엄마 일을 하는 중이야. 그래서, 이 케이크 먹을 거니 말 거니?" 어머니가 말했다.

어머니의 삶이란 무엇으로 측정될까? 드러나지 않은 사랑의 행위는 어디에도 기록되지 않고, 가치는 인정받지 못한다. 우리가 뒤늦게야 잃은 것의 무게를 마치 손에 바다의 돌을 쥔 것처럼 느끼는 날까지. 나는 공책과 영수증과 작은 스크랩북을 낡은 패치워크 치마 자투리에 싸서 망가지지 않도록 보관한다. 이것은 어머니가 살아냈던 문자들이다.

과거로부터 내 펜이 조급하게 또각거리며, 말이 영영 사라져버리기 전에 우리 삶의 해설지에 뭐라도 적어넣고 싶어 한다. 나는 어머니에게 내가 본다고, 기억한다고 말해주고 싶다. 한 인생에 담긴 그 수많은 작은 사랑의 행위들은 어머니가 매일같이 자기 힘으로 만들어낸 선물이었으며, 어머니는 그 하나하나의 행위를 통해서 자기 꿈의 씨앗을 뿌린 것이었다. 어머니는 이 얼마나 멋진 정원을 우리에게 만들어줬는지.

어두운 나날의 마법

도그바이올렛

Dog violet
Gypsy violets, cuckoo's stockings, butter-pats, blue mice

비올라 리비니아나
Viola riviniana

✣ 도그바이올렛을 지니면 악령을 물리칠 수 있다

도그바이올렛은 어둠에서 번성한다. 플라보노이드, 알칼로이드, 베타카로틴, 살리실산, 비타민 C가 풍부하여 혈압을 낮추고, 모세혈관을 강화하고, 관절통, 두통, 어지럼증, 신경 쇠약, 불면을 완화하고, 감기와 가슴 충혈을 완화하고, 피부 불편을 치료하는 데 도움이 된다. 여성에게 특히 좋다. 잎은 신체 조직이 딱딱해진 곳, 특히 물혹, 혹, 섬유종, 종양을 부드럽게 하는 치료에 쓰인다. 갇힌 감정 에너지에 작용하여, 상실의 트라우마를 누그러뜨리고 굳은 에너지를 풀어내는 데 도움이 될 수 있다. 슬픔의 긴 경로를 상징하며, 가장 어두운 시기에 마음에 양분과 부드러운 힘을 제공한다.
도그바이올렛은 숲과 음지에서 가장 잘 자란다.

나는 아들에게 썩은 나무와 커피 가루가 든 가방, 흙 조금, 상자 하나를 줬다. 우리는 함께 그것을 섞고, 물을 준 뒤 찬장에 넣어뒀다. 4주 전 일이었다. 그때부터 상자는 미스터리를 품은 채 캄캄한 곳에 놓여 있었다.

오늘은 그 비밀이 공개되는 날이다. 아들이 뚜껑을 열자, 폭 12센티미터, 키 10센티미터에 갓이 갈색인 버섯 하나가 자기를 따달라고 기다리고 있다.

"와! 이것 봐, 엄마. 봐, 버섯이야!" 무에서 생겨난 존재에 감탄하여 아들이 외친다. 원래는 이보다 더 많았어야 하지만, 아이가 신경 쓰지 않으니 나도 신경 쓰지 않는다. 버섯 한 자루면 충분하다.

아들이 버섯을 조심조심 비틀어 따서 식탁으로 가져온다. 아이는 버섯의 연한 크림색 자루와 갓 밑면의 분홍색 엽상체를 살펴보고, 냄새를 깊게 들이마신다. 아이는 이 발견의 행위에 철저히 집중한다. 이것은 아이의 버섯이다. 아이가 어둠 속에서, 비밀리에, 세상의 모든 바쁘고 시끄럽고 가벼운 것을 멀리하며 길러낸 버섯이다.

"세상의 그 누구도 이렇게 맛있는 버섯을 먹어보지 못했을 거야." 아이가 맛을 음미하고자 눈을 감고 한 입 먹은 뒤에 선언한다.

나는 이 버섯이 정말 좋다. 썩어가는 흙과 그것이 풍기는 깊은 나무 냄새가 좋다. 그 냄새가 블루벨을, 사랑을 나누는 행위를, 세상을 탐험하던 유년기를 떠올리게 하는 것이 좋다. 아들이 이 버섯을 사랑하는 것이 좋고, 이 버섯이 아이를 황홀하게 만드는 것이 좋다. 우리는 이런 황홀감을 너무 쉽게 잊고 잠시 멈춰서 작은 기적에 감탄하는 능력을 너무 쉽게 잃는다. 우리는 간섭하고 통제하고 예측한다. 어쩌면 잠시 더 어둠 속에 놔둘 필요가 있는 것을.

나는 어둠과 함께 살아가는 데 그다지 능하지 않다. 어둠을 보면 그것을 괴물의 이야기로 써내는 성향이다. 미지의 것을 만나면 파헤치고 싶고, 이해하고 싶고, 그리하여 나비 연구자처럼 핀으로 고정하고 싶다.

이름 붙이고 싶은 것이다. 아들은 나와 다르다. 아들은 마법을 간직하고 싶어 한다. 그것의 이름을 꼭 알려고 하지는 않는다.

아들은 아이답게 희한한 현실감을 품고서 믿는다. 부활절에 눈이 오자 나는 부활절 토끼가 춥겠다며, 우리가 달걀을 눈에서 파내야 할지도 모르겠다고 말한다. 아들은 내게 부활절 토끼는 토끼라고 참을성 있게 설명한다. 녀석에게는 털이 있고 따라서 녀석은 춥지 않을 테며, 정원에서 가장 따뜻한 곳은 퇴비 속이니까 녀석은 거기에 달걀을 숨길 거라고 말한다. 여기에 대고 내가 어떻게 반박하겠는가. 아들은 실제적 논리로 신화를 현실 세계에 끼워 넣는다. 나중에 부활절 토끼가 놓고 간 작은 나무 장난감을 발견했을 때, 아들은 전혀 냉소하는 기색 없이 진지하게 부활절 토끼가 어떻게 이 물건을 구했을지 내게 묻는다. 아이는 잠시 생각해보고 스스로 답을 찾아낸다.

"부활절 토끼는 이걸 온라인으로 주문한 게 분명해. 그러려면 컴퓨터가 있어야 하는데." 아들이 말한다. 내가 어떻게 그것을 아느냐고 묻자, 아이는 세상에서 가장 당연한 사실을 말한다는 듯이 부활절 토끼의 앞발로는 아이패드를 쓸 수 없어서 그렇다고 알려준다. 신화와 현대성의 만남이다. 그 둘을 결합하는 것이 아이에게는 아무 문제없는 일이다.

아들도 마법이 기적을 일으킬 수는 없다는 것을 안다. 마법으로 제 몸을 고칠 수 있느냐는 질문은 한 번도 하지 않는다. 내게 자신의 상처 나고 쓰린 손가락을 입맞춤으로 낫게 해달라고 요구하지도 않는다. 아이는 마법이 개입하여 자신을 구해줄 수는 없다는 것을 병으로부터 배웠다. 아이를 계속 살게 해주는 것은 과학이다. 아이는 똑똑 떨어지는 약물이 자기 삶을 붙잡아주고 있음을 이해하지만, 그렇다고 해서 마법에의 믿음까지 버리지는 않는다. 세상으로부터 비밀리에 어둠 속에서 길러낸 버섯의 맛에서 황홀감을 느끼는 일까지 그만두지는 않는다. 나도 이런 이분법을 획득할 수 있을까? 진실의 무게를 알면서도 미스터리를 믿도록 스스로에게 허락할 수 있을까? 어둠에서 자라는 아름다움을 발견했을 때 그것을 믿는 법을 배울 수 있을까?

나는 보이지 않는 것의 마법이 내 인생을 어루만지는 경험을 한 적이 있다. 그 마법은 차가운 교회나 뜨거운 아시람에 있지 않았다. 그것은 사랑의 피와 눈물 속에, 우는 아이를 안고 지새우는 끝없는 밤의 기진맥진한 슬픔 속에 있었다. 그것은 눈을 멀게 하는 빛도, 요란하게 선포된 예지도 아니었다. 그저 문밖에서 발견한 세상에 미소 지으면서 "우아, 정말 아름답다!" 하고 말하는 소년이었다.

"사랑해, 엄마." 아들이 내 옆구리에 고개를 대며 말한다. 아이는 자신이 내게 준 선물을 모르고 있다. 이 어두운 나날에 마치 마법처럼 내 마음속에 길러낸 사랑을 모르고 있다.

작은 숲의
약속

쑥국화

Common tansy
Bitter-buttons, golden-buttons, cow-bitter

타나케툼 불가레
Tanacetum vulgare

✣ **사랑하는 선조의 영혼과 접촉하는 데 쓴다**

쑥국화의 학명은 그리스어로 '불멸'을 뜻하는 '아타나시아athanasia'에서 왔다.
장수, 영원한 젊음, 불멸을 가져온다고 여겨졌다. 독성이 있기 때문에 오늘날
치료제로 많이 쓰이지 않지만, 과거 유산을 유도하고, 생리를 늦추고, 히스테리,
열, 위창자 가스 팽만, 발진, 염좌, 관절통, 장내 기생충, 콩팥 문제를 치료하는
데 쓰인 역사가 깊다. 장뇌 향이 강해서 뿌려두는 식물이나 곤충 퇴치제로 쓰였
고, 육류 염지에도 쓰였다. 요크셔 지방에서는 이것과 캐러웨이caraway 씨앗을
함께 넣어서 장례식용 비스킷을 굽는다. 옛사람들은 망자가 사후 세계로 무사
히 갈 수 있도록 이 식물을 관에 넣어 시신을 보존하고, 수의에도 싸 넣었다.
쑥국화는 밭의 경계, 강둑, 도롯가에 잘 자란다.

가시칠엽수가 꽃을 피우는 데는 6년이 걸리고, 열매를 맺는 데는 그
로부터 또 6년이 걸린다. 아들이 심었던 칠엽수 열매가 열매를 생산한
것은 작년이었다.

"내 나무가 이제 엄마처럼 엄마가 됐어." 아들이 뾰족뾰족한 열매 껍질을 비틀어서 반들반들한 자단색 씨앗을 꺼내며 말한다.

"그걸 어떻게 할 거야?" 나는 묻는다.

"할머니를 위해서 심자. 할머니도 나처럼 특별한 나무를 갖는 거야." 아들이 대답한다. 탄생을 위해 한 그루, 죽음을 위해 한 그루. 우리는 화분을 가져다가 흙을 담고 윤기 나는 씨앗을 그 속에 꼭꼭 묻는다. 그리고 보이지 않는 나무 옆에 서서, 나무가 자라는 것을 상상한다.

"이 나무가 할머니만큼 컸을 때 나는 몇 살일까?" 아들이 묻는다.

"열여섯 살쯤 됐겠네." 나는 답한다. 어머니는 자기 나무가 자라는 것을 보지 못한다. 손자가 나이 들어 성인이 되는 것도 보지 못한다. 만약 내가 그때까지 산다면, 큰언니가 죽은 나이보다 열여섯 살이 더 많은 예순세 살이 됐을 것이다. 나는 화분에서 넘칠 만큼 자란 아들의 나무를 다시 본다. 세월은 잎처럼 진다.

"할머니는 언젠가 숲도 가질 수 있을 거야." 아들이 말한다. 나는 이곳에 나무를 심는 것은 허락되지 않는다는 사실을 아이에게 일깨운다. 아이는 물러서지 않고, 자신의 꿈을 단단히 심는다.

"나도 알아, 엄마. 그래도 지금 작게 시작할 순 있잖아."

그래서 우리는 그렇게 한다. 우리는 일본 식물학자 미야와키 아키라宮脇昭의 작업과 작은 숲의 이득을 발견한다. 미야와키는 생장이 빠른 지역 자생종 나무를 작은 면적에라도 심으면, 도시의 버려진 땅을 회복력 있는 숲 서식지로 탈바꿈시킬 수 있다는 것을 보여줬다. 손바닥만 한 뒷마당 숲이라도 토양의 생물 다양성과 대기질 향상에 도움이 되고, 소음 공해와 탄소 배출과 홍수 위험을 줄인다. 테니스장 하나보다 작은 면적에 나무 600그루로 이뤄진 토착 숲을 조성할 수 있고, 최대 500종의 동식물을 끌어들일 수 있다.

우리는 집을 중심으로 반경 1.6킬로미터 내에 어떤 나무가 자라고 있는지부터 조사한다. 매일 하는 산책을 이용해서 데이터를 모으는 것이다. 그다음에 잘 자랄 가망이 전혀 없는 땅에 처박힌 가장 약한 묘목을 선발하여 그것을 조심스럽게 파낸다. 그렇게 유럽호랑가시나무, 서양주목, 유럽너도밤나무, 벚나무, 마가목, 호손, 플라타너스, 자작나무를 한 그루씩 데려와서 화분에 심는다. 또 땅에 떨어진 도토리를 주워 병에서 발아시킨 뒤에 화분에 옮겨 심는다. 빈 화분에 미래의 어떤 참나무가 담겨 있는지, 가냘픈 묘목이 자라면 어떤 나무가 될지 기억하기 위해서 점판암 조각에 이름표를 써둔다. 곧 우리 집 뒷문 밖 화분들에서 작은 수목원이 자란다.

병원이 어머니의 남은 부검 시료를 보내준 날, 나는 규칙을 깨고서 꽃이 핀 작은 레드커런트redcurrant나무를 산다. 그리고 그 뿌리에 시료를 함께 묻는다. 레드커런트가 자생종이 아니라는 것은 알지만, 이 꽃의 향기는 내 유년기와 초봄의 나날의 추억을 열어주는 열쇠다.

우리가 심은 작은 씨앗과 가녀린 묘목은 희망에의 약속이다. 어머니는 결국 숲속 오두막에서 사는 꿈을 이루지 못했지만, 언젠가 우리가 어머니의 나무들 속에서 꿈꿀 수 있을지도 모른다.

우리는
혼자가 아니다

산수레국화

Mountain cornflower
Perennial cornflower, bachelor's button, montane knapweed, mountain bluet

켄타우레아 몬타나
Centaurea montana

✣ **미래에 대한 긍정적인 희망과 순환하는 생의 충만함을 상징한다**

산수레국화의 학명은 그리스 신화의 반인반마 켄타우로스인 케이론의 이름을 땄다. 케이론이 히드라의 피가 묻은 화살에 맞아 다쳤을 때 이 식물로 치료했다고 전해지기 때문이다. 옛사람들은 이 식물이 뱀을 쫓는다고 믿었는데, 요즘은 그보다도 결막염을 치료하고 피로해진 눈을 씻어내는 용도로 이 식물의 꽃을 쓴다. 정원에서 쉽게 탈출하여 야생에 잘 정착하는 식물이다.
산수레국화는 교란지, 도롯가, 관목지, 황무지에서 잘 자란다.

생전에 어머니는 다른 사람들과 너무 가까이 지내는 것을 좋아하지 않았다. 그런 자신을 알기에, 어머니는 자신의 무덤으로 묘지에서 가장 안쪽 자리를 골라뒀다. "앉아 있기에 좋은 자리야. 내가 뭐 경치를 즐길 건 아니지만." 어머니는 말했다.
나는 울퉁불퉁한 호손 산울타리 너머로 겨울이라서 벌거벗은 페나인산맥을 본다. 어머니가 옳았다.

시간이 좀 걸렸지만, 우리는 패리시 의회로부터 야생화를 심어도 좋다는 허락을 얻어냈다. 단 조건이 있다. 만약 누구라도 불평을 하면, 그들이 꽃을 베고 다시 잔디밭으로 되돌릴 것이다. 이곳은 어머니의 마지막 정원이다. 이제 어머니의 육신이 야생으로 돌아갔다.

연감에 따르면, 나는 너무 늦었다. 구근은 가을에 심는 것이라고 한다. 눈 덮인 언덕에 따르면, 나는 너무 이르다. '아직 눈이 있으면 씨 뿌리기에 너무 이른 것'이라고들 하니까. 나도 다 알지만, 그래도 심어야 할 때가 있다. 56년 전 오늘, 한 어머니가 갓난 딸을 품에 안았다. 초봄의 빛 속에서 수선화가 조용히 그들을 지켜봤다. 이제 두 사람 다 죽었다. 이 정원은 그들을 위해서 자란다.

단단한 점토는 쉽게 양보하지 않지만, 나는 삼월의 추위에 손이 곱을 때까지 계속 땅을 판다. 아들도 내 옆에 꿇어앉아서 손을 더럽히며 판다. 여덟 살인 아이의 몸은 아동기 초기의 부드러운 굴곡을 벗어나서 변하는 중이다. 아이를 보면, 나는 가슴 한복판이 아리다. 우리에게 있는 것은 이 나날뿐이라는 사실을 가만히 깨닫기 때문이다. 아이와 나는 너무 많은 것을 상실에 바쳤고, 그 시간은 우리가 영원히 되찾을 수 없다. 하지만 그와 동시에 나는 너무 큰 사랑을 발견했으며, 그 사랑은 스스로 빛을 향해 나아간다. 나는 흙과 씨앗과 노래의 소년을 본다. 내 어둠에서 나온 아이를 본다. 내게 아이는 여전히 보고 있기만 해도 기적적인 존재다.

우리는 찬 땅에 야생화 씨앗을 뿌린다. 화이트캠피언white campion, 카우슬립, 개양귀비, 새매발톱꽃. 새로 판 구멍에 구근을 넣고, 학명을 읊조린 뒤 흙덩어리로 덮어준다. 아네모네 네모로사Anemone nemorosa, 라눙

쿨루스 피카리아*Ranunculus ficaria*, 히아킨토이데스 논스크립타*Hyacinthoides non-scripta*. 이것이 우리의 봉헌물이다. 우리는 구근 하나마다 희망을 하나씩 심는다. 꽃을 피우는 구근이 하나 있다면 썩어버리는 구근도 하나 있다는 것, 싹을 틔우는 씨앗이 하나 있다면 엘더나무에서 기다리는 새들이 먹어버리는 씨앗도 하나 있다는 것을 나는 안다. 그렇다면 그냥 심는 것 그리고 그것이 자라리라고 믿는 것만으로 충분한 게 아닐까?

나는 미래를 두려워하면서 너무 많은 시간을 보냈지만, 이제 그 마음을 내려놓는다. 우리가 살아가는 나날은 한 단위의 기쁨과 한 단위의 슬픔으로 이뤄진다. 우리가 도달해야 할 행복의 봉우리란 없고, 성취해야 할 완벽한 삶도 없다. 그저 우리가 살아가는 이 어지럽고 끔찍하고 아름다운 삶뿐이며, 나는 이 삶에 감사한다.

아들이 팔을 뻗어서 내 손을 잡는다.

"괜찮을 거야, 엄마." 아들이 말한다. 나는 아이가 옳다는 것을 안다.

우리 위에서 마도요가 울고, 삼월의 구름이 언덕 가까이 모인다. 나는 여기에 서 있다. 내 모든 야생의 어머니가 곁에 있으니, 나는 혼자가 아니다.

씨앗
8

———

들풀의
구원